澡雪 | 中国文学
研究书系

本书获教育部人文社会科学研究一般项目资助（项目名称：新时期乡土小说中的乡愁叙事研究，项目编号：18YJA751019 ）

新时期乡土小说的乡愁叙事研究

廖高会　　著

知识产权出版社
全国百佳图书出版单位
——北京——

图书在版编目（CIP）数据

新时期乡土小说的乡愁叙事研究／廖高会著. —北京：知识产权出版社，2025.5.

ISBN 978 - 7 - 5130 - 9667 - 6

Ⅰ. I207. 42

中国国家版本馆 CIP 数据核字第 2024DE4981 号

责任编辑：罗　慧　　　　　　　　　责任校对：潘凤越

封面设计：乾达文化　　　　　　　　责任印制：刘译文

新时期乡土小说的乡愁叙事研究

廖高会　著

出版发行：知识产权出版社有限责任公司	网　　址：http://www.ipph.cn
社　　址：北京市海淀区气象路 50 号院	邮　　编：100081
责编电话：010 - 82000860 转 8343	责编邮箱：lhy734@126.com
发行电话：010 - 82000860 转 8101/8102	发行传真：010 - 82000893/82005070/82000270
印　　刷：天津嘉恒印务有限公司	经　　销：新华书店、各大网上书店及相关专业书店
开　　本：720mm×1000mm　1/16	印　　张：19
版　　次：2025 年 5 月第 1 版	印　　次：2025 年 5 月第 1 次印刷
字　　数：290 千字	定　　价：98.00 元

ISBN 978 - 7 - 5130 - 9667 - 6

世界上唯有土地与明天同在。

——玛格丽特·米切尔《飘》

乡愁是对逝去时间的空间渴望

——读《新时期乡土小说的乡愁叙事研究》随想

在地球引力的作用下，人类的基本动作有两种，一是纵向的：上下跳跃、原地踏步；二是横向的：移向四周、自由迁徙。人类这两种基本动作，因此带有文化"原型"和"母题"色彩。我们不妨做这样的演绎：采集狩猎文明和农耕乡土文明，就是人类纵向动作的结晶，或者说是对土地"生长性"的模仿；游牧航海文明和商业城市文明，就是人类横向动作的结晶，或者说是对"交换性"的模仿。纵向动作是基础动作，横向动作是衍生动作。时间的流逝和空间的位移而产生的变异，导致了人类对原初境况的怀恋，这就是"乡愁"的发生学。时间的流逝导致传统农耕文明中的乡愁：儿时的池塘、竹林、游戏、食物，在时间流逝中消失，引发了回忆式和怀旧式的乡愁。空间的位移导致现代城市文明中的乡愁：故乡的红花绿草、袅袅炊烟、乡音乡情，阻隔在遥远的空间，引发了欲归而不能的愁绪和思乡之情。无论是时间上的乡愁，还是空间上的乡愁，它们都可以归结为一种形而上的乡愁，也就是重新返回母体（土地、原初、完美）的冲动。这种形而上的乡愁，从某种意义上看，成了文学艺术或者个人梦想的永恒主题。可见，"乡愁"的外延和内涵极其丰富，值得进一步深入研究。

对"乡愁"的狭义理解（比如怀念空间上的故乡），使我们难以理解塔可夫斯基的电影《乡愁》，也难以理解他所说的那句话："乡愁是对逝去时间的空间渴望。"① 如果对"乡愁"做广义的理解（包括回忆时间上的故乡），那么塔可夫斯基对"乡愁"的表述，就跟普鲁斯特的小说《追忆逝水年华》之间有某种奇妙的互文关系：对总体性和连续性的怀恋。在这里，"时间—空间"成了不可须臾分开的关键词。时间的流逝，变成了空间的阻隔；空间的阻隔，变成了时间的容器。这样表述，似乎有点儿晦涩。基础的东西是珍贵的，珍贵的东西总难免晦涩。"乡愁"作为一种情绪或心态，一种原型或母题，就这样显得既珍贵而又晦涩。它令人世代难忘，屡屡出现在梦的言语里，出现在文艺作品中。

鲁迅是对"乡愁"这种珍贵而晦涩的母题展开过睿智分析的智者。他说："凡在北京用笔写出他的胸臆来的人们，无论他自称为用主观或客观，其实往往是乡土文学，从北京这方面说，则是侨寓文学的作者。但这又非如勃兰兑斯（G. Brandes）所说的'侨民文学'（引按：即流亡文学），侨寓的只是作者自己，却不是这作者所写的文章，因此也只见隐现着乡愁，很难有异域情调来开拓读者的心胸，或者炫耀他的眼界。"（鲁迅《〈中国新文学大系〉小说二集·导言》)② 在这里，带主动性的"侨寓文学"与带被动性的"流亡文学"，在心理和情绪的广度和深度上，存在巨大的差别。塞先艾们"乡愁"的悲愤哀怨，与鲁迅《狂人日记》的"忧愤深广"、青年作家们"小小的悲欢"、浅草沉钟"热烈的悲凉"、莽原狂飙"进军的鼓角"等（鲁迅《且介亭杂文二集》），共同构成世纪之交文化鼎革之际的时代主旋律。

廖高会的新作《新时期乡土小说的乡愁叙事研究》，从心理、文化、哲学等角度，考辩了"乡愁"心理情绪的发生学，并将"乡愁"视为原型和母题，进而详尽梳理了"怀旧式传统乡愁""批判式现代乡愁""多元后现代乡愁"的文学流变，最终将论述的焦点定为新时期乡土文学"乡愁叙事"的主体建构、

---

① ［美］罗伯特·伯德：《安德烈·塔可夫斯基：电影的元素》，金晓宇译，南京大学出版社2008年，第234页。
② 蔡元培：《〈中国新文学大系〉导言集》，贵州教育出版社2014年，第131页。

伦理批判、审美表达，同时还兼及全球化背景下的"乡愁叙事"和"身份认同"主题。全书将论题置于深远的问题演变史、广阔的乡土文学多元格局之中，其中的许多观点，与我对"乡土社会"的思考不谋而合。廖高会教授是我 2005 年在北京师范大学文学院开设当代文学研究方法课的第一批博士生。近 20 年来，他在中国现当代文学研究领域深耕不息，成绩斐然。读到他的这部新作，我为他感到由衷的高兴，谨作此小文，权代序言。

张柠

2024 年 12 月 15 日

写于北京西外小村"独饮斋"

目 录

绪 论 ………………………………………………………… 1

第一章 作为文学原型或母题的乡愁 ……………………… 9

　　第一节 乡愁的缘起 …………………………………… 11

　　第二节 作为文学母题的乡愁 ………………………… 16

　　第三节 空间维度下乡愁家园形态的演变 …………… 21

　　第四节 时间维度下乡愁意蕴的嬗变与叠加 ………… 32

第二章 乡愁叙事的发生 …………………………………… 49

　　第一节 乡愁叙事的心理机制 ………………………… 51

　　第二节 古代小说中的乡愁叙事 ……………………… 56

　　第三节 现代小说乡愁叙事的发生 …………………… 64

第三章 新时期乡土小说乡愁叙事的演变逻辑 …………… 77

　　第一节 新时期乡土小说乡愁叙事的铺垫 …………… 79

　　第二节 20 世纪 80 年代乡土小说乡愁叙事的演变 ………… 84

　　第三节 20 世纪 90 年代以来乡土小说乡愁叙事的演变 …… 118

第四章 新时期乡土小说乡愁叙事的主体形态 …………… 127

　　第一节 乡愁叙事主体的演变 ………………………… 130

第二节 乡愁主体性的弱化与异化 ……………………… 141

第三节 数字化时代乡愁主体的重构 …………………… 153

第五章 乡愁叙事中的伦理批评与建构 …………………… 165

第一节 社会转型时期乡愁叙事中的伦理冲突 ………… 168

第二节 新时期乡愁叙事中的伦理场域 ………………… 186

第三节 乡愁伦理的现代建构 …………………………… 203

第六章 乡愁叙事的审美表达 ……………………………… 219

第一节 乡土景观中的和谐美 …………………………… 221

第二节 器具物象中的意象美 …………………………… 231

第三节 离合聚散中的感伤美 …………………………… 240

第四节 诗性叙事中的超拔美 …………………………… 247

第七章 全球化视野中的乡愁叙事与身份认同 ………… 259

第一节 叙事主体的身份认同 …………………………… 262

第二节 形象主体的身份认同 …………………………… 265

第三节 乡土共同体的身份认同 ………………………… 272

第四节 民族共同体的身份认同 ………………………… 275

主要参考文献 ……………………………………………… 285

绪　论

在中国文学的广阔世界中，乡土小说犹如一面镜子，深刻映射出中国社会变迁的历史轨迹。它不仅是历代文人对故乡深情凝望的载体，而且是他们心灵归宿与精神寄托的艺术呈现。关于乡土小说的研究议题琳琅满目，本书则旨在通过乡愁叙事的独特视角，深度剖析乡土小说的文化底蕴与美学特质，力求挖掘出这一文学体裁中新颖的审美维度乃至更为深邃丰富的文化意蕴。为了更精准地把握新时期乡土小说中乡愁叙事的精髓，首先需要明确界定乡土小说的概念范畴。

1925 年，张定璜在评价鲁迅小说时如是说："他的作品满熏着中国的土气，他可以说是眼前我们唯一的乡土文学家。"① 其强调了鲁迅作品中的"土气"，也即乡土气息。周作人在《地方与文艺》一文中则提倡"乡土艺术"，他说："因为无论如何说法，人总是'地之子'，不能离地而生活，所以忠于地可以说是人生的正当的道路。现在的人太喜欢凌空的生活，生活在美丽而空虚的理论里，正如以前在道学古文里一般，这是极可惜的，须得跳到地面上来，把土气息泥滋味透过了他的脉搏，表现在文字上，这才是真实的思想和艺术。这不限于描写地方生活的'乡土艺术'，一切的艺术都是如此。"② 周作人同样强调作品的乡土气息。后来鲁迅明确提出了乡土文学的概念，他在《〈中国新文学大系〉小说二集·导言》写道：

> 　　蹇先艾叙述过贵州，裴文中关心着榆关，凡在北京用笔写出他的胸臆来的人们，无论他自称为用主观或客观，其实往往是乡土文学，从北京这方面说，则是侨寓文学的作者。但这又非如勃兰兑斯（G. Brandes）所说的"侨民文学"，侨寓的只是作者自己，却不是这作者所写的文章。因此也只

---

① 张定璜：《鲁迅先生》，《现代评论》1925 年第 1 期。
② 周作人：《地方与文艺》，见王光东主编：《中国现当代乡土文学研究·上》，东方出版中心 2011 年，第 5 页。

见隐现着乡愁，很难有异域情调来开拓读者的心胸，或者炫耀他的眼界①。

鲁迅还强调了乡土小说作者的"侨寓"特点以及其中"隐现着乡愁"。针对五四时期出现的乡土小说，当代学者卜召林进行了较为具体的界定：

在新文学第一个十年里，"乡土小说"是继"五四"小说（"问题小说"、"自叙传"小说等）之后出现的又一股较为突出并且取得了较大创作实绩的文学潮流。它主要是指 20 世纪 20 年代中期，一批寓居北京、上海等大都市的农村青年作家，继承鲁迅"改造国民性"的思想启蒙宗旨，描写故乡农村小城镇的生活，带有浓郁乡土气息和地方色彩，旨在揭示宗法制农村生活的愚昧落后，展示农民麻木的精神状态，并抒发自己的乡愁的文学创作。②

卜召林在乡土文学的界定中认为，乡土文学抒发的是创作者的"乡愁情感"，这与鲁迅所说的"隐现着乡愁"是一致的。1936 年，茅盾谈及乡土文学时则重视对乡土大地上人的命运的关注，他说：

关于"乡土文学"，我以为单有了特殊的风土人情的描写，只不过像看一幅异域的图画，虽能引起我们的惊异，然而给我们的，只是好奇心的餍足。因此在特殊的风土人情而外，应当还有普遍性的与我们共同的对于运命的挣扎。一个只有游历家的眼光的作者，往往只能给我们以前者，必须是一个具有一定世界观与人生观的作者方能把后者作为主要的一点而给与了我们。③

① 蔡元培：《〈中国新文学大系〉导言集》，贵州教育出版社 2014 年，第 131 页。
② 卜召林主编：《中国现代文学史》，武汉大学出版社 2004 年，第 113 页。
③ 卓如、鲁湘元：《二十世纪中国文学编年·1932—1949》，河北教育出版社 2013 年，第 786 页。

　　茅盾仍然将"风土人情"作为乡土小说必备的要素，并认为它与表现人物"运命的挣扎"同等重要。不过在20世纪三四十年代民族危亡之际，救亡与革命成为文学创作的主题，因此，乡土文学逐渐淡化了乡土气息、地方色彩和风土人情，感伤忧郁的乡愁情感也逐渐被乐观的革命激情所取代。

　　新中国成立后，"乡土文学"被"农村题材小说"的称谓所取代，特别是到了20世纪六七十年代，农村题材小说更是失去了乡愁特点。段崇轩指出：

　　　　这一阶段（特别是60年代之后）的农村题材小说，已同鲁迅、茅盾当年所论述的乡土小说，有了根本的差异，"风土人情"、"异域情调"、"乡土气息"等等已在作品中逐渐淡化，或者说仅仅成了一种点缀和附属物。代之而生的是虚假的现实、编造的矛盾和空想理想主义。我以为，农村题材小说是一个非文学概念，它是按照国家的产业、社会的行业来划分的，带有浓重的行政管理色彩，它特别容易纳入政治话语体系。①

　　此后，刘绍棠重举"乡土文学"的大旗，提倡重建乡土文学，并总结出乡土文学的十六字诀："中国气派，民族风格，地方特色，乡土题材。"② 刘绍棠重新强调了地方特色和乡土气息，在一定程度上回归了乡土文学应有的乡愁情感。同时代的冯骥才也指出："乡土小说是要有意地写出这乡土的特征、滋味和魅力来。表层是风物习俗，深处是人们的集体性格。"③ 冯骥才不但强调了地方风俗习惯，还强调了乡村社会人的文化性格。

　　进入21世纪，学者丁帆对乡土小说进行了重新界定，其中纳入了"流寓色彩"和"悲情色彩"等新质素，他这样描述：

　　　　典范意义上的现代乡土小说，其题材大致应在如下范围内：其一是以

① 段崇轩：《农村小说：概念与内涵的演进》，《晋阳学刊》1997年第1期。
② 苗雨时、许振东：《荷花淀派研究资料汇编》，花山文艺出版社2021年，第166页。
③ 冯骥才：《乡土小说序》，见冯骥才：《乡土小说》，大众文艺出版社1998年，第1页。

乡村、乡镇为题材，书写农耕文明和游牧文明生活；其二是以流寓者（主要是从乡村流向城市的"打工者"，也包括乡村之间和城乡之间双向流动的流寓者）的流寓生活为题材，书写工业文明进击下的传统文明逐渐淡出历史走向边缘的过程；其三是以"生态"为题材，书写现代文明中的人与自然的关系。①

丁帆认为，地方色彩和风俗画面是乡土小说创作的基本风格以及最基本的要求。② 他把乡土小说的美学特点归纳为"三画四彩"，"三画"即风景画、风俗画和风情画；"四彩"即自然色彩、神性色彩、流寓色彩和悲情色彩。③ 其中的流寓色彩和悲情色彩则与乡愁、乡愁叙事密切相关。作为个体生命体验的流寓，不仅使个体与乡土产生了物理空间上的距离，还涵盖了时间、文化及心理层面的疏离感。当个体或群体离开熟悉的环境时，无论是地理上的迁徙，还是文化上的断裂，其都会产生对过往生活的深切怀念，因而流寓便成为乡愁产生的必要条件之一。现代乡愁是中华民族现代化进程中的一种心理体验和集体无意识表现。中华民族取得了辉煌的成就，但其中也经历曲折，作为民族集体无意识的乡愁自然带上了悲情色彩，这种悲情色彩正是乡愁叙事的审美特性之一。现代乡愁叙事作为人们探寻现代化路径的一种文学表达形式，自然而然带有悲剧意味，也就是说乡愁叙事总是伴随着特有的忧伤的审美体验。

由此可见，中国现代乡愁叙事始终与乡愁这一情感相伴随，乡愁则始终或浓或淡、或显或隐地贯穿于乡愁叙事之中，成为乡愁叙事的一种主要的情感驱动力。不仅如此，乡愁作为一种文学母题，到了现代社会，"乡愁不再止于一种怀念性的情感抒发和叶落归根式的愿望表达，而成为现代个体通过语言表述寻求意义、表达自我、创建'家园'的话语建构活动"④。换言之，乡愁或乡愁叙事承担着建构个体生命意义和建构民族认同精神家园的双重使命。因此，本书

① 丁帆：《中国乡土小说史》，北京大学出版社 2007 年，第 19 页。
② 丁帆：《中国乡土小说史》，北京大学出版社 2007 年，第 9 页。
③ 丁帆：《中国乡土小说史》，北京大学出版社 2007 年，第 24 页。
④ 卢建红：《乡愁与认同》，生活·读书·新知三联书店 2020 年，第 1 页。

始终站在现代性和全球化语境下研究乡土小说中的乡愁叙事，将乡愁叙事与民族共同体以至人类命运共同体的建构紧密关联起来，不仅将故乡理解为地理和情感的空间，同时也将其理解为文化与意义生产的空间，将乡愁叙事与构筑民族想象共同体和民族认同关联起来。

　　关于乡愁叙事的研究，国内外学者已经取得了显著的成果。在国内，随着乡土小说的蓬勃发展，关于乡愁叙事的研究也在逐渐增多。学者们从不同的角度对乡愁叙事进行了深入探讨，例如，从文化视角分析乡愁叙事的内涵与外延；从社会视角探讨乡愁叙事与现代化进程的关系；从心理视角剖析乡愁叙事的情感机制；等等。这些研究为本书的写作提供了宝贵的参考和启示。然而，目前关于新时期乡土小说中乡愁叙事的研究比较片面，还存在一些不足：一方面，现有研究多集中于对单个作家或单部作品的分析，缺乏系统性和全面性的梳理；另一方面，对乡愁叙事的演变逻辑、主体形态、伦理书写、审美表达及身份认同等方面的研究尚不够深入和全面。因此，本书将在前人研究的基础上，进一步拓展和深化对新时期乡土小说中的乡愁叙事的研究，探讨其演变逻辑、主体形态、伦理书写、审美表达及身份认同，以期为中国乡土小说的研究提供新的视角和思路。

第一章

作为文学原型或母题的乡愁

　　乡愁作为一种普遍的人类情感，不仅是文学殿堂中永恒的母题之一，而且如一股细流，贯穿中国文学的长河。它超越个体，联结族群，乃至全人类，与社会历史的脉搏同频共振，成为时代文化的镜像之一，映照出社会风貌与文化的变迁。乡愁文学不仅及时表达了时代的乡愁意识，它更是激发民族情感共鸣的催化剂，照亮了民族文化记忆中的温暖角落，强化了我们对文化根源的认同与向往。尤为重要的是，乡愁如同一条坚韧的纽带，将民族的心灵紧紧相连。因此，在新时代文学天空下，强化乡愁的抒写，不仅是对过往的温情回望，更是对民族文化自信的重塑与复兴之路的坚实铺垫。通过文学之笔，让乡愁成为连接过去与未来、个体与集体，乃至国家与世界的情感桥梁。这不仅是对文化根脉的深情守护，更是推动文化自信自强，促进文化繁荣复兴的不可或缺的力量。在新时代的征程上，让乡愁文学成为照亮民族文化前行道路的璀璨星光，其意义深远。

第一节　乡愁的缘起

　　在我国，关于乡愁一词出现的时间，目前还没有固定而公认的说法。学者张叹凤考证后指出，最早使用乡愁一词的是杜甫，他在《和裴迪登蜀州东亭送客逢早梅相忆见寄》中写道："东阁官梅动诗兴，还如何逊在扬州。此时对雪遥相忆，送客逢春可自由。幸不折来伤岁暮，若为看去乱乡愁。江边一树垂垂发，朝夕催人自白头。"① 但如考察与乡愁意义相近的词，则可上推至《论语·里仁》中孔子所说的话："君子怀德，小人怀土；君子怀刑，小人怀惠。"其中的"小人怀土"便是指人们对故土的怀念，这是对思乡情感的较早描写。后来还出现了"怀旧"（班固《西都赋》）和"怀古"（张衡《东京赋》）等与乡愁

---

① 张叹凤：《中国乡愁文学研究》，巴蜀书社 2011 年，第 156 页。

意义相似的词语。① 尽管在古代文学中抒写乡愁的作品数不胜数，但乡愁一词的使用频率并不高，直到 20 世纪中叶，我国台湾文学界和海外华人文学界才开始广泛使用这个词语，并创作了大量的乡愁文学。而在西方，乡愁与怀旧两个词基本同义，二者源于 nostos（返乡、回家）和 algia（一种痛苦的状况）。17 世纪晚期，瑞士医生 J. 霍弗尔首次将两个词根连用为 nostalgia 一词，专指当时部队士兵所产生的强烈的思乡病。② 因而，西方首先把乡愁作为忧郁病症来对待，后来才逐渐淡化病理学意义而转向人类学和文化学意义。

乡愁既是一种文化现象，也是一种文化记忆，还是人类特有的情感形式之一，它是随着人类社会的发展而逐渐产生的。在原始社会的洞穴时期，原始的生活物资来源主要以狩猎与采集为主，人们为了获得更多的食物而不断迁徙。这种生活方式尽管也常常出现从原来的地方迁徙到另一个地方的现象，但由于那时的原始人并没有"家"与"家园"的观念，加之搬迁也不会太远，且无值得怀念的东西，因而很难因搬迁异地而产生愁绪或感伤，即使偶尔产生朦胧的感伤情绪，也会被新驻地猎物丰富的欢喜或一次狩猎分享的盛宴所冲淡。随着原始农业的逐渐发展，原始人也逐渐筑室而居，于是便产生了"家"与"家园"的观念，而"家"或"家园"观念的产生，是乡愁情感产生的必要前提。当然，原始人筑室而居并不是乡愁产生的充分条件，因为乡愁"是人类家园文化与离散现实的矛盾冲突并人生羁旅心灵诉求所触发的带有悲剧意味的普遍情思与深刻感想"。③ 也就是说，有了家，你如果不离开家，这种乡愁意识也就难以产生，因此，传统乡愁产生有相应的条件，即"离散"。"离"是指离开家或家园（或曰故乡），即乡愁主体与家园必然存在一定的难以轻易克服的空间距离；"散"本义是"分离""分开"，是指由聚集而分离，就人而言，侧重于人与人之间的分离，也即乡愁主体离开故乡的家人或亲朋，从而产生了一种情感距离。如果原始人一直定居在一个地方，不产生迁徙，则很难产生乡愁。但随

---

① 赵静蓉：《怀旧：永恒的文化乡愁》，商务印书馆 2009 年，第 16 页。
② 赵静蓉：《怀旧：永恒的文化乡愁》，商务印书馆 2009 年，第 13 页。
③ 张叹凤：《中国乡愁文学研究·序》，巴蜀书社 2011 年，第 1 页。

着社会的发展，各原始部落之间有了交往，农耕时期的古人也会由于交往范围的逐渐扩大而出现远离家乡的情况，这便为乡愁的产生创造了条件。也可以说，随着人类社会的发展，社会交往逐渐频繁，古代人们不断从固定的居住地外出，而且距离家乡越来越远，离开家乡的时间也越来越长，这样便出现了乡愁的情感形式。

中华文明属于农耕文明，农耕文明不似海洋文明与草原文明，习惯于迁徙生活，而是重视在固定的地方安家落户，然后在周边土地上进行耕种，一旦定居下来，没有特殊原因，世世代代都将在此地生息繁衍。长期的农耕生活，形成了中华民族安土重迁的文化性格，《汉书·元帝纪》有言曰："安土重迁，黎民之性；骨肉相附，人情所愿也。"离开自己长期居住或世代耕作之地，是人们所不愿的，这与农耕文明的宗族文化密切相关。一般而言，作为同宗或同族的人会聚居在一起进行农耕生产与生活，这种以血缘为纽带的生产生活方式给个体以特有的安全感，因为家族成员能够形成牢固的同盟，共同应对个体难以克服的困难或障碍，并以集体的合力完成个体所不能完成的社会事务，个体与宗族之间形成牢固的黏连关系，并以强大的宗族集体力量显示相对于个体的巨大优势，个体在宗族文化环境中能获得相对于独立个体的更大的安全感。有学者指出，"乡愁"这个概念的核心是"乡"，即土地，"乡"或土地能给人以坚实的确定感，"一言以蔽之，'乡'所表达的是人的扎根感和确定感"①。这种确定感来自两个方面：一是人与土地关系的确定性；二是个人与他人（多为具有血缘关系的宗族成员）之间的关系，即人际关系的确定性，这样的确定性能带给个体安全感。"因为人际的确定感为个人以及人际交流提供稳定和明确的意义系统，即埃里克森所谓的'本体性安全'（ontological security）；说其是结果，是因为人正是在乡土中寻找'本体性安全'的努力塑造和再造了它。"② 个体一旦离开家庭，不但会带来生存的不安全感，产生一种空间位移所带来的焦虑感，而且会

---

① 肖瑛：《乡愁与社会学》，见张立升主编；王焱执行主编：《社会学家茶座》（总第51辑），山东人民出版社2015年，第99页。
② 肖瑛：《乡愁与社会学》，见张立升主编；王焱执行主编：《社会学家茶座》（总第51辑），山东人民出版社2015年，第99页。

因为血缘关系而产生对家族成员的思念。即使由于生活所迫或自我发展而离开乡土，中国人也希望最后能够落叶归根，这种回归家乡的观念正是乡愁意识的具体表现。正因为如此，人们对家或家乡"生养之地"的依恋或"乡土情结"形成了中华民族的集体无意识，也成为一种文化基因或民族文化性格，影响着中华民族千秋万代。

乡愁作为一种文化存在，不仅是在人类社会历史发展过程中产生的且具有社会学意义的文化现象，同时还是在人们追寻存在的意义的基础上产生的，对人的本质或终极意义进行追问的，具有形而上内涵的文化乡愁。哲学意义上的乡愁属于人的本体性诉求，与人是否离开物质形态的故乡关系并不大，即使人不离开家乡，也同样会产生一种哲学意义的乡愁情绪，这种乡愁是更高层次、更深层意义上的乡愁。[①]

农耕文明比海洋文明或草原文明更加重视人与土地的固定关系，更加重视"确定性"或"稳定性"，因此也更加注重迁徙这样的生存大事。迁徙是迫不得已的事件，它给农耕文明的主体所带来的不是喜悦，而是一种抛家离别的忧伤，因此，农耕民族的乡愁意识比游牧民族或海洋民族更加鲜明，乡愁情感更加浓郁。有学者指出：

> 渔猎民族的火正如农耕民族的土，都是最根本的赖以生存的救世之物。因而，在他们民族的神话思维中，这超自然的自然物是其民族最为重要的集体表象，并因此构成了各自民族神话中的核心母题。可以这么说，在各民族的原始文化中，这种由集体创造的超自然物凝聚着该民族的"集体无意识"。原始人在巨大的不可知的不能战胜的自然世界面前为了生存下去，只能寻找一种精神上的庇佑物，以此实现他们对超越自身能力的世界的一种精神的战胜，他们往往寻找一种与他们的生存最密不可分的自然物，并赋予这一自然物以巨大超自然力，构成一种"神物"、"圣物"，以此抗御和抵抗一切威胁生存的外来力量。而这种神物一旦形成，它反过来会影响

---

① 李子华：《我在皖江听讲座：皖江大讲坛荟萃》，安徽师范大学出版社 2016 年，第 77 页。

该民族的生存，渗透在该民族的文化中，从而制约着该民族的历史，影响着该民族的精神和人性。……而中国神话中的"土"这一救世之物也同样给民族涂上一层精神的土色，使民族的文化成为一种"土性文化"，使民族的精神永远贯穿着一种"乡土精神"。①

这里讲的是民族文化中某种心理机制的形成原因，由于先民把"土"作为神圣之物加以崇拜，所以形成"安土重迁""故土难离""慎终追远""落叶归根"等与乡愁意识相关的"乡土精神"，从而成为中华民族的文化母题之一。

中国古代的乡愁的内涵比较单纯明了。因为我国古代社会属于农耕社会，农耕文明安土重迁，所以安居乐业是人们的理想，即便远离家或家乡，最终也能回到家乡。而且农业社会的城乡差别不大，或者说没有根本的差别，城镇就是当时比较发达的农村而已，自然风物尽管有变化，但作为自然的本质却没有发生变化。因此，在古代社会那些背井离乡者的心目中，故乡与他乡在自然风貌或社会环境上并无显著区别；彼时，触动乡愁情愫的核心缘由，乃是与故土亲人的骨肉分离。故而，人的因素成为古代社会中引发乡愁情感最为关键的要素。

当然，在古代社会特别是原始社会，人与自然的界限还比较模糊。在中国人的思想观念中，人与自然是和谐相融的，而不是对抗与征服的关系，人与自然、人性与神性是兼容的，因此神性与人性也是统一的。在原始宗教中，人神是可以沟通的，人没有脱离神性，于是古代社会的人性与神性可以融为一体，人自身不会感觉到因脱离神性而脱离了可以安放灵魂的精神家园。所以，人性与神性的统一也成为古代乡愁单纯明了的另一主要原因。

总之，乡愁意识作为一种民族文化意识，或者说民族文化基因，它既是个人的也是民族的情感形式，是增强中华民族凝聚力和向心力的重要文化因素。但乡愁意识同样也有相应的局限，比如说可能会导致人们眼界狭隘、思想保守，中国人常说"好男儿志在四方"，便是要破解这种狭隘闭塞的心理局限。

---

① 徐剑艺：《中国人的乡土情结》，上海文化出版社1993年，第53页。

第二节　作为文学母题的乡愁

对母题的界定，虽然表述方式不同，但其核心内涵却是一致的，付新民认为"母题是文学作品反复予以表现的人类基本行为、精神现象及关于世界的普遍性概念"。① 而民俗学家汤普森认为："一个母题是一个故事中最小的、能够持续在传统中的成分。"② 因而，文学母题是在文学创作中反复出现的不变的部分，乡愁作为一种民族文化基因，在文学创作中也是世代传递的不变题材，从而成为文学母题。

乡愁作为一种情感现象，需要借助相应的载体进行表现，文学则是其常用的一种载体。乡愁成为文学的母题之一，并非偶然，首先，文学是人们情感表达的主要方式之一；其次，文学的审美特点与乡愁的美学特性具有相通之处。乡愁是人在离开家乡之后产生的一种忧愁或感伤，是离开家乡后反观家乡时对家乡的美化想象。乡愁的迷人之处正是这种诱人的距离之美，而形成文学审美的方式也是"陌生化"，距离之美与"陌生化"在文学与乡愁之间搭建起沟通相融的桥梁。也即是说，距离与陌生化是乡愁文学的产生机制。文学创作经常将乡愁作为抒写的对象，正是基于这种审美距离的存在，而这必然会与中华民族的乡愁文化心理密切相关。

"乡愁和乡愁文学，在心理机制上就是对于被中断的历史记忆的连接和缝合。……而乡愁文学则通过回忆和想象，来恢复被断裂的联系和一致性。这就是文化传统的重建。"③ 在这种意义上，乡愁文学不仅是人们为了抵御生存的短暂与虚无而产生的情绪，同时也是为了寻求人的完满与永恒的神性而出现的一种心理机制。一般而言，乡愁文学是一种记忆性文学，既是对乡愁主体自身历

---

① 付新民：《写作导论》，商务印书馆2018年，第212页。
② ［美］汤普森：《世界民间故事分类学》，郑海、郑凡、刘薇琳等译，上海文艺出版社1991年，第499页。
③ 李子华：《我在皖江听讲座：皖江大讲坛荟萃》，安徽师范大学出版社2016年，第78页。

史缝隙的填补，也是对历史与现实断裂之后的重新缝合。因此，乡愁文学本质既是对人的整体性的追求，也是对完满人生诉求的感伤性表达。在乡愁文学的细腻描绘中，乡愁主体巧妙地弥补了自身的缺憾，借助文学的审美机制，在心灵深处与精神层面完成自我完整性的构建与升华。

中国的乡愁文学出现于《诗经》，三百余首诗歌中有 50 来首属于表达乡愁情绪的作品。[①] 如《采薇》中的诗句："昔我往矣，杨柳依依。今我来思，雨雪霏霏"等；又如《君子于役》以家中思妇的视角来抒写征戍者的思乡之情："君子于役，不知其期。曷至哉？鸡栖于埘。日之夕矣，羊牛下来。君子于役，如之何勿思！"后来屈原的《离骚》以抒情的方式表达了自己在被流放过程中浓郁的乡愁意识，他在被流放中不忘故国家乡，"虽放流，眷顾楚国，系心怀王，不忘欲返……"（《史记·屈原贾生列传》）。[②] 汉初刘邦的《大风歌》写道："大风起兮云飞扬，威加海内兮归故乡，安得猛士兮守四方。"该诗句表明，刘邦即便做了皇帝，同样也有重返家乡、荣归故里的情感冲动。衣锦还乡也成为华夏民族恒久的文化心理，这种心理源自乡愁意识，是乡愁意识衍生出来的文化想象。而与刘邦衣锦还乡形成鲜明对比的是，项羽遭遇的"四面楚歌"的绝境，当项羽被围困垓下时，楚歌四起，项羽的士兵突闻家乡歌谣，思乡之情顿生，士气削弱，最终被刘邦打得溃不成军。很显然，刘邦正是利用乡愁情感而达到了动摇敌方军心和削弱士气的目的。在《古诗十九首》中表达征夫思妇情感的诗歌较多，均充满了乡愁意味，其中如《涉江采芙蓉》："涉江采芙蓉，兰泽多芳草。采之欲遗谁，所思在远道。还顾望旧乡，长路漫浩浩。同心而离居，忧伤以终老。"[③] 诗中既有对故乡的思念，也有对亲人的念想，离别成为永别，其深重的乡愁情绪达到了难以承受的地步。其他古诗如《行行重行行》《青青河畔草》《迢迢牵牛星》等，都涉及思乡情感的表达。魏晋南北朝时期，战乱频仍，百姓流离失所，离家的愁苦变成文学作品中的悲愤述说。曹丕

①　汗漫：《居于幽暗之地》，江苏凤凰文艺出版社 2019 年，第 64 页。
②　谭国清：《传世文选：古文观止》，西苑出版社 2009 年，第 61 页。
③　郭预衡注释：《汉魏南北朝诗选注》，东方出版中心 2020 年，第 80 页。

的《燕歌行》中有这样的诗句：

> 秋风萧瑟天气凉，草木摇落露为霜。群燕辞归鹄南翔，念君客游思断肠。慊慊思归恋故乡，君为淹留寄他方。贱妾茕茕守空房，忧来思君不敢忘，不觉泪下沾衣裳。援琴鸣弦发清商，短歌微吟不能长。明月皎皎照我床，星汉西流夜未央。牵牛织女遥相望，尔独何辜限河梁。①

这首诗歌的视角虽然是家中的思妇，但作者采用了比兴的手法，用"群燕辞归鹄南翔"引出"念君客游思断肠"的推断，所依据的便是乡愁意识这种民族文化心理，也即游离他乡的游子不可避免的思乡之情。且建安时期的王粲在《登楼赋》中写道"情眷眷而怀归兮，孰忧思之可任"，既表达了自己的怀才不遇的苦闷，也奔涌着还乡的强烈冲动。西晋时期的陆机在《赴洛道中作》写道"夕息抱影寐，朝徂衔思往"，极其生动地勾勒出他乡游子的形象和精神状态。②东晋时期的陶渊明的《归去来兮辞》，是自己从彭泽令辞官归隐之际所作，抒写了自己重获自由、回归田园的喜悦，这种喜悦之情来自离开家园所产生的浓郁乡愁，是乡愁赋予了作者回归田园的动力和喜悦。陶渊明把乡土田园作为诗歌写作的主体对象，将田园作为自己乡愁寄托之所；当其回归田园后创作了大量的田园诗，将此前离乡之愁绪转化为对山水的直接赞美。不仅如此，陶渊明还在《桃花源记》中把传统乡愁转化成一种乌托邦式想象进行抒写，为后世开创了乡愁情感抒写的新路径。江淹在《别赋》中所表达的诸如征人之别、使者之别、宦游之别、求道学仙之别等，都是乡愁情感的别样表现形式。庾信北上之后的《拟咏怀》，尤其是第七首中的"枯木期填海，青山望断河"，则以更为痛彻入骨的方式，表达了羁留北方的诗人对家乡无尽的思念与渴望，那是一种穿越时空、直击心灵的呐喊，让人深切感受到那份无法割舍的乡土之情。南北朝时期的战乱频仍，人们流离失所，导致这个时期的民间文学的乡愁情绪更加

---

① 上海古籍出版社：《先秦汉魏六朝诗鉴赏2》，上海古籍出版社2023年，第447页。
② （清）沈德潜：《古诗源》，上海古籍出版社2023年，第153页。

浓郁，比如《陇头歌辞》中就有这样的描写："陇头流水，鸣声呜咽。遥望秦川，心肝断绝。"离家出走后漂泊无定，只能向家乡遥遥相望，心中的愁绪令人肝肠寸断。唐代疆域辽阔，游学、戍边之人颇众，乡愁之作在唐代诗文中比比皆是。比如崔颢在《黄鹤楼》中写道："日暮相关何处是，烟波江上使人愁。"其中的"愁"指的是游子的乡愁。山水田园诗人孟浩然的《宿建德江》中写道："移舟泊烟渚，日暮客愁新。"这里的"愁"乃是游子的乡愁。贺知章的《回乡偶书》表达了游子对家乡的复杂心理，李白的《静夜思》更是家喻户晓的乡愁诗歌。杜甫的诗歌中的乡愁意识更显浓郁与沉重，他的诗歌中往往凝结着诗人对家与国的双重忧患。他在《月夜忆舍弟》中写道："露从今夜白，月是故乡明"，在《秋兴八首》中抒写了自己郁积多年的沉重乡愁。此外，他在《和裴迪登蜀州东亭送客逢早梅相忆见寄》中更是明确地表达了自己的乡愁情绪，"东阁官梅动诗兴，还如何逊在扬州。此时对雪遥相忆，送客逢春可自由。幸不折来伤岁暮，若为看去乱乡愁。江边一树垂垂发，朝夕催人自白头"。这里的"乡愁"一词被认为是中国典籍中出现得最早的对乡愁的直书与表述。[①] 唐朝边塞诗歌对游子征人思乡之情的抒写更为集中与浓烈，王昌龄的《从军行七首》其一云："烽火城西百尺楼，黄昏独坐海风秋。更吹羌笛关山月，无那金闺万里愁。"其二云："琵琶起舞换新声，总是关山旧别情。撩乱边愁听不尽，高高秋月照长城。"这两首诗都涉及守边士兵沉重无尽的乡愁。又如岑参《送人赴安西》："万里乡为梦，三边月作愁。"乡愁成为杀敌早归的动力。

唐之后，宋词温婉而柔情地抒发了乡愁的曲折，对故乡的诗意栖居作了生动而细致的描写，如苏轼虽为豪放派之主要词人，但其《临江仙·送王缄》中写道："忘却成都来十载，因君未免思量。凭将清泪洒江阳。故山知好在，孤客自悲凉。坐上别愁君未见，归来欲断无肠。殷勤且更尽离觞。此身如传舍，何处是吾乡。"将乡愁与思乡之情由衷剖出。又如周邦彦《苏幕遮·燎沉香》中曰："故乡遥，何日去？家住吴门，久作长安旅。"思乡之情深入作者生活，梦中方可归家。及至元代的《苏武牧羊》《昭君出塞》《文姬归汉》《秋胡戏妻》

---

① 张叹凤：《中国乡愁文学研究》，巴蜀书社2011年，第32页。

等戏曲杂剧，以及明代的《牡丹亭》等言情剧中，都表现出浓郁的离愁别绪以及思乡之情。尤其是在战乱频仍的年代，无数民众因战争而颠沛流离，山河支离破碎，使文人心中的乡愁被赋予了更为深沉与浓烈的悲愤色彩。这种乡愁不仅是对远方故乡的深深眷恋，更是对国家命运多舛的无尽哀叹。在这样的背景下，马致远的《天净沙·秋思》以其独特的艺术魅力，被后世誉为"秋思之祖"，成为抒发乡愁与悲愤情感的典范之作。后来的文学创作不断拓展与深化乡愁内涵的表达，"扩展了乡愁主题的内涵与外延及其时间意义，也使乡愁文学的艺术表达更加精致完美并多样化"①。这主要体现在乡愁主题从个体式的乡愁上升为民族的国家的兴亡之愁。一旦乡愁上升为民族情感与家国意识，故乡就自然扩展为故国，又如清代孔尚任的《桃花扇》，其主题为"借离合之情，写兴亡之感"，"通过男女悲欢离合来再现一代兴亡历史的传奇创作，达到了一个新的高度"②，整个作品充满了沉重的亡国之痛与浓郁的故国之思。

中国传统社会仍以农业生产为主，外出人口较少，乡愁表现为个体性情感，其主要发生在少数外出者的身上，具有偶发性、规模小和个人化特点。到了现代社会，城镇化获得了快速发展，农村人口大量流向城市，乡愁具有了多发性、普遍性和群体性的特点，乡愁也就体现为群体的、民族的和国家的乡愁。③ 与此同时，随着城市化建设的快速发展，不少老城区遭遇拆迁后重建，城市居民在失去原有的居住场所与环境后也产生了乡愁，这种乡愁被称为"城愁"，由此，现代社会抒写乡愁情感的文学作品大量增加。

总之，这些时代的乡愁不仅是对家乡或亲人的思念，而且还有着家园不再，甚至沦为亡国奴的惨痛情绪，一般而言，在古代社会，只要有离乡之人或离乱之事，乡愁就会自然而然地发生，而且乡愁意识会以不同的情感形式或隐或显地存在于不同作者的不同文体形式之中。

由此可见，乡愁已经成为文学的母题之一，贯穿在文学发展过程之中，歌

---

① 张叹凤：《中国乡愁文学研究》，巴蜀书社 2011 年，第 166 页。
② 万光治、徐安怀：《中国古代文学史》，电子科技大学出版社 1994 年，第 389 页。
③ 李华胤：《理解中国现代乡愁：理论与方法》，江苏人民出版社 2023 年，第 3 页。

咏思乡、恋乡与归乡的作品在文学史上蔚为大观。同时，乡愁情感也常与家国情怀联系在一起，或者说在中国文学史上，乡愁常以家国情怀的形式得到表现。因为在中国传统社会中，家国同构，家是小的国，国是大的家，"爱国"就是"爱家"，所以每当山河破碎、民族危难之时，爱国主义便成为"家国之思"的主旋律。中国史书万卷，字里行间无不是"家国"二字。①《诗经》中即有不少诗作表达了对家园或国家的忧思与忧愤之情，特别是《黍离》一篇，《毛诗序》曰："黍离，闵宗周也。周大夫行役，至于宗周，过故宗庙宫室，尽为禾黍。闵周室之颠覆，彷徨不忍去，而作是诗也。"周大夫行至故国宗庙宫室之地，浓浓的家国之愁让他"行迈靡靡，中心摇摇""行迈靡靡，中心如醉""行迈靡靡，中心如噎"。又如屈原在被放逐的过程中，时刻不忘楚国，希望其能强大起来，他在《离骚》中写道："岂余身之殚殃兮，恐皇舆之败绩"，"长太息以掩涕兮，哀民生之多艰。"浓郁的思乡之情更多化为赤子的爱国情感。这种表达家国情怀的文学作品，从古至今不胜枚举。

第三节　空间维度下乡愁家园形态的演变

乡愁既是一种普遍的人类情感，同时也是重要的文学母题。中华民族具有安土重迁和落叶归根的民族意识和强烈的家园情结，因此乡愁抒写贯穿了整个中国文学发展史。改革开放以来，大批农民工背井离乡，加之快速的城镇化极大地改变了城乡空间结构，乡愁便成为文学抒写和研究的重点与热点。但在有关乡愁文学的研究成果中，对乡愁的理解比较平面化而缺乏层次感，为了更加清晰明确和深入理解乡愁的内涵，笔者将从触发乡愁生成的家园——乡愁家园入手，进一步探析乡愁的空间结构特点和内涵的演变。乡愁家园是引发乡愁情感产生的物质性、文化性或精神性空间，是人们对其所依存的故乡（居所）的经验性或想象性表达，它既是乡愁情感的源头也是其指向的归宿。乡愁家园的

---

① 余华、汪曾祺、萧红等：《与这个时代温暖相拥》，甘肃人民出版社 2018 年，第 238 页。

内涵与外延皆随着社会的发展而变化，这种变化使不同时期的乡愁具有不同的审美特征。笔者认为，乡愁家园存在物质的、文化的、精神的和后现代拟像的四个层面，且这四个层面并非断然割裂的，而是存在从具象到抽象、从简单到繁复的逐层递进的演变关系，它们都是现代人乡愁意识的空间表现形态。

一、物质家园及其乡愁空间演变

乡愁既属于从古至今都存在的人类共有的心理情绪，同时也属于一种文化现象。乡愁这个词有两大语素：一是"乡"；二是"愁"。"乡"的基本义是出生之地或籍贯所在地，即故乡或家园；而"愁"的基本义是忧虑。两大语素结合在一起，其基本意义为，一种因故乡或故园（以下或称为家园）而引起的眷念愁绪。由此可见，家园是诱发乡愁的重要因素。随着社会的发展，家园不断被赋予新的内涵，概念的所指空间不断扩大，受其影响，乡愁内涵也发生了相应变化。王又平指出，家园是对出生与栖居之地的经验性表达，"它寄寓着熟识、亲近、眷恋、舒适等情感性因素，诱发着人的乡情、亲情和思乡感、归家感。"① 这是从形而下的层面即物质层面来理解家园的。物质家园是地理学意义上的家园，这种家园意识诱发的是对故乡山川风物、风俗习惯、人事传闻等的思念，包括乡情、亲情和友情等。物质家园引发的乡愁存在于任何时代之中，它贯穿古今而成为历代文学抒写的重要内容。

随着科技、文化的发展，人们的认识能力不断拓展与深化，从空间层面而言，物质家园的内涵和外延在不断扩大，从出生之地逐渐扩展到族群聚居地，再扩展到整个民族、国家，甚至扩展到整个地球或宇宙，比如刘慈欣的《三体》便是把乡愁家园延伸到了地球之外的宇宙空间。有学者认为，物质家园还可以是生命旅程中的某个驿站，"'家园'既是实际的地缘所在，也可以是想象的空间；'家园'不一定是落叶归根的地方，也可以是生命旅程的一站"。② 传

① 王又平：《新时期文学转型中的小说创作潮流》，华中师范大学出版社 2001 年，第 47 页。
② 赵一凡、张中载、李德恩：《西方文论关键词》，外语教学与研究出版社 2006 年，第 113 页。

统家园是出生或长期居住、成长之地，但现代人对家园的理解则超出了这个范围，其认为家园还包括生命旅程中的每个站点。当然，能够成为物质家园的站点，必然具备两个条件：一是这个居住的站点要有一定的时间长度，且这个时间长度能够让乡愁主体形成一种家园物质或地理形象的感受与认同；二是这个站点所关联的主体文化要与乡愁主体的母文化相一致。比如，你在中国本土范围内某个地方旅居一段时间，这个旅居地或许可以成为你想象中的家园；但如果你到国外旅居一段时间，由于文化差异，你即便居住再长的时间，也很难将其作为自己的"想象的家园"。所以家园作为"想象的空间"，既可以是现实中存在的家园，也可以是乡愁主体根据自己的文化归宿以及生活经验虚构的文化性空间，即文化家园。虽然家园可以是"想象的空间"，但这种"想象"不是随意的天马行空，而是具有文化根源的关联性想象，只是这种文化之"根"不是固定在某个地方的物质性存在，而是以文化血脉或文化基因的形式终身伴随着乡愁主体。因为这种文化血脉或基因的存在，乡愁主体通过想象的方式完成"文化家园"的建构，这个"文化家园"便属于想象的空间。于是，随着家园空间的扩展，乡愁内涵也随之扩大，即从乡情、亲情扩展到民族情感和家国情怀，甚至扩展到人类命运共同体的共有情感。这种因民族、国家所生发出的愁绪称为"国愁"，或称为"大乡愁"，把由出生地（故乡）引发的乡愁称为"小乡愁"。[①] 无论何种乡愁，它们往往都是融为一体的，只是"国愁"属于乡愁的较高层级。另外，就时间层面而言，即便在同一空间层面，由于时间的流逝而产生物是人非的怀旧情绪，乡愁情感仍会产生。在古代文学作品中，这种乡愁叙写大量存在，比如，《诗经·小雅·采薇》中的"昔我往矣，杨柳依依"，贾岛《题都城南庄》的"人面不知何处去，桃花依旧笑春风"等怀旧式抒写。特别值得一提的是，自 20 世纪 90 年代以来，伴随着中国城镇化的快速发展，不少乡土空间逐渐消失，或者旧城拆迁后重建高楼，这种情形同样能引发怀旧情绪。比如荆永鸣的《北京邻居》便有这样的描写：主人公"我"曾经

---

① 洛夫和余光中皆认为乡愁有大小之分，小乡愁指对家人的牵挂和童年的回忆，大乡愁和故国文化相关。见曹顺庆、张放主编：《华文文学评论》（第 1 辑），巴蜀书社 2013 年，第 23 页。

租住的北京胡同被拆迁了，昔日的邻居各自分散了，"我"和老邻居赵公安深深体会到家园不再、物是人非的感伤。小说写道：

> 我们并排坐在马路牙子上说话。对面儿就是二十一号院的大概位置。看着前面一排高低错落的仿古式商业建筑，我们沉浸在一种共同的回忆里。有一会儿，赵公安还指指点点，说那个地方是二十一号院的大门口，那个地方是他的家，那个地方是冯老太太的小卖店……只是，眼前的一切已非实物，那个真实的时间与空间都已不复存在，我们只能靠想象还原它过去的样子了。①

中国宗法制社会形成家国一体的文化传统，使作为个体的中国人产生了对集体（种族或民族）的依恋，从而成为乡愁（小乡愁）与国愁（大乡愁）相融合的文化心理基础也即集体无意识。国遭危难，家亦有殃，基于这样的文化心理，历史上出现了如屈原、岑参、杜甫、辛弃疾、岳飞、文天祥等众多爱国文人，他们既富有家国情怀，又饱含对乡土的眷念深情。现代文学中把个人乡愁与国家引发的乡愁融为一体的作品非常多，比如鲁迅的小说《故乡》《社戏》、余光中的诗歌《乡愁》、莫言的小说《红高粱》等。

自古忠孝难两全，"从大的方面来说，乡愁是一种既与国家政治相抵触，却又是与国家政治相匹配的社会文化思想"②。正是这种出离与回望之间充满矛盾的情感结构模式，造就了千百年来乡愁文学的无穷魅力。这种情感结构模式已经成为中华民族的文化基因之一，直到现在仍然发挥着重要的作用，特别是在经济社会发展全球化和民族复兴的时代背景中，这种"出离－回望"模式便演变成放眼世界、面向世界、走向世界的同时又必须立足民族现实和民族文化传统的双向心理诉求。

---

① 荆永鸣：《出京记》，北京出版社 2020 年，第 323 页。
② 张叹凤：《中国乡愁文学研究》，巴蜀书社 2011 年，第 115 页。

二、文化家园及其乡愁空间的拓展

乡愁家园中除了物质存在，还有相应的文化存在，这种文化存在渗透于每个成员的血液之中，形成一种较为恒定的文化心理、观念、制度、信仰和习惯等。因而在物质家园的基础上还存在相应的文化家园，文化家园引发的乡愁可称为文化乡愁。文化乡愁是以物质家园为基础，因文化眷念而生发的较高层次的情感体验，是对物质家园自身所具有的文化传统的依恋与怀想。白先勇称自己的乡愁是"所有关于中国的记忆的总和"①，所有的"中国记忆"必然包括地理空间层面故乡和文化层面故乡的记忆。文化家园在物质家园的基础上生成并附着其上，它更多属于意识形态范畴，是情感与精神融合形成的观念形态的家园。有学者认为，乡愁有两种含义：一种为基于血缘、地缘关系的乡思之情；另一种为"对民族的历史文化的深情眷恋，表现为'对精致文化传统的留恋'"的文化乡愁。② 李林展也认为，文化乡愁不单是思念故土，更重要的是"在情感深处标识一种文化的传承和发展"③。由此可知，引发乡愁的文化即传统文化，传统文化或文化传统④是中华各族儿女智慧的结晶，同时也成为深刻影响各族儿女的文化家园。

文化家园对应的文化乡愁，其实质为一种以种族、民族与血缘为基础的寻求情感归宿的文化心理。斯大林根据马克思、恩格斯等有关民族问题的研究成果，把民族界定为："民族是人们在历史上形成的一个有共同语言、共同地域、共同经济生活以及表现在共同文化上的共同心理素质的稳定的共同体。"⑤ 很显

---

① 林怀明：《白先勇回家》，见《白先勇文集》（第五卷），花城出版社 2000 年，第 389 页。
② 张莉、张天宇：《当代河南女作家研究资料汇编·计文君卷》，北京十月文艺出版社 2021 年，第 278 页。
③ 李林展：《中国 20 世纪乡愁文学的流变及其特征》，《湖南科技大学学报（社会科学版）》2006 第 4 期。
④ 传统文化与文化传统属于既相关又有区别的两个概念。前者包括一个民族创造的一切物质的、制度的和精神的文明成果，隶属于文化形态层面；后者是指民族文化中稳定且世代相传的文化基因或文化密码，它们不仅对当前而且对未来的文明发展都起着决定性作用，隶属于文化价值层面。
⑤ ［苏联］斯大林：《斯大林全集》（第 2 卷），人民出版社 1953 年，第 294 页。

然，共同的语言、地域、经济生活、心理素质是形成民族的决定性要素。而语言作为承载和传承文化的手段或工具，是构建文化家园的基础，但一个民族的文化除了语言，更核心的是语言承载的伦理道德、价值观念、文化习俗、宗教信仰、政治理念和审美情趣等。人是一种社会化的动物，始终生活于一定的族群文化之中，并借助共同的文化找到情感或精神的归宿。人一旦疏离或脱离族群文化，或族群文化遭到破坏，便会产生孤独或无根的情感焦虑，文化乡愁也会由此而生。

20 世纪 80 年代兴起的寻根文学，打出了"文化寻根"的口号，探寻民族文化的本源，重现民族伦理道德之美、张扬民族原始生命力、批判传统文化中的丑陋与落后，试图重铸民族文化灵魂和重建民族文化家园。寻根文学的创作动力一方面来自对民族文化的自我反思，另一方面来自极左思潮对传统文化的破坏而产生的文化乡愁。就文学层面而言，文化乡愁的抒写，除了文化寻根、民族文化或国民劣根性反思，还包括工业文明对传统文化破坏的警惕与批判，其中的反思与批判色彩赋予了文化乡愁丰富复杂的现代意蕴。

三、精神家园及其形而上空间的建构

物质家园和文化家园引发的乡愁仍居于情感或心理层面，是人们在寻求情感满足而不得时所产生的怀旧情绪，但人除了情感，还有精神和灵魂，因此还需要寻找安放灵魂的家园，或曰精神家园。我们可以从两个层面来理解"精神"。一是偏重于感性层面，即人的认知、情感、意志、信仰等，感性层面的精神家园与前文所说的文化家园相当。有学者将精神家园分为个体和群体两种类型，二者都涉及或个体或群体的价值追求、理想信念、行为准则和道德规范①，这里的个体和群体精神家园，都与前面论及的文化家园相当，属于感性层面的精神家园。二是偏重于理性或形而上层面，即涉及人或事物的本质、灵魂及存在之源，与之对应的精神家园被称为"存在家园"。而此处所讨论的精神家园

---

① 罗东凯：《中国共产党人的精神家园》，广东人民出版社 2012 年，第 3 页。

主要是指形而上层面的"存在家园"（以下称精神家园），它是在文化家园的基础上形成的，是文化家园的形而上学化，更加侧重于对人的本真存在和灵魂的栖居之所的探寻，这种探寻便是对人之存在的终极关怀。

文化乡愁上升到哲学的高度，便是对精神家园的追寻。杜昆认为，文化乡愁是无所适从的现代人孤独、漂泊、焦虑、迷茫等情绪反映，并由此而生依恋精神家园之情，"渴求'存在'的稳定、安全、温馨、纯真和皈依"①。精神家园是孤独无依的现代人安放灵魂的"存在"之所，本质上乃是海德格尔所说的灵魂的诗意栖居。其对应的乡愁便是对生命短暂的感叹和存在虚无的忧患，这种文化乡愁也可称为生命哲学乡愁。这种乡愁是人们试图抵御死亡意识、超越短暂生命而入永恒存在的精神冲动。生命哲学乡愁早在古代文学中就已经存在，比如孔子对"逝者如斯"的感叹，《古诗十九首》中"生年不满百，常怀千岁忧"的哀伤，李商隐的《乐游原》诗句"夕阳无限好，只是近黄昏"中的苍凉感，这些都属于生命哲学式的乡愁意识。中国文学抒写生命哲学乡愁的作品非常之多，正如学者张叹凤所言，"有限的人生与无限的主题延伸，正是中国乡愁文学形成的巨大的动力与张力"②。正是因为许多文人墨客不断叩问生命存在之价值，不断抒写自己的生命哲学乡愁，才赋予了中国文学题材的广度和哲学的深度，同时也提升了文学的审美品质。

但随着科技日益发展，经济日渐繁荣，人们的物质需求不断高涨，原有的物质家园在现代化进程中遭到破坏，文化家园与精神家园逐渐遭到物质欲望的挤压，人们的家园失落感和危机感日渐增强，乡愁也离我们渐行渐远，守住乡愁、重建家园特别是精神家园的呼声也日益高涨。思想家和哲学家更是从形而上的角度积极探寻人的精神或灵魂的归宿，希图高屋建瓴地以健康理性的精神引领人们重建物质的、文化的和精神的家园，使现代人的乡愁和灵魂皆有安放之所。现代人重返精神家园的途径主要有三种方式，即信仰、哲学与艺术（审

---

① 杜昆：《现代人乡愁的三重奏——论计文君的小说创作》，《信阳师范学院学报（哲社版）》2014 年第 3 期。

② 张叹凤：《中国乡愁文学研究》，巴蜀书社 2011 年，第 102 页。

美）。拥有信仰便有可能从凡尘俗世的烦恼与痛苦之中解脱，使灵魂进入天堂或极乐世界，在那里，人性将与神性合一，短暂将与永恒合一。不过，世界上有许多人并无宗教信仰，况且西方世界也有人（如尼采）宣布"上帝已死"，通过宗教寻找精神家园似乎已变得不理想。要解决现世的存在之惑，还可以借助哲学与艺术，诺瓦利斯说："哲学的确是一种乡愁，这是一种希望所到之处都是在家的要求。"① 但哲学过于抽象和思辩，普通人要想深入把握它仍然会面临重重困难，再加上受到逻各斯主义的侵染，人往往被理性所役使而远离了存在的本真。因此，艺术审美便成为解决普通人现实生存困惑的理想手段，甚至已经部分替代宗教，成为救赎现代人灵魂的新途径。朱立元在论及审美现代性时指出，美学的现代性特点之一便是救赎观的确立。他认为，康德让审美成为沟通实践理性与纯粹理性的桥梁，而席勒便把"审美的人"作为人的理想状态，到尼采时艺术乌托邦取代宗教而成为世俗救赎的手段，从而使审美成为有效对抗异化和工具理性的手段，审美便上升到救赎的高度。② 由此，文学艺术便成为替代宗教抒写乡愁重建现代人精神家园的重要途径之一。

海德格尔指出，可以通过语言抵达存在的家园，这种语言不是日常语言，而是艺术的语言或诗化的语言。通过"诗"与"思"的方式把握住存在的本质，"语言是存在的家园，人栖居在语言所筑之家中，思者与诗人是这一家园的看家人。他们通过自己的言说使存在的开敞形乎语言并保持在语言中；就此而论，他们的看护完成了存在的开敞"。③ 诗的语言具有神性，是反映人的本真的语言，而在显现人的存在的过程中，诗人负有重要的使命，即守护存在的家园。因为诗在本质上是关乎人的存在即本原的思维活动，是对现实俗世的超越和对彼岸世界的想象，是人性回归永恒的自然神性的生命冲动。而诗人的使命便是使转瞬即逝的神圣之物能永恒留存。④ 诗（艺术）本质上正是为灵魂找到栖居之所，找到灵魂的故乡的通途。但这种寻找是通过诗歌或艺术的形式来完成的，

---

① 转引自〔美〕斯维特兰娜·博伊姆：《怀旧的未来》，杨德友译，译林出版社 2010 年，第 15 页。

② 朱立元：《后现代主义文学理论思潮论稿（下）》，上海人民出版社 2015 年，第 692 页。

③ 转引自刘梁剑：《王船山哲学研究》，上海人民出版社 2016 年，第 117 页。

④ 〔德〕海德格尔：《海德格尔诗学文集》，成穷等译，华中师范大学出版社 1992 年，第 217 页。

无论是创作（吟咏），还是聆听诗歌，抑或是每一次诗性的艺术创造，都是对存在的阐释、理解、领悟或灵魂的归乡，是存在的显现与敞开，也是一次存在的言说。人通过语言的言说显示和敞开了自己的存在，语言便成为存在的家园，成为人的灵魂的栖居之所。

四、拟像家园及其乡愁空间的窄化

进入后现代社会以来，随着信息技术和数字技术的飞速发展，电视、网络等媒介已经和人类密不可分，人被编织到或嵌入各种媒介组成的网络系统之中，成为成千上万的"移动终端"（网民）。网络在强化人的联系的同时也把他们推向符号构建的虚拟世界之中，当虚拟生活成为人存在的不可或缺的部分时，虚拟空间则被网民视为"真实世界"。鲍德里亚将这种虚拟的"真实世界"称为"超真实"，现在"所有真实都被代码和仿真的超真实所吸收"①。鲍德里亚将这种虚拟仿真方式称为拟像，并认为其发展经历了三个阶段：一是仿制阶段，属于人工复制，即对自然原物的模仿和再现，模仿与原物之间存在直接的接触与联系；二是生产阶段，属于机械复制，是工业时代的大规模复制生产，这种生产不依赖于真实的原物，但用于生产的材料是真实的；三是拟真阶段，属于电子复制，是利用模型、代码、数字等符号来构建仿真世界，与客观世界失去联系，从而消解了客观真实。

实际上，人类自进入现代社会以来，拟像就出现了，而在后现代社会中，拟像变得更加显著，拟像世界形成对真实世界的遮蔽。有学者指出，"如果说现代性见于以工业资本主义为特征的生产的时代，那么后现代性则体现了由符号、代码和模型所控制的后工业时代的特征"②。因此，后现代已经进入了鲍德里亚所描述的"超真实"时代，即仿真的符号化时代。而仿真是后现代社会生产的

---

① ［法］让·鲍德里亚：《象征交换与死亡》，见汪民安等：《后现代性的哲学话语》，浙江人民出版社2001年，第303页。
② 陆扬：《后现代文化景观》，新星出版社2014年，第177页。

交换原则，即"符号只进行内部交换，不会与真实相互作用"①。因此，在网络世界中，拟像世界自成一体，"终极物已经消失，现在是模型生成我们。已经没有意识形态这样的东西，只有拟像"②。后现代社会是一个拟像世界，符号渗透并"统治"一切，"甚至代码和象征也成了仿真的对象"③。这个符号世界与真实世界断绝了联系，一切都成为仿真的拟像。后现代社会中的乡愁家园同样不会与真实世界产生联系，它仍属于拟像世界，因此可称其为拟像家园。

拟像家园引发的乡愁属于后现代乡愁，它在虚拟世界中产生，同时又在这个世界中被消费。大众传媒和大众文化不断地制造拟像，汹涌的信息也不断堆积进拟像世界之中，海量信息淹没了客观真实和既有意义，导致拟像世界失去了原有的意义，终极物和意识形态也随之消失。广告、电视等媒介淹没了真实，"真实在从媒介到媒介的过程中被挥发了"，并且"真实成了为真实而真实的真实"④，从而导致"主体和价值的确定性消失了"⑤。现代人沉溺于拟像的符号世界之中，生产并消费符号，从而切断了对存在本质和生存意义的探寻，也就阻碍了生命哲学乡愁以及文化乡愁的产生，当然也与传统乡愁失去了关联。因而，后现代社会中的乡愁在很大程度上阻断了想象的空间延伸，导致了乡愁空间的窄化。

除此之外，后现代社会中的拟像世界还与消费文化密切相关。鲍德里亚指出，在后现代社会中，消费替代了生产。在以拟像为特征的后现代社会，使用价值与交换价值分离，拟像世界的交换围绕着符号价值进行，消费不再是满足基本需求，而是为了满足奢侈欲望。拟像世界中的乡愁也都被符号化、

---

① [法]让·鲍德里亚:《象征交换与死亡》，见汪民安等:《后现代性的哲学话语》，浙江人民出版社2001年，第308页。

② [法]让·鲍德里亚:《象征交换与死亡》，见汪民安等:《后现代性的哲学话语》，浙江人民出版社2001年，第304页。

③ [法]让·鲍德里亚:《象征交换与死亡》，见汪民安等:《后现代性的哲学话语》，浙江人民出版社2001年，第307页。

④ [法]让·鲍德里亚:《象征交换与死亡》，见汪民安等:《后现代性的哲学话语》，浙江人民出版社2001年，第325页。

⑤ [法]让·鲍德里亚:《象征交换与死亡》，见汪民安等:《后现代性的哲学话语》，浙江人民出版社2001年，第306页。

商品化了。乡愁不再是依赖现实社会中真实的情感体验，而是用语言、文字、影像、图表、声音等符号模拟出来的仿真物，乡愁仿真物可以采用数字化技术来进行大规模复制，从而满足文化工业对利润的追逐。而消费者并不在乎这种情感是否真实，他们在乎的是消费行为本身，也就是说，他们只关注作为表象的消费行为，并不关心行为背后的意义，只关注存在的表象，不关注存在的价值，从而切断了通往精神家园的路途。

美国学者罗兰·罗伯森认为：后现代社会中的乡愁"与消费至上主义密切联系在一起的……从它是全球资本主义的一种主要产物意义上说——更具有经济性质"[1]，消费性正是后现代社会中乡愁的另一大特性。后现代社会消费的是客观现实世界的"形象"，这带来了乡愁主体与客体的分离，乡愁自身成了符号化对象而非鲜活的情感本体。罗兰·罗伯森说这种后现代乡愁已成为"被解释的乡愁"，是通过被人解释并因此变得"客观化"[2]，最终转变为可出售的商品。拟像家园，正是乡愁作为商品的触发物或"存放"地，拟像家园窄化成乡愁商品的买卖场所，从而它自身也被商品化了。

综上所述，乡愁家园的内涵随着社会的发展而变得日益丰富和复杂，乡愁家园空间也随之发生变化，本书对乡愁家园的分类无法完全涵盖其复杂性和特殊性，仅从共时性维度对乡愁家园的空间形态进行较为全面的描述。本书论及的几种家园类型间并没有明确的界限，相互之间存在内容的交叉或重合，或存在某种逻辑的联系。比如，在物质家园的基础上延伸出了文化家园，而物质家园中的某些人造建筑、景观或遗迹，皆与文化家园内容相重合；文化家园又是精神家园生成的基础；后现代社会中的拟像家园又连接两种类型的乡愁：一种是仿真化、商品化的乡愁，这种乡愁被限制在拟像世界之中，成为单一的消费符号；另一种乡愁是对拟像家园中符号化、商品化的乡愁现状的不满和忧虑，它试图超越拟像家园而追寻灵魂的诗意栖居之所，也即对拟像化乡愁的反思，

---

① ［美］罗兰·罗伯森：《全球化社会理论和全球文化》，梁光严译，上海人民出版社 2000 年，第 228 - 229 页。

② ［美］罗兰·罗伯森：《全球化社会理论和全球文化》，梁光严译，上海人民出版社 2000 年，第 231 页。

它与生命哲学乡愁相一致，最终指向精神家园。由此可见，所有的乡愁家园既层次分明又不可分割，它们都以大地为本，大地是一切家园之根基和馈赠，是想象与诗意之源，正如海德格尔所言："大地朗照着'家园'。如此这般朗照着的大地，乃是第一个'家园'天使。"①

在我国当前社会中，乡愁的多重家园共存，不同的家园对应着不同层面的乡愁，从而为文学乡愁的抒写提供了多样化的维度。文学为乡愁表达提供丰富多样的艺术形式，而乡愁抒写又赋予文学极为丰富的审美内涵，并提升其艺术品位。乡愁情感是社会历史发展的文化标志，而文学乡愁的抒写对建构一个时代的乡愁意识具有积极的促进作用。乡愁不仅是连接和凝聚民族的情感力量和文化纽带，也是强化民族共同体的重要文化因素。因而，在新时代文学创作中，厘清当前文学乡愁的空间现状，加强乡愁的抒写，守护和构建乡愁情感体系，对于增强文化自信和文化复兴都具有不可低估的现实意义。

第四节　时间维度下乡愁意蕴的嬗变与叠加

乡愁既是人类特有的心理现象，也是文学抒写的永恒母题，中国文学对乡愁的抒写也因此延绵不绝，而成为一种重要的文学传统。然而，乡愁并非固定不变的情感现象，其意蕴会随着社会文化的变迁而发展。目前学界对乡愁概念的阐释，因缺乏清晰的历时性描绘而显得比较笼统。从时间维度来看，乡愁可以分为传统乡愁、现代乡愁和后现代乡愁，这三种乡愁之间并非迭代更替的关系，而是后者在前者基础上的叠加。也即是说，从传统社会到现代社会，再到后现代社会，乡愁意蕴发生了变化，并融入新的质素，但以前的乡愁作为一种较为稳定的文化心理并未消失，从而形成了传统乡愁、现代乡愁与后现代乡愁相互关联、叠加并存的文化现象和乡愁叙写的多重性。

---

① ［德］海德格尔：《荷尔德林诗的阐释》，孙周兴译，商务印书馆2000年，第15页。

一、乡土世界中怀旧式传统乡愁

传统乡愁是在传统农业社会中，因背井离乡而产生的对家园的自然风物、风俗习惯、人事传闻及依附于其上的伦理道德、价值观念、文化习俗、宗教信仰、政治理念和审美情趣等传统文化的眷念。传统乡愁最显著的心理特征是怀旧。怀旧是对过去的回忆，但这种回忆对过去进行了过滤，"丑"的部分被有意识地遮蔽，只留下过去美好的一面，或者说是被美化了的过去。有学者指出，西方文化中的基督教、犹太教皆以未来为美好，以未来为理想，而中国有着祖先崇拜的农耕文化审美传统，因而以过去为美好。① 也即是说，中国人的怀旧情结较西方人来说更为浓厚。美国学者斯维特兰娜·博伊姆提出的"修复型怀旧"恰好道出了中国文化中的怀旧特点："修复型的怀旧强调返乡，尝试超历史地重建失去的家园。"② "超历史地重建"是对过去（传统）的想象性修复性的重建。由此可见，传统乡愁是回顾式的，尽管可能伴随感伤甚至痛苦，但总体上是一种积极的情感倾向。

在传统乡愁中，主体与客体是融合统一的。由于传统乡愁存在怀旧式的想象，这种想象与主体对家园的记忆相结合，对客体进行美化式加工以重构失去的家园。在这个过程中，想象引导主体进入了客体世界，"想象也把怀旧主体投放到了他的审美对象之中，在主体与对象间的'同谋'或'同一'关系的基础上促成了主体对对象的创建"，这样便产生了"一种比'真实感'更能震撼人心的'美'的感情"。③ 乡愁主体是乡愁的亲历者和参与者，主体与客体并没有分离，主体能在乡愁情感活动中体会到美的情感，因而那些抒写传统乡愁的文学才会产生较强的审美魅力。

除此之外，传统乡愁通常由空间转换或者人之离散而形成，其引发物通常

---

① 王杰：《马克思主义美学的当下与未来》，《当代文坛》2018年第1期。
② ［美］斯维特兰娜·博伊姆：《怀旧的未来·导言》，杨德友译，译林出版社2010年，第7页。
③ 赵静蓉：《怀旧：永恒的文化乡愁》，商务印书馆2009年，第62-63页。

是物质家园所拥有的自然与文化等现实客体，如景物、人事及文化习俗等。这些现实客体曾真实存在，尽管在乡愁的想象中可能被美化，但被乡愁意识加工的原初材料仍源自真实存在的物质家园与文化家园。传统乡愁在美化过去时将伴随着诗意的生成，这种诗意反映了乡愁主体渴望重返现实中物质家园的情感冲动，因而传统乡愁追寻的是现实生活中的诗意栖居之所。

二、工业文明中前瞻式现代乡愁

现代乡愁是现代工业文明的产物，是与现代性一同出现的，而现代性是工业社会的基本属性。瑞士学者汉斯·昆指出，"现代"这个术语最早出现在 17 世纪法国启蒙主义运动中，"它作为一种新时代感的正面标志，是对文艺复兴时期留恋古代的周期历史观的抗议表述语。"① "现代"体现出一种乐观向上的精神，这种精神必然会影响到作为文化心理的乡愁，怀旧作为传统乡愁的心理特征被现代社会的"乐观情绪"所取代，人们不再回望过去的家园，而是对建构未来理想家园作前瞻式的展望，这赋予了乡愁更多的新质素，从而形成现代乡愁。这种"乐观情绪"体现了自资产阶级启蒙运动以来所倡导的科学与民主等现代观念，即学者卡林内斯库所说的资产阶级现代性。② 卡林内斯库认为现代性有两种，即资产阶级现代性和审美现代性，二者既对立又富有张力。资产阶级现代性，又被称为启蒙现代性或社会的现代化，它源于 18 世纪的启蒙运动，崇尚理性和自由，坚信科技能造福人类。中国学者王杰在谈及乡愁时也有类似的观点，他指出，当前中国有两种乡愁，即传统乡愁和现代乡愁，传统乡愁指向过去；现代乡愁即乡愁乌托邦，其本质是进入现代性，因为现代性意味着进步，现代性仍然是现代中国追求的目标，尽管它存在缺陷。③ 因而，从时间维度来看，现代乡愁不再是对过去的眷念与回望，而是对未来的展望与期盼，其

---

① ［瑞士］汉斯·昆：《神学：走向后现代之路》，见王岳川：《后现代主义文化与美学》，北京大学出版社 1992 年，第 159 页。
② 马泰·卡林内斯库：《现代性的五副面孔》，顾爱彬、李瑞华译，译林出版社 2015 年，第 42 页。
③ 王杰：《马克思主义美学的当下与未来》，《当代文坛》2018 年第 1 期。

家园存在于以理性逻辑与科学逻辑为特征的未来社会。

黑格尔对现代社会做过这样的阐释:"我们这个时代是一个新时期的降生和过度的时代。人的精神已经跟他旧日的生活与观念世界决裂,正使旧日的一切葬入于过去而着手进行他的自我的改造。"① 在现代社会中,不仅仅是物质家园遭遇了巨大的改变,就连往昔的生活习惯以及文化观念等也遭遇了断裂,这种断裂既是地理的也是历史的。但这种断裂并没有也不可能阻止人们对传统的回望,与传统乡愁的审美式怀旧不同的是,这种回望包含更多的批判与审视。现代乡愁主体对传统的审视与批判来自启蒙主义倡导的"自由、民主和博爱"等社会理想,在进化论和科学进步论的双轮驱动下,人们借助乌托邦想象张开双臂拥抱未来,乡愁家园便建立在理性、科学、民主与自由的基础之上。因而,前瞻性是现代乡愁的基本特征之一。

在西方,前瞻性体现在资产阶级启蒙者倡导的自由、民主和博爱的美好社会愿景上,同时体现在莫尔的《乌托邦》(1515)、培根的《新大西洋大陆》(1627) 和康帕内拉的《太阳之都》(1637) 等对未来社会的理想化描写。自近代以来,中国一直在积极探寻现代化之路,无论是洋务运动、戊戌变法,还是五四启蒙运动,都体现出急于摆脱落后走向富强的乌托邦乡愁冲动。比如,梁启超的《新中国未来记》、蔡元培的《新年梦》等小说,都在这种乡愁乌托邦的驱动下对中国未来展开了美好设想。

回望与前瞻形成现代乡愁对立统一的辩证性特征。罗兰·罗伯森指出:"全球性变迁的变动不居,本身便招致对世俗形式的'世界秩序'的怀旧,以及对作为家园的世界的某种前望式(projective)乡愁。"② 这使现代乡愁既具有丰富的人文内涵,也呈现出一种过渡的色彩。

现代乡愁中的前瞻式乌托邦冲动所建构的家园,作为成员们的共同理想或精神依托而维系着族群的稳定,在这一点上现代乡愁与传统乡愁相一致,因此可以把传统乡愁与现代乡愁统称为"集体乡愁"。弗雷德·戴维斯认为,集体

---

① [德] 黑格尔:《精神现象学 (上)》,贺麟、王玖兴译,商务印书馆 1979 年,第 6-7 页。
② [美] 罗兰·罗伯森:《全球化社会理论和全球文化》,梁光严译,上海人民出版社 2000 年,第 232 页。

乡愁即乡愁的象征性客体"具有高度共同的、广泛共享的和熟悉的特性，那些来自过去的符号资源……可以在千百万人中同时激起一浪高过一浪的怀旧情绪"①。只是现代乡愁共同指向的符号资源，即象征性客体，并非都是过去的，更多的是指向未来的。除此之外，现代乡愁还存在"个体乡愁"，即乡愁客体非公共的而是个体自身所独有的。罗兰·罗伯森指出，现代社会"一度被认为是现代性的一种标志的对自发性和个人自主性的怀旧，已经成为乡愁的突出维度"②。"个体乡愁"的出现源自启蒙现代性所倡导的自由、民主和个性解放等思想。由此可见，现代乡愁已经具有了个体与集体的双重家园建构的特性，不过，现代乡愁最终以精神家园的追寻超越了集体与个体的界限，成为现代乡愁的终极目的。现代人遭遇了现代性所带来的精神流浪而无家可归的"现代病"，不断追寻诗意的栖居成为现代乡愁的根本性精神动力，而精神家园也成为现代乡愁追寻的主要家园形式。

卡林内斯库指出，除了启蒙现代性，还存在与之对立的审美现代性，后者被称为文化现代性。它是在启蒙精神的激励下产生的，是对资产阶级现代性中的工具理性主义和技术主义的反思与批判。现代性批判了中世纪的专制、宗教的独断与民众的无知，张扬了理性与科学精神，然而，现代性在对理性与技术的极度推崇中走向了反面，形成了技术主义，从而对人造成了严重的异化。技术进步与启蒙主义许下的承诺不但未能兑现，还带来了诸多新问题，这促使审美现代性对其进行反思和批判，从而与启蒙现代性形成对立与张力。尽管卡林内斯库提出的审美现代性也反映了现代性的特征，但他并没有对现代主义和后现代主义所对应的审美特征进行区分。国内朱立元等学者对审美现代性和审美后现代性进行了区分，他们认为，审美现代性是理性的和以人为本的，具有救赎功能、独立的艺术价值、强调反思性，以及审美以感性为起点从而肯定感性等特点。③ 朱立元等人的审美后现代性则和卡林内斯库的审美现代性相似。朱

① ［美］罗兰·罗伯森：《全球化社会理论和全球文化》，梁光严译，上海人民出版社 2000 年，第 230 页。
② ［美］罗兰·罗伯森：《全球化社会理论和全球文化》，梁光严译，上海人民出版社 2000 年，第 226 页。
③ 朱立元：《后现代主义文学理论思潮论稿·下》，上海人民出版社 2015 年，第 692 页。

立元等学者对审美进行现代与后现代的划分符合社会发展实际，本书正是在这种审美类型划分的基础上展开讨论的。

无论是从社会学角度还是美学角度来看，反思与批判都是现代性的显著特点之一。列费弗尔（Lefebvre）认为，现代性就是反思过程的开始，是批判与自我批判的尝试，同时也表现出了对知识的渴求。① 英国社会学家安东尼·吉登斯也指出，现代性并非仅仅接受新事物，而是认定反思性，人们正是在反思性地运用知识的过程中建构起现代性的。② 也就是说，反思是现代性概念的核心要素。反思作为现代社会思想精神的基本特征也必然会影响作为社会心理和情感表征的乡愁，并赋予其鲜明的反思特性。有学者指出，当宗教的文化整合力量被启蒙运动消解后，工具理性的盛行对社会造成了冲击与撕裂，人也被碎片化，失去了存在意义的完整性，从而遭遇了现代性困境。而审美现代性试图通过艺术创作的形式来唤醒个体的感性和整体性，以对抗工具理性的绝对统治，从而重返或重构新的精神家园。③ 审美现代性同样重视反思，这种反思以理性为依据，进而批判工具理性，试图调和感性与理性而重建精神家园，并用艺术代替失落的宗教完成灵魂的救赎。马克斯·韦伯指出，艺术能够将人从单调的日常生活中解放出来，特别是从理论的和实践的理性主义所带来的压力中解脱出来，因而艺术具有一种世俗救赎功能。④ 审美现代性并不摒弃理性，它的反思仍可以视为一种现代性内在的自我调整与修复。由此可见，试图重建家园的现代乡愁的反思性便成为区别于传统乡愁的又一基本特性。需要强调的是，尽管现代乡愁的反思肯定了感性价值，但它仍然是一种理性的反思。

传统乡愁中也存在一定的反思，但传统乡愁以怀旧和审美为主，怀旧中的反思与理性的算计估量或统计无关，它"是在某种情绪、感悟或心理体验的过

① H. Lefebvre, *Introduction to Modernity*, London：Verso, 1995, pp. 1 - 2.
② ［英］安东尼·吉登斯：《现代性的后果》，田禾译，译林出版社 2000 年，第 34 页。
③ 张红霞：《张力之维的审美现代性建构：20 世纪中叶世界陶艺革命研究》，重庆大学出版社 2015 年，第 173 页。
④ H. H. Gerth, C. W. Mills, eds., *From Max weber：Essays in Sociology*, New York：Oxford University Press, 1946, p. 342.

程中以审美的方式展开"，从而达到对自己及他人或者历史与现实的理解和认知，即使理性在这个过程中有所参与，但其运作方式最终也是完全被感性化了的，正是这种感性化的运作形式使怀旧具有了审美特性①。也就是说，传统乡愁的反思形式更多是感性审美的，而现代乡愁的反思形式更多是理性批判的。

一般而言，现代性的反思批判应该包括三个方面的内容：首先是以启蒙的姿态对前现代文明中的愚昧落后与非人性的批判；其次是为了完善现代性自身而进行的修复性反思批判；最后是对启蒙现代性的批判，即对工具理性和技术主义进行的反思批判。前两个层面的批判内容是为了促进和更好地建构现代性，隶属于审美现代性反思范畴。就乡愁层面而言，对前现代的反思与批判既有回望又有前瞻，但其本质仍然是希望建立更合乎理想的家园。而修复性反思批判尽管也是针对启蒙现代性的，但它更多是反思现代性带来的后果，是对其产生的负面影响进行纠偏而使现代社会中各种关系走向良性循环与生态和谐，因此修复性反思批判是资产阶级内部的自我批判与调节。比如，19 世纪批判现实主义作家，虽然流淌着 18 世纪启蒙思想家的思想血液，但他们把启蒙思想对理性王国的呼唤与讴歌，转换成对资本主义的反理性现实的深刻而无情的批判。②因而这种批判既是一种现实主义的文学批判，也是"资产阶级理想对资产阶级现实的人道主义批判，或者说是资产阶级的自我批判"。③ 因此，这种修复性反思批判不同于审美后现代性中的理性批判，前者主要针对现代性所产生的后果，而后者则更多针对现代性这种手段，当然也涉及其后果。

在西方社会中，修复性反思批判以卢梭为代表，卢梭倡导回归自然并以此来抗衡现代工业文明，重返本真的人性，为现代乡愁的理性反思揭开了序幕。尽管卢梭的重返自然追求具有鲜明的怀旧情绪，但这种怀旧既是应对现代文明的措施，也是对未来理想生活的设想，因此同样具有面向未来的属性，其理论带有明显的现代反思特色。正如卡西尔所言："卢梭的理论不是关于既存事物的

---

① 赵静蓉著：《怀旧：永恒的文化乡愁》，商务印书馆 2009 年，第 43 页。
② 朱立元：《走向现代性的新时期文论》，复旦大学出版社 2016 年，第 85 页。
③ 朱立元：《走向现代性的新时期文论》，复旦大学出版社 2016 年，第 86 页。

理论，而是关于应有事物的理论，不是对现成事物的描述，而是对适当出现事物的刻画，不是怀旧的哀歌，而是未来的预言。"① 因此，卢梭的反思隶属于审美现代性范畴，其乡愁也属于现代乡愁，具有前瞻性与反思性特点。在中国现代文学中，除了前瞻性的乌托邦乡愁家园的建构冲动，还有以鲁迅为代表的"五四"乡土作家对传统乡土的审视与批判式抒写，这种批判具有怀旧的属性，但最终目标仍然是未来的新乡土或新家园的建构。由于晚清至"五四"时期，中国现代性并没有真正到来，因此，"五四"作家现代乡愁中所形成的修复性批判较少，而是以启蒙性批判为主，即以批判传统社会中的种种落后与弊端为主。

三、以商品消费为特征的后现代乡愁

现代性的反思批判的第三方面内容是对启蒙现代性自身的解构性批判，它隶属于后现代性的范畴。通常观点认为，后现代性是现代性的否定性继续。如学者王治河认为，后现代性"其中最重要的一点是对现代性的否定——对现代主义一元论、绝对基础、唯一视角、纯粹理性、唯一正确的方法的否定，对现代个人主义、帝国主义、家长制以及西方文化中心主义的否定"②。后现代性最重要的特征是反对一元论而主张多元化。受后现代性影响，审美后现代性同样反思并批判工具理性、一元论、文化中心主义等。其反理性在美学层面集中体现在怀疑与否定理性对艺术活动的作用，而强化审美行为的非理性部分，如潜意识、本能、自觉、想象与梦幻等感性因素，并以先锋的姿态对抗理性主义，使感性以感官快乐的方式介入审美活动，从而以快乐原则取代了审美的非功利性原则。③ 审美后现代性赋予其对应的乡愁后现代特征，使其成为后现代乡愁。后现代乡愁是在后现代社会中形成的，是在对现代性特别是工具理性和技术主

① ［德］卡西尔：《卢梭·康德·歌德》，刘东译，生活·读书·新知三联书店 2002 年，第 12 页。
② 王治河：《后现代主义（代前言）》，见王治河：《后现代主义辞典》，中央编译出版社 2004 年，第9 页。
③ 朱立元：《后现代主义文学理论思潮论稿·下》，上海人民出版社 2015 年，第 694 页。

义进行反思批判的过程中产生的，并以大众消费的形式沉溺于感官快乐和虚拟的拟像家园（这是后现代社会中人们利用模型、代码、数字等符号构建起来的仿真或虚拟世界）之中，从而放弃了地理的、文化的和精神的返乡情感活动。

关于现代社会乡愁的不同类型的划分，罗兰·罗伯森这样认为，20 世纪后期的乡愁已经今非昔比，它"与消费至上主义密切联系在一起的……从它是全球资本主义（它本身受到普遍性与特殊性之间的全球性相互作用的约束）的一种主要产物意义上说——更具有经济性质"①。也就是说，自 20 世纪后期以来，乡愁的消费性特征变得非常鲜明，这与以前的乡愁有了明显的区别。消费性正是后现代乡愁的基本特征之一。因此，我们大致可以从现代乡愁中分化出后现代乡愁。罗兰·罗伯森还引用了詹姆森的一段话来证明后现代乡愁的消费性："对以或许可以称为幻影形式出现的过去之形象的强烈爱好，各种这样的形象，尤其是那种奇怪的后现代风格的形象越来越多地生产出来，怀旧的电影通过虚饰性地唤起过去作为完全可以消费的时尚和形象。"② 后现代社会消费的是过去的"形象"，其实质是乡愁主体与客体的分离，乡愁自身成为符号化对象而非鲜活的情感本体。罗兰·罗伯森称这种后现代乡愁为"被解释的乡愁"，它是通过被人解释的乡愁，乡愁因而被"客观化"了，最终成了可出售的商品。③

后现代社会追求文化、意义和个性的多元化，这导致了边界泛化和中心消失，自我身份与价值难以确立，它们的游离带来了不安与焦虑。多元化还使共同体（包括共同的理想、价值观等）散失，追求个性的个体变得碎片化，整体性丧失，而个性泛化导致族群性丧失，商业化导致审美性丧失。在审美的后现代状态下，审美理想包括典雅、和谐与愉悦之美皆被放逐，而使它们"流亡于商品生产的某个环节"。④ 现代人认同世俗的享乐，把天国的享乐当成虚幻的欺骗，消费主义的浪潮把现代人带入"生产—消费—再生产"的现代"牢笼"中

---

① ［美］罗兰·罗伯森：《全球化社会理论和全球文化》，梁光严译，上海人民出版社 2000 年，第 228 – 229 页。

② ［美］罗兰·罗伯森：《全球化社会理论和全球文化》，梁光严译，上海人民出版社 2000 年，第 227 页。

③ ［美］罗兰·罗伯森：《全球化社会理论和全球文化》，梁光严译，上海人民出版社 2000 年，第 231 页。

④ 朱立元：《后现代主义文学理论思潮论稿·下》，上海人民出版社 2015 年，第 697 页。

而难以摆脱。后现代艺术追求意义的非唯一性和变动性，在赋予作品生机的同时，也带来了"与不确定性意义相关的认同难题"，因为后现代人生活的世界具有不确定性，深受"情感的匮乏、边界的模糊、逻辑的无常与权威的脆弱等诸多因素的困扰"，存在认同的难题。现代社会的认同难题是如何建构具有普遍辨认形式的认同，而后现代的认同难题则是因为不存在普遍客观的认同对象而无法确认认同什么，混乱与焦虑便成为后现代社会人们的宿命。① 由于科技的发展大大压缩了时空距离，全球化带来了文化的交融，文化的异质性逐渐消失。城镇化的加速发展，机械复制技术的日益发达，仿真拟像及克隆技术的逐渐推进，使不同地理空间的现代城市及相应的生活都同质化了，于是"所有地理位置的重要性开始受到人们的质疑，我们变成了流浪者——时时刻刻互相联络的流浪者"②。个体成了单个的粒子，成为"无可救药"的孤独症患者，焦虑成为现代人常见的心理疾病，怀旧情绪普遍萦绕在现代人的心头，后现代乡愁正因此而产生。但后现代乡愁中的怀旧已经不是传统乡愁审美式的回望，也不同于现代乡愁的批判性建构，它更多的是一种消费式的"仿真体验"。因此，后现代乡愁的另一特点便是虚拟仿真性。

利奥塔认为，现代城市的发展打碎了自然之神，"破坏它的归途，不给它接纳祭品和享受的时间。别样的时空调谐占领了自然之神的位置。从此，牧歌体制被视为伤感的遗迹"③。对中国当前社会而言，城市的迅猛发展远离了自然之神的神圣与威力，城市尽管是现代人的家，但它更是围绕消费而展开各种商业活动的场所，城市更多是林立的商铺、大型的超市和豪华的购物中心，这些既是欲望满足之地，也是欲望堆积之地，并非自然神灵的供奉之所。当你走出房屋，你不能像乡土社会那样看到田野、农舍、牛羊、庄稼等田园风光，城市并不生产人们赖以生存的粮食，而只是加工食品，城市也有工业生产，但其工业生产大多数都超出了人们生存必需的范畴，属于奢侈消费性生产，因而城市并

---

① 朱立元：《后现代主义文学理论思潮论稿·下》，上海人民出版社 2015 年，第 699 页。
② 赵静蓉：《怀旧文化事件的社会学分析》，《社会科学研究》第 2005 年第 3 期。
③ ［法］让－弗朗索瓦·利奥塔：《非人——时间漫谈》，罗国祥译，商务印书馆 2000 年，第 210 页。

非维持生命的基本物质生产之地。城市是欲望的试验场，是生产欲望与满足欲望的地方，消费是城市最主体的行为方式，其不可能成为最基本的物质和精神原乡。城镇化让很多人进入城市，于是城市人口的结构变得非常复杂，但无论是城市原居民还是外来务工者，他们都远离或者失去了物质原乡，这是他们的共同之处。城市原居民并没有把城市作为自己乡愁情感中思念的对象，他们想象中的故乡仍然是乡村化的，是儿时记忆中城市中特有的乡村元素或本土文化，而不是千篇一律的高楼大厦、公共设施或者消费行为。而外来务工者作为离乡之人，他们的故乡依然存在，只是由于人去村空而日益衰败，但他们很难再回到自己的故乡，因而也相当于失去了物质原乡。物质原乡的丧失阻断了人们现实的返乡之路，使之被困守于城市文化的消费"囚笼"里。加之启蒙现代性经过长时间的发展而弊端尽显，特别是对未来社会无限期前瞻式的期待，不断助长了人们欲望的膨胀，因而现代性带来的文化危机和生态危机也日益严重，正如胡塞尔所言："科学观念被实证的简化为纯粹事实的科学，科学的'危机'表现为科学丧失生活意义。"① 科学的危机本质上是文化的危机，现代性所承诺的社会进步、人的幸福和解放已经成为"空头支票"。现代性催生的文化危机重重，它不可能成为现代人灵魂的避风港，文化家园与精神家园因此变得遥不可及。

但乡愁的冲动仍不时袭来，在中国城镇化过程中，出现了从城市回迁乡村的"逆城市化"的"返乡"冲动，但制度的相应规定阻断了市民"返乡"的现实路径，而农民工因乡村破败或不再适应乡村生活而不能返乡，此时消费便替换了现实与想象的返乡而成为满足乡愁情感的最佳途径。在后现代社会中，人们对乡愁进行各种包装，使之成为商品被出售，乡愁通过影视、绘画、文学、雕塑、博客、微信等各种后现代艺术形式或媒介手段直接或间接地被消费，或者与文化旅游产业结合，成为产业经济发展的润滑剂而被消费。罗兰·罗伯森认为，现代旅游只是一种游戏，"而不是一种单一真正的旅游经历"②。后现代

---

① ［德］胡塞尔：《欧洲科学危机和超验现象学》，张庆熊译，上海译文出版社1988年，第5页。
② ［美］罗兰·罗伯森：《全球化社会理论和全球文化》，梁光严译，上海人民出版社2000年，第232页。

社会中旅游只是一种具有模拟性和表演性的仿真体验，是按照消费需求而被模式化和程序化的活动，与传统本真的旅游有显著差异，因而其主体感受到的更多是虚拟性的艺术拟像。在文化工业生产过程中，生成者根据消费者不同的需求，有意识、有目的地进行模式化，形成固定的象征性符号，然后嵌入不同的艺术形式或消费产品之中进行兜售，这样消费主体的乡愁便成为被动的应激式反应，主体失去了原有的乡愁想象，从而成为机械式的反应者，也即此时的主体直接感触的是经过人为包装的批量生产的伪乡愁，乡愁家园变成了"拟像家园"。后现代乡愁也大大地削弱了人们的想象力，乡愁审美和精神返乡被眼前的"拟像家园"锁定与囚禁，从而使众多乡愁主体沉迷于乡愁的消费之中，使乡愁经济化、产业化。

尽管后现代乡愁也借助艺术手段来传递乡愁情感，但与传统乡愁和现代乡愁不同的是，传统乡愁和现代乡愁艺术作品中的乡愁主体与客体是融合的，而后现代乡愁更倾向于对原初乡愁情感的挪用、模拟或照搬，从而与乡愁情感生发的主体出现疏离。从阅读或感知效果来说，受众对传统乡愁和现代乡愁是以审美体验为目的的，而后现代乡愁则以消费为目的。后现代社会中的乡愁"虽然也是以家园的摧毁为代价，以灵韵的失丧为特征，却非但不是为了要回到过去（修复性的），也不是要反思过往（自反性的），仅仅是为了自我消解和消费（仪式性的，一次性的，医治性的），乡愁的即刻仪式化并转化为某种使用价值，可以说是后现代乡愁的基本特征"①。本雅明认为，现代艺术失去了仪式感，从膜拜价值沦为展示价值。② 但在现实生活中，即使存在对仪式的模仿，也只是一种消费性的模仿。这种模仿仅仅是借助了以往乡愁生成的仪式，并不要求有真诚的乡愁产生，只是操作完成象征乡愁——传统艺术的仪式即可，因此这种仿真式的乡愁成了一种行为艺术，只关注其眼前的消费价值或商业价值，并不在乎有无真的乡愁情感产生。后现代乡愁可以被商业化，成为文化旅游中有效的文化卖点。然而，即使通过这种仪式化的乡愁引燃了受众的乡愁情感，

---

① 杨击：《后现代乡愁：〈钢的琴〉的情感结构和叙事策略》，《艺术评论》2011年第10期。
② 本雅明：《机械复制时代的艺术作品》，王才勇译，中国城市出版社2002年，第94—96页。

也只是暂时的和粗浅的，而非真实的和深刻的，因此也是一次性消费。对仪式的模仿或商业化便成为后现代乡愁的另一基本特征。

后现代性带来的诸多问题汇集成为人们焦虑的情感源头，这种焦虑不再是追寻构建具有某种理想模型的乡愁家园的焦虑，而是缺失构建家园的目标或理想的焦虑。在寻找家园的旅途中，不再像传统乡愁在回望中建构家园，也不像现代乡愁在前瞻中建构家园，后现代乡愁则始终在焦虑状态中寻找建构何种家园。在这样的过程中，克服焦虑的办法便是消费，反过来又沉迷于感官，于是人们仿佛又回到了原初本真状态，在放纵感官欲望和满足消费欲望的过程中体验到了来自生理与心理的快感，这给人一种回归自然和自由人性的幻觉。于是在后现代社会中，人们在消费狂潮和虚拟世界中建构了一个虚拟家园，或者叫作拟像社会中的"拟像家园"。

消费所构建的"囚笼"和"拟像家园"成为现代人自我建构的现代"灵魂囚居"方式，现代乡愁追求的诗意栖居变成后现代乡愁中的"灵魂囚居"，这是后现代审美的最终体现。

但无论何种形式的乡愁，始终是与情感或精神相关联的审美性创造活动，其对家园的思念、对人生价值的追思、对心理归宿的寻觅以及对终极目的的追问等并没有发生本质变化，这些都是乡愁主体应该始终关注的问题，只是在某些时期乡愁主体偏离了乡愁情感的主航道。

四、当前乡愁意蕴的多重性抒写

自近代以来，中国一直致力于构建现代化国家，至今仍在这条道路上不断前进，因此中国社会现代性特点非常鲜明。而中国文学乡愁叙事由传统转向现代，则是在经历了晚清思想改良和"五四"新文化运动的洗礼之后才逐步实现的。"五四"时期，知识分子投身革命、改造社会的启蒙激情压倒了固有的传统乡愁，他们的态度从对传统的怀旧转向了对传统的批判。以鲁迅为代表的乡土小说作家具有鲜明的现代性反思特点，他们对乡土社会中存在的落后愚昧进行了批判性叙写。比如鲁迅的《故乡》、王鲁彦的《柚子》和《菊英的出嫁》、蹇先艾的《水葬》、许杰的《惨雾》、柔石的《为奴隶的母亲》等作品。乡土作家都承担着时代启蒙的使命，以前瞻式的叙事姿态试图破旧立新，重建新的乡土秩序。张叹凤认为现代文学摒弃了古典文学中文人士大夫身上循环往复的隐逸趣味或文人情调，转而追求全球语境的家园意识和新乡土社会的建构，尽管怀旧念亲的基本人性没变，但具有积极前卫的理性主义色彩，而且新文学中的乡愁还具有前沿性与现代性。① 张叹凤对"五四"乡愁现代性特点的描述是符合事实的，但他认为"五四"新文学摒弃了文人情怀则显得较为武断。实际上，在现代性乡愁产生的同时，以怀旧为特征的传统乡愁仍然存在。比如废名、周作人等京派作家，频频回首传统，在浅唱低吟的诗意抒写中表达了对往昔乡土田园生活的依恋。以京派作家为代表的怀旧式乡愁抒写中即使有批判，也是对现代文明的批判，而非文化传统。也就是说，以京派为代表的对乡土进行肯定式抒写的作家，尽管有理性的反思或批判，却仍以感性审美的方式进行，因此他们所抒写的是传统乡愁情感。

"五四"新文学形成的传统乡愁与现代乡愁两种叙事类型一直延续至今。就新时期以来的乡土写作而言，抒写现代乡愁的作家作品较多，其中较有代表性的有冯骥才的《铺花的歧路》、张贤亮的《邢老汉和狗的故事》《绿化树》、孔捷生的《在小河那边》、郑义的《枫》《远村》《老井》、古华的《芙蓉镇》、梁晓声的《陈奂生系列》、王蒙的《蝴蝶》《活动变人形》、路遥的《人生》、贾平凹的《浮躁》、张炜的《古船》《九月寓言》、韩少功的《爸爸爸》、芳芳的《风景》、刘恒的《狗日的粮食》《伏羲伏羲》、刘震云的《故乡相处流传》、贾平凹的《秦腔》《极花》、阎连科的《日光流年》《受活》《炸裂志》等，都以抒写现代乡愁为主。而以抒写传统乡愁为主的作家作品主要有汪曾祺的《受戒》《大淖记事》、史铁生的《奶奶的星星》《我的遥远的清平湾》、刘绍棠的《蒲柳人家》、何立伟的《白色鸟》、贾平凹的《满月儿》《商州三录》、阿成的《年关六赋》、张承志的《北方的河》《黑骏马》、红柯的《西去的骑手》、迟子

---

① 张叹凤：《中国乡愁文学研究》，巴蜀书社 2011 年，第 210 页。

建的《雾月牛栏》《清水洗尘》《额尔古纳河右岸》等。

20世纪80年代中后期以来，后现代文化思潮逐渐兴起，因而文学作品中出现了与之相应的后现代乡愁叙事。随着电信技术与网络技术的日益发展，信息传播的速度、广度、深度及形式得到极大改进，机械复制成为日常，大众文化兴起，往日艺术的光晕消失，艺术审美不再为少数人所独享，审美日常化成为现实。人们常停留并热衷于欲望表象，跟着感觉走，因而他们的家园不在远方，而是在由当下感觉组成的生活之流中，更多存在于网络虚拟的幻象之中，这种乡愁家园正是"拟像家园"，乡愁便成为后现代乡愁。随着后现代文化的兴起，复古建筑、古风音乐、唐装汉服、茶道礼仪、太极国学、文玩古董、乡村旅游、农舍酒家、民宿休闲、寺院禅定……怀旧热潮一浪盖过一浪，似乎现代人都满怀深情地投向传统，但实际上，多数人是把怀旧作为世俗生活中的文化时尚进行消费的。在后现代文化浪潮之中，乡愁作为文化情感的丰富性、独特性和真切性被淹没在消费的、娱乐的和休闲的世俗生活热潮之中。与后现代潮流相对的后现代文学思潮同样是在20世纪80年代中后期开始兴起的，如先锋小说、新生代诗歌、新写实主义、新历史主义、新状态小说、女性主义写作、大众文化思潮以及网络文学等，都具有一定的后现代特性。后现代文学除了具有反理性，还具有鲜明的消费性，也即文学逐渐被市场化和商品化。文学的商品化必然会导致乡愁商品化，特别是在网络小说或其他现代媒介中，乡愁情感多以类型化、模式化、标准化的形式进行批量生产，乡愁成为消费诱饵而被工具化、商品化。

尽管当前文学叙事中仍然存在传统乡愁、现代乡愁和后现代乡愁的抒写，但这三种乡愁叙事并非被截然分割，有些作家的作品中可能三种性质的乡愁兼而有之，因为影响作家乡愁情感产生的文化因素是多方面的。比如王蒙的《春之声》，既有现代意识流手法抒写建设现代化国家的自豪与激情，也有对童年故乡的依恋式抒写，从而把传统乡愁与现代乡愁融为一体。先锋作家马原的《冈底斯的诱惑》，既充满西藏地域色彩和乡土韵味，散发出浓郁的怀乡气息，同时也存在意义漂浮不定、拆解叙事进行语言游戏的特点，游戏式叙事拒绝进入严肃深邃的精神家园。马原等先锋作家以理性为诉求却又以亵玩的游戏姿态进行了意义的自我消解，因此他们把进入家园的乡愁消耗在了通往精神家园的幽深的隧道口，最终使传统乡愁、现代乡愁与后现代乡愁混杂而共存。总之，乡愁类型的多元并存为文学创作提供了多种可能的向度，并丰富了乡愁文学叙事的内涵。

在当前文学的乡愁叙写中，应尊重文化多元、个体差异和乡土衰败的客观现实，重新发掘城乡经验，充分考虑各阶层的价值诉求，采用整体性的思维方式，以巩固中华民族共同体为基础，以构建人类命运共同体为总体目标，叙写传统乡愁从而构建和巩固以地缘与血缘为基础的民族文化共同体；叙写现代乡愁从而构建以科技发达与民主进步为基础的中华民族共同体；叙写后现代乡愁以抵御消费文化对精神的奴役，超越世俗物欲而进入人类共有的精神家园，最终将乡愁情感转化为构建人类命运共同体的精神动力。

第二章

乡愁叙事的发生

乡愁不仅是一种文化现象，更是一种心理现象，乡愁的产生有自己的心理机制。从心理学视角来审视，乡愁可被视作一种因远离故土而生的焦虑情绪，它源自个体对那些给予情感慰藉与心理支撑的人、事、物的深切眷恋。当这份依恋因地理或心理的距离而遭受阻碍甚至断裂时，个体的内心世界便因安全感的缺失而泛起层层涟漪，乡愁之情也随即涌上心头。文学，作为人类情感的镜像与抒发渠道，自然而然地承担起抒发乡愁、抚慰人心的重任，成为心灵的避风港。自古以来，中国文学中就流淌着乡愁的血脉，其叙事手法与艺术风格随着时代的更迭而不断演变，至"五四"现代文学时期，乡愁叙事更是被赋予了鲜明的时代特征与现代性色彩。本章旨在剖析乡愁叙事的内在心理驱动、外在表现形式，以及其在社会文化语境中的深远意义；同时，也将回溯乡愁叙事在文学长河中的演变轨迹，探究这一情感如何在文学艺术家的笔下被精雕细琢，进而转化为推动文学进步与创新的重要力量。通过一系列的探讨与分析，笔者以期能够更加深入地理解乡愁这一复杂而微妙的情感现象，以及揭示乡愁叙事在文学创作中的独特价值与魅力。

第一节　乡愁叙事的心理机制

乡愁在传统文化中属于一种文学母题，是离乡者对家乡的人或事物的美好回忆或反思。乡愁是因为对某些人或物的依恋遭遇了阻隔而产生，从心理学角度来看，乡愁是一种焦虑症，作为一种"消极的情绪状态，其特点是反复出现在家中，想念朋友，渴望回到熟悉的环境，并经常同时发生身体不适的抱怨"①。乡愁是源自依恋情感并由此生发出来的一种情感状态，其中包括对故有居所、家乡风物、亲人或故人等的依恋。依恋是个体对具有特殊意义的他

---

① 转引自梁萧阳：《员工"乡愁"的隐含理论、影响效应与对策》，《现代商业》2018年第34期。

人（某一特定的个体或群体）形成的一种牢固、有情感关系的联结。其特征是：

> 个体与依恋对象分离会产生痛苦；对依恋对象会产生趋近行为；向依恋对象寻求支持与帮助，将其作为一个避风港；将依恋对象作为一个安全基地，并以此为基础发展其他的社会行为等。依恋在实质上是要"询问"这样一些根本性问题：所依恋的对象在附近吗？他接受我吗？他关注我吗？如果察觉这些问题的答案为"是"，则个体会感到被爱、安全、自信，反之个体则会体验到失望和抑郁，形成不安全的依恋，并且会影响到个体与他人建立健康的亲密关系。①

"Bowlby 认为依恋是生存的必需品。无助的婴儿对母亲的依恋有助于生物的生存。亲密依恋对象的连续存在帮助孩子探索周围环境，尝试社会和团体接触，产生支持及安全感。"② 当人们离开家或家乡时，原有的依恋关系会因距离较远而失去平衡，游子会因距离较远而与原有的依恋对象无法触及，因失去安全感而焦虑不安，这时便产生了乡愁。乡愁既是一种焦虑症，也是一种文化心理现象，作为文化审美对象，它本身是抽象的，必须借助具体的物态形式进行表现。当游子远离家乡时，焦虑的乡愁情感作为失衡的心理症状，乡愁主体会寻找不同的方式进行自我调节而寻找到新的平衡。乡愁文学，作为一种深刻的心灵慰藉方式，其核心旨在探索并缓解那份因依恋缺失而生的心理渴求，它根植于一种对归属感与安全感的深切向往。正是这份向往成了驱动乡愁文学与叙事不断前行的内在动力。换言之，乡愁叙事犹如一剂温柔的良药，不仅在一定程度上抚平了创作者心中对故乡人、事、物的深切思念，还通过其艺术创造，构建了一座连接过去与现在、维系情感连续的桥梁。如此，乡愁不仅是情感的

---

① 郭成：《健康心理学》，浙江教育出版社 2016 年，第 86 页。
② ［美］米娜·M. 魏斯曼，［美］约翰·C. 马科维茨，［美］杰拉尔德·克勒曼：《人际心理治疗指南》，郑万宏等译，浙江工商大学出版社 2018 年，第 11 页。

源泉，更是推动乡愁文学叙事发展的主要情感引擎。

此外，我们还可以通过"符号互动理论"来分析乡愁情感产生的心理原因。芝加哥社会学派创始人之一乔治·赫伯特·米德认为，个体自我"产生于经验"，"自我，作为可称为它自身的对象的自我，本质上是一种社会结构，并产生于社会经验。当一个自我产生之后，从某种意义上说它为自身提供了它的社会经验，因而我们可以想象一个完全独立的自我，但是无法想象一个产生于社会经验之外的自我"①。米德强调，人生活在一个与其休戚相关的社会共同体中，人与社会（他人）依靠符号进行交流与互动，如果人不能与他人进行正常的交流互动，则其主体性也会受到破坏，或者说受到损害。作为乡愁主体的人，自出生后便生活在家庭及其周围的环境中，与家庭成员、亲朋好友以及乡土社会（他人）都会形成互动关系。这种互动或借助语言文字，或借助自然景观、风俗习惯、礼仪制度、传统饮食，或借助建筑、民居、服饰、器物等物质文化，共同完成交互活动。这些用以完成交互活动的事物或文化符号，都属于广义上的"交互符号"，或者说是传播各种意义或信息的媒介。正是借助某些乡土"交互符号"才形成主体与社会之间的互动关系，人也因此获得自我的主体性认知，也就是从互动关系中获得了意义，或者说是互动活动赋予了个体意义。由于个体从出生开始便与自己身边的亲人、邻里、环境等进行互动，并在此互动过程中产生某种依恋或恋家或恋乡情结，这种依恋情结是与生俱来的，难以改变。一旦这个主体离开家乡，原有稳定的互动交流关系遭到时空的阻隔，从而打破了原有互动关系的平衡，因此主体性的确认变得困难起来，自我存在的意义也变得模糊或者不确定，这时候焦虑心理便逐渐形成。比如笛福的《鲁滨逊漂流记》中的鲁滨逊一个人漂流在孤岛上时，与原有的所有社会关系完全断绝，他产生了巨大的恐慌，特别是他无法消除对意义丧失的恐惧，于是便加倍地思念家乡与亲人。他试图依靠回忆回到原有的交互关系之中，重获社会意义，以缓解孤独与恐惧心理。当仅靠回忆无法缓解因失去故乡带来的感伤或痛苦时，

---

① ［美］乔治·赫伯特·米德：《心灵、自我与社会》，见张国良：《20世纪传播学经典文本》，复旦大学出版社2003年，第169页。

人类便会借助其他手段，如口头讲述、文学创作或艺术表演等形式来寻求慰藉。文学创作是消除思乡焦虑，并重建原有互动平衡关系的最佳方式之一，因为在无法改变时空距离的情况下，通过文学创作再次在内心重构记忆中的平衡互动关系，从而在心理上进行自我抚慰，是消解乡愁焦虑症的最好方式之一。漂流到孤岛的鲁滨逊便是通过不断写日记，试图把记忆留下来，以此抗拒时间带来的遗忘，减少心中的苦闷孤独甚至对未知的恐惧。正是如此，乡愁叙事逐渐在现实社会中产生了。

乡愁，尤其是传统乡愁，其本身更接近于怀旧情绪。从哲学角度来看，怀旧是对时间和记忆的守护与追寻①，中国传统文学中的"怀旧""怀土""怀古"古今含义几乎一致，都是表示对过去人事物的思念与回忆②。而在西方，怀旧的内涵经历了漫长的演变过程。从17世纪晚期到21世纪初，"怀旧经历了一个由生理病症转变为心理情绪再变为文化情怀的过程"③，总体来说，西方对怀旧的认识从病理学拓展到了社会学领域，其根本原因在于怀旧的文化内涵或精神特性在逐渐增加，这也是现代性影响的结果。我们可以通过美国学者茨威格曼关于"生活的不连续性"来分析现代性对怀旧情绪的影响，茨威格曼认为：

> 人类必须曾经经历过或正在经历某种突然中断、剧烈分裂或显著变动的生活经验，才有可能生长出怀旧的情绪，而怀旧就是现代人思乡恋旧的情感表征，它以现实不满为直接驱动，以寻求自我的统一连续为矢的，它正是现代人为弥补生活的不连续性而自行采取的一种自我防御机制。④

现代社会为人们提供了更多自由和开放的空间，人们的生存方式具有移动性和不确定性，迁移或漂泊成为现代人生存的常态，家或家园对现代人来说已

---

① 赵静蓉：《怀旧——永恒的文化乡愁》，商务印书馆2009年，序言二第5页。
② 赵静蓉：《怀旧——永恒的文化乡愁》，商务印书馆2009年，第16页。
③ 赵静蓉：《怀旧——永恒的文化乡愁》，商务印书馆2009年，第17页。
④ 转引自赵静蓉：《怀旧——永恒的文化乡愁》，商务印书馆2009年，第18页。

经渐行渐远。正如斯宾格勒所言，"家"这个词只有在由蛮荒进入开化时才具有意义，但马上又随着人类文明的到来而又失去了这种意义。① 迁移和漂泊破坏了原有生活的连续性，导致了当下与过去（历史）的断裂。人本身具有寻找完满性或神性的本质冲动，这是人的潜意识存在，因此人在面对由连续性而获得的历史意义或完整性缺失之际，怀旧便对这种缺失进行弥补，从而形成一种新的平衡，但这种平衡只是主体感觉或精神的平衡，因为依靠怀旧建构起来的家园，仍然是想象性的，是人们的精神希冀所在，是其精神皈依之所。也正因为如此，作为精神的家园更具有恒久性和稳定性，从而成为人们存在意义追寻和终极关怀相关联的诗意居所。法国心理学家安德烈认为：

> 对于大多数人来说，在情绪的处理（想起美好的回忆）、自我形象以及自我价值感的建立（许多怀旧记忆与超越困难有关）上，怀旧都能够启动愉悦的感觉。怀旧，也可以使人感觉不那么孤独，因为回忆中尽是社会关系。倾向于怀旧的人，会感到与他人连接比较紧密，在遭受打击时，能够更有信心得到支持。怀旧，在个人的身份意义上，也扮演着重要的角色，在过去和现在之间建立连续感。②

由此可见，只有原有的连续的情感或固有的某种关系遭到破坏，人才采用怀旧的情感弥补机制，从而在某种程度上使主体得到情感补偿。

无论是从符号互动理论，还是从怀旧心理学角度考察，乡愁叙事本质上都是心理欲求在寻求满足过程中所展开的一系列艺术创造活动，其目的是在原有的生活或特定关系的平衡性遭遇破坏后，通过艺术创作重建新的平衡关系或重建生活的完整性。因此乡愁冲动作为叙事动力，主要体现在两个方面：一是对世俗家园的回归渴望；二是对神性完满、意义充实的精神家园的追寻。

---

① 转引自张兵娟：《全球化时代：传播、现代性与认同》，中国广播电视出版社 2010 年，第 206–207 页。
② ［法］克里斯托夫·安德烈：《记得要幸福：心理学家安德烈的幸福练习册》，慕百合译，广西科学技术出版社 2017 年，第 278–279 页。

第二节 古代小说中的乡愁叙事

乡愁叙事，是乡愁主体通过文学形式传达乡愁情感的叙事类型，其中包括对思乡与忆乡情感的抒写，对故乡自然风物与人事百态的描写，对离乡与归乡行为的叙述，对生存家园的现实困惑与担忧以及对未来前景的想象性表达等方面。

乡愁叙事并非在现代小说中才出现，早在魏晋南北朝时期的志人志怪小说中，便有游子对亲人与家乡的思念性描写。志人小说《世说新语·言语》中载：

> 桓公北征经金城，见前为琅邪时种柳，皆已十围，慨然曰："木犹如此，人何以堪！"攀枝执条，泫然流泪。①

这个小细节涉及的主要人物是桓温，故事的背景是北伐，桓温路过曾做琅琊内史时居住过的地方，发现自己种的树已经长大到了十围，物是人非，感伤之情难以承受。其中显然蕴含了乡愁叙事的成分。到了唐传奇，尽管少见专门描写乡愁的作品，却不乏局部的乡愁叙写。比如《崔炜》中便有乡愁情结的描写：

> 后将及中元日，遂丰洁香馔甘醴，留蒲涧寺僧室。夜将半，果四女伴田夫人至。容仪艳逸，言旨雅淡。四女与崔生进觞谐谑，将晓，告去。崔子遂再拜讫，致书达于越王，卑辞厚礼，敬荷而已。遂与夫人归室。炜诘夫人曰："既是齐王女，何以配南越人？"夫人曰："某国破家亡，遭越王所虏，为嫔御。王崩，因以为殉，乃不知今是几时也。看烹郦生，如昨日

---

① （南北朝）刘义庆：《世说新语》，三秦出版社 2008 年，第 16 页。

耳。每忆故事，辄一潸然。"①

崔炜在中元日救助一妇人，在鬼神引导下进入越王墓穴，人鬼交往如日常，且作为鬼魂的越王夫人还与崔炜成婚。上面一段文字叙述的是两人初次见面时的对话，其中夫人所言"国破家亡"，被越王俘虏，与家乡亲人音信阻断，回忆故国往事，愁情难抑，不禁潸然泪下。这其中显然有国破家亡、背井离乡的沉痛乡愁，因此可以说这段文字属于乡愁叙事。

而李朝威在《柳毅传》中对龙女的乡愁叙写更显成熟，"见有妇人，牧羊于道畔。毅怪视之，乃殊色也。然而蛾脸不舒，巾袖无光，凝听翔立，若有所伺"。这里通过对龙女的神情叙写，揭示了龙女远嫁他乡后的不幸遭遇，其中隐藏着龙女对家乡及亲人的思念。等到龙女开口说话，果然吐露了其自由丧失而无以归家的悲苦遭遇，龙女说："洞庭于兹，相远不知其几多也。长天茫茫，信耗莫通。"龙女寄人篱下、孤苦无助的惨况更是为其乡愁增添了悲剧色彩。当柳毅答应帮助龙女传书之后，作者写道："女遂于襦间解书，再拜以进，东望愁泣，若不自胜。"这是对龙女愁苦心境的直接叙写，其中不乏龙女积郁已久的乡愁情感。然而小说并没有就此作罢，随着情节的发展，龙女回到了龙宫，按说乡愁也将因回家而逐渐弱化甚至消失，无从写起，但作者通过龙王之口再次写到离愁别恨：

　　酒酣，洞庭君乃击席而歌曰："大天苍苍兮大地茫茫。人各有志兮何可思量。狐神鼠圣兮薄社依墙。雷霆一发兮，孰敢当？荷贞人兮信义长，令骨肉兮还故乡。齐言惭愧兮何时忘！"洞庭君歌罢，钱塘君再拜而歌曰："上天配合兮生死有途。此不当妇兮彼不当夫。腹心辛苦兮泾水之隅。风霜满鬓兮雨雪罗襦。赖明公兮引素书，令骨肉兮家如初。永言珍重兮无时无。"钱塘君歌阕，洞庭君俱起，奉觞于毅。毅踧踖而受爵，饮讫，复以二觞奉二君。乃歌曰："碧云悠悠兮泾水东流。伤美人兮雨泣花愁。尺书远达

---

① 王汝涛等：《唐代志怪小说选译》，齐鲁书社 1985 年，第 194 页。

兮以解君忧。哀冤果雪兮还处其休。荷和雅兮感甘羞。山家寂寞兮难久留。欲将辞去兮悲绸缪。"①

这里的吟唱，表面是主客之间的酬偿应答，实际是以歌唱的艺术形式来表达作为父亲的洞庭君与作为叔父的钱塘君对远嫁他乡的亲人的思乡之情，而柳毅以局外人身份吟唱出龙女独处异乡的悲苦遭遇。作者借助三人所唱把龙女远嫁他乡的乡愁之苦进行了轮番叙述，从而达到一唱三叹的艺术效果。洞庭君、钱唐君与柳毅三人的吟唱反复渲染龙女的悲苦遭遇与浓郁的乡愁情感，增强了宴会的感伤情调或氛围。显然，唐传奇对乡愁的叙写比魏晋南北朝小说更加细腻，手法也更加成熟。

尽管古代叙事文本专门以乡愁为题材的寥寥无几，但在仙游、寻夫、寻父、归乡等题材中均会部分涉及乡愁叙事。南朝宋刘义庆的《幽冥录》、陶潜的《搜神后记》、唐传奇《博异志》以及明代凌濛初的《二刻拍案惊奇》等古代小说集中还存在以仙游为题材的作品，这类故事一般讲述主人公由于某种原因进入仙界，并与仙人相识，居住一段时间后因思念家乡并重返家乡（人间）。比如《幽冥录》讲述刘晨、阮肇误入仙境，并与仙女结成眷属，十日后二人思家欲归，仙女挽留后又住半年，二人越发思归，小说写道："气候草木是春晴，百鸟啼鸣，更怀悲思，求归甚苦。"《搜神后记》中的袁相、根硕同样也是误入仙境，与仙女成婚，二人因为思念家乡欲偷跑回家，被仙女发现没能成功，后经仙女同意后回到了家乡，不过文中对乡愁方面的描写过于简单，只有一句话"二人思归，潜去归路"。在《太平广记·神仙·白幽求》中，主人公离家后，进入神仙般的岛上，关于白幽求的思乡之情描写如下：

幽求恓惶，拜乞却归故乡，一真君曰："卿在何处？"对曰："在秦中。"又曰："汝归乡，何恋恋也？"幽求未答，又曰："使随吾来。"朱衣人指随西岳真君。诸真君亦各下山，并自有龙虎鸾凤，朱鬣马龟鱼，幡节

---

① 王汝涛等：《唐代志怪小说选译》，齐鲁书社1985年，第12－13页。

羽旌等，每真君有千余人，履海面而行。幽求亦操舟随西岳真君后，自有便风，迅速如电。平明至一岛，见真君上飞而去，幽求舟为所限，乃离舟上岛，目送真君，犹见旗节隐隐而渐没。幽求方悔恨恸哭，而迢迤上岛行，乃望有人烟，渐前就问，云是明州，又却喜归旧国。①

当白幽求获悉仙人在仙境中为自己预留职位时，他非但没有欢欣鼓舞，反而心中充满了"恓惶"之情，遂"拜乞却归故乡"。及至重返家乡，他的脸上不自觉地洋溢起喜悦之光。这一前一后截然不同的心理变化，细腻地折射出作者深邃而丰富的乡愁感情。

在《二刻拍案惊奇·海神显灵助程宰》中，主人公程宰与哥哥离开家乡徽州到辽阳做生意，生意失败后开始打工，在风雨交加的夜晚心生乡愁，"一天晚上，忽然风雨大作。程宰和哥哥各人在自己的房中，裹着被子睡在床上，因为寒气逼人，无法入睡。程宰在床上翻来覆去，不禁思念起家乡来了。他起身穿上衣服，坐在床上，重重地叹息了几声"②。后来他与海神结下奇缘，在海神的帮助下，程宰的生意越做越好，但因离家多年，便有了归乡之心：

> 一天夜晚，他对美人说："我离开家乡已经二十年了。过去因为没有钱，回去不得。自从得到了你的帮助，赚到了许多的钱财，已经大大超出了我原先的希望。我想暂时与你告别一段时间，与哥哥回乡看看，见见妻子，便可返回，最多不会超过一年，然后我们就可以永远在一起欢聚。不知可否？"③

虽然这段叙写乡愁情感并不浓郁，但也具备简单的乡愁叙事特点。

在以寻父为题材的小说中，尽管没有正面描写乡愁，但在寻人过程中也涉

---

① （宋）李昉：《太平广记》（第 1—4 册），大众文艺出版社 1999 年，第 316 页。
② 黄瑛：《商贾传奇》，贵州人民出版社 2010 年，第 82 页。
③ 黄瑛：《商贾传奇》，贵州人民出版社 2010 年，第 88 页。

及被寻者的思乡之情。明代通俗小说中有王原寻父系列故事，如《西湖二集》卷三十一《忠孝萃一门》、《石点头》卷三《王本立天涯求父》、《型世言》第九回《避豪恶懦夫远窜感梦兆孝子逢亲》等。王原之父王珣抛妻别子，远走他乡，后遁入空门。儿子历尽艰险，找到父亲，王珣开始时拒绝回家，儿子以死相逼，正如庙中和尚所言，"昔年之出，既非丈夫；今日不归，尤为薄幸。你身不足惜，这孝顺儿子不可辜负。天作之合，非人力也"。"非人力"，既可以理解为潜藏在心中的乡愁意识，也可以理解为强大的社会伦理力量，总之是巨大的乡愁情感或伦理亲情压倒了寻找自由获得解脱的自由伦理，王珣最终走向归乡之旅①。

以归乡为题材的小说以《集异记·裴珙》与《纂异记·陈季卿》为代表，《集异记·裴珙》讲述的是主人公裴珙从郑州西归洛阳的故事，裴珙盼望在端午节当天归家团聚。由于归心似箭，所言总嫌坐骑蹇劣，行速缓慢，最后借助他人之马，挥鞭之际，已经到家。小说到此并未结束，裴珙到家之后发现自己与近在咫尺的家人无法对话沟通，原来是他的灵魂骑着鬼马回家了，而躯体还在原处，裴珙的灵魂听见亲人对自己的思念却无法回应。这种浪漫奇特的想象把归乡之情、思乡之愁写得鲜明淋漓，感人泣下。《纂异记·陈季卿》中的主人公陈季卿家在江南，由于科考无成，流落他乡，"羁栖辇下"十年，一日面对地图查寻家乡：

> 东壁有寰瀛图，季卿乃寻江南路，因长叹曰："得自谓泛于河，游于洛，泳于淮，济于江，达于家，亦不悔无成而归。"②

由于乡愁顿生，幻想有一叶小舟立刻载着自己返回家乡，"终南山翁"将一片树叶化作小舟帮助他实现了归家的愿望。这种离奇的归乡叙事实际上是游

---

① 中国人民大学国学院：《国学的传承与创新：冯其庸先生从事教学与科研六十周年庆贺学术文集上》，上海古籍出版社 2013 年，第 395 页。

② （北宋）李昉：《太平广记》（第 1-4 册），大众文艺出版社 1999 年，第 502 页。

子思乡之情的幻化式表达。

广义的归乡故事还包括风尘女子从良题材，因为"妓女可以被看作一种特殊的旅行者。与从空间上回归故乡相比，她们更看重从伦理上回归家庭"①。唐传奇《李娃传》便是这类题材的代表性作品。小说中的李娃开始时欺骗了荥阳生，后来又帮助他重新振作，博取功名，从而获得了荥父的认可，明媒正娶为荥家儿媳妇，回归传统家庭，也是回归了传统伦理道德，而这传统伦理道德正是一般风尘女子的精神家园。

乡愁作为一种民族集体心理，在唐代以后的话本小说、戏剧文学和小说中都有出现，但对乡愁情感的直接叙写相对较少，这和传统小说不擅长心理描写有直接关系。长篇小说，更是难以通篇抒写乡愁，相对宏大的体制更多的是讲述故事，乡愁多以人物行动的动因存在，作者很少去渲染叙写，因此乡愁叙事仍然没有成规模地出现在小说中，更多的是在长篇小说中进行局部叙写甚至是寥寥几笔带过。比如宋话本《碾玉观音》中，崔宁与秀秀被遣往建康住下后，秀秀想起家中的父母，其中这样写道：

> 浑家道："我两口却在这里住得好，只是我家爹妈，自从我和你逃去潭州，两个老的吃了些苦；当日捉我入府时，两个去寻死觅活。今日也好教人去行在取我爹妈来这里同住。"崔宁道："最好！"便教人来行在取他丈人丈母。②

很显然，作者并未深入渲染秀秀对父母及家乡的思念，而是寥寥几笔，轻描淡写地带过，对乡愁情感进行淡化，从而集中笔墨去叙写故事情节，这也与古代小说不擅长心理描写的传统密切相关。

又如《儒林外史》第一回《说楔子敷陈大义　借名流隐括全文》中，王冕

---

① 中国人民大学国学院：《国学的传承与创新：冯其庸先生从事教学与科研六十周年庆贺学术文集上》，上海古籍出版社2013年，第402页。

② （明）洪楩等：《京本通俗小说·清平山堂话本·大宋宣和遗事》，岳麓书社1993年，第6页。

因不愿见官员而逃到山东躲避。半年之后黄河泛滥，乡民四处逃难，王冕便思念起家乡及家中母亲，于是返回家乡，小说写道：

> 那日清早，才坐在那里，只见许多男女，啼啼哭哭，在街上过。也有挑着锅的，也有箩担内挑着孩子的，一个个面黄肌瘦，衣裳褴褛。过去一阵，又是一阵，把街上都塞满了。也有坐在地上就化钱的，问其所以，都是黄河沿上的州县，被河水决了，田庐房舍，尽行漂没。这是些逃荒的百姓，官府又不管，只得四散觅食。王冕见此光景，过意不去，叹了一口气道："河水北流，天下自此将大乱了。我还在这里做甚么！"将些散碎银子，收拾好了，拴束行李，仍旧回家。①

小说对此描写只是客观陈述，并未对王冕内心的乡愁情感进行详细的描写。诗、词、曲、赋等文类对乡愁情感的直接抒写相对小说而言要多得多，这是因为不同文体与情感表达的契合度不同。诗、词、曲、赋等抒情文类本身就适合抒写各种情感，而小说则是以叙事为主，不擅长做直接的情感表达，除通过少数的直接抒写或采用诗词曲赋等抒情文体穿插于小说中来抒写乡愁情感外，更多还是通过人物的言行或所处的环境来间接传达。将诗、词、曲、赋等抒情文体插入小说中来抒写乡愁情感，这在古代小说中属于叙事文体与抒情文体的融合现象，如在唐传奇的《张左》中，从自己的耳中进入兜玄国，久住之后产生了思乡之情，作者此时便借用诗歌来表达这种情感：

> 因暇登楼远望，忽有归思，赋诗曰："风软景和丽，异花馥林塘。登高一怅望，信美非吾乡。"②

"但是真正体现小说之文体魅力的则是在叙事过程中通过人物的行动体现思

---

① 吴敬梓：《儒林外史》，人民文学出版社 2022 年，第 6 页。
② 牛僧孺：《玄怪录·续玄怪录》，中国人事出版社 1995 年，第 119 页。

念的深度，而非直接抒情。"① 又如宋话本《冯玉梅团圆》篇首便有一首词：

> 帘卷水西楼，一曲新腔唱打油。宿雨眠云年少梦，休讴，且尽生前酒一瓯。　明日又登舟，却指今宵是旧游。同是他乡沦落客，休愁，月子弯弯照几州。②

此话本小说开篇用词抒写乡愁情感，也属于当时话本小说的惯常体例。

古代小说对乡愁叙事采用了叙事曲说的方法，这种方法或借助事物，或假托鬼魂，或寄予梦境。比如《搜神后记》中有这样的故事：

> 有诸生远学，其父母夜作。儿忽至前，叹息曰："今我但魂魄耳，非复生人。"父母问之，儿曰："此月初病，以今日某时亡。今在琅琊任子成家，明日当殓，来迎父母。"父母曰："去此千里，虽复颠倒，那得及汝？"儿曰："外有车乘，但乘之去，自得至耳。"父母从之。上车忽若睡，顷比鸡鸣，已至其所。视其驾乘，但魂车木马。遂与主人相见，临儿悲哀。问其疾，消息如其言。③

这里借助鬼魂的超常能力来完成离乡远游者回乡的愿望，这是离乡者临终时归乡愿望的想象性叙事，这种曲折婉转的叙事方法，在某种程度上比直接抒写乡愁情绪更能动人心弦，更具有艺术感染的效果。除此之外，古代小说还将乡愁作为叙事动力，使其成为推动小说情节发展的主要因素。南朝任昉在《述异记》中讲述了"黄耳寄书"的故事：

> 陆机少时，颇好游猎。在吴豪盛，有家客献快犬，名黄耳。机后仕洛，

---

① 李萌均：《旅行故事：空间经验与文学表达》，人民文学出版社 2015 年，第 234 页。
② 佚名：《京本通俗小说》，中国古典文学出版社 1954 年，第 93 页。
③ （晋）干宝撰；（宋）陶潜撰；李剑国辑校：《新辑搜神记·新辑搜神后记》，中华书局 2007 年，第 580 页。

常将自随。此犬黠慧，能解人语，又常借人三百里外，犬识路自还，一日至家。 机羁旅京师，久无家问，因戏语犬曰："我家绝无书信，汝能赍书驰取消息否？"犬喜摇尾，作声应之。机试为书，盛以竹筒，系之犬颈。犬出驿路，疾走向吴。饥则入草噬肉取饱，每经大水，辄依渡者，弭毛掉尾向之，其人怜爱，因呼上船。裁近岸，犬即腾上，速去如飞。径至机家，口衔筒作声示之。机家开筒取书，看毕，犬又向人作声，如有所求。其家作答书内筒，复系犬颈。犬既得答，仍驰还洛。计人程五旬，而犬往还裁半月。①

很显然，故事的主角是黄耳，但促使黄耳来往于京师与家乡的主要动因便是狗之主人陆机的思乡之情，只是作者回避了对乡愁情感的直接抒写，曲折地采用其他艺术手段来达到这个目的，整个故事的驱动力或主体行动的推动力便是思乡之情。

第三节　现代小说乡愁叙事的发生

相较于古代小说或近代小说，"五四"时期的小说乡愁叙事有了较大的变化，主要表现为乡愁叙事更加鲜明和突出，作品大量增加，乡愁情感成为现代小说抒写的主要情感形式之一。其原因主要在于，晚清至"五四"时期，急剧的社会变革促使文学发生显著变化。晚清至民国初，在梁启超等人发起的"小说界革命"的推动下，小说由以前的末流上升到主体地位，梁启超在《论小说与群治之关系》一文中强调小说的社会功能，特别是思想政治教育功能，也即强化了小说艺术的言志功能。因此，小说成为现代人传递思想与情感的重要艺术手段之一。到了"五四"时期，陈独秀、胡适等人发起的"文学革命"，倡导民主与科学，主张"人的文学"，提倡文学表现人性和人的主体性。同时在

---

① 沈伟方，夏启良：《汉魏六朝小说选》，中州书画社1982年，第196页。

国外小说的影响下，"五四"现代小说逐渐由传统重外部叙事转向重个体内在世界的表现，加之对西方艺术技巧特别是心理描写、意识流的学习与借鉴，"五四"时期出现了大量表现内心世界的小说作品，其抒情成分也大大增加了。古代小说文体中情感抒发总是处于次要的位置，服从于情节故事和叙述人物，无论如何都不能超越"世间多少无穷事，历历从头说细微"这一叙述规范，"'五四'小说的抒情不再隐藏在叙事的背后，已成为文体审美特征的主要体现"①。对个体情感或内心世界的强调，使"五四"小说具有更多的机会抒写乡愁情感。"'五四'小说中的绝大多数作品，有的只是一段感伤的行旅，一段童年的回忆，一些难以泯灭的印象，一缕无法排遣的乡愁。"②"五四"小说大量乡愁叙事的产生，一方面源自久远的传统文化中的恋乡情结；另一方面是受到新文化思想影响的"五四"乡村知识分子，纷纷走出家门，四处奔波，寻找人生的意义与价值，即使他们在大都市中找到了物质的寄寓之所，心理的或精神的流浪感仍然难以摆脱，离乡"漂泊"成为多数人共同的命运，离乡出走的人生经验更容易触动他们的乡思之情。对于这些知识分子来说，他们渴望归乡却又不太可能，只能通过创作来实现精神返乡，从而为乡愁叙事增添了更多的心理动力。

"五四"时期，集中抒写乡愁的小说类型是乡土小说。鲁迅较早提出了乡土文学的概念，按照鲁迅对乡土文学（与乡土小说相当）的解释，乡土小说中"隐现着乡愁"，而且作者是离家"侨寓"他乡之人，因此他们只能是依靠客观或主观的"回忆"来获得情感慰藉。鲁迅是乡土小说的开创者，其《故乡》《社戏》《祝福》等都是具有代表性的乡土小说。其他乡土小说作家还有王鲁彦、台静农、许钦文、许杰、蹇先艾等。

"五四"乡土小说作家的乡愁意识仍然包含两个方面：一方面是个体的乡愁意识；另一方面是家国忧患意识。尽管这两种乡愁意识与古代文学中的乡愁意识区别不大，但更加鲜明和突出。现代小说与古代小说中的乡愁叙事之间的

---

① 林荣松：《五四小说综论》，福建教育出版社 2012 年，第 211 页。
② 林荣松：《五四小说综论》，福建教育出版社 2012 年，第 33 页。

区别主要体现在以下六个方面。

第一，对乡愁情感的表现方式不同。古代小说是在言行中间接表现乡愁情感，直接抒写乡愁的作品寥寥无几，但"五四"小说则借鉴了国外的心理描写技巧，对个体生命中乡愁情感进行了直接抒写或渲染，而不仅仅是通过人物外部行动来表现。如许钦文的《回家》中对乡愁情感的直接描写：

他突然想到了花园也将和他分别了……

他想到了一切都将和他分离，觉得悲伤极了，想就离开那里，以为免得哭将起来。

他跨出花园门，走了两步，连忙回进，因为忍不住眼泪已经流下来了。①

第二，古代小说的乡愁叙事一般是局部地出现在小说中，而在"五四"小说中则出现了整篇小说都叙写乡愁的状况，而且这种整体抒写乡愁情感的小说在"五四"时期还为数不少。比如鲁迅的《社戏》《故乡》、许钦文的《父亲的花园》、郭沫若的《漂流三部曲》、郁达夫的《沉沦》等，作者浓郁的乡愁情感始终笼罩并贯穿整个小说。

第三，"五四"小说中的个体乡愁与家国乡愁一般是融合在一起的，而古代小说中两者融合的情况较少。比如在郁达夫的《沉沦》中，在异国他乡漂泊的主人公"我"，不仅有自己真切的作为个体的思乡之愁，同时还包含对祖国的思念之情，其中始终贯穿着弱国子民渴望祖国强大的热切期望，这都是乡愁的具体内容。其实个体情感与集体民族情感融合叙写的状况在晚清小说中就已经出现，比如《二十年目睹之怪现状》和《老残游记》不但包含对现实社会中丑陋现状的揭示，同时也包含对民族危机的深切忧患，这种忧患意识本质上就是一种家国乡愁意识。

第四，古代小说抒写乡愁时一般缺少对乡土风物的详细描写，它们更多是注重情节的叙写，而"五四"乡土小说则有意识地描写地域风貌，包括自然风

---

① 许钦文：《回家》，北新书局1926年，第13页。

光、民俗风情、方言土语、民间传说等，借此来传达乡愁情感。"五四"乡土小说作家对乡土风物的描写很多受到了西方小说对景物工笔描写的影响。比如蹇先艾便受到了现实主义的影响，他说："我因为感觉着以都市生活来作材料的创作是太普遍了（虽然其中不乏佳作），便妄想换一个新的方面来写，——这新的方面即是一些边远省分乡镇中的人物和风景。"①不只蹇先艾如此，其他乡土写实作家亦如此，边远乡土人物与风景的描写，正是现代乡愁叙事主要的叙写对象。

第五，"五四"小说中的乡愁叙事更多偏重于文化家园引发的乡愁，而古代小说中的乡愁叙事更多侧重物质家园引发的乡愁。"五四"知识分子多数成了离"家"出走的游子或浪子，他们高举新文化运动的旗帜，激烈地批判传统文化，而"家"则成为中国文化基本结构的隐喻和象征，只有远离它才能寻求自由。但"五四"知识分子所要抛弃的是压抑人性的老"家"，同时着手创建一个新的文化之"家"。因此，五四知识分子"从'五四'文学开始，就展开了重建新家的叙事过程，并不断得到强化"②。因此"五四"时期的乡愁叙事更多是偏重于文化乡愁的抒写，"五四"知识分子试图建构的也是新的文化家园。

第六，"五四"小说乡愁叙事与古代小说乡愁叙事的最大区别在于前者具有较为鲜明的反思批判意识，这也是现代乡愁与传统乡愁在内涵上发生的变化，反思与批判意识是小说现代性的主要特性之一。

由于"五四"时期深受现代工业文明的影响，传统乡土文化受到了来自西方现代文明的审视，现代与传统之间的冲突也因此而发生。这种冲突主要表现在文化观念或伦理观念上，就"五四"乡土小说作家而言，这种冲突具体表现在他们的时空选择与情感倾向方面。由于对过去、现在与未来三种时空的态度不同，"五四"乡愁叙事具有三种叙事类型和精神向度：由废名等京派作家为代表的怀旧（浪漫）式乡愁叙事，以续接传统为向度；由鲁迅与文学研究会作家等为代表的批判（现实）式乡愁叙事，以直面现实为向度；以郁达夫、

---

① 转引自杨义：《中国现代小说史》（第一卷），人民文学出版社 1986 年，第 471 页。
② 许志英、丁帆：《中国新时期小说主潮》，人民文学出版社 2002 年，第 330 页。

郭沫若等旅外作家为代表的离散式乡愁叙事，以面向世界为向度。这三种类型的乡愁叙事所呈现的叙事风格和美学特色对后来的乡愁叙事产生了深远影响。

20世纪二三十年代活跃于北平及其周边地区的京派作家，以周作人、废名、萧乾、师陀、沈从文、凌淑华、林徽因等人为代表。他们面对现代工业文明的冲击，内心深处充满了矛盾：一方面深受西方各种思潮的影响，特别是对人道主义思想情有独钟，"表现出对西方进步文明价值体系和观念的认同"①。比如周作人在《人的文学》中说："我们希望从文学上起首，提倡一点人道主义思想。"② 这种人道主义的光芒，照亮了"五四"文学世界的天空，使现代小说从对帝王将相、才子佳人的关注与叙写转向对平民百姓生活与情感的表达，极大地拓展了现代小说的题材范围。而且，京派作家重点关注的是乡土社会中的农民或乡土世界的生活，因此在较大程度上来说，京派小说多数是具有乡愁叙事特点的小说。另一方面京派作家虽然受到新文化运动的影响，在思想上有开放的一面，但他们的思想多趋于保守，或者说他们更倾向于对传统的守护。比如废名和沈从文的小说，都表现出对现代城市文明（工业文明）的批判以及对传统乡土文化的赞美与留恋。当代学者刘淑玲对林徽因选编的《大公报文艺丛刊小说选》作了这样的总体评价：

> 这个选集是京派作家群在小说创作上的重要收获。它们也以大致相同的文化取向体现出京派文学的一个共同主题：繁华在都会，而人性在乡村；物质在城市，而精神在乡村。他们塑造了"交织着原始的野性强力与人情味"，堪称远离现代社会的理想国的乡土世界，因而城市与乡村的对峙与相衔，在他们的笔下构筑出了说不尽的现代中国的文化景观。③

---

① 文学武：《京派小说研究》，中国社会科学出版社2011年，第50页。
② 徐公持编：《20世纪中国社会科学·文学卷》，广东教育出版社2021年，第620页。
③ 刘淑玲：《〈大公报〉与中国现代文学》，河北教育出版社2004年，第61页。

京派小说的主题更多是叙写传统乡土世界，表现乡土世界的风土人情与文化景观，赞美自然之美、人情之美与人性之美。作家们骨子里留恋的是传统士人与乡土社会中的安逸、闲适与超越，因此小说叙写的重点不在于时事或政治，他们希望在现代工业化或大都市的生存环境中保留乡土世界的传统，当这种希望逐渐变得渺茫时，他们便试图通过文学创作来满足自己对乡土的思念、想象等精神欲求。比如废名的小说《竹林的故事》《桥》《菱荡》《桃源》等、沈从文的《边城》、凌叔华的《中秋晚》等，都把朴实甚至充满苦难的乡土生活进行了想象性美化，把它们写得诗情画意，从而起到慰藉乡愁心理的作用。

京派作家更加有意识地把乡土自然风光与民风民俗纳入自己的写作视野之中，使古代小说中居于从属地位的乡土风物跃居到与情节相当的主体性地位，青山、绿水、菜园、竹林、菱荡、茅屋、渡船、塔、龙舟竞赛、对歌、赶集等，不再是小说背景的点缀，而是作者借以抒写自己乡愁情感或寄托乡土理想的载体，甚至这样的描写超过了情节的描写，导致情节淡化。也即是说，京派小说的情节被压缩到了最低限度，而以抒情为主体，其中的情感是乡愁情感的转化。京派小说中所表达的乡愁情感属于传统乡愁，即以怀旧的方式对家乡风物或亲友进行抒写，或者以想象的方式叙写自己理想中的传统乡土景观，形成回望式的乌托邦叙事。对传统文化的依恋，是历代知识分子都具有的根深蒂固的文化潜意识——怀旧心理。这种怀旧心理表现在地理空间方面，便是对家乡的思念。鲁迅在《中国小说史略》中曾这样说过：

> 特生民之始，既以武健勇烈，抗拒战斗，渐进于文明矣，化定俗移，转为新懦，知前征之至险，则爽然思归其雌，而战场在前，复自知不可避，于是运其神思，创为理想之邦，或托之人所莫至之区，或迟之不可计年以后。自柏拉图（Platon）《邦国论》始，西方哲士，作此念者不知几何人。虽自古迄今，绝无此平和之朕，而延颈方来，神驰所慕之仪的，日逐而不舍，要亦人间进化之一因子欤？吾中国爱智之士，独不与西方同，心神所注，辽远在于唐虞，或径入古初，游于人兽杂居之世；谓其时万祸不作，

人安其天，不如斯世之恶浊阽危，无以生活。①

故每有不平，辄云将去此冰雪警吏之地，归其故乡。②

鲁迅在此对保守的乡愁心理进行了批判，却反证了传统乡愁意识的强大惯性与驱动力。我们不得不承认，由于京派小说的创作主体内在心灵之中存在传统与现代的矛盾与冲突，因此他们的乡愁情感不再是单纯的传统乡愁了，而是在传统乡愁的主体情绪之中夹杂着复杂的情感形式。正如李泽厚在评价京派小说时所言："面对着一个日益工业化的新世界，在一面承袭着故国文化，一面接受着西来思想的敏感的年轻心灵中，发出了对生活、对人生、对自然、对广大世界和无垠宇宙的新的感受、新的发现、新的错愕、感叹、赞美、依恋和悲伤。"③"故国文化"与"西来思想"的双重影响，才使他们面对现实世界特别是现代大都市的生活现状时产生了不适与不满，并因此沉吟于传统乡土社会中的闲适、宁静、安逸的浪漫想象中，这成为他们的一种心灵安慰，从而乡愁始终成为伴随京派作家的情感魅影。

更进一步说，以鲁迅、王鲁彦、彭家煌、台静农、许钦文、许杰为代表的乡土小说写作，更多地呈现出写实主义的特点。这些作家也经受过"五四"新文化的洗礼，他们同样面临着传统与现代、东方与西方的双重冲击，内心也有迷茫、彷徨与矛盾，但这些作家并没有停留于对传统的回溯，而是更多倾向于对进化论的认同，并以进化论为理论武器，站在现代化的浪潮之上，对民族传统影响下的现实生活进行审视，从而发出批判的声音与改造落后现状的呐喊。鲁迅的小说，无论是《呐喊》还是《彷徨》，无不呈现出鲜明的批判意识，他通过对乡土社会中的农民、革命者、知识分子等形形色色人物"劣根"的描写，广泛而深刻地展开了国民性的批判。其他乡土小说作家同样也把乡土现实作为审视与批判的对象，他们将宗法制影响下的乡土社会中的种种弊端展示于

---

① 鲁迅著；鲁迅先生纪念委员会编：《鲁迅全集》（第一卷），花城出版社 2021 年，第 32 – 33 页。
② 鲁迅著；鲁迅先生纪念委员会编：《鲁迅全集》（第一卷），花城出版社 2021 年，第 48 页。
③ 陈刚、冯民生：《艺术类学位论文写作教程》，陕西人民美术出版社 2012 年，第 107 页。

笔端，试图在批判中给予纠正与改造，他们的写实主义小说都带有"五四"启蒙的烙印，流露出现代知识分子浓郁的使命感与责任感，这在很大程度上与传统知识分子的家国情怀是一致的。因此，以鲁迅为代表的现代乡土小说作家，他们的乡土小说作品中存在浓郁的乡土忧患意识，他们把自己对乡土的爱恨交织的复杂乡愁意识与家国情怀融为一体，从而使个体的乡愁意识上升到家国情怀的高度。

鲁迅、王鲁彦、彭家煌等人的直面现实的批判式乡愁叙事，不仅把农民与农村等乡土社会作为小说创作的主要题材，拓展了小说的题材范围，同时也模仿京派作家的乡土小说，把乡土社会中的自然风光以及婚丧、嫁娶、听戏、祥梦、聚赌、祈福、械斗等风土人情作为小说的抒写主体。与京派作家的浪漫抒情乡土小说不同的是，写实派乡土小说中的乡土风物并非都处于小说的主体地位，更多是作为小说人物出场的自然环境或社会环境存在的，或者是为了营造人物活动的特定氛围而存在的。但是，两者在呈现作者的乡愁情感方面是一致的，它们都直接或间接地反映了潜藏在乡土风物背后的乡愁意识。与乡土风物密切相关的是写实性乡土小说，它们具有鲜明的地域特色，"不少乡土写实作家为了更深切地写出乡土特色和寄托乡愁情绪，往往使用相同的或相似的地名"①。使用真实的地名，更为明确地流露出作者对家乡的深沉思念或乡愁意识，也是乡土写实小说中乡愁叙事最为直接的明证。

乡土写实派作家尽管也存在现代与传统相冲突的矛盾心理，但与京派作家不同的是，乡土写实派作家不会批判工业文明或现代城市文明，而是将传统乡土文明与工业文明进行比照，转而批判传统乡土文明的保守、封闭与落后。比如王鲁彦在《桥上》《乡下》《野火》等小说中描写浙东风情，其中涉及20世纪20年代以后的水乡生活，尽管当时还比较封闭，但是已经有现代轮船出现在沿江码头，乡民已经开始到轮船上做生意，另外，还有"巨大的野兽似的"轧米船。这些现代化大机器的出现，实际上是一种新的生产方式出现的标志，也预示着一个新的历史时期已经到来，但这些并没有改变传统乡土社会中顽固的

---

① 杨义：《中国现代小说史》（第一卷），人民文学出版社1986年，第411页。

习俗与心理。王鲁彦更多看到的是他们麻木与落后的生存状态，而不像京派作家看到的是缓慢悠长、闲适恬静的诗性，因此王鲁彦并不去批判工业文明对乡土社会伦理带来的冲击与破坏，而是反思与批判在现代工业文明的时代趋势下传统乡土社会的保守与愚昧。比如《河边》中的明达婆婆，已经病得奄奄一息了，但由于心理原因，宁愿到关帝庙求神护佑，也不愿意去城里医院看病。类似这样的情节设置，可以看出作者具有鲜明的现代性忧患意识，也即在世界整体趋向现代性的紧迫下，乡土写实派作家内心对乡土社会、对民族或国家前途充满了焦虑与忧患。正如杨义所言："鲁彦是爱他的家乡的，但是这种爱是带有自我批评精神的爱。"[1] 不只王鲁彦如此，其他乡土写实派作家对家乡也同样因爱而生"恨"，所以，人们才能在对其乡土写实的批评中体会到一种浓烈的乡愁意识和忧患意识。因此可以说，写实性乡土小说中蕴含的对现实乡土社会及国家民族的忧患意识远比京派作家浓厚与沉重，他们的乡土叙事也因此显得格外沉郁哀婉。

当然，乡土写实派作家中也存在回溯性的乡愁叙写，比如鲁迅的《故乡》中对少年闰土的回忆，而《社戏》通篇都是以回忆的方式进行叙事的。许钦文的《父亲的花园》也是采用回忆的方式进行叙事的小说。但乡土写实派作家进行回忆的心理基础是现实社会，这在小说结构或情节中都有明显的体现。比如《故乡》展开回忆的基础是眼前的老年闰土，《社戏》展开回忆的现实基础是目前在大都市的剧院听戏已经失去了儿时听社戏的自然安逸和自由自在的乐趣，《父亲的花园》回忆的基础是兵荒马乱中的亲人离散与贫困交加的社会现实。即便如王鲁彦的《秋雨的诉苦》这种具有浓郁象征色彩、接近京派诗化小说的作品，那离开天国"自由乐土"的秋雨，其乡愁生发的基础仍然是"地太小了，地太脏了，到处是黑暗"的社会现实。因此把现实作为根基且不脱离现实，是乡土写实派作家的回溯性乡愁叙事与京派作家的回溯性乡愁叙事的根本性区别，因为后者更多沉吟于对传统乡土社会的浪漫抒写之中，而缺乏对现实社会的关注或展示。

---

[1]　杨义：《中国现代小说史》（第一卷），人民文学出版社1986年，第437页。

还有一种类型是以郁达夫、郭沫若等旅外作家为代表的离散式乡愁叙事，以面向世界为向度。创造社代表性成员郭沫若、成仿吾、郁达夫、张资平、田汉、郑伯奇等多数具有留学日本的经历，异国飘零，难免会思乡情切，文学创作便成为他们抒发离散忧愁的载体。这种离散乡愁具有国际背景，创造社作家笔下的此类情感，因异国环境而更显文化内涵的丰富与深远，其情感浓度与深度也超越了一般乡愁叙事。

创造社作家重视主观情绪的抒写，他们旅居海外，再加上"弱国子民"的身份，作为离散之人的乡愁，以及身处异邦受人歧视和遭受侮辱的悲愤，或者说个体生命的乡愁以及民族集体的国恨，成为积压于心头不吐不快的两大情感重负，因此在他们的小说中，这双重情感融为一体，成为他们小说乡愁叙事中的主体性情感。创造社作家的浪漫抒情小说具有较强的自叙传色彩，小说中主人公的乡愁情感更多的是作者自己乡愁的投射。成仿吾的《一个流浪人的新年》，讲述了旅居海外的华人青年在新年前后十几天的生活事件，新年并没有给他带来任何改变，也没有带给他任何生机，无论如何都无法排遣自己因乡愁带来的苦闷与寂寞。郁达夫的《沉沦》是最具代表性的离散式乡愁叙事，主人公"他"是寄居在日本异国他乡的留学生，由于"弱国子民"的身份，使"他"不仅失去了想要的爱情与友谊，也失去了做人的尊严与自信，形单影只且疾病缠身，由此发出"祖国快快富强"的呼喊。郭沫若的《喀尔美萝姑娘》《落叶》等以日本为背景的小说，同样讲述了作为"弱国子民"客居他国的悲剧命运，表达了作者对不平遭遇的悲愤与伤痛之情。这些小说将中国置于当时的国际大背景之下，让寄居海外的"弱国子民"感受到来自强国的压力以及遭受的屈辱与创伤，从而将个体的乡愁与民族受辱的愤懑情绪结合起来，赋予了乡愁更加宏阔的叙事视野和更加深刻的文化内涵。

除了具有国际背景的乡愁叙事，创造社作家还有不少以国内人、事为题材的小说，这些小说中的乡愁叙事与同时代其他作家的乡愁叙事相比，除了主观抒情色彩更加浓郁，其他方面区别不大。但值得注意的是，回国以后的创造社作家，仍然受到国际大背景的影响，他们在国外作为"弱国子民"所受到的心灵创伤，同样影响到其在国内的乡愁抒写。比如郭沫若的《漂流三部曲》、郁达夫的《茑萝行》等作品，那种忧郁感伤及压抑的情绪中同样存在来自帝国主义侵略下的苦难与伤痛，因此创造社作家关于国内乡愁题材的作品中，融合了作者自身的不幸遭遇、离开故乡漂泊的思乡之情和国际形势带来的压抑等多种复杂情感。正如郑伯奇在《〈中国新文学大系〉小说三集·导言》中所说：

> 第一，他们都是在外国住得很久，对于外国的（资本主义的）缺点，和中国的（次殖民地的）病痛都看得比较清楚；他们感受到两重失望，两重痛苦。对于现社会发生厌倦憎恶，而国内外所加给他们的重重压迫只坚强了他们反抗的心情。第二，因为他们在外国住得很久，对于祖国便常生起一种怀乡病；而回国以后的种种失望，更使他们感到空虚。未回国以前，他们是悲哀怀念；既回国以后，他们又变成悲愤激越；便是这个道理。……①

　　除了以上三种乡愁叙事类型，还有面向未来的具有乌托邦特点的乡愁叙事。"五四"时期的革命小说中的乡愁叙事便具有这样的特点，如张闻天的《旅途》、石评梅的《红鬃马》《匹马嘶风录》、蒋光慈的《野祭》等小说。这类小说仍然受到现代性思潮的影响，革命的目的便是实现民族独立、重建新理想的家园。因此，革命小说一般都会出现对未来生活或家园的设想，本质上是一种乡愁乌托邦般想象。革命小说中的乡愁叙事与传统乡愁情感中的家国情怀更加接近，或者可以说，革命小说也是将个体的乡愁情感与民族的乡愁情感融合在一起的。

　　蒋光慈的短篇小说《野祭》写一位具有革命思想的进步作家陈季侠的爱情遭遇，《野祭》中的爱情叙事多于革命叙事，小说并没有从革命的角度展示革命成功后的美好图景，而是在爱情的叙事中展示了革命知识青年对未来的憧憬，其中淑君弹琴时所唱歌词便有对未来空间的幻想："世界上没有人知道我；/世

---

① 王延晞、王利：《郑伯奇研究资料》，山东大学出版社 1996 年，第 193 - 194 页。

界上没有人怜爱我;/我也不要人知道我;/我也不要人怜爱我;/我愿抛却这个恶浊的世界,/到那人迹不到的地方生活"。尽管《野祭》中对未来的畅想更多与爱情相关,但它是对现实的一种否定,是对未来的一种畅想,这其中的乡愁意识是隐藏在爱情与革命的叙写之下的。对于革命作家而言,未来的空间包蕴着希望与生机,属于全新的世界,是社会改革者憧憬的理想化的空间,具有乌托邦性质。从时间维度来看,属于进化论链条上的未来环节,强调的是"前方"维度,"前方"必然胜过过去和现在,"前方"召唤着人们奔涌向前。成功抵达"前方"的方式便是不断进行革新,把住时代的脉搏,顺时而动,一往无前,而不是返回过去和安然滞留于现在。在"五四"新文学中,激进主义小说更重视未来空间的建构,正如王平指出的,"激进主义者以断裂式的革命打破现在的一切,将彼岸化作乌托邦,建构在线性的前方"[①]。

"五四"时期革命文学的较早之作是张闻天的长篇小说《旅途》,这部小说讲述了王钧凯与徐蕴青、安娜、玛格莱三位女子的爱情故事。该小说既有对旅居海外的主人公王钧凯故乡的回溯性描写,同时也有对理想化的未来家园的展望式叙述。小说快结尾时,写到王钧凯在战斗中负伤,奄奄一息,小说写道:"故乡的印象又闪进了他的脑海:那里有优美的河流与金黄的橙子,还有碧绿的麦地与青青的鲜草。牧童骑在牛背上吹着笛声,农夫立在水车上唱着恋歌。……"[②]

> 钧凯对故乡的回忆,其叙事空间属于"过去的空间",但作为革命者临终时的想象不再仅仅是对故乡的回忆,同时也是其对未来的想象,因此这段关于故乡的叙事便实现了"过去的空间"与"未来的空间"的叠合,钧凯对故乡的美好想象便是对未来的美好展望,那里没有战争也没有流血与死亡,一切都是自由而和谐的,这正是一个革命者理想的乐土。……革命前的故乡与革命后的故乡虽然都有着诸多的相似之处,但革命赋予了故乡更为丰富的内涵,是被革命者钧凯理想化后的故乡,因此钧凯临终时看

---

① 王平:《诗性的追寻》,浙江大学 2012 年博士学位论文,第 69 页。
② 张闻天:《旅途》,上海书店 1985 年,第 198 页。

到的故乡是对儿时故乡回望式的前瞻与升华。……钧凯记忆中的乡土空间与理想的社会空间重叠在一起，成为其灵魂的诗意栖居之所。①

石评梅的小说《红鬃马》中所写的革命为国民革命，以孙中山先生为代表的国民党提出了"民族、民权、民生"的口号，成为国民革命的最终目标，因而也为未来的中国描绘了一幅激动人心的美好蓝图，这也是现代乡愁乌托邦情感驱动下对未来家园的美好想象。《红鬃马》最后写到在郝梦雄的遗志的激励下，颓唐的"我"重新振作起来，梦雄骑马扬鞭所指的地方，希望之星重新升起，散发出耀眼的光芒，"我"激情重新燃烧起来，进入了一个新的世界。这种对未来的朦胧却有着无限憧憬的抒情式叙写，直指"未来的空间"，只是这个空间仍处于一种梦幻般的感性认识中。②

革命小说中的乡愁情感实际上转化成一种沉重的家国忧患意识，其中也离不开对现实的反思与批判。与乡土写实小说不同的是，革命小说在反思与批判的基础上主张推翻现实社会制度，彻底变革社会现状，并期望在未来建构理想的家园形态，因此革命小说的乡愁叙事更具有未来的指向性，从乡愁家园形态来看，它指向的是未来家园的建构，有的甚至只是想象性的精神家园的构建。

总体而言，"五四"时期乡土小说中的乡愁叙事已经成为创作主体的有意识行为，乡愁的时空广度得到了延展，内涵的深度也得到了发展。

---

① 廖高会：《五四小说诗性传统的重建：1917—1927》，北岳文艺出版社 2020 年，第 235 - 236 页。
② 廖高会：《五四小说诗性传统的重建：1917—1927》，北岳文艺出版社 2020 年，第 236 页。

第三章

新时期乡土小说
乡愁叙事的演变逻辑

新时期乡土小说作为反映农村生活、表达农民情感的重要文学样式，在中国当代文学中始终占据重要地位，并与其他文学潮流形成复杂互动关系。新时期伊始至 20 世纪 80 年代中期，乡土小说在伤痕文学、反思文学的浪潮中复苏，其中的乡土叙事与政治反思紧密结合，为乡土小说后续发展奠定了基础。20 世纪 80 年代中期至 20 世纪 90 年代中期，寻根文学、先锋文学、新写实等流派兴起，乡土小说与其他流派相互渗透，乡土小说呈现多元化发展态势。20 世纪 90 年代中期至 21 世纪的乡土小说，在现代化浪潮中经历了从乡土写实到乡土批判再到乡土重构的转型，作家们通过解构与重建乡土世界，既表达了对传统文明的眷恋，也揭示了现代化进程中的深层矛盾。随着时代浪潮的奔涌向前与社会生态的嬗变迭代，乡土作家群体对故土家园的情感羁绊与理性审视，在岁月流转中持续发生着嬗变与升华，由此催生的乡愁书写亦呈现出多元的艺术表征与精神维度。

第一节　新时期乡土小说乡愁叙事的铺垫

随着"五四"新文化运动浪潮的逐渐平息，中国进入了军阀割据、国民党主导的混乱时代，随之而来的是日益加剧的民族危难。20 世纪 30—40 年代，日本侵略者狼子野心，企图吞并中国的图谋已昭然天下，中华民族面临存亡续绝的关键时刻，抵抗外侮，驱逐侵略者，成为全体国人的历史重任；拯救国家，谋求生存，振聋发聩的呼声响彻中华大地。在此背景下，中国文学的主题亦随之发生深刻转变，抗日救亡与民族革命成为文学创作的核心主题，个人情感为民族情感让位，个人利益为民族国家利益让位。正因为如此，作为个体的乡愁便让位于"国愁"，个体所关注的具体的区域性家园为整个华夏民族大家园所取代，众多小说中所书写的便是国破家亡之愁。

特别是沦陷区的小说，更是把亡国之恨与流亡异乡无家可归的乡愁融为一体，把国破家亡的悲声与救亡图存的呼声融为一体。这类小说以东北作家群为代表，主要人物有萧军、萧红、舒群、白朗等。萧军的长篇小说《八月的乡村》讲述了九一八事变后东北抗日游击队成长的历程，鲁迅先生评价说："作者的心血和失去的天空、土地、受难的人民，以致失去的茂草、高粱、蝈蝈、蚊子，搅成一团，鲜红地在读者眼前展开，显示着中国的一份和全部，现在和未来，死路和活路。"① 在萧军的笔下，乡愁已经转化为国恨家仇。舒群的成名作《没有祖国的孩子》写的是一群朝鲜少年流亡他国的痛苦遭遇，表现出作者的亡国之痛。萧红《生死场》中的故事发生于九一八事变前后，讲述了哈尔滨附近一个村庄的人们从消极到积极抗日的过程，小说仍以抗日救亡为主题，也写东北人民生的坚强与死的挣扎，将革命情感与乡愁情感融合在一起。而她创作于 1940 年的《呼兰河传》，虽然不属于抗战题材，但萧红在其中寄托了更加浓厚的乡愁情感，她通过对呼兰河的日常生活琐碎的回忆，表达了自己对乡土的眷念以及对逝去的人与事的怀念。小说具有浓郁的乡土气息，呈现出一幅多彩的风俗画面，其中饱含对故土人民悲剧命运的深切同情。20 世纪 40 年代的老舍的《四世同堂》也属于抗日题材的小说，小说以北京小羊圈胡同中的几家住户为中心，以人物活动为线索，极大地拓展了叙事空间，广泛地展示了在日本侵略下的北京人民的悲惨生活以及誓死反抗保家卫国的英勇壮举。老舍怀着对家园沦丧的复杂感情，既写出了家园沦丧的痛苦，也写出了对汉奸卖国者的痛恨，还写出了积极投入救亡图存的抗战事业之中的伟大民族精神。这部小说非常成功地将个人的乡愁意识融化在救亡图存的民族革命叙写之中。

20 世纪三四十年代的小说由于题材不同，它们的乡愁情感呈现出不同的状态。社会剖析派中的艾芜、沙汀等作家的小说，都具有较为浓郁的乡土色彩，特别是艾芜的《南行记》，以流浪者的身份书写南国边境的异域风光，尽管小说书写的是各色流浪汉的不同命运遭遇，但是其中的民俗风情以及环境的书写，都表达出浓郁的乡土情怀。但是，作为社会剖析派的代表人物茅盾，其小说把

---

① 鲁迅著；鲁迅先生纪念委员会编：《鲁迅全集》（第六卷），花城出版社 2021 年，第 161 页。

笔墨集中在对各种社会矛盾的展示与剖析之中，比如《子夜》更多是对社会问题的揭示，因此给乡愁情感的表达机会较少。这段时期京派作家的小说仍然具有很强的抒情性，表现较为明显的是沈从文的《长河》，与《边城》的浪漫的牧歌般的乌托邦式的抒写不同，《长河》中明显具有对现代性侵蚀下的家园的深沉忧虑，沈从文说，"'现代'二字已经到了湘西"，传统乡土社会中的人情美、人性美已经呈现出一种颓势，现代社会已经培养出了"一种唯实唯利庸俗人生观"①，其中家园不再的乡愁意识笼罩了沈从文。与京派作家不同，20 世纪三四十年代的海派作家书写是以城市为题材的，多是大都市的光怪陆离或畸形生活的揭示，这类小说中很少涉及乡愁情感。

解放区小说具有鲜明的政治意识形态色彩，革命与阶级斗争成为主要的书写题材，乡土风物以及乡愁情感都处于叙写的从属地位，乡土风物书写是为革命的宏大叙事服务的。这类小说中，书写农村的作品最具代表性的就是丁玲的《太阳照在桑干河上》以及周立波的《暴风骤雨》。这两部小说写的都是解放区的土改运动，它们具有鲜明的政治目的性，其中也涉及乡土风物的描写，但都是为政治主题的表达服务的。因此，这两部以农村为题材的小说中的传统乡愁情感或意识是很淡薄的，可以说被宏大的政治叙事所压抑。但是解放区这类小说呈现出一种新的乡愁意识或家园情结，即重建社会主义的理想家园形态，因此，我们完全可以这样认为，解放区小说在整体上是以革命为手段或动力的，其目的是试图重建理想家园。这属于一种前瞻式的具有现代乌托邦色彩的家园形态的重建，因此我们可以把这种乡愁称为现代乡愁，或者说解放区以革命为题材的小说中的乡愁是具有现代色彩的特殊乡愁乌托邦。学者王杰认为，这种指向"国家和民族的过去与未来，从而能够与更为合理的社会形态相靠近"，而且"将自己的个人经验和集体经验加以融合"的乌托邦可称为红色乌托邦。②红色乌托邦融入了马克思主义思想，有着明确的未来方向，从而弥补了乡愁乌托邦未来模糊的不足。乡愁乌托邦与红色乌托邦"是中国审美现代性的两个关

---

① 沈从文：《长河》，江苏人民出版社 2014 年，第 16 页。
② 王杰、王真：《中国审美现代性研究》，上海人民出版社 2023 年，第 142 – 144 页。

键内核，它们在中国社会现代化进程中几乎同时产生，两者互相叠合构成了一个双螺旋结构，并包含着巨大的、充满着内在张力的情感空间"。① 于是，乡愁乌托邦与红色乌托邦在中国文学的现代化进程中发挥着各自的作用。

新中国成立后，当代文学兴起，但 1949 年至"文革"结束这 17 年间，受政治因素的影响，小说创作受限，题材集中于革命历史、农村、工业三大领域，手法单一，以歌颂为主的社会主义现实主义占主导地位。创作者情感亦受束缚，个体情感被集体情感所取代，乡愁意识与情感深受政治意识形态压制。"十七年"时期乡土小说被称为"农村题材小说"，名字更换不仅仅是因为要与新的历史时期相对应，更重要的是"农村题材小说"是被规训后的乡土小说，也即是说"农村题材小说"的主体性遭到了弱化。"十七年"期间，农村题材小说长篇代表作有赵树理的《三里湾》、周立波的《山乡巨变》、柳青的《创业史》、梁斌的《红旗谱》、李准的《黄河东流去》等，前三者聚焦农业合作化，政治意识形态鲜明，是对当时政策的解读。虽整体被政治化，但这些作品中的乡愁意识仍暗流涌动，于作者文字与情感缝隙间隐约可见。

有学者指出："与当代其他作家的村庄叙事相比，赵树理的《三里湾》最明显的特点或许在于，这是一个没有'风景'透视关系的空间形态"，"'三里湾'看起来更像一个没有地域特征的所在：它并没有在全国区域格局与山西地域文化传统的关系中被描述，叙述人试图以'三里湾人'的主观视点来讲述这个村落的故事。"② 也即是说，这部小说中并没有专门描写乡村景物，而是把景物化在了人物的行动之中来展现，使景物故事化了，因而小说便以故事为主体，叙事性完全占据了抒情的空间，留给作者抒写乡愁的空间非常狭窄。但是赵树理的乡愁意识也不能说完全就消失了，只是在他的小说中，对现实问题的关注更多于对乡土社会的审美想象，因为乡愁作为审美想象性情感，多数情况是要放在解决了现实生存问题之后的。但赵树理并非完全断绝了乡愁情感产生的可能路径，他在小说中不断描写地方戏曲，"可以认为，《三里湾》所呈现的文学

---

① 王杰、王真：《中国审美现代性研究》，上海人民出版社 2023 年，第 145 页。
② 贺桂梅：《村庄里的中国：赵树理与〈三里湾〉》，《文学评论》2016 年第 1 期。

世界，也是一种戏曲舞台式的景观"①。这种对地方戏曲及其相关民俗的描写，在一定程度上为乡愁情感（作者或读者的）的产生准备了条件。我们可以这样理解，赵树理的乡愁意识并不是显性地表现在小说叙写之中，而是潜藏在文本的背后，成为他创作的潜在动力。

《山乡巨变》尽管也是写农业合作化运动的应景之作，属于宏大的政治书写，但小说中对湖南乡村风俗与自然环境的书写，凸显出鲜明的地域色彩，其中也反映了作者对家乡湖南的浓郁思念之情，只是这种乡土情结在小说中被边缘化了。即便这样，这些边缘化了的乡愁情感也增添了小说的诗意，化解了小说中政治图解所形成的生硬之感。《黄河东流去》以 1938 年日本侵略军进入中原，国民党军队为阻挡日军南下而炸开河南境内的黄河花园口大坝，造成一千多万黄泛区难民流离失所为主要情节，以难民的流亡逃荒为线索，写出了难民在背井离乡的过程中不屈不挠，历时八年重建家园的抗争与奋斗史。这篇小说与其他小说不同，其乡愁意识较为浓厚，流浪的意识贯穿始终，流浪正是对家园追寻的过程。因此，该小说通过展示家园从破坏到重建的艰难历程，深刻地揭示出中华儿女不屈不挠的抗争精神。而这种捍卫、重建家园的精神正是以乡愁情感为基本动力的，缺失了这样的乡愁情感，重建家园的动力也会随之失去。

"十七年"时期的红色经典，如《红旗谱》《红岩》《红日》《创业史》《保卫延安》《林海雪原》《青春之歌》等，延续了解放区小说政治意识形态色彩鲜明的特点，多数是对革命历史的艺术呈现，很少抒写传统乡愁情感。比如《红旗谱》是叙写农村农民革命的小说，其重点不是乡土世界的叙写，即使其中有华北平原农村生活的呈现，也不是为了抒写作者的乡愁情感。在《红旗谱》小说中革命历史的展现远远超越了乡土家园自身的展示，家园只是革命的场所，在小说中或者在作者的创作意识中并不具有主体性地位，而是以朱老忠为代表的农民成长为革命者的场所，作为革命场所的家园是从属于革命的。这样，小说中家园主体性被消解的同时，也阻断了乡愁意识产生的可能性。然而，这些红色经典小说对革命历史的追述，更多的是为了展现革命者的革命精神，这种

---

① 贺桂梅：《村庄里的中国：赵树理与〈三里湾〉》，《文学评论》2016 年第 1 期。

革命精神是实现理想家园的动力，因此也属于乡愁意识的具体反映。并且，这种乡愁意识是面向未来的具体的，属于是现代乡愁。

尽管"十七年"时期的小说的乡愁意识总体上被压抑或者被边缘化，或者被宏大民族意识所掩盖，但它仍以不同的形式在小说作品中表现出来。即使那些政治意识形态很鲜明的作家，其作品中也会有意或无意地流露出乡愁意识。

第二节　20世纪80年代乡土小说乡愁叙事的演变

一、伤痕反思乡土小说中的乡愁叙事

伤痕文学是新时期文学中最早的文学浪潮，是政治与思想上拨乱反正后出现的具有深刻影响的文学潮流，主要抒写极左思潮所带来的历史性创伤。其中的乡土伤痕小说是伤痕文学的重要组成部分。尽管乡土伤痕小说已经超越了政治标准的唯一性，但它仍然具有鲜明的意识形态特征，即用"新"的政治话语取代了原有的政治话语，"由于这一'新'政治话语代表了历史的进步方向和民众的要求"，乡土伤痕小说"在思想内涵和价值目标上的'现代性'特点无疑是应和了大陆社会在七八十年代之交所开始的现代性转换"[1]。乡土伤痕小说着意表达的是"文革"极左思潮带来的身心创伤，因此乡愁意识在某种程度上被这种历史感伤情绪所冲淡。但乡土社会伦理遭遇的前所未有的破坏以及主体遭遇的创伤性情感表达，体现出叙事主体对乡土历史与现实的感伤、痛心与忧患，因而伤痕乡土小说在不同程度上蕴含着相应的乡愁意识。乡土伤痕小说具有两种乡愁叙事形态：一是批判式现代乡愁；二是怀旧式传统乡愁。丁帆指出："一般认为，'新时期'乡土小说，主要存在着'田园牧歌'和'鲁迅风'两种主要风格的写作。前者以汪曾祺及新'京派'小说家的作品为代表，后者则

---

① 丁帆：《中国乡土小说史》，北京大学出版社2007年，第243页。

以高晓声、何士光等作家为主。"① 古华的小说《芙蓉镇》兼具两种乡愁叙事形态，他在谈及自己创作《芙蓉镇》的动机时说："尝试着把自己二十几年来所熟悉的南方乡村里的人和事，囊括、浓缩进一部作品里，寓政治风云于风俗民情图画，借人物命运演乡镇生活变迁，力求写出南国乡村的生活色彩和生活情调来。"② 对家乡的人事物、风土人情以及南国乡村"生活情调"的记忆成为自己创作的物质基础和情感基础，这种乡土记忆与怀旧情感融为一体，并最终形成萦绕心头的乡愁意识，从而成为创作的驱动力。古华在小说中一方面揭示了极左思潮给乡土社会带来的动荡与灾难，以及民众生活或私人生活的政治化悲剧命运；另一方面还在风云变幻的社会历史进程中融入了乡土风俗画卷，其中既具有对现代化进程中乡土社会遭遇的挫折的反思，也有对传统乡土社会的留恋与怀旧。古华说，《芙蓉镇》是"唱一曲严峻的乡村牧歌"③，"严峻"便是一种现代乡愁意识的体现，而"乡村牧歌"则对应着传统乡愁意识。丁帆指出，《芙蓉镇》中的乡村牧歌"这并不意味着他是在'田园诗风'上来进行浪漫的抒情性描写，而是旨在展现一幅悲凉的人生图画"④。小说中的胡玉音、秦书田、黎桂桂、谷燕山、李国香等人物都属于特殊时期的悲剧人物，他们的命运与乡土社会的秩序破坏紧密相关，而政治压倒一切的特殊时期导致了经济萧条与贫困、人性的扭曲这一旨意在小说中有深刻的揭示，如与胡玉音青梅竹马的干哥黎满庚，曾经发誓要保护胡玉音，但最后也屈服于政治运动而出卖了她；贫民王秋赦则是趁着政治运动发泄私愤，捞取政治资本以满足私欲。对丑陋现象的揭示与批判表现出古华深切的忧患意识，这属于前瞻式现代乡愁。正是两种乡愁叙事交相辉映，才赋予了小说古典与现代兼具的美学品质。

　　古华的《爬满青藤的木屋》也属于乡土伤痕小说，其中对王木通这位护林人刻画得非常真实，既描写了其勤劳善良、质朴能干、忠厚踏实的一面，也刻画了其愚昧、粗野与保守的一面。作者把王木通的命运与"文化大革命"的极

---

① 丁帆：《中国乡土小说史》，北京大学出版社 2007 年，第 247 页。
② 古华：《芙蓉镇》，人民文学出版社 1981 年，第 213 页。
③ 古华：《芙蓉镇》，人民文学出版社 1981 年，自序。
④ 丁帆：《中国乡土小说史》，北京大学出版社 2007 年，第 245 页。

左思潮结合起来，最后完成对现代文明特别是现代政治意识形态的反思，以及对乡土社会中顽固而保守思想的批判，其中必然蕴含相应的现代乡愁情感。但同时古华还对雾界山的环境进行了如诗如画的描写，这正是作者对乡村田园牧歌的想象性叙述，也是其传统乡愁意识的反映。从小说对人物命运的处理来看，悲剧中隐含着希望，王木通因为没有文化，对山火的发生缺乏基本常识，本身就很固执的他，再加上妻子盘青青对知青"一把手"有了好感而产生了妒忌之心，因此听不进"一把手"的护林防火的合理建议，最终因烧山灰而引发了森林大火。王木通本应担责受罚，他却把责任推到了"一把手"和盘青青身上，最终林场领导重新给他安排了工作，王木通也重新组织了家庭，一家人过上了"在天门洞的古老木屋里传宗接代"的"顺乎人情天理"的生活。这样的故事结局既符合了生活的真实，也表明了作者对王木通这样的乡土人物的同情，还表明了作者对乡土社会传统生活方式即"传宗接代"的认同，因为王木通认为这本身就是"顺乎人情天理"的事情，而古华眼中的"人情天理"便是乡土社会中的人伦秩序，是传统乡土伦理。由此可见，古华内心深处存在对乡土社会的几分怀念与赞许。在"一把手"没有来到绿毛坑的时候，王木通与盘青青尽管有冲突，时不时野蛮地揍自己的妻子，但与山外动荡不安的世界相比，一家四口的生活可以算是幸福美满、风平浪静的，甚至可以说，此时的绿毛坑简直是世外桃源。作者对这种远离尘世的男耕女织的传统生活方式是以诗意的方式进行叙写的：

> 她家祖辈都住在绿毛坑，一栋爬满青藤的木屋里。木屋是用一根根枞木筒子筑起来的，斧头砍不进，野猪拱不动。枞木筒子埋进土里的那一节，早就沤得发黑了，长了一层层波浪形花边似的白木耳。木屋后头是一条山溪，山溪一年四季都是清悠悠的。
>
> …………
>
> 平常日子呀，白日黑夜，几万亩林子，要不是这木屋里偶尔有几声鸡啼狗吠，娃儿哭闹，木屋上头飘着一线淡蓝色的炊烟，绿毛坑峡谷就清静

得和睡着了一样。就是满山的鸟雀吱喳，满山的花开花落，也不曾把它唤醒。①

　　类似诗意的抒写不仅寄托了作者对乡土田园生活的赞美与向往，同时也是其对记忆中乡土生活深情的回忆，其中的乡愁情感是鲜明而浓郁的。总体而言，《爬满青藤的木屋》尽管也写"文革"给人带来的心灵创伤，也写"文革"中的政治运动，但古华把它们作为背景，重点叙写一个小山村中的男女之间情感冲突所形成的悲与喜，因此，这篇小说中的乡愁意识特别是传统乡愁意识相对《芙蓉镇》而言，显得更为浓郁。

　　20 世纪 80 年代初期，高晓声的乡土小说有《李顺大造屋》《"漏斗户"主》《陈奂生上城》《陈奂生转业》《陈奂生包产》等，这些作品勾勒了中国农村经济体制改革的历史画卷，同时减少了伤痕文学的痕迹，增强了反思深度。高晓声并未一味歌颂改革，而是聚焦于改革过程中农民沉重的精神负担。高晓声承袭鲁迅对农民国民性的批判传统，指出，尽管改革开放带来了物质生活的提升，但农民的思想观念却变化不大，与现代化进程脱节。在《李顺大造屋》中，李顺大被造反派打得伤痕累累，他不仅没有丝毫反抗，而且责怪自己身体太"娇嫩"，经不住皮肉之苦。这种一味顺从的文化心理是对中国农民固有的奴性人格的深刻揭示与批判。在《陈奂生上城》中，县委吴书记帮陈奂生安排了一间五元钱的招待所房间，他开始以为是免费住，生怕弄脏了床单，连沙发也不敢坐。在得知要交五元钱后，便立刻显露出报复性的"消费"，出现了穿着鞋在房间里大摇大摆地走动、使劲坐沙发、拿枕巾作毛巾、和衣躺下睡够时间等一系列行为。陈奂生的小农意识以及变态心理在其付钱后得到了淋漓尽致的展现。除了对国民性的批判，高晓声还对极左思潮带来的农民的创伤性心理进行了揭示，在《李顺大造屋》中，李顺大被造反派打得遍体鳞伤时痛苦地总结人生"经验"：下辈子变牛变马无不可，但就是不能变"修"。这正是对当时的极左思潮带给农民巨大创伤的形象叙写。陈奂生虽然获得了更多责任制的自

---

① 张丽军：《凤凰琴：当代两湖乡土小说》，济南出版社 2023 年，第 233 页。

主权，但他内心深处的奴性意识让他很难"站直"，总是"身不由己地蹲了下去，而且终于趁势改为跪下了"，其骨子里的阿Q精神并没有消失，反而成了一种难以祛除的无意识。因此，高晓声不仅对农民固有的守旧、愚昧与麻木等国民性进行了反思与批判，同时也对极左思潮带来的国民心灵伤害进行了揭示。他认为，如果中国国民性现状不改变，健康的国民性格的形成就会遇到较大的障碍。在"陈奂生系列"小说中，高晓声内心深处的忧患源于现代化进程中农民因袭传统而形成的保守与落后观念。与之相伴而生的是现代乡愁意识，这一意识根植于现代化浪潮中，源于乡土主体在思想认知与精神风貌上未能与社会进步需求同步，从而萌生的一种前瞻性忧患情怀，它在时间轴上展现出一种面向未来的深切关怀。高晓声在"陈奂生系列"小说中，并不像《芙蓉镇》《爬满青藤的木屋》等小说那样重视对风俗画、风景画或地域风情的刻画，这在某种程度上削弱了小说中的传统乡愁意识。

何士光的《在乡场上》虽然有伤痕文学的痕迹，但已不再沉迷于创伤性展示，而是将叙写重点转向农民主体意识的觉醒。主人公冯幺爸曾经是一个出了名的醉鬼，一个破产的、顶没价值的庄稼人，他无足轻重且被人瞧不起，但在新时期，腰杆"硬"了起来，不怕政治斗争了，不怕供销社会计不卖肉给他了，不怕曹支书克扣他的回销粮了，所以他敢于当面批评曹支书，反击了供销社会计的女人。冯幺爸的这种转变源于"文革"结束后的思想大解放，以及随后推出的家庭联产承包责任制等改革措施，新的思想与改革措施极大地激活了农民的自主性和内生动力。作者善于采用以小见大的手法，从而获得了见微知著的艺术效果。这也是一个名不见经传的贵州山区中学教师的作品能被《人民文学》编辑所看重的主要原因。就何士光自身而言，取得成功的主要原因还在于他对乡土社会生活的熟悉与沉浸式的抒写，其中饱含对乡土生活的深情。新时期新气象，让何士光看到了乡土世界的恢复、重建与发展的希望，因此其"梨花屯系列"中更多展示的是乡土世界的希望与生机，特别是乡土伦理秩序的重建，这些使其小说卸下了伤痕文学的重负，重新转向对乡土社会美好人性与风情的抒写。作者对传统乡土伦理的重建，既是对传统乡愁的回应，也是对现代乡愁乌托邦家园的建构，因而小说也融入了现代与传统两种类型的乡愁叙事。正如孟繁华所言，何士光的小说"在悲悯之情充斥当时文坛，大家历数各自悲惨遭遇和不灭的信念时，何士光却在'乡场上'找到了他要传达的时代之言的人物，在民间社会发现了又一时代的来临"①。这种视界的前瞻性正是现代乡愁叙事的突出特征。

20世纪80年代的乡土小说中，除了以"鲁迅风"为特色的作品，还有以"田园牧歌"风格为主的作品，这类作品多抒写传统乡愁情感，如何立伟的小说《白色鸟》，便具有田园牧歌般的情调。小说重点写两位少年在河边劳动与玩乐的场景，何立伟用诗性的笔触描写了众多乡土生活中富有童趣的细节，如采马齿苋、扯霸王草、玩弹弓、比赛划水、烧苞谷、钓麻拐（田鸡）、抓水蛇、欣赏白色鸟等。小说对乡土自然景致的描写也充满了诗意，如有长长的河滩上浅浅的脚印，充盈的阳光中飘荡着野花的花香，河水闪着粼粼波光，还有绿色的河岸、淡青的远山及美丽安详且自由自在的白色鸟，这一切构成了一幅恬静和谐且具有牧歌情调的乡土田园风景画。小说把政治运动作为背景，其残酷性被有意识地隐藏在诗意田园图景背后，何立伟努力地压抑自己对"文革"政治斗争残酷的抒写，极力彰显了记忆中乡土小说中的诗意色彩，正如小说开篇引用的外国民歌《夏天的回忆》所言："夏天到来，令我回忆。"这里的"夏天"亦实亦虚，既是自然的夏天，也是激烈的政治斗争的象征，激烈与失去理性的"文革"政治运动，使过去美好的生活遭到严重的破坏，因此缅怀过去与憧憬未来的乡愁情感冲动使何立伟写出了脍炙人口的诗性小说《白色鸟》。

叶蔚林的小说《蓝蓝的木兰溪》同样具有诗情画意，小说中的两位主人公赵双环与肖志军，都是积极进步的青年，但在极左思潮与唯成分论的时代，肖志军与赵双环之间的纯洁同志之爱，遭到了木兰溪的书记盘金贵的反对。他认为，赵双环属于贫苦农民，阶级成分好，而且是共产党员，政治身份有优势，而肖志军是"右派"分子的后代，因此二人的阶级成分差距悬殊，不能产生爱

---

① 孟繁华：《觉醒与承诺——重读〈乡场上〉》，《小说评论》1995年第3期。

情。为了阻碍二人感情的继续发展，盘书记让肖志军到山上去伐木，没想到赵双环毅然放弃名誉，决定陪同肖志军上山伐木，最终有情人终成眷属。这篇小说尽管写到了极左思想与阶级斗争，但总体而言是较为温和的，作者用更多的笔墨去写赵双环与肖志军的人情之美、纯洁的爱情之美以及木兰溪的自然之美，其叙事手法接近京派小说的诗化叙事，其中隐藏着浓郁的传统乡土情结与乡愁意识。

何士光的《种包谷的老人》洋溢着浓郁的诗意氛围，其艺术风格与京派小说遥相呼应，摒弃了伤痕文学的沉重印记，转而描绘了一幅乡土社会中温馨和谐、人伦有序的动人画卷。故事聚焦于刘三老汉，在逆境中，是淳朴的乡亲们伸出援手，助他跨越难关，随着改革开放政策的到来，他首年便喜获丰收，把辛勤耕耘得来的粮食兑换成钱，终于圆了多年来魂牵梦绕的心愿。该小说情节虽简约但不简单，作者以细腻的笔触，深情勾勒出一幅幅乡土风情画卷，同时深刻阐述了这片土地上和谐友爱、邻里间守望相助的美好伦理风尚。尤为巧妙的是，作者将内心深处对故乡的深深眷恋与思念，转化为对乡土社会自然景观与人文风貌的客观而诗意的叙述，使字里行间浸透着对故土的深情厚谊与无限向往。

由上可知，《白色鸟》《蓝蓝的木兰溪》《种包谷的老人》等小说都是具有诗意色彩的乡土伤痕小说，其中的乡愁更多属于传统乡愁情感。

总体而言，在乡土伤痕小说中，个体命运的悲剧性叙述多于对乡土世界的怀旧式抒写，乡土伦理秩序遭受破坏的愤懑情绪表达多于风土人情的赞美式回忆，这导致乡愁意识被创伤性情绪所挤压，多数乡土伤痕小说中乡愁情感的直接表达并不明显，但是作者潜隐着的乡愁意识成了乡土伤痕小说叙事的基础，也即是说，正是作者记忆中的"原乡"成了现实中遭遇破坏乡土世界的参照，因而他们的乡愁意识更多潜存于文本背后。

二、知青乡土小说中的乡愁叙事

"文革"以后出现的知青乡土小说，以反映知青生活和经历为主，这类小说中的主人公在特殊时代形成特殊的身份和经历。知青们先是离开城镇到农村去锻炼，然后又陆续回到城里，下放之地成了他们的第二故乡。绝大多数知青都经历了由城到乡，再由乡到城的迁徙或离别，他们是城乡之间的漂泊者或游子，因此知青群体的乡愁意识更为丰富复杂。作为"上山下乡"的知青群体，他们的身体和灵魂都存在漂泊感。在"上山下乡"的经历中，他们感觉自己被时代所放逐，成了社会的弃儿，因此，他们在新时期思想解放的大背景下，急于得到社会的认同并为知青群体"正名"，这种对社会身份的认同需求远远超出了身体安放的需求。因此，知青乡土小说不断倾诉自己的青春理想与信念，并以招魂的形式赋予逝去的岁月特有的精神气质，这正是一次艰苦卓绝的寻找灵魂回乡之路的旅程。因此，知青乡土小说所呈现出的乡愁情感具有更多形而上学的意味。

当知青离开城镇来到农村生活时，他们心中更多是对城市家乡的思念；当他们重新回到城镇之后，他们又充满了对曾经生活过的乡村的缅怀。曾经当过"下乡"知青的铁凝，在1996年出版的文集中表达了自己的城乡观："我们每一个中国人的血缘离乡村其实都不遥远，对这个事实我们无需躲闪。我对乡村的真正情感源于我插队四年又返回城市之后，地理距离的拉开使我得以经常有机会把这两个领域作相互的从容打量。这种拉开了距离的打量使我体味着两个范畴里的特殊、神秘和平俗，两个范畴里的心智、能力和品格，其实那么不同，其实又那么相像。"① 铁凝回到城市之后对乡土社会的重新打量，尽管有着更多的理性审视色彩，但实则是在乡愁意识的驱动下完成的反思。回到城市后的铁凝，生发了对第二故乡（插队的农村）的思念与回忆，于是，铁凝采用去除城乡差异的方式，消解了因为两个故乡而造成的灵魂分裂的烦恼或忧愁。铁凝在其小说《村路带我回家》中，借助来自城市的知识青年乔叶叶之口表达出了城市和乡村的无差异性，乔叶叶说："天才那么小，才像一个大屋子。人们不都住在这个圆屋子里吗？"她作为知青与农民结婚生子，最后决定扎根农村，并且不认为有何心理落差。与乔叶叶一样，城市与乡村在铁凝眼中并没有多大差异，

---

① 铁凝：《写在卷首》，见《铁凝文集2·埋人》，江苏文艺出版社1996年，第3页。

无论是生活在城市，还是生活在农村，本质上都没有多大差异。因此也可以说，乔叶叶是铁凝回忆或想象中的农村的另一个自己。铁凝对城乡差异的消解，在某种程度上淡化了其对乡土社会的乡愁意识，因为自己生活的城市可以在精神层面作为远距离的乡土社会的替代品，从而减轻了自己对第二故乡的思念。这或许是铁凝找到的缓解乡愁情感的一种策略。

在叶辛的《蹉跎岁月》中，到贵州插队的知青柯碧舟与杜见春互生爱慕之情，但后来杜见春得知柯碧舟的父亲是"现行反革命"，便放弃了他。她在春节期间回到上海，看到大家都忙忙碌碌，而自己却无所事事，便感觉到自己的多余，由此也生发出无聊和空虚，灵魂也似乎无所寄托。此时的家乡已经异化为自己的异在之物，自己成了家里的多余人，也是城市的多余人，她千想万念的家已经悄然发生了变化，自己成了一个城市的异己者。于是，杜见春决定回贵州插队的地方，当她回来以后，柯碧舟和邵玉蓉恋爱了，她依然没有找到自己心仪的对象，仍然是一个灵魂的漂泊者。无论是城市还是乡土，对杜见春这样的知青来说，或许都不是真正意义上的故乡了，知青已经回不到真正意义的故乡中去了，漂泊成了像杜见春这样的知青的宿命。

知青返城后面临着难以再被城市接受的困境，这在王安忆的《本次列车终点》和孔捷生的《南方的岸》中表现较为明显。回到城市，虽然城市也能接纳他们，但他们面临着住房、上学、就业、婚姻以及处理诸种社会关系的困难与矛盾，因此不少人并没能摆脱边缘化无根感的命运。在《本次列车终点》中，陈信在农村插队 10 年后得到了返城名额，但在返回城市后遭到嫂嫂的嫌弃，他感觉亲情淡薄，实际上也是无家可归了，于是又踏上了新的路途。孔捷生的《南方的岸》中主人公易杰在"文化大革命"中被迫远离家乡，到海南橡胶园插队，返城后，与暮珍、阿威开起了"老知青粥粉铺"，生意兴旺，但易杰并不满足这种平淡无味的生活，经过曲折艰辛的生活与痛苦而严峻的思考后，他和同伴暮珍放弃了眼前的生活，决定重返海南，去寻找自我价值，重新扬起生活的风帆。这正如洪子诚所言，王安忆的《本次列车终点》和孔捷生的《南方的岸》"本来都意味着目的地的到达，意味着结束漂泊，有了归宿。但是，小说却写出这种归宿是新的不安和另一种漂泊无定的开端"①。在《南方的岸》中，易杰遭遇了现实的诸多挫折，不尽如人意，使他转向了对知青生活的回忆，并在回忆中找到了精神的慰藉。隔着时间的栅栏，曾经的困顿与执着、痛苦与欢乐、悲伤与振奋等基本欲望的骚动，似乎都已经消弭，留下的便是对知青生活及作为其第二故乡的农场的纯粹的缅怀。这种选择性的、过滤后的回忆，使知青生活变得如此迷人：

> 这是一个色彩斑斓的世界，一个气势磅礴的世界。知青的痛苦与欢乐，开拓与收获，生死歌笑……构成了这个世界主要的瑰丽原色。现实中难以实现的光荣、梦想和憧憬在回忆中却栩栩如生地放出异样的色彩。我们惊诧地发现，在已经消逝的青春中，居然还闪耀着如许的辉光，而在这辉光的摇曳中，一切凄苦、不平、灰暗都变得含混、模糊，甚而令人激动地追求起来。②

这种回忆既是对逝去的知青岁月的怀念，也是对一代人青春及其价值的追寻，还是对生命意义的召唤。因此，易杰和暮珍放弃了眼前舒适且平淡的生活方式，选择重新回海南，去开拓自己新的人生。知青生活在易杰眼中已经不再是受苦受难的经历，而是实现理想和自我价值的正途。小说写道：

> 我希望有一天，登上双桅船，亲手拉起帆索，让风儿把我带往南方，向着辽远的海洋。……在一个香甜的梦里，我出发了，去寻找南方的岸。③

《南方的岸》并没有对易杰回到海南后的生活展开叙事，易杰重返第二故乡的具体情况我们不得而知。但是，叶辛在《蹉跎岁月》中为我们展示了知青

---

① 洪子诚：《当代文学概说》，广西教育出版社 2000 年，第 169 页。
② 蔡翔：《一路彷徨》，山东友谊出版社 2006 年，第 11 页。
③ 孔捷生：《大林莽》，花城出版社 1985 年，第 122 – 123 页。

扎根农村后的生活画面。当柯碧舟深受爱情与政治身份双重打击，陷入生活的绝望之中，在农村少女邵玉蓉的关照下，逐渐恢复了活力，他重拾生活信心，而且在乡土社会中找到了自己的真爱——邵玉蓉，乡土社会的淳朴与美好人性治疗了柯碧舟因极左思潮带来的创伤。小说写道：

> 这样壮美别致的风景，在上海知青们初到山寨的时候，曾经深深地吸引过爱好文学的柯碧舟。可这些年来，艰苦生活使得他双目迟钝，忧郁的重压使得他丧失了欣赏美景的情致。可现在，大自然的娇美，又像个久违的好朋友般，陡然出现在柯碧舟面前，使得他不由感到心旷神怡。尤其是在这凉爽清澈的空气中，天宇碧蓝似靛，辉煌灿烂倾泻不尽的四月天的阳光下面，柯碧舟更觉得情绪极为开朗，精神勃然振奋。他在内心深处暗叹道：谁能不说这是美不胜收的山乡呢？①

很明显，在政治意识形态高压下的柯碧舟是毫无政治身份与话语权的，那些无良的上海知青及村里的干部都看不起他，他极为自卑与懦弱，尽管他也有伸张正义的时候，却遭到了凶残而疯狂的报复。乡土自然之美和邵玉蓉纯洁的爱情真正拯救了柯碧舟，柯碧舟在乡土社会中找到了自己的情感或灵魂的归宿，这时他漂泊的心灵寻找到了物质与心理的双重家园。因此，可以把柯碧舟的遭遇看作对《南方的岸》中的易杰重返乡土后的命运的解读。

如果说《南方的岸》是对知青岁月的重新审视与价值肯定，那么梁晓声的《这是一片神奇的土地》则是为曾经生活与奋斗于北大荒的知青所写的青春祭歌。小说讲述的是，知青在开发北大荒过程中为了征服凶险万分的"满盖荒原"而英勇献身的故事。小说重点写知青建设家园的激情与勇气，写他们青春的理想与为之奋斗的高尚情操。来自上海的副指导员李晓燕发誓三年不回家，要把青春奉献在北大荒，但知青的内心也充满了乡愁意识，小说中特别写到李晓燕在临死之时对家乡父母的思念：

---

① 叶辛：《蹉跎岁月》，东方出版中心 2008 年，第 114 页。

连长！我也是一个知识青年，我也有老父老母，他们日夜思念我，我也日夜思念他们。要不是我受自己誓言的约束，我也想立刻回到父母身边去，但……我不能够！……①

甘于奉献的革命情怀压倒了个体亲情，这是巨大的牺牲精神，正因为如此，他们潜在的乡愁愈显浓烈，以至于需要一种神话传说中的"忘忧果"来使自己忘记家乡及其亲人，以解除思念的痛苦。

副指导员娓娓动听地讲了希腊神话《奥德赛》中的一段故事：伟大的俄底修斯攻打下了特洛伊城以后，率领他手下的勇士们从海上返回家乡伊塔克，结果被逆风吹到了一个孤岛上。岛上的居民专靠吃一种"忘忧果"度日，他们热情地把"忘忧果"捐送给俄底修斯和他的勇士们吃。勇士们吃了"忘忧果"，完全忘记了自己的家乡和父母，忘记了兄弟姐妹和妻子，忘记了一切朋友，竟无忧无虑地长久留在了孤岛上……②

在知青乡土小说中，普遍存在一种被压抑的乡愁情感，这种乡愁在压抑的状态下发生了情感转向，许多知青如同副指导员一样，将自己的乡愁转化为革命情感或者为理想奋斗的激情。

这种把乡愁情感转化为革命和建设的精神动力的小说，如《这是一片神奇的土地》，其中隐藏着梁晓声对北大荒及已经逝去的青春岁月的美好回忆，这实际上正是作家梁晓声对知青生活和作为其第二故乡的北大荒的深情缅怀，是写给自己的青春祭歌，因此其背后潜藏着深沉的乡愁情感。值得重视的是，《这是一片神奇的土地》具有鲜明的乌托邦色彩。虽然北大荒条件艰苦，但在知青们看来，这里是实现他们理想的地方，也是释放他们蓬勃生命力的地方；是他们造梦的地方，也是精神的安放之地。正如副队长、"妹妹"与"摩尔人"等，

---

① 梁晓声：《今夜有暴风雪》，北京联合出版公司2021年，第137－138页。
② 梁晓声：《今夜有暴风雪》，北京联合出版公司2021年，第144－145页。

他们为了这片土地，为了实现青春的夙愿，宁愿把自己埋葬在这片土地上。从小说的叙写中可以看出，知青们把"满盖荒原"作为了他们需要付出青春甚至生命去建构的未来乌托邦，而且他们要把这个乌托邦家园变成现实中的富足美丽粮仓。

把知青生活与青青缅怀融合在一起进行叙写的还有史铁生的小说《我的遥远的清平湾》、张承志的《黑骏马》等。这些小说表达了对曾经辛勤劳作过的大地的思念，以及对知青岁月的讴歌与肯定，在赋予知青岁月以崇高社会意义或价值的同时，也对乡土社会中的淳朴、善良的人性以及和谐的人际关系进行了赞美。史铁生在《我的遥远的清平湾》中，深情地回忆了自己在陕北插队时与当地老乡之间建立起来的深厚情谊，作者用诗意笔触抒写了那段美好的知青岁月，那时虽然条件艰苦，但灵魂却很充实，遥远的清平湾是记忆中的美好家园。张承志在《黑骏马》中抒写的不仅是对爱情的追悼，同样也是对曾经生活过的草原的无尽回忆与思念，以及对草原民族妇女悲凉命运的同情。张承志在这部小说中表达出了自己深切的乡愁意识。

此外，许多知青乡土小说，如竹林的《生活的路》、郑义的《枫》、遇罗锦《一个冬天的童话》等，其中的悲剧意味与感伤情绪完全压倒了其他情感，乡愁意识自然无法得到显性的表现，但小说在抒写创伤与揭示极左思潮的危害时，仍然会流露出生活在乡下的知青的乡愁情感。比如《生活的路》中，娟娟看到心中恋人张梁时便倾诉了自己对故乡亲人的思念：

> 你读了我给你的信么？你知道这些年我是怎么熬过来的么？……你不要以为我怕苦，物质上的苦，我并不害怕，我能吃山芋和高粱。我怕的是冬天的夜，长得没有尽头；我怕的是春天的风，刮起来天昏地暗；我有家归不得，独在异乡为异客，除了你以外，有没有任何亲人……①

当然这是娟娟乡愁情感的直接倾诉。除了对娟娟这类下乡知青的乡愁情感

---

① 竹林：《生活的路》，中国青年出版社 2019 年，第 175 页。

表达，作品还存在对灵魂家园的追问。在小说中，大憨向村中老奶奶描绘了农村现代化的未来图景，一切都实现机械化，老奶奶的反应是：

> "唉，人总是要死的。"快活奶奶叹了口气道，"俺不怕死，可俺怕你那个机械化。"
>
> "我那个机械化碍着你了？"大憨奇怪地问。
>
> 快活奶奶刚想开口，有人插上来说："大憨哪，你这个小伙子又憨厚，又老实，又勤快，什么都好，就是你那个机械化不好。"
>
> "可不是嘛，"快活奶奶道，"你说得花好桃好，俺只见过那个拖拉机，拖拉机不就是机械化么？自从有了你那个拖拉机，俺们死了就都得拉到城里去烧。从前说，死了还能投生哩。现在倒好，机器一响，突突突，拉到城里，烧成灰了……"①

实际上，这是具有现代乡愁意识的情节描写，老奶奶所担忧的是自己死后的归宿问题，因此也就涉及了精神家园以何种形式存在的问题。但作者借助老奶奶的担忧，对现代化进行反思，即通过农民的视角对现代化提出疑虑，这是新时期最早对现代性进行质疑的小说之一，具有审美现代性特点。

知青乡土小说中的知青主人公多数经历了主体与故乡分离的两难处境，当下乡知青在插队的农村（农场）生活数年甚至数十年后，插队之地便成了他们的第二故乡，因而在回城之际会产生矛盾心理。比如在梁晓声的《今夜有暴风雪》中，北大荒知青裴晓芸在面对回城大潮时犹豫不决，她心中向已经去世的妈妈发出了疑问："妈妈，即使我回到上海，谁又是我的亲人呢？上海有我可以得到关怀可以完全信赖的人吗？"无论是回城还是留下，知青都难以避免地出现灵魂的分裂，两个故乡必然带给他们一种"离乡"之感，乡愁意识也将一直存在，这是知青乡土小说较为独特的地方。

20世纪80年代初期的知青乡土小说逐渐从伤痕走向了反思。即便是那些

---

① 竹林：《生活的路》，中国青年出版社2019年，第280页。

赞美与缅怀知青乡土生活的作品,如张承志的《黑骏马》、史铁生的《我的遥远的清平湾》等充满诗性色彩的小说,也在对乡土自然、人性与人情的赞美中,表达了对国民性、国家历史命运及人类前途等方面的思考。特别是有的知青乡土小说,往往采用理性的方式,去审视乡土社会中的愚昧、落后与野蛮习俗,以展示农民的性格并对其劣根性进行反思与批判。其中最具代表性的作品是朱晓平的"桑树坪系列",小说中的主要人物李金斗,作为乡村基层管理者,既具有很强的管理能力,又显得怯懦与鄙陋;既显得质朴公正,又显得奸猾、凶横与冷酷;既对乡土社会予以人道关怀,又对其中的愚昧、落后、保守等劣根性进行了反思与批判。这个时期的知青乡土小说逐渐与当时的反思文学与寻根文学浪潮相适应,并开拓出新的写作路向。

张承志的中篇小说《北方的河》(1984)一扫伤痕文学中的感伤与自怜,也不同于反思文学的理性与冷静式的叙写,而是以浪漫主义的手法,将自我内心激越汹涌的情感尽情地倾泻而出,呈现出豪放不羁、气概阔大、刚健庄严的诗性特点。小说彰显出勇于进取、积极开拓的民族精神,但这种精神的内在动力可归因于抒情主体对灵魂归宿——精神家园的追寻。从新疆插队的知青"他",返回北京城后,经历了迷茫、痛苦的反思与顿悟,尽管生活中屡屡碰壁,仍然不断探寻属于自己的成长道路,四处寻找属于自己的象征着不屈精神的河流,"他"的身上有一种勇往直前、毫无畏惧的精神气质与崇高的英雄气概。在经历了"文革"与"上山下乡"之后,"他"要尽可能地追赶时间,弥补社会历史原因造成的青春荒废,努力使自己的生命绽放光彩。"他"的时间紧迫感也带来了空间的逼仄感,特别是回到北京城以后,"他"积极投入历史文化学习研究之中,探寻民族文化精神,不断走访北方著名的河流,试图找到自己灵魂的皈依之地,拓展其灵魂存在的空间,构建其精神家园。当然"他"回城后的理想与奋斗,也与"他"在新疆的插队经历有关,在新疆对额尔齐斯河的亲近与理解,使"他"的心灵与河流的精神血脉相通,"他"在奔涌的河流中体会到了父性般的刚毅品格,因此回城后对河流的不断追寻,本质上是对插队时期乡土经历的一种回应,是其乡愁情感冲动或者说是寻找精神家园冲动的外在表现。可以说,《北方的河》已经有了文化寻根的形式,在一定程度上超越了传统乡愁而进入了现代乡愁的抒写,具有鲜明的当代性,这与20世纪80年代中后期的现代主义浪潮形成对应关系。

三、寻根乡土小说中的乡愁叙事

在20世纪80年代的小说中,文化寻根乡土小说的乡愁意识更为浓厚,有学者指出,"自20世纪80年代以来,'乡愁'的理念随着寻根文学,新乡土文学以及先锋派文学得到了进一步的丰富和发展,成为当代中国社会抵御现代化痛苦和巨大压力的文化依托,或者说一个情感乌托邦"①。在韩少功打出"寻根"旗帜的1980年,汪曾祺创作了《受戒》,1981年创作了《大淖记事》,作为文化小说,本质上是作者对理想家园的一种想象,正如他自己所说,《受戒》中所描绘的社会世相,正是自己40年前的一个梦。《受戒》中故事发生的具体年代被隐去了,其想象性与虚指性非常鲜明。这篇小说与"十七年"或"文革"时期的小说不同,他规避政治意识形态转向世俗生活,着眼于风俗画面的描写,尽管他赋予小说诗情画意,却不对人物作评判,叙写客观冷静、从容随性。明海受戒也罢,破戒也罢,都没有心理负担,他和小英子的爱情是纯净透明的,具有诗性之美。和尚只是一种职业,既然是一种职业,就必须与宗教相关联,因此念经拜佛成为日常,但并不一定要按照宗教戒律完全执行,方丈吃斋,但过年仍可以吃肉,明海和尚仍然有老婆。因此,戒律虽然是要遵守的,但与人性冲突时可以暂时打个折扣,让位于人性。在汪曾祺笔下,制度与人性既相互妥协也相互补充,从而形成一个和谐美好的理想社会,这正是汪曾祺理想的文化家园。在《大淖记事》中,仍然写世俗生活。小说充满了浓郁的烟火味,当然其中也发生了巧云与十一子的悲剧,但在大淖这个地方,巧云遭遇玷污后的心灵创伤与十一子遭受的身体创伤很快都得到了治愈。左邻右舍并没有用异样的眼光看待巧云与十一子,他们总是淡化悲剧,看重生命,尊重生命。

---

① 王杰、王真:《中国审美现代性研究》,上海人民出版社2023年,第104－105页。

在这样的时空环境中，社会伦理道德与生命存在或自然人性发生冲突时，人们仍然用宽宏的心胸去包容或淡化他人遭遇的不幸，用善良去化解他人遭受的创伤。汪曾祺的风俗化描写以及对俗世生活的诗性抒写，源于他所具有的古典文人气质，这种气质包含其怀旧情绪或乡愁情怀。

贾平凹的"商州系列"与李杭育的"葛川江系列"，是早期颇具寻根意识的文化小说代表。这些作品地域特色鲜明，通过丰富的乡土风俗描绘，深蕴着浓烈的乡愁。这种乡愁不仅源于空间隔离，更因传统乡土社会在现代工业的冲击下而变得面目全非，从而引发了一种在现代文明刺激下越发强烈的怀旧情绪。正如贾平凹在《商州三录》引言中所说：

> 正是久久被疏忽了，遗忘了，外面的世界愈是城市兴起，交通发达，工业跃进，市面繁华，旅游一日兴似一日，商州便愈是显得古老，落后，撵不上时代的步伐。但亦正如此，这块地方因此而保持了自己特有的神秘。日今世界，人们想尽一切办法以人的需要来进行电气化，自动化，机械化，但这种人工化的发展往往使人又失去了单纯，清静，而这块地方便显出它的难得处了。我曾呼吁：外来的游客，国内的游客为什么不到商州去啊?!那里虽然还没有通上火车，但山之灵光，水之秀气定会使你不知汽车的颠簸，一到那里，你就会失声叫好，真正会感觉到这里的一切似乎是天地自然的有心安排，是如同地下的文物一样而特意要保留下来的胜景!①

贾平凹对商州的叙写明显带有挽歌意识，他记录商州的目的是要把它作为"文物"般保留在文字之中。现代化进程如此之快，乡土社会固有的一切遭遇了严重冲击，因此对家乡的抒写自然而然地带有缅怀和感伤意味。这和李杭育"葛川江系列"中的名篇《最后一个渔佬儿》所表达的主题特别相似。葛川江渔佬儿以前有一百多户人家，但遭遇现代工业文明的巨大冲击后，渔民们纷纷改行，最后只剩下福奎一个渔佬儿了。福奎古朴的生存方式越来越难以适应现

---

① 王永生：《贾平凹文集》（第5卷），陕西人民出版社1998年，第78页。

代社会的发展，加之江水遭遇工业污染，鱼越来越少，他也越来越贫穷，等了他十年的女人阿七也因此离开了他，可以说他已经一无所有了，但他仍然坚守自己那份古老的职业以及水上生活的自由。在现代工业的步步紧逼下，福奎已经到了穷途末路的地步，因此福奎及乡土社会中的传统生活方式都打上了时代的悲剧色彩，而李杭育也借助最后一个渔佬儿唱响了传统渔业的挽歌，当然，其中也充满了对古朴单纯且充满诗意的传统生存方式的缅怀与赞美。对于传统乡土社会的缅怀，李杭育与贾平凹相同，着力描绘出乡土社会的风俗画，以此来表达他们对乡土社会淳朴厚道、真诚友善的人际关系以及优美的自然风光的赞美。以下是贾平凹对自己故乡商州的自然景观的描写：

> 但有人又说那里是绝好的国家自然公园，土里长树，石上也长树，山有多高，水就有多高。有山洼，就有人家，白云在村头停驻，山鸡和家鸡同群。屋后是扶疏的青竹，门前是天天的山桃，再是木桩篱笆，再是青石碾盘，拾级而下，便有溪有流，通石翻雪浪，无石抖绿绸。水中又有鱼，大不足斤半，小可许二指，鲢，鲫，鲤，鲇，不用垂钓，用盆儿往外泼水，便可收获。①

在对故乡的自然景观及物产进行描述的过程中，赞美之情溢于言表。商州人对故乡的感情是镌刻在骨子里、融入血液中的，无论离家多久、多远，最终都会想方设法回到家乡。贾平凹写道：

> 陕北人称小米为命粮……男的也养，女的也养，久吃不厌，愈吃愈香，连出门在外工作的，不论在北京，上海，不论做何等官职，也不曾有被"洋"化了的而忘却这种饭谱。更奇怪的是商州人在年轻时，是会有人跑出山来，到关中泾阳、三原、高陵，或河南灵宝、三门峡去谋生定居，但一过四十，就又都纷纷退回，也有一些姑娘到山外寻婆家，但也都少不了

---

① 王永生：《贾平凹文集》（第 5 卷），陕西人民出版社 1998 年，第 78 – 79 页。

离婚逃回，长则六年七年，少则三月便罢，两月就了。①

很显明，贾平凹所要表现的是商州人的恋乡之情，不过，无论是贾平凹还是李杭育，他们作品中那深沉的怀旧情愫与乡愁情感，恰恰都是现代社会在飞速发展之时，敏感作家所作出的敏锐回响。

"荷花淀派"代表作家之一的刘绍棠，于 20 世纪 80 年代初创作了《蒲柳人家》《瓜棚柳巷》《小荷才露尖尖角》等小说，同样是具有寻根性质的文化小说。这些小说以大运河为背景，也是以回忆作为叙事视角，描写运河两岸的风俗画面，具有浓郁的田园牧歌色彩。刘绍棠对大运河的乡土世界非常熟悉，因此在其小说中，自然风景与风土人情的描写，显得生动鲜活而形象真实。作者在充满诗意的抒写中，饱含对故乡的深沉眷念与浓郁乡情。另外，还有邓友梅的《那五》《烟壶》等市井小说，同样具有浓郁文化寻根意味与怀旧色彩。

到了 20 世纪 80 年代中期，寻根文学如火如荼地发展起来。1984 年在杭州"新时期文学：回顾与预判"会议前后，韩少功发表了《文学的"根"》，郑万隆发表了《我的根》，李杭育发表了《理一理我们的"根"》，阿城发表了《文化制约着人类》，这些作家反对一味效仿西方现代派文学，当代文学创作应该把"根"扎在本民族的岩层中。李庆西认为，"新时期文学走向风格化之初，作家们首先获得了一种'寻找'意识，寻找新的艺术形式，也寻找自我"。他还认为，这种"寻找"意识与人们的价值危机有关，西方现代主义并不能给中国带来"真实的自我感觉"，更无法解决中国人的"灵魂问题"，要实现精神自救，还需要重返中国传统文化，寻找文化之"根"。② 很显然，这是更高层次的文化乡愁，是中国文人从古至今难以释怀的文化情结。这种文化乡愁正是寻根文学创作的最基本的文化心理与情感驱动力。韩少功在《文学的"根"》中写道："他们都在寻'根'，都开始找到了'根'。这大概不是出于一种廉价的恋旧情绪和地方观念，不是对歇后语之类浅薄的爱好，而是一种对民族的重新认识，

---

① 王永生编：《贾平凹文集》（第 5 卷），陕西人民出版社 1998 年，第 79 页。
② 谢尚发：《寻根文学研究资料》，百花洲文艺出版社 2018 年，第 13 页。

一种审美意识中潜在历史因素的苏醒，一种追求和把握人世无限感和永恒感的对象化表现。"① 由此可见，寻根的目的不是简单的民族文化回归的问题，而是要为灵魂寻找可以栖居的永恒家园。

寻根小说包括寻根乡土小说，其并非一种逆行保守的文学潮流，而是在全球化大趋势中，第三世界国家的民族意识或独立意识得以觉醒，为了保护本民族文化尊严与文化自信而形成的思想潮流。面对西方现代文化对中国本土文化的冲击，特别是自 20 世纪以来，西方现代文化大肆进入中国，从而"导致了全民族的对传统文化的'有组织的遗忘'"②，因而中国知识界产生了一种紧张感与忧患意识。文化乃是一个民族得以存在的根基，本土文化的丧失，将导致民族性逐渐消失，保护捍卫与传扬本民族优秀文化，本质上是保护或重建中华民族共同体的精神家园。因此可以说，寻根文学在更高层次上探寻了华夏民族精神家园的护卫与建构的问题，整体寻根文学的乡愁意识也上升为"国愁"。如何协调中西文化关系成为新时期知识分子必须面对和处理的问题，在新时期，知识分子要解决的是本民族传统的文化价值体系和西方现代文化价值体系之间的矛盾关系。③ 或者说是第三世界国家对西方经济强国带来的文化扩张的防御与抵制，是重建民族文化自信的一种文学行为。新时期知识分子有的开始转向传统文化，试图发掘优秀传统文化，在增强文化自信的同时，以此作为凝聚中国力量共同开创现代化的未来。"寻根"的最终目的，还是要弘扬文化精华，扬弃文化糟粕，真正做到"古为今用，洋为中用"。"寻根"最终是要捍卫、保护、传承与发展优秀的民族文化，因此，它具有双重属性，"它是向传统的回归，又是新的现代性观念的表达。在寻根中，传统被诗化为一种符合人性的自然存在，一种可以协调人与人关系、消除各种紧张、非理性的、非压抑的、能够丰富人的精神和心灵结构的文化时空，以对抗或修复现代的破碎的社会和迷失的人的心灵"④。具体来说，寻根是为现代中国人寻找到灵魂栖居的文化家园

---

① 谢尚发：《寻根文学研究资料》，百花洲文艺出版社 2018 年，第 78 页。
② 谢尚发：《寻根文学研究资料》，百花洲文艺出版社 2018 年，第 13 页。
③ 谢尚发：《寻根文学研究资料》，百花洲文艺出版社 2018 年，第 78 页。
④ 许志英，丁帆：《中国新时期小说主潮·上》，人民文学出版社 2002 年，第 311 页。

或精神家园。这种看似保守与回返的文学运动，本质上是借助传统文化对大众进行的一次重新启蒙。由于肇始于西方的现代主义已经出现诸多问题，东方中国的传统文化便成为人类未来的发展方向。这种看似倒退的文化潮流，本质上仍然是面向未来、追求进步的思潮。新时期寻根作家们试图在对传统的挖掘与探寻中完成一次真正意义上的启蒙运动，因此寻根文学在重返民族文化空间的实践过程中，显得"神秘、遥远、充满诱惑，唤起人们已被忘却的记忆，好似漂泊的双脚踏上返乡的小路，心中流淌着甜蜜的忧郁与希望"①。"一个民族有一个民族的文化，而民族的文化是在特定的历史空间和地理环境、语言环境以及社会、经济、家庭等环境中形成的系统，文化是'家'。寻根，亦是一次寻'家'的运动。"② 因而，可以说，寻根小说便是"文革"以后中国人民重新寻找精神家园的一段返乡过程的抒写，而这些寻根写作者也共同完成了一次大型群体性的返乡之旅。

寻根作家们既具有重建文化家园的激情与冲动，也具有主体失落的焦虑与不安。中国社会进入 20 世纪 80 年代，改革开放的春风使人们获得了迁徙的自由，人们离开家乡外出谋生，许多农民以及农民知识分子从乡村来到城市，但城市是与乡村熟人社会完全不同的社会结构，城市居民彼此陌生，个体成为单个的原子式人物，内心生出孤独无依之感，缺少了原有的"家"的关爱与安全而感到不安。特别是 20 世纪 80 年代日渐兴起的现代化、城市化与商业化，极大地改变着乡土社会的伦理秩序与文化现状，传统乡土社会渐行渐远，传统文化习俗、生活方式与价值观念也受到了现代商业浪潮的冲击。随着现代化进程的加快，80 年代的知识分子既对未来充满憧憬，同时也有困惑与迷茫，特别是在经历"文革"的创伤性打击后面临一个新时代的骤然到来，大家都不知所措，用诗人梁晓斌的诗句来说便是："中国，我的钥匙丢了"，知识分子亟须找到打开现代社会新生活大门的"钥匙"。因此，当潜在记忆深处的物质家园与文化家园显得摇摇欲坠时，家园的失落感需要获得心理的调适与慰藉，重建文

---

① 许志英，丁帆：《中国新时期小说主潮·上》，人民文学出版社 2002 年，第 316 页。
② 许志英，丁帆：《中国新时期小说主潮·上》，人民文学出版社 2002 年，第 329 页。

化家园和追寻自我的冲动便在 80 年代的寻根作家心中油然而生。

韩少功的《归去来》是一篇引领寻根小说潮流的作品，主人公"我"（黄治先）如梦幻般来到了一个既陌生而又熟悉的地方，遇到了一些村民，他们把"我"当成了"马眼镜"，且热情地与"我"打招呼，亲热地叙旧，"我"便逢场作戏地扮演了"马眼镜"，并因此了解了当年作为下乡知青的"马眼镜"在当地的爱恨情仇。"我"最后醒来，发现自己进入庄周梦蝶的情景之中，醒来后的"我"弄不清自己究竟是"马眼镜"还是黄治先了，"我"对自己的身份产生了怀疑。"我"作为城里人来到乡村，带着寻找的目的，但具体要寻找什么并不明确，好像是香米之类，又好像是自己的妻子，又好像都不是，来自城市的"我"的身份和目的都很模糊，"我"是怎么来的以及来此做什么都不明朗，但这恰恰是"我"探寻或追寻自我存在意义的逻辑起点，是迷茫混沌状态下的自我突围与意义探寻。"我"在城市没有找到存在的意义，因为城市给"我"的是"空无"与"虚空"之感，那里似乎找不到存在的家。"我"不仅是作为个体黄治先，也是没有特征的个体的泛指，"我"是来自现代工业文明的一个符号。但是来到乡村以后，村民不断地把"马眼镜"的经历赋予"我"，"我"成了"马眼镜"的替身，"我"也逐渐把自己当成了"马眼镜"，到最后，"我"基本相信了村民所说的"马眼镜"就是"我"本人。因此在"我"醒来后，"我"仍然把自己当作"马眼镜"，而对黄治先这个符号化的身份表示了怀疑。"我"实际上是现代城市的无根漂泊者，处于无身份的状态，而乡村的人与物却无比真实，最为关键的是乡村具有历史文化感。"马眼镜"的历史事件不断被村民输送到"我"空无的心灵之中，"我"似乎也成了具有历史主体性的人，因为乡村赋予了"我"相应的历史记忆，乡村也完成了一次对"我"的赋魂。但是，"我"本质上是空无的或无意义的个体，是乡土社会的大历史"大我"或"群体的我"强加在个体身上的历史或意义。"在这个'群体'面前，个体的'我'被训谕，被期望而卑躬屈膝，弯腰折服"①，因此，"我"后来难以确认自己的身份究竟是"马眼镜"还是黄治先，这种分裂的自

① 　[英]玛莎·琼、田中阳：《论韩少功的探索型小说》，《当代作家评论》1993 年第 5 期。

我并没有完成真正的自我建构。作品最后写道："我累了，永远也走不出那个巨大的我了。"① "巨大的我"使个体无法摆脱自己所在的民族历史文化，个体都是历史文化与时代相交融而造就的，"我"必然是在特定的历史文化环境中成长起来的。正如郑义所言，"我不仅是生活在'现在'而且是生活于'过去'的'现时'；'过去'就在'现时'里，不是已经逝去了而是还在活着还依然存在。"② 因此，现在的"我"仍然带有鲜明的历史痕迹。"我"具有知青身份，是游走在城市与乡村之间的游子或浪子，精神世界中留下了现代城市文明与传统乡村文明的鲜明历史烙印，而城市与乡村之间存在较大的落差，这种落差便是历史文化的断裂，"我"的灵魂分裂最本质的原因，便在于现代与传统之间及城市与乡村之间难以弥合的裂痕。中国传统社会中城市与乡村的差距不大，城市本身就是乡村的一部分，但是现代社会中城市与乡村之间不但存在经济发展的巨大差距，还存在政治身份的差异，农业人口与城市居民的政治权益存在较大的落差。知识青年"上山下乡"，接受贫下中农的再教育，或者更为直白地说，是到农村锻炼，农村作为困苦与贫穷之地，是磨炼知青的理想场所。下乡的知青便被动地承受着乡土文化的影响，正如《归去来》中的"我"，从城市来到乡村被动地贴上了"马眼镜"的历史标签，这样一来，"我"心灵深处便有了城里的黄治先与乡下的"马眼镜"的双重身份，"我"的灵魂的撕裂与自我的断裂也因此形成。《归去来》正是韩少功对知青身份的深入思考，在知青伤痕文学的基础上，向着理性与形而上方向迈进了一大步。或者说是他在历史文化层面或哲学层面思考知青身份游离于城乡之间的漂泊命运。也正因此，如何消弭城市与乡村之间的各种差距，重新续接断裂的现代与传统文明，找到现代人的灵魂家园，成为文化寻根的最高目标。

韩少功指出，现代人追求的精神家园并非现成的"避风港"，而是需要不断探索与创造的产物，其核心在于深刻的理性反思。在其寻根文学力作《爸爸爸》中，他深刻批判了传统家园中的封闭、愚昧与迷信。以鸡头寨为象征，他

① 韩少功：《韩少功小说精选》，太白文艺出版社 1996 年，第 103 页。
② 谢尚发：《寻根文学研究资料》，百花洲文艺出版社 2018 年，第 92 页。

承袭了"五四"乡土批判精神，深挖民族文化之劣根。小说中，丙崽——一个只会说"爸爸爸"和"×妈妈"的畸形儿，象征着鸡头寨的愚昧与落后，其不死之身更成为民族文化劣根性的隐喻。与此同时，韩少功还塑造了两位接触外界文明的人物：仁宝与丙崽娘。仁宝虽带回新观念，却因自身缺陷而被排斥，其文明尝试终成泡影；丙崽娘带来先进的生活方式，却遭男权文化压制，最终选择离开。两人的命运映射出传统乡土社会对现代文明的抗拒与排斥。韩少功通过《爸爸爸》深刻揭示了民族文化劣根性的顽固，视其为现代化进程的最大障碍。他从现代理性视角审视并批判了传统乡土社会，旨在唤醒国人自我革新，推动乡土社会的文明化与现代化。其作品中强烈的批判性，正映射出他内心深沉的现代乡愁，批判越深，乡愁越浓。

　　如果说韩少功的《归去来》《爸爸爸》等小说更多是对文化劣根的反思与批判，显得深刻而尖锐，那么王安忆的寻根代表作《小鲍庄》则显得较为温和。《小鲍庄》写的是一个村庄的生存状态，小鲍庄具有仁义的传统，鲍五爷因孙子社会子死了，他绝后了，庄人劝说道："现在是社会主义，新社会了，就算倒退一百年来说，咱庄上，你老见过哪个老的，没人养饿死冻死的？"① 小主人公捞渣以其善良仁义之姿，化身成为仁义的具象表征。在小鲍庄遭受洪水侵袭之际，捞渣本有机会随同其他人安全撤离，然而，为了营救孤寡老人鲍五爷，他毅然返回村庄，最终不幸罹难。此悲剧性结局，多被评论界视为传统仁义美德在当代社会物质洪流冲击下日渐淡薄乃至消逝的象征性叙述，深刻反映了王安忆对现代社会伦理道德滑坡的隐忧。小说开篇巧妙设置了两大引子：一是以远景镜头勾勒出小鲍庄被洪水淹没的壮阔景象，虽置身于现代社会背景之下，却刻意营造出一种远古洪水神话般的氛围；二是深入探究小鲍庄的起源与洪水之间的深层关联，寓意深远。从引子层面来看，洪水肆虐不仅是自然灾害的直观展现，更是现代化进程中物质欲望无度膨胀、泛滥成灾的隐喻性表达。王安忆的乡愁情怀，植根于对传统的依恋，同时面向现代，蕴含着深刻的批

---

①　王安忆：《王安忆精选集》，北京燕山出版社 2006 年，第 60 页。

判精神。作为女性作家的独特视角，她的寻根书写兼具温婉与力量，通过富有象征意味的叙述手法，细腻传达了其对物质家园与文化家园双重危机的深切忧虑。

阿城的《棋王》堪称寻根文学领域又一颗璀璨明珠，其文化探索之路与韩少功、王安忆等人的审视批判视角迥异，以一种积极肯定、深情赞赏的笔触，深入挖掘并展现了传统文化的独特魅力。作品中的主人公王一生，其人物形象鲜明，拥有两大挚爱：一是对于食物的渴望与珍视；二是对于棋艺的痴迷与追求。王一生对吃的执着，源自他曾亲历的极度饥馑所带来的深刻心灵烙印。这份经历让他对每一餐都无比珍惜与尊重，不挑不拣，视之为生命之必需，乃至将其升华为一种近乎神圣的仪式，其中蕴含着他对生活最质朴的敬畏与赞美。他的饮食态度，不仅体现了一种生存哲学的深度，还彰显出鲜明的审美倾向与颂扬情怀，让人在平凡的日常中窥见了不平凡的精神追求与文化底蕴。"吃饭，不仅是延续生命的需要，而且是一种庄子式的移情的表达。"① 至于下棋，则是王一生更深层次的精神诉求。作者浓墨重彩地描绘了棋王一生的精神世界。因家境贫寒，王一生无缘那些需金钱支撑的玩乐，唯以象棋为伴，日渐沉迷，终成一代棋艺高手。他将儒道精髓融入棋局，尤其是道家哲学，在他身上体现得淋漓尽致。王一生的饮食与棋艺，皆纯净无垢，不涉功利，成为他移情忘我，达至虚静之境的途径。无论世事如何变迁，他始终坚守本心，面对困境泰然自若，心境如止水般宁静。当基本物质需求得到满足时，王一生便转向了更高层次的精神追求。在"文革"精神贫瘠的时代背景下，他更是在象棋的世界里寻得了精神的慰藉，忘却了烦恼与卑微渺小带来的苦痛，棋艺成为他灵魂的栖居之所。小说结尾，叙事者"我"深刻感悟到这一切：

> 不做俗人，哪儿会知道这般乐趣？家破人亡，平了头每日荷锄，却自
> 有真人生在里面，识到了，即是幸，即是福。衣食是本，自有人类，就是

---

① 许志英、丁帆：《中国新时期小说主潮·上》，人民文学出版社 2002 年，第 320 页。

每日在忙这个。可圈在其中，终于还不太像人。①

如果人类仅仅是满足于衣食等物质欲望，便被"圈在其中"，作为智者，既应在日常生活、平凡人生中领悟人生的幸福，还需要超越物质欲望而追求精神生活，即要将世俗人生艺术化，从而达到忘情的境界。阿城把道家文化的超脱与虚静的精神境界视为常人灵魂寄托的家园，但他在对道家文化进行肯定的同时，也表现出了面对现实的一种焦虑。因为王一生的忘情是短暂的，他一旦回到现实社会中，就要面对诸多烦恼，当他结束"九局连环"车轮大战回到现实生活后，便呜呜地哭道："妈，儿今天明白事儿了。人还要有点儿东西，才叫活着。"② 王一生哭诉的"人还要有点儿东西"，那么这"东西"究竟是什么呢？王一生在象棋车轮大战中达到了下棋的巅峰状态，但这种巅峰的境界并没有给他带来充实之感，反而是在下棋结束后感到了前所未有的失落，精神陷入虚空之中。阿城试图借助道家哲学，探寻并构筑一片精神的栖息地，但这一过程实则是一场虚实交织的探索。他对乡愁与家园的重建，虽饱含深情与渴望，但终究未能在现实中找到坚实的落脚点，这种对精神家园的追寻与构建，也因此显得既真实又虚幻，留下了一片未竟之地。

董宏量《白鸽少年》中通过人物对话表达了自己对"根"的理解：

> 巷子的门楼上镌刻着"守根里"三个大字，我曾请教飞飞：巷子里没有大树，也不见树根，"守根"是什么意思？
> 飞飞说：守就是守护，根就是根本。"根"的含义有很多解释，比如，祖宗是根，故乡是根，书籍也是根，所以，我们要守护这些根。③

---

① 洪治纲：《中华人民共和国成立70周年优秀文学作品精选·中篇小说卷·中》，北京十月文艺出版社2019年，第826页。
② 洪治纲：《中华人民共和国成立70周年优秀文学作品精选·中篇小说卷·中》，北京十月文艺出版社2019年，第825页。
③ 董宏量：《白鸽少年》，长江少年儿童出版社2019年，第20页。

阿城对"根"文化的理解同样包括三个方面，即"祖宗""故乡""文化"，前两者与传统乡愁意识中的亲情、乡情紧密关联，后者与文化乡愁相呼应。因此，阿城的寻根本质上是对物质家园与精神家园的双重探寻。没有物质家园的依托，精神家园的建构也会变得虚妄。在阿城的另一部小说《树王》中，他将物质家园的建构与生态意识进行了紧密关联。小说中的树王（人）肖疙瘩为了保护树王（树），与前来砍树的知青们进行斗争，最后失败，树王（树）被砍，肖疙瘩抑郁而死。该小说具有鲜明的生态意识和乡愁意识，贯穿了阿城对现代文明负面影响的反思与忧虑，具有较强的象征色彩和悲剧意识，那棵被知青砍倒的树王，便是乡土生态环境遭到现代工业文明的"砍刀"无情破坏的象征性表达。

莫言的寻根文学力作《红高粱》，巧妙地将故事的舞台搭建于其魂牵梦绕的故乡——高密东北乡，以绚烂多彩的画笔勾勒出心中那片神圣土地的风貌。在这片土地上，那片如烈焰般炽热、红得似海的高粱地，不仅是对自然景观的描绘，更是对北方民族热烈奔放、充满活力精神风貌的深刻象征与诗意颂扬。小说中，"我"的爷爷与奶奶之间洋溢着蓬勃生命力与真挚情感的爱情故事，如同一曲对乡土社会中原始野性与不屈生命力的颂歌，它不仅是对乡土伦理与精神领域的一次深刻重构，也是莫言内心深处对于理想的乡土世界重建愿景的艺术化表达，满载着他对故土深沉而浓郁的文化乡愁。有学者指出，《红高粱》这部作品不仅蕴含着楚巫文化的神秘韵味，而且暗含着一种独特的中国式酒神精神[①]，与楚辞中经典之作《招魂》相呼应。作品中通过"酒力"这一媒介，激发了人物内心深处的情感与欲望，仿佛为整部作品披上了一层迷离而又迷人的文化面纱，让读者在醉人的酒香与炽热的情感交织中，体验到一种超越时空的文化共鸣与精神洗礼。因此《红高粱》与《招魂》同样是生命冲动的回响，是对自然狂放与刚健洒脱的民族性格的召唤，是让失去的精魂回归民族血性家园的呐喊。

寻根乡土作家试图建构自己的精神家园，以此来消除心中家园失落的隐忧，

---

① 王祥：《人类神话：网络文学神话学研究》，宁波出版社 2022 年，第 291 页。

他们采用时间回溯的方式，希望把现实与历史进行连接，并从现实穿越到历史现场或传统乡土时空之中，规避现代性带来的冲击与战栗，寻找到灵魂的安居之所，这在本质上是一种集体性的精神还乡运动。但是，由于他们不能面向现代性的挑战，缺少正确的应对策略，因此寻根作家们的文化家园建构更多只能存留于想象之中，他们所希望建构的具有"根性"的文化家园或精神世界因缺少现实根基而显得有些虚妄。因此在某种意义上来看，寻根只是一场艺术上的寻梦运动，仍停留在观念层面，对现实中的物质家园或精神家园的建构并没有起到推进作用，但是寻根乡土小说在很大程度上消解了作者心中因家园失落而形成的乡愁意识或焦虑情感。

四、先锋乡土小说中的乡愁叙事

20 世纪 80 年代中期出现的先锋小说，其重心由原来的"写什么"转向"怎么写"，从而走向了小说的本体革命，有的甚至走向了艺术形式的"游戏化"，具有鲜明的现代主义或后现代主义色彩，乡土世界则成为先锋作家的艺术试验场。马原、扎西达娃聚焦西藏，洪峰凝视着东北与内蒙古交界处的故乡，莫言叙写记忆中的高密东北乡，苏童虚构了与苏州老家对应的"枫杨树"故乡，格非则着力讲述记忆中的江南故事，换言之，先锋作家的小说叙事实验是以他们曾经拥有的乡土经验为支撑的。对个人化的乡土经验的皈依，使他们的写作变成对个人经验的发掘与表达，并以此表现出对普遍经验与其对应的表达方式的反叛。当然，先锋作家的乡土抒写，并不都是形式的游戏，其中也蕴含着丰富且深刻的文化内涵以及乡愁文化意识。先锋小说试图通过艺术形式的突破来摆脱功利主义写作模式，把主体从原有的宏大叙事禁锢中解救出来，还原主体的生命感觉，反对因对个体生命本能的压抑所造成的异化与物化，从而逼近生命的本真，重建主体的心灵家园。从某种程度上来说，先锋小说继承了寻根小说文化家园重构的历史使命，只是二者的角度不同，寻根小说打出了"文化寻根"的大旗，而先锋小说则从个体对陈规的反叛入手。①

扎西达娃代表作《系在皮绳扣上的魂》中的琼，从家中出走，离开毫无生气的土地，追随藏族汉子塔贝四处流浪，而塔贝生来就没有家，他注定一生都在寻找家园的途中。他的物质家园便是脚下的大地，其行走的目的便是寻找精神家园——"香巴拉"。小说写道："根据古老的经书记载，北方有个'人间净土'的理想国——香巴拉。""香巴拉"便是信仰的天堂，是藏族人所向往的乌托邦世界。这篇小说具有鲜明的藏地色彩，充分体现了扎西达娃对西藏家乡的怀念，其间也蕴含着浓郁的乡愁意识。

先锋作家虽然在形式上反叛传统并予以创新，但在内容方面仍然没有出离文化寻根范畴。《系在皮绳扣上的魂》中的塔贝的流浪与张承志小说《北方的河》中的主人公"他"的行走具有同等的文化意义，他们都在寻找自己的灵魂栖居之所，也即对文化家园的探寻。他们对自我人格的追寻是通过流浪或行走的方式来完成的，只有不断地通过肉身的流浪，以具体的行为方式逃离固有的生活方式和存在状态，才能实现心灵的自由，才能从物质欲望的桎梏中解脱出来。因此，先锋文学与寻根文学中的行走或流浪，正是一种反对现代性及人的异化或物化最为直接的行为方式。类似塔贝的流浪行为，超越了观念性的冥想，把心灵的顿悟置于广阔的现实世界之中，把精神家园的建构变成永远行走于路上的旅程。

尽管先锋小说采用的是现代主义的方法，其形式上具有鲜明的现代性，但它在内容主题方面是反现代性的。比如塔贝在流浪过程中被拖拉机所吸引，他用短暂的时间学习了开拖拉机，但由于技术不过关，在跳车过程中摔伤了，而且是内伤，这导致了他的死亡。扎西达娃采用象征主义的手法，把拖拉机作为现代工业文明的象征物，而塔贝则是坚守传统的精神探索者，塔贝被拖拉机所伤并且丢失了生命，这便象征着现代工业文明对传统文化及其精神信仰的挑战与威胁。另外，在《系在皮绳扣上的魂》中时间也是可以倒流的，历史也具有轮回性，小说在时空结构上既具有线性的特点，也具有轮回的特点。因此，扎

---

① 许志英、丁帆：《中国新时期小说主潮·上》，人民文学出版社 2002 年，第 366 页。

西达娃在潜意识中仍然是对西藏传统文化的守护，在对现代性进行反思的同时，也在对记忆中的家园进行缅怀与重构。

马原的《冈底斯的诱惑》同样具有回溯性与反现代性的叙事特点。马原所讲的三个故事都发生在西藏，其笔下的西藏保留着原始的神秘色彩和独立的文化个性，属于马原记忆中的传统乡土世界。马原曾说：

> 你也知道，这里生产力低下，物质生活极端匮乏。可是当你熟悉了这里的生活，熟悉了生活在这里的人，你会发现他们的生活竟难于描述地轻松和美好。他们的精神生活与物质生活没有任何因果关系，这是令人难以置信的。牧民在放牧时喝酒唱歌调情，农民在耕作时调情唱歌喝酒。……事实上他们的生活神话和神的世界是相通的，因此他们的劳动、娱乐、性爱——生活里的一切都是轻松的美好的。尽管由于生产力低下，他们为生存而进行的劳动——放牧、耕作、狩猎——极端艰苦。[①]

马原对西藏原始简朴的生活方式深表肯定并心怀憧憬，他心中的家园倾向于自然质朴的传统形态，相应地，乡愁也偏向传统。当然，马原在小说中也存在对现代性的反思，他指出幸福与生产力并不成正比，西藏牧民虽物质匮乏，却因纯粹的宗教信仰而生活得轻松美好。马原将西藏的朴素生活与现代都市的欲望生活进行对比，在对比中显示自己对现代性的批判态度。因此，马原的小说中蕴含着批评性的现代乡愁，只是这种乡愁被更浓厚的传统乡愁所笼罩，显得较为单薄。

马原的藏区小说还有《西海无帆船》《虚构》等，这些小说并没有直接或正面描写乡愁意识，但我们从小说文本背后可以窥探到作者隐藏的乡愁。《西海无帆船》中局部存在人物对家乡的思念，比如欧阳县长，在西藏工作了几十年，最大的理想便是回到家乡能够过上自给自足的乡土田园生活，他的内心深处仍然保留着故乡的鲜活记忆。尽管在西藏生活了很长时间，但患癌症的他，始终

---

① 许振强、马原：《关于〈冈底斯的诱惑〉的对话》，《当代作家评论》1985 年第 5 期。

把回归家乡当作自己最终的也是最美好的心愿。马原实际上在不经意中表达了一个离乡者刻骨铭心的乡愁记忆。外出的游子，在没有帆船的地方，如何能返回灵魂中的故乡呢？这也可以看作从中原之地到西藏的汉人所体验到的独特的乡愁意识。在《虚构》中，"我"作为一个探险者，来到了麻风病村，"我"发现这个村子中的人行为举止怪异，他们尽管有政府的救济帮助，衣食无忧，但是疾病改变了他们的心态，其中最大的特点便是孤独。人与人之间缺少沟通交流，麻风病村整体上呈现出一种死寂和压抑的氛围，最让人无法忍受的便是无聊与空虚，生活表现得了无生趣，一切似乎都没有希望。这种生存状态不仅是麻风病人的心理真实呈现，也是现代人的心理痼疾的真实反映。从这种意义来说，《虚构》反映的是现代人的精神皈依问题，正如麻风病村中的人们，无论是否具有信仰，都会自觉地围绕村中的"神树"转经，以期寻找到灵魂的安慰。在《虚构》中，马原深刻探讨了一个无法回避的核心议题：现代人灵魂家园的构建。在此问题上，先锋小说与寻根小说采取了两种截然不同的路径：先锋小说试图缓解现代人的孤独困境；而寻根小说则试图通过回溯，寻觅我们遗忘或失落的文化根源。

先锋作家苏童的童年是在苏州城北一条古老的街道上度过的，当时并不发达的城市具有浓厚的乡土气息，苏童的小说创作深受童年记忆的影响，因而常常展现出儿时故乡的影子。苏童说："我从小生长的这条街道，后来常常出现在我的小说作品中，当然已被虚构成'香椿树街'了。街上的人和事物常常被收录在我的笔下，只是因为童年的记忆非常遥远却又非常清晰，从头拾起令我有一种别梦依稀的感觉。"① 甚至可以说，他的每一次创作都是魂归故乡的庄严的仪式。"作为'怀乡病'的患者，苏童表现了人类永远渴望回到土地的情怀"②。在《飞越我的枫杨树故乡》中，"幺叔"从小就与众不同，他野性放浪，喜欢同一条野狗疯玩在一起，其足迹遍布枫杨树乡村的每个角落。"幺叔"死后，其灵魂便飘荡在乡村中，因为"幺叔"的灵牌丢失，导致他死后无法通过焚烧

---

① 汪政、何平：《苏童研究资料》，天津人民出版社 2007 年，第 14 页。
② 许志英、丁帆：《中国新时期小说主潮·上》，人民文学出版社 2002 年，第 370 页。

灵牌而升天。而且在枫杨树故乡，没有灵牌，死者就入不了宗墓，"幺叔"便只能成为孤魂游荡在村中。我受祖父临终嘱托，要将"幺叔"的灵魂带回家，但现在这个家，已经不是曾经的故乡，而是"我"与祖父生活的现代城市，在这个城市里，"我们"多是从农村迁徙而来，"他们每夜鼾声不齐，各人都有自己的心事和梦境"。"幺叔"的灵魂并不属于现代城市，于是我带走"幺叔"的灵魂，去寻找属于它自己的"家"——故乡。然而，随着时间的流逝，故乡变得越发难以寻觅，小说写道："如果你和我一样，从小便会做古怪的梦，你会梦见你的故土、你的家族和亲属。有一条河与生俱来，你仿佛坐在一只竹筏上顺流而下，回首遥望远远的故乡。"[1] 随着现代化步伐的加速推进，传统的故乡景象逐渐消失，人们的灵魂仿佛失去了依靠，难以寻得安定的居所。在这样的背景下，回望故乡成为现代人心中的一种普遍情怀。这正是苏童对于乡土社会在现代性冲击下面临的挑战所流露出的深切忧虑与反思。

《1934 年的逃亡》（1987）是一部深刻探讨灵魂归属的小说。在故事中，"我"的祖辈离开枫杨树故乡，踏入城市，成为背离乡土的逃亡者。家族中八人对干草的特殊情感，映射出苏童对乡土自然情怀的深刻记忆。枫杨树村见证了生死轮回，却难以阻挡现代文明对乡村的侵蚀。村中男性多为竹匠，因被城市的繁华与诱惑所吸引，纷纷涌向都市，苏童视此为乡土社会向现代性转变的不可逆转的时代趋势。小说中，最后一个竹匠陈玉金在离家的路上，与试图阻止他离去的妻子发生激烈冲突，最终妻子被陈玉金砍杀在血泊之中。这部作品描绘了乡村农民因城市诱惑而逃离的历史景象，揭示了这一变迁的历史必然性及其伴随的乡土伦理瓦解与历史悲剧。同时，小说也流露出苏童对现代灵魂漂泊无依的忧虑。主人公虽身处城市，却自称"外乡人"，暗示即便身处都市，现代人也未必能找到归属感或被城市真正接纳。在更深层次上，它反映了现代人灵魂普遍处于流离状态，这或许已成为灵魂存在的常态。因此，苏童笔下的乡愁，不仅源于对乡土的怀念，更蕴含了对现代性境遇下灵魂现状的深刻反思。

《罂粟之家》（1988）不再表现逃亡或出离乡村，而是集中笔墨抒写传统乡

---

[1]　苏童：《桑园留念》，江苏凤凰文艺出版社 2021 年，第 202 页。

村社会的欲望与衰败。刘老侠依靠种植罂粟发了财，他置买了大片土地，使枫杨树人都成了他家的佃户。枫杨树盛开的罂粟花便是欲望的象征性抒写，疯长的罂粟花不仅象征了欲望的旺盛生命力，也携带着侵蚀枫杨树整个乡土社会伦理道德的毒素。随着历史的发展，社会革命的风暴席卷了整个乡土大地，刘老侠由高高在上的老爷变成被众人批斗的地主狗，而陈茂复杂的仇恨在土地革命中得到了充分的爆发，但如同罂粟般野蛮生长的情欲把他送上了黄泉之路，他劫掠了刘老侠的女儿并强奸了她，沉草为了给姐姐报仇，枪杀了自己的亲生父亲陈茂。枫杨树人在欲望的网络中既放纵自己，又自食其果，但无论怎样挣扎，当那些曾经被刻意隐藏的秘密最终被曝光以后，在时间与阳光的追照下，一切都昭然若揭，僭越伦理与自然规律者都无法逃脱欲望与罪孽的共同围剿，任何人都无法逃脱乡土伦理沉沦后的悲剧宿命。苏童以一种悲悯的心理展示了传统乡土社会衰败沉沦的一面，以柔软而细腻的笔触抒写了自己深切的"怀乡病"。

格非这位来自江南农村的先锋作家，无论艺术形式怎样变化，其骨子里总带着乡愁的忧伤。在其处女作《追忆乌攸先生》中，尽管讲述的是离奇的冤案，但在故事讲述的间歇，穿插了乡村端午节民俗的描写，粽叶、竹筏、舢板、清晨的薄雾、芦苇的清香、抽打着水面的柳条，这样的景致便是作者记忆中的江南好风光。《迷舟》《褐色鸟群》等小说中同样也有零星的江南书写，读者能从中感受到格非对江南故乡的迷恋与追忆。在 20 世纪 80 年代格非的小说中，故事与人物根植于他记忆深处的江南水乡背景，虽未刻意渲染乡愁，但字里行间自然而然地渗透了江南独有的风韵与情致，这份潜藏的乡愁情怀，为他的作品平添了一抹诗意的抒情光辉。然而，此时期的格非正值青春年华，心中离乡探索的渴望强烈，故而直接的乡愁情感并未过分凸显，相反，他更多地聚焦于小说技艺的创新与突破上，以此作为自己文学探索的重心。

综上所述，先锋小说在看似叛逆的艺术形式之下，实则蕴含着深沉而内敛的传统乡愁情怀。其内容或主题上展现出的反现代性特征，与形式上对传统的反叛姿态，不仅构成了一种鲜明的对比性悖论，同时也形成了既相互矛盾又相辅相成的关系。

五、新写实乡土小说中的乡愁叙事

以刘震云、池莉、刘恒等为代表的新写实作家自 1987 年起陆续在文坛崭露头角，并迅速成为文学界的焦点。新写实小说的出现有其自身的文化背景。在 1978 年到 1988 年，中国社会取得了较大的发展，但到了 1988 年，发展遇到了瓶颈，现代化进程暂时受挫而需要新的突破。这个时期，整个社会呈现出一种"现代性"焦虑的文化氛围，而新写实便是在这样的文化语境中出现的，新写实的"新"就在于它具有"一种对文化现代性的怀疑乃至于拒绝的态度，是社会现代化遭遇挫折之时文学的本能的应激反应，并在不知不觉中构成了对于现代化发展道路的反思"①。因此，新写实一出现就具有反思"现代性"的特质。

新写实既不满足于"十七年"期间传统写实主义的宏大叙事，也不满足先锋文学脱离现实玩弄技巧，它融合现代主义与现实主义的创作方法，以客观冷静的笔触专注于对日常生活的原生态书写。新写实作家直面中国现代社会在发展进程出现的诸多问题，尤其是底层社会的生活现状，展示了底层社会的琐碎、艰辛甚至残酷，作品中流露出较强的悲剧意识。在新写实文学的范畴内，乡土写作以其卓越的成就脱颖而出，其中刘震云、刘恒等作家尤为引人注目。但是，这一流派在描绘乡土时，往往避开了对风土人情及自然风光的直接刻画，加之他们采纳了"零度写作"的手法，使乡愁情感在新写实作品中显得较为单薄，鲜少得以直接展现。

然而，细读作品，可以发现新写实乡土小说的文本深处，依然潜藏着作者对乡土社会现实状况的深切忧虑与对未来的隐忧，他们的乡愁情感被隐藏得更为深沉，因此在文本表层的展现中显得颇为单薄。在新写实的笔触下，乡土社会往往被描绘成一幅贫困与落后的画卷，农民时常挣扎于物质匮乏的泥淖之中。《狗日的粮食》《闲粮》《私刑》《塔铺》《温故一九四二》等作品，无不聚焦于粮食短缺这一严峻主题。其中，刘恒的小说尤其具有典范意义，《伏羲伏羲》

---

① 许志英、丁帆：《中国新时期小说主潮·上》，人民文学出版社 2002 年，第 493 页。

与《狗日的粮食》更是新写实文学的标志性作品。这两篇小说深刻剖析了底层农民在"食"与"性"这两大基本需求上的极度匮乏，展现了贫困如何扭曲人性、催生变态。作者并未粉饰乡土社会的光鲜面，反而以犀利的笔触揭露了乡土伦理的坍塌与生存环境的严酷，进而激发起一种逃离乡土的情感冲动。因此，从某种程度上可说，新写实文学采取了一种背离传统乡愁叙事的写作策略，或者说作者持有一种反乡愁叙事的写作姿态。刘震云在 20 世纪 80 年代的短篇小说《塔铺》与《新兵连》中，同样将笔触投向了故乡，但其中更多的是叙述农村底层青年的悲剧性命运，深刻挖掘人性的阴暗面与世态的荒谬，而非表达对乡土社会的眷恋与温情，故而，这些作品也并未直接抒发乡愁之情。

第三节　20 世纪 90 年代以来乡土小说乡愁叙事的演变

20 世纪 90 年代，中国社会进入转型时期，市场化步伐加快，商品经济大潮势不可当，消费主义文化意识渗透到社会的各个领域，世俗生活日益活跃，精英文学、主流文学、大众文学三足鼎立，文学的合力遭遇分解。在市场经济的冲击下，人们的物质欲望逐渐膨胀，固有的伦理秩序受到挑战，一些人道德滑坡，人文精神丧失。尽管各种现代主义思潮波涛汹涌，但现实主义仍然形成"冲击波"，自 90 年代以来，乡土文学创作更加关注乡土传统与现代文明的冲突，以及乡土社会的现实遭遇与未来发展，乡土作家们的现代性反思与批评意识更加突出。20 世纪 90 年代的乡土小说中，依然存在浓厚的乡愁，但这种乡愁不再是对田园乡土美丽的赞赏或缅怀，而是充满了家园不再的现代性焦虑，这些作家的乡愁多属于现代性乡愁，他们的乡愁意识中隐含着重建乡土的愿望。正如有的学者所言："对乡土情感无可逃避的眷念，对乡土劣根性痛不欲生的仇视，真实然而隐晦地交杂在一起。现代意识甚至是后现代意识的观照与传统文化的制约在冷静的现实主义表述下急速地碰撞。是否可以说深沉的乡土意识是

20 世纪 90 年代乡土小说发展的严重桎梏？"① 因此，20 世纪 90 年代以来的乡愁叙事自然也夹杂着传统乡愁意识、现代乡愁意识与后现代乡愁意识，从而呈现出各种乡愁情感叠加的状况。

自 20 世纪 90 年代以来，乡土书写并未局限于某一特定流派或团体之内，而是广泛渗透于多种文学风格之中，无论是先锋写作的探索、新写实主义的细腻描绘，还是"现实主义冲击波"的强烈震撼，无一不触及乡土社会的真实面貌，此外，众多不属于任何流派的独立作家也纷纷投身于乡土书写。在写作者中，莫言、格非、张炜、贾平凹、刘震云、迟子建等人的乡土写作成绩尤为突出，他们以其独特的笔触和深刻的洞察，成为乡土书写领域的佼佼者。

莫言的创作很难被归于某种类型，新写实主义、新历史主义、先锋文学他都尝试过。然而莫言的小说创作深受故乡风土人情的影响，他打造了独具魔力的文学王国——"高密东北乡"。莫言说，自己的小说创作与其独特的童年经历相关，"我所界定的故乡概念，其重要内涵就是童年的经验"②。莫言的童年恰逢物质极度贫乏的时代，这段岁月在他的记忆中，给故乡与童年深深烙上了饥饿的印记。这份源于童年的饥饿创伤，成为他文学创作的强大驱动力，促使他创作了一系列贴近新写实风格的作品，原生态地再现了那段时期对饥饿的深切感受。例如，在《透明的红萝卜》中，饥饿竟能催生出幻觉；在《粮食》里，梅在推磨时忍不住偷吃粮食，回家后却又强忍不适将其催吐，只为让孩子和老人得以果腹；至于《丰乳肥臀》中的女性，为了区区一个馒头，不惜以贞操为代价进行交换。这些情节，都是莫言童年饥饿记忆的深刻反映，构成了他小说叙事的核心要素之一。莫言对故乡生活艰辛与苦难的记忆性叙述，并不是否定或批判故乡，而是一种深情的回望与反思。这种回忆式的书写，填补了传统乡愁文学中往往缺失的一环：它不仅直面个人与故乡之间痛苦的经历，更在这一过程中细细品味生命的酸甜苦辣，通过"忆苦思甜"的方式，重新构建与故乡的情感联结，以一种既特殊又质朴的方式，表达了对故乡深沉而复杂的乡

---

① 丁帆：《中国乡土小说史》，北京大学出版社 2007 年，第 333 页。
② 峪丛：《走近莫言》，武汉出版社 2013 年，第 98 页。

愁情感。

莫言说自己"二十年农村生活中，所有的黑暗和苦难，从文学的意义上说，都是上帝对我的恩赐"①，所以，莫言的苦难叙事中蕴含着对故乡的深情厚谊。同时，他笔下童年的孤独，实则是物质与情感的双重匮乏，尤其是亲情的缺失所致。孤独之中，莫言常与大自然对话，以慰藉心灵。莫言与故乡的深情纽带，正是在童年时与自然的亲密交流中悄然铸就的。在此后的文学创作中，故乡的自然景观与乡土风情纷至沓来，乡愁情绪也在这些细腻描绘中悄然流露。诸如《秋水》《红高粱家族》《丰乳肥臀》等作品，频繁出现的洪水场景皆是他对故乡记忆的深情回望。高密东北乡的河流奔腾、高粱地广袤、槐花飘香、纯种白狗引人注目，以及泥塑、剪纸、年画、猫腔、婚嫁习俗等丰富多彩的乡土元素，皆化作他笔下乡愁的载体。莫言 20 世纪 80—90 年代的作品，乡愁多体现为传统意义上的怀旧；而步入 21 世纪后，如《檀香刑》《生死疲劳》及《蛙》等，则融入了现代性的批判与反思，既审视传统历史，也考问现代文明。从 20 世纪 80 年代至今，莫言小说中的乡愁情感逐渐复杂多变，这与中国社会城镇化进程加速、传统乡土社会渐趋衰落的时代背景紧密相连。

自 20 世纪 90 年代以来，格非的创作逐渐增加了现实主义成分，特别是对乡土社会现状的关注更为突出。20 世纪 90 年代中国社会步入市场化时代，消费主义浪潮席卷了整个中国，于是格非写下了长篇小说《欲望的旗子》，对现代欲望化社会进行了揭示与批判。这个时期的乡愁叙事与现实批判结合得更加紧密，这种现代的乡愁意识在短篇小说中也有所体现。在《夜郎之行》中，格非对现代化带来的乡土自然破坏深表忧虑，曾经遍地芦荻和金银花的夜郎，如今已经被高楼大厦所取代，商业气息四处弥漫，人们开始为追逐金钱而出卖灵魂，童年的记忆烟消云散，乡愁情感油然而生。《时间的炼金术》回忆味十足，其中充满了忧郁与感伤之情，格非通过写作在时间的河床中打捞自己的记忆，同时为少年时期的岁月留下刻痕。格非在小说结尾特意对自然环境展开描写，白云和青山都没变，但时间变了，人也变了，因此一种物是人非的沧桑感升腾

———————————

① 孙范今、施战军；路晓冰编选：《莫言研究资料》，山东文艺出版社 2006 年，第 25 页。

于字里行间，流露出作者浓郁的乡愁意识，或许这正是"时间的炼金术"的深层内涵。在《喜悦无限》中，乡土社会的人们已经不再纯朴，伦理道德被猜忌与算计所取代，虚伪堆满了每个人的脸。一封开了空头支票的来信，引起村人蠢蠢欲动，主人公朱旺也因这封信的真实与否备受煎熬与折磨。这封信是欲望的试金石，宁静朴实的幸福情景已经成为历史，这无疑强化了作者的乡愁意识。在《打秋千》中，格非用记忆中的桦树林来象征过去的美好时代，同时与当下欲望社会进行对比，特别是着力叙写了人与人之间的情谊遭遇金钱利刃的切割。小说中穿插诗歌以加强抒情氛围，表达了时间一去不复返所带来的忧伤，其中记忆既始终与家园意识相互纠缠，又与现代社会的各种不适眩晕形成对比，因此格非在对物化社会进行反思的同时体现了其鲜明的怀旧意识。《苏醒》中"我"的妻兄的最大愿望便是回归田园，因为他厌倦了现代城市生活，尽管这个愿望在现实面前非常渺茫，但从中流露出了回归传统乡土田园的情感冲动。21世纪初，格非在《江南三部曲》（《人面桃花》《山河入梦》《春尽江南》）中的乡愁意识更显复杂，传统乡愁意识与现代乡愁意识兼具，同时还有重建现代乡愁乌托邦的抒写，充分展现了一个现代知识分子对乡土社会的关怀与美好期盼。

自20世纪90年代以来的作家中，张炜在坚守人文情怀、抵御现代性弊端方面是最为突出的。在20世纪90年代的"人文精神大讨论"中，张炜和张承志高举人文精神的大旗，坚持理想主义，呼吁重建人文精神。从20世纪80年代开始，一直到21世纪，张炜反现代性立场是始终如一的。"人们早已厌倦嘈杂的、充满烟尘的都市街巷，渴望到田野河边，到大自然的怀抱中去。"[①] 中篇小说《秋天的思索》《你好！本林同志》《黄沙》《蘑菇七种》等，既有对现代化造成环境破坏的反思，同时也蕴含着对家乡的深情怀念。张炜的小说与莫言的小说不同之处在于，张炜的乡愁抒写更为直接。比如中篇小说《黄沙》通过主人公罗宁对往昔故乡的回忆直接抒写出浓郁的故乡眷念之情。芦清河岸有散发芳香的艾草、关在笼里的蝈蝈、无边无际的柳林、黄色的沙地上粉红色的小花、纷飞的各种鸟雀、鸡汤味的蘑菇以及芦清河抓鱼的欢乐，这些都成为罗宁

---

① 　张炜：《为了那片可爱的绿色》，《江城》1984年第3期。

美好的回忆。同时作者还通过梦境来表达乡愁之思。在梦境的温柔包裹下，罗宁终于与他魂牵梦绕的故乡柳林重逢，张炜巧妙地借助这一梦境场景，让罗宁的心灵再次贴近那片滋养他的大地、葱郁的森林与生机勃勃的自然。然而，梦的美好转瞬即逝，随之而来的是一场关于林木被无情砍伐的噩梦，梦中的林地最终被肆虐的黄沙所吞噬。张炜通过梦与现实的交织，不仅流露出深厚的乡愁情怀，更深刻揭示了现代化浪潮下自然环境遭受的灾难性破坏，展现了他对此的深切忧虑与反思。

在《古船》中，张炜对现代性的批判态度鲜明而决绝，与之形成鲜明对比的是，他对传统文化的尊崇，尤其是对道家顺应自然的哲学思想给予了高度评价，体现了他坚守文化根脉的立场。到了《九月寓言》中，张炜的现代性反思与批判则达到了新的高度，自然与工厂的二元对立结构，成为他内心深处传统与现代冲突的艺术化表达，字里行间充满对失去家园的灵魂深处的哀伤。《瀛洲思絮录》则是对徐福东渡日本传说的创新演绎，通过徐福在瀛洲对故土莱夷国（今山东地区）的无尽思念，传递出深沉的乡土依恋之情。张炜后续的作品，如《外省书》《能不忆蜀葵》《丑行与浪漫》《刺猬歌》等，均持续守护着精神家园的净土，对现代性进行不懈的批判。在张炜的小说世界里，传统与现代并非水火不容，而是相互交融。他的乡愁，不仅是对过往的怀念，更是对传统文化伦理秩序的回归与守护。张炜以其鲜明的文化保守主义立场，让小说中的乡愁成为一种向传统回望、寻求心灵归宿的力量，展现了他对乡土社会深层价值的坚守与传承。

贾平凹的乡愁意识始终存在于其小说中，正如他自己在散文集《心迹》中所说：

> 人人都说故乡好。我也这么说，而且无论在什么时候什么地方，说起商洛，我都是两眼放光。这不仅出自于生命的本能，更是我文学立身的全部。①

---

① 贾平凹：《心迹》，四川文艺出版社 2016 年，序言第 1 页。

贾平凹以故乡商洛为其背景，构建了属于自己的艺术王国。

> 至今我写下千万文字，每一部作品里都有商洛的影子和痕迹。早年的《山地笔记》后来的《商州三录》《浮躁》，再后的《废都》《妊娠》《高老庄》《怀念狼》，以及《秦腔》《高兴》《古炉》《带灯》和《老生》，那都是文学的商洛。其中大大小小的故事，原型有的就是商洛记录，也有原型不是商洛的，但熟悉商洛的人，都能从作品里读到商洛的某地山水物产风俗，人物的神气方言。我已经无法摆脱商洛，如同无法不呼吸一样，如同羊不能没有膻味一样。①

但进入 20 世纪 90 年代以后，贾平凹与同时代的其他作家一样，都存在家园不再的焦虑感。贾平凹希望留住乡土社会中的优秀传统，但是在现代化进程中，它们在逐渐消失，这似乎已成为不可逆转的大趋势，这种感伤与忧患正是乡愁意识的具体表现。《怀念狼》中充满了对家园生态环境遭到破坏的焦虑，《秦腔》《土门》《高老庄》等小说中对乡土家园在城镇化进程中所遭遇的冲击甚至破坏进行了讲述，其中流露出鲜明的现代乡愁意识。

自 20 世纪 90 年代以来，刘震云相继推出《故乡天下黄花》（1991）、《故乡相处流传》（1992）及《故乡面和花朵》（1998）等一系列以"故乡"为题材的长篇小说力作。《故乡天下黄花》深刻描绘了一个村庄跨越数十年的权力斗争与人性的黯然消逝；而《故乡相处流传》则巧妙地将历史与现实融入独特的语言风格之中，乡村的粗犷、人性的阴暗面及历史的无常均得以淋漓尽致地展现。尽管这两部作品没有直接抒发乡愁，但通过对故乡的落后与荒诞的深刻剖析，透露出作者对故乡在现代性冲击下伦理道德沦丧的深切忧虑。进入 20 世纪 90 年代中后期，随着大量农民涌向城市务工，传统的乡愁情感逐渐式微。刘震云对此深感忧虑，这份情感在《故乡面和花朵》中得到了淋漓尽致的体现。这部鸿篇巨著聚焦于乡村小人物在现代化洪流中的命运沉浮，生动展现了在城

---

① 贾平凹：《心迹》，四川文艺出版社 2016 年，序言第 2 页。

镇化进程中伦理体系的瓦解与乡村现实的日益衰败，其中体现出"刘震云在创作中对人性、对灵魂的呼唤，以及对童年失去精神家园——故乡的追寻"①。面对乡村因人口流失而日渐萧索的现状，刘震云内心充满了不安与痛惜。他深知，心中的乡村已渐行渐远，不得不正视现代性给中国农村带来的深刻变革与文化冲击。因此，《故乡面和花朵》不仅是一部文学作品，更是作者对现代性与中国农村复杂文化关联深刻反思的载体，其中蕴含着鲜明的现代乡愁意识，表达了对过往纯真岁月的怀念与对未来乡村命运的深切关怀。

自 20 世纪 90 年代以来的乡土写作中，迟子建属于更侧重抒写传统乡愁的作家。她的小说主要集中抒写东北黑土地文化。她用充满灵性的抒情笔触忠实地刻画故乡的风土人情，饱含深情地讴歌自己的故乡。《雾月牛栏》《向着白夜旅行》《清水洗尘》《额尔古纳河右岸》《白雪乌鸦》《群山之巅》等作品都在不断地叙写世代生活在东北黑土地上的人们，叙写他们勤劳质朴的品质、他们的善良与坚韧、他们的勇敢与刚强，同时也以抒情的笔调叙写黑山白水，叙写充满神秘氛围的东北大森林等具有浓郁东北风味的乡土自然。或许是特殊的地理位置影响了迟子建的写作内容与主题，她并不像多数作家那样大量叙写对现代性的反思与批判，而是把笔墨集中在乡土大地的人物以及风土人情的描写上，从而赋予了小说富有温情的诗意色彩。因此在现代与后现代社会中，迟子建的小说中仍蕴含着充盈的传统乡愁之美。

其他作家如陈忠实、路遥、阎连科、刘醒龙等也都创作了较有影响力的乡土小说，但是 20 世纪 90 年代的乡土小说创作逐渐式微，传统乡愁叙事也逐渐向现代乡愁叙事转变，且乡土作家的乡愁情感也逐渐变得复杂起来，整个乡愁叙事呈现多元化状态，这种状态一直延续到 21 世纪初。

乡土小说，作为 20 世纪文学的主流题材与重要流派之一，自 20 世纪 90 年代以来，随着中国城镇化步伐的加速，遭遇了前所未有的挑战。传统乡土社会不仅面临人口大量外流的困境，更承受着现代城市生活方式与生产模式的深刻渗透。大量现代性文化及其产品的涌入，不仅改变了乡土社会的思维模式，更

---

① 陈志刚：《〈故乡面和花朵〉：后现代主义乡土文学的一部佳作》，《理论观察》2017 年第 9 期。

对传统的乡土伦理秩序构成了严峻冲击。

进入 21 世纪，尽管乡土文明的物质形态尚存，但乡土小说所赖以生存的风景、风俗与风情已不复往昔，那些曾经蕴含的悲情、流寓与神性色彩，在现代文明的冲刷下逐渐褪色，乡土的自然之美也在不断的侵蚀中黯然失色。与此同时，20 世纪 90 年代乡土小说中的宏大叙事被碎片化的叙述方式所取代，多元化、琐碎化的叙事风格成为 21 世纪乡土小说的主流趋势。现实主义、现代主义与后现代主义等叙事手法相互交融，使乡愁的叙述越发复杂多变。

对于拥有乡村生活经验的作家而言，传统乡土社会的变迁无疑加剧了他们的思乡、恋乡之情。格非、贾平凹、莫言、迟子建、阎连科等文学大家，在面对现代化剧烈冲击乡土社会时，其乡愁之情越发浓烈。他们不仅深刻反思并批判现代工业文明给乡土社会带来的种种弊端，更在创作中巧妙地将传统乡愁与现代乡愁相融合，形成复杂而深刻的乡愁意识。

在 21 世纪的乡土写作领域，除 20 世纪五六十年代出生的作家外，"70 后"作家也展现出鲜明的乡愁情怀。他们拥有丰富的乡土经验，尽管所经历的乡土与前辈作家有所不同，但尚未受到城镇化大规模冲击的他们，记忆中的乡土仍保留着传统乡土的完整生态与文化属性。因此，在他们的乡土题材小说中，传统乡土的记忆得以保留，其作品仍然蕴含着浓厚的传统乡愁情感。

然而，随着那些具有乡土经验的作家逐渐老去，"80 后""90 后"作家开始崭露头角。这些年轻一代的作家大多成长于城镇之中，缺乏乡村生活的直接经验，他们的创作更倾向于描绘城市生活，这无疑导致了乡土小说的逐渐衰落。这些年轻作家的乡愁情感也呈现出新的变化：一部分转化为对城市的忧虑与思念（"城愁"）；另一部分则演变为具有后现代特色的乡愁。

事实上，21 世纪以来的乡土小说创作仍以 20 世纪 40—80 年代出生的作家为主体，"90 后"作家涉足乡土领域的相对较少。从整体上来看，由于新人的匮乏，乡土小说在小说家族中的中心地位已逐渐动摇。这些新兴作家成长于网络时代，居住在现代城市中，更像是网络世界的原住民。他们对乡村社会的了解多来源于数字空间，因此他们所产生的乡愁也往往是一种虚拟的、后现代式的乡愁。

第四章

新时期乡土小说
乡愁叙事的主体形态

主体，作为乡土小说创作与研究的核心命题，始终占据着不可忽视的重要地位。现代乡土社会的构成主体包括长期居住在农村的农民、进城打工的农民（农民工）、农民知识分子及有过乡村生活经验的城里人。在新时期乡土文学的演进历程中，乡土主体的生存境遇随着社会的变迁而动荡起伏，他们内心的乡愁情愫与主体意识也随之经历了深刻的嬗变。

马克思认为，人的主体性不是抽象的存在，而是在具体的实践活动中与客体对象进行关联后体现出来的自主性、能动性与创造性。[①] 人的主体性本质上是实践的，社会历史实践是人的主体性的成长及其发挥与实现的基础。乡土主体性是指作为主体的人，在与家园（故乡）相关的实践活动中所体现出来的自主性、主动性、能动性和自由性，既是主体与家国情感维系的纽带，也是主体自主地、能动地建构与维系家园伦理关系和促进家园发展的内生动力。乡土主体性作为社会实践活动的产物，具有鲜明的历史性，即不同时期乡土主体性的存在状况与强弱具有差异性。

新时期乡土小说的主体性"从物质的层面逐渐转向精神层面，从对物的追求转向对知识、文化、理想、主体人格、发展道路的思考"[②]。这一转变轨迹大致可划分为以下几个关键阶段：20 世纪 80 年代，乡愁情感与主体性显著增强；20 世纪 90 年代，主体性则经历了一段逐渐淡化的过程；至 21 世纪，主体性才呈现出多元化、变异与重构的新态势。综上所述，新时期乡土小说的主体性经历了由强转弱再趋向多元化的发展历程。这一过程，不仅是传统乡愁情感逐渐褪色与失落的见证，也是乡土文学在时代变迁中不断探索与重塑主体身份的生动写照。

---

① 于东超：《马克思社会发展理论研究》，黑龙江人民出版社 2020 年，第 139 页。
② 张丽军：《想象社会主义新农民：中国当代文学对农民形象的审美建构》，《长江学术》2022 年第 3 期。

第一节　乡愁叙事主体的演变

乡愁叙事的主体是乡愁情感或意识生发的主体，其包括作为叙事者的主体（简称叙事主体）和作为叙事对象的主体即小说中的人物形象主体（简称形象主体），当然还有作为读者的主体，本书将重点探讨前面两者。叙事主体和形象主体在乡土小说叙事活动中承担着不同的功能并扮演着不同的角色。就叙事学范畴而言，叙事主体不同于真实的作者，因为作者是现实中活生生的真实存在，当他作为叙事者出现时会根据叙事的需要增删自我的形象要素，从而形成与作者本人具有差异性的叙事主体，这个叙事主体因此是戴了面具的真实作者。① 叙事主体包含三个层面，即隐含作者、叙述者和人物。② 隐含作者是真实作者将不喜欢的自己抹去后的一个变体③，叙事文本中都存在相应的隐含作者。而叙述者则与叙事视角相关，它既可能与叙述者重合（第三人称全知叙事），也可能与叙事文本中的人物重合（第一人称限知叙事），还可能是叙事文本中的见证者（第三人称限知叙事）。人物即叙事文本中的形象主体，是通过作者的笔触所塑造出来的，具有一定性格特征、情感深度、行为逻辑和社会属性的虚构人物。这些人物不仅是故事情节的推动者，也是作者传达思想情感、反映社会现实、探讨人性善恶的载体，使叙事文本中的人物形象成为连接作者与读者、故事与现实、过去与现在的桥梁。尽管如此，为了讨论的方便，本书并没有按照以上三个层次来区分叙事主体，而是按普通的分类方式，把叙事主体分为两类：一是作为叙事活动的施事者，即触动叙事活动发生的施动者或执行者，简称为叙述主体，包含作者与隐含作者；二是叙事文本中行为活动的施事者，即

---

① ［美］詹姆斯费伦，彼得·J. 拉比诺维茨：《当代叙事理论指南》，申丹、马海良等译，北京大学出版社 2007 年，第 66 页。

② 江守义、刘欣：《中国古典小说叙事伦理研究》，安徽教育出版社 2016 年，第 299 页。

③ ［美］詹姆斯费伦，彼得·J. 拉比诺维茨：《当代叙事理论指南》，申丹、马海良等译，北京大学出版社 2007 年，第 66 - 67 页。

主要人物，是叙事文本中"动作"的执行者或参与者，本书称为形象主体。人物即形象主体，在很大程度上受制于叙述主体，也即叙述主体自身的存在状况以及创作动机会对形象主体产生相应的影响。乡土小说的乡愁叙事主体同样包括叙述主体与小说文本中的形象主体。

乡愁叙事主体的叙事者与人物，其情感与家园密切相关，当然也与乡愁情感、乡愁意识相关。乡愁叙事主体的乡愁情感的浓淡显然是由乡愁主体性决定的。乡愁主体性作为社会实践活动的产物，受主体与家园之间时空距离、时代风尚或时代精神的影响，具有鲜明的历史性，即不同时期乡愁主体性的内涵与强弱存在差异。乡愁主体性越强，则乡愁情感表达越鲜明、越浓郁；反之，乡愁主体性越弱，乡愁情感或乡愁意识便会淡化或削弱。而现代家园中的主体性缺失，最为直接的原因在于主体对家园的情感联系逐渐疏远、丧失甚至断裂。缺少乡愁情感的驱动，家园主体的理性生成将十分困难，最终会造成乡愁主体性缺失。因此，乡愁叙事主体的主体性建构与乡愁情感或意识的回归、重塑紧密相关。

就伤痕反思小说的叙述主体而言，新时期伊始，他们便从"十七年"或"文革"时期的政治意识形态的严重束缚中解脱了出来，去书写极左思潮下形象主体身心所遭受的创伤。如《芙蓉镇》《爬满青藤的木屋》《白色鸟》《蓝蓝的木兰溪》《在乡场上》《犯人李铜钟的故事》等小说的叙述主体，一方面展现非常时期乡土社会中的伦理秩序所遭遇的破坏，另一方面以怀旧的笔调抒写乡土田园风情的诗性之美。叙述者或通过创伤性叙事进行自我疗愈，或通过对历史的追溯进行深刻的反思，或通过对山水风物、风土人情的抒写表达浓郁的乡土情结，曾经被压抑的乡愁情绪在创伤性叙事中逐渐回归，叙述主体的主体性也得以重建。就伤痕乡土小说与反思乡土小说中的形象主体而言，有的形象主体遭到严重的人性扭曲，有的形象主体仍然坚守乡村伦理道德和人性底线，捍卫乡村秩序和人的尊严，叙事主体正是通过形象主体的善恶美丑来表达自己的情感与价值倾向，并以此建构自身的精神主体。

伤痕乡土小说与反思乡土小说的叙述主体，是通过对正面人物形象的肯定性叙写间接地表达自己的正向情志或价值观念的。尽管他们经历了特殊的历史时期，在某种程度上对乡土社会伦理秩序还有所不满或疑惑，但总体上他们仍然向往与守护着心中理想的乡土田园，这些小说叙述主体的主体性仍然存在，而且在久遭压抑后得以集中爆发。不过，伤痕乡土小说与反思乡土小说中的叙述主体并没有彻底摆脱极左思潮所带来的心灵创伤，有的叙述主体仍然残留着旧有的意识，即便是批判性叙事也流露出较强的意识形态性，因此与独立的叙述主体还存在距离。从形象主体来看，无论是正面的人物形象还是反面的人物形象，或多或少都带有一定的悲剧色彩，他们或心灵遭到严重的创伤、或人性遭到扭曲异化，如何尽快回归或重构正常的乡土伦理秩序，也成为叙述主体的主要创作动因，也即是说，无论是伤痕乡土小说还是反思乡土小说，仍然是将传统乡土伦理社会下的主体性建构作为创作的主要目的之一。值得一提的是，尽管伤痕乡土小说与反思乡土小说中的乡愁主体已经融入现代社会的某些现代元素，比如政治民主、人人平等等现代思想观念，但骨子里仍然是对传统乡愁主体的回归。

知青文学作为乡土文学中独特而重要的分支，其主体性探讨不仅关乎文学创作本身，也深刻反映了特定历史时期的社会变迁与人文精神。多数知青乡土小说通过创作者的亲身经历与深刻感悟，将个人命运与国家历史紧密相连，创作出具有鲜明时代特色和深刻思想内涵的作品。因而，叙述主体与形象主体在一定程度上具有重合性。叙事主体通过回顾"上山下乡"运动及其对个人命运的影响，揭示了那段历史的悲剧性。他们不仅控诉了"文革"给知青带来的精神创伤，还反思了社会的种种不公。这种反思与批判精神，使知青乡土小说具有强烈的社会责任感和时代使命感，尤其是在 20 世纪 80 年代那个充满意识形态氛围的背景下，知青文学以其青春的激情与深刻的批判力量而独树一帜。但 20 世纪 90 年代以后的知青文学则沉迷于"青春无悔"的自我迷恋中①，主体性逐渐远离了传统乡愁的家国意识及公共伦理。另外，"知青主体的成型是由民间

---

① 姚新勇：《从"知青"到"老三届"——主体向世俗符号的蜕变——知青文学研究之三》，《暨南学报（哲学社会科学版）》，2001 年第 2 期。

力量、政治文化领导权力量、知识分子力量这三者的共同作用完成的。这三者中虽然政治文化领导权力量占有支配性地位，但是其它两者也发挥了直接和实际作用"①。由此可知，知青文学叙事主体的主体性受到三大因素的影响，其中知识分子力量是知青文学叙事主体的主体性自我构建的关键，其在知青乡土小说中发挥了重要而积极的作用，但政治文化力量和民间力量的外在因素同样也干扰了知青文学叙事主体的主体性建构，这或许是知青乡土小说中叙事主体的主体性难以避免的遗憾。叙事主体通过对知青生活的细腻描绘与情感表达，展现了人性中的善良、坚韧与脆弱，使读者能够感受到知青内心的挣扎与成长，这是人物形象的成长过程，也是知青主体性重建的过程。但是就乡愁主体性而言，其中的人物形象遭遇了两难的尴尬：知青们因下乡插队，远离了繁华的城市，心中萌生了对故乡的深深眷恋；而当他们重返城市后，又对曾经生活过的农村——第二故乡，产生了难以割舍的情愫。这种双重的离别经历，使知青人物形象中的乡愁情感变得尤为浓烈，然而，这份乡愁也伴随着持久的漂泊感，让他们的情感归属地在城市与乡村之间游移不定，从而形成一种不稳定且复杂的乡愁情绪。这种情感的游移，在某种程度上削弱了知青人物形象主体性的稳定。

寻根文学的叙事主体展现了高度的主体性、完整性，其视野宽广地延伸至全球范畴，在宏大的文化视野中深入探索并追寻民族文化的根源。这一追寻过程，与乡愁叙事中充满深情与回忆的怀旧式叙述不谋而合，共同勾勒出对过往与本土文化的深刻眷恋与追寻。寻根文学中的乡土小说代表作品如韩少功的《爸爸爸》、阿城的《棋王》《树王》《孩子王》、王安忆的《小鲍庄》等，主体性是独立而自足的。

《爸爸爸》对传统乡土社会中封闭保守落后的意识及愚昧迷信的行为进行了深刻的批判，作者让鸡头寨的年轻一代搬迁到另一个地方，这预示着重建未来的可能，也是小说留给人们的几丝希望。《棋王》深刻描绘了道家文化对主

---

① 姚新勇：《从"知青"到"老三届"——主体向世俗符号的蜕变——知青文学研究之三》，《暨南学报（哲学社会科学版）》，2001 年第 2 期。

人公王一生灵魂的深远影响。王一生，身为下乡知青，其生活几乎被简化为对棋艺的痴迷与追求，作者以此独特笔触，旨在通过王一生沉浸于棋盘方寸间的那份自由与超脱，展现其内在精神世界的自我完满。从人物形象构建的角度来看，王一生的主体性显得尤为自足，而相应地，叙事者阿城在描绘乡土社会的点点滴滴时，同样流露出一种自由与自足，其乡愁的主体性非但未减，反而更加鲜明。王安忆的《小鲍庄》则另辟蹊径，既揭示了小鲍庄村民的某些人性弱点，同时又浓墨重彩地颂扬了鲍仁义的仁义行为，作品在忧虑乡土社会中传统伦理道德日渐式微的同时，也在积极呼唤对这些宝贵价值的重建。作为叙事者的王安忆，其创作自主性同样保持得相当完整，几乎未受外界因素的干扰。

寻根文学作家们已具备全球文化的广阔视野，尤其对拉美文学情有独钟，他们的学习与借鉴，怀揣着推动中国走向现代化的深切愿望。这份愿望隐藏着对现代性渴望的焦虑。从这个角度来看，寻根乡土小说的叙事主体所表达的乡愁情感，已超越了传统意义上的怀旧，并具有了现代乃至前瞻性的特质，它们不仅是对过往的追忆，更是对未来的憧憬与探索。

先锋小说中也有不少作品属于乡土叙事之作，比如马原的《冈底斯的诱惑》、孙甘露的《我是少年酒坛子》、苏童《飞越我的枫杨树故乡》、残雪《山上的小屋》、莫言的《透明的红萝卜》等。先锋小说中的乡土小说叙事主体的主体性呈现出复杂的面貌，这主要源于作者对乡土社会采取了多样化的叙事策略。从反叛性的维度审视，这些后现代叙事者展现出极高的自由度，他们的叙事近乎放纵，不受任何传统框架的束缚。所以，当转换至乡愁叙事的视角时，先锋小说的叙事主体显得过于注重形式的探索与表演，而对于乡土社会的深层内容与文化内涵的挖掘则显得力不从心，导致乡土形象支离破碎，乡愁主体性被割裂。

例如，在《我是少年酒坛子》中，叙事者以其汪洋恣肆的语言构建了一条奔腾的叙事之河，用语言的能指巧妙地替代了所指，使小说的意义仿佛若隐若现的雾霭，读者虽置身其中，却难以深入其意义的核心世界。尽管读者能够捕捉到叙事主体浓郁如诗的情感流露，以及对山峰、河流、植物、岩石等自然意象的细腻描绘中隐约透出的乡愁情绪，但这种乡愁情感如同漂浮在叙事文本形式表层的泡沫，难以找到坚实的意义依托。因此，孙甘露作为叙事主体的乡愁情感虽隐约可感，却未能给读者留下深刻而持久的印记。从乡愁叙事主体的角度来看，由于乡愁意识被不断流淌的语言洪流所裹挟与冲散，这个主体变得飘忽不定，难以确立自身独特的属性。换言之，这个乡愁叙事主体并非完整圆融的存在，而是消融在了急速奔腾的语言之流中。

相比之下，苏童与莫言的先锋小说中虽也不乏乡土文学的元素，但他们在形式上并未走得太过极端，在注重"怎么写"的同时，他们依然坚守着对"写什么"的追求，使他们的作品既保持了先锋性，也拥有了更为坚实的内容与意义支撑。苏童与莫言的先锋小说在形式上虽有所创新，却未完全脱离对内容深度的追求，展现了强烈的乡愁主体性。如苏童的《飞越我的枫杨树故乡》，叙事者以诗意的笔触描绘了游魂"幺叔"归家之旅的艰难，这一形象实为叙事者自我的化身，透露出对故乡、家园及灵魂栖息地的深切眷恋。

莫言巧妙地将先锋艺术形式的探索与深刻的主题内容融为一体，展现出非凡的叙事才华。在其作品中，叙述主体性不仅鲜明且高度自足，成为连接形式与内容的坚实桥梁。从早期作品《透明的红萝卜》中梦幻般的乡土描绘，到《红高粱》里热烈奔放的家族史诗；从《丰乳肥臀》中跨越时代的女性命运沉浮，到《蛙》里对生命本源的深刻探寻，莫言的每一部作品都洋溢着浓郁的乡土气息，同时也蕴含着深沉而复杂的乡愁意蕴。读者在品味这些文字时，不仅能感受到他对艺术形式的不断创新，更能深刻体会到他对故土深深的眷恋与思考。

在20世纪80年代中后期至90年代前期，格非的小说创作明显倾向于对先锋形式的探索，这种追求甚至超越了对内容层面的直接表述。然而，他并未因此而忽视内容的深度，反而展现出将先锋艺术形式与思想内容完美融合的非凡能力，他成为先锋作家中的佼佼者。比如，在《追忆乌攸先生》《迷舟》《褐色鸟群》等作品中，格非通过对乡土风物的细腻描绘，以及对略带神秘色彩的乡土氛围的营造，成功地唤起了读者内心深处的乡愁情感。这种逼真的环境刻画与神秘色彩的交织，无疑源于他饱满的乡愁主体性，否则难以达到如此动人的艺术效果。

相比之下，余华的乡土先锋小说则呈现出截然不同的风貌。在《现实的一种》《活着》和《许三观卖血记》等作品中，他采用残酷叙事的手法，毫不留情地揭露了乡土社会的丑恶面貌。这种暴力叙事不仅消解了乡土的温情，也极大地削弱了乡愁情感的表达。在余华的小说中，人物形象的主体性往往受到严重破坏，他们更多地成为批判乡土社会丑陋与邪恶的载体。尽管余华的批判精神值得肯定，但过度强调残酷与死亡，不利于构建健康的主体性。

先锋小说以其对形式的不断创新与实验而著称，不同作家在塑造人物形象时各有特色，即便是同一位作家，如余华，他在不同作品中的人物塑造也各有侧重。在《现实的一种》中，他深刻剖析了人性之恶；在《活着》中，他则深情描绘了人物在逆境中不屈不挠的生存毅力；而在《许三观卖血记》，他又细腻刻画了人物在生存边缘挣扎的艰难与坚韧。在这些作品中，余华更多地关注人物的生存状态与人性探索，而非刻意营造乡愁情感。因此，在他笔下的人物形象中，乡愁情感并不是核心要素，生存才是他们最为关切的主题。这也使余华的小说人物往往缺乏明显的乡愁主体性，而更多地呈现出一种对现实生活的深刻反思与抗争。

然而，先锋作家在人物塑造上展现出显著的共通之处，诸如人物的去英雄化、凡俗化、个性化、符号化乃至角色化等特征。有学者指出：

> 先锋小说的形式主义策略把"人物"改变为故事中的一个角色——身份不明、性格特征不突出、经常分裂、变异的人物，或者改变为一个符号……在先锋小说中出现的人物，或者是一个忧心忡忡的怀疑论者（格非《褐色鸟群》），或者是在幻觉中任凭原始本能驱动的暴力之徒（余华《难逃劫数》），或者是想入非非的性格分裂者（孙甘露《信使之函》、《请女人猜谜》），或者是"逃亡者"、"劫持者"、"稻草人"或"一个纸鸢"（北村）……等等。①

---

① 陈晓明：《无望的救赎——论先锋派从形式向"历史"的转化》，《花城》1992年第2期。

正是这种人物塑造的方式，使先锋小说在人物形象的构建上，形式与理性占据了主导地位，从而在一定程度上抑制了情感的流露，尤其是乡愁情感的生发。因此，这些形象主体的乡愁主体性显得相对缺失。不过，从整体来看，他们虽以独特的艺术形式和碎片化的内容来表达乡愁情感或意识，却也为乡愁的书写开拓了更为广阔的视野和更为便捷的路径。通过对传统叙述方法的反叛，先锋作家为乡愁情感的展现提供了新的可能性和深度。

新写实乡土小说，诸如《狗日的粮食》《伏羲伏羲》《闲粮》《私刑》《塔铺》《温故一九四二》《故乡相处流传》《故乡天下黄花》等作品，都聚焦于乡土社会中的农民生存的艰难。尽管他们对现代化进程中所带来的环境破坏及负面影响感到十分焦虑，对乡土社会中农村的贫困落后等诸多原生态的生存本相进行了书写，这在不同程度上体现了他们对乡土现实的忧患意识，但他们对农村贫困与落后的现状更多停留在现象层面的描写，并没有去反思或触及带给乡土困境的本质。也正是在这种意义上，新写实叙事主体的主体性并不是自足的。对于形象主体而言，由于过分的贫穷（《狗日的粮食》），或被日常琐事所困扰（《塔铺》），或被乡土社会扭曲的秩序所困扰（《故乡相处流传》），多数乡土主体无暇顾及超越物质的情感慰藉或精神寄托，因而在很大程度上削弱甚至阻断了乡愁情感生成的可能性。另外，尽管新写实叙事主体具有鲜明的"底层意识"，但他们将自身下降到形象主体的水平，因此无力提升读者的精神境界，"他们常常打着恢复平民记忆，让文学重返普通生活的口号，却把叙事主体下降为一种与世俗完全等同的角色，从而在展示自我形而下的生存智慧中淡漠或遗忘了自身作为一个作家与现实应持的警觉态度"[①]。相较于传统的乡愁叙事，新写实作品中的叙事主体的主体性呈现出一种缺失状态。这些作品的叙事主体往往将目光单纯聚焦于眼前的生存现状，而缺乏对未来的憧憬与想象。即便在这样的叙述中萌生了乡愁情感，它更多也只是一种基于现实层面的乡愁体验，而非对过往美好时光的浪漫追忆。此外，由于叙述主体对现代性进程持有一种抵触或反叛的态度，他们的乡愁情绪也自然而然地带上了一层反现代性的色彩。

---

① 凤群、洪治纲：《丧失否定的代价——晚生代作家论之一》，《文艺评论》1996 年第 2 期。

在新写实作家的乡土历史叙事中（新历史小说），肆意地篡改、拼贴历史，以戏谑的方式调侃历史，试图逃离"庙堂"和"广场"，"在这种游戏历史的革命性的'恶作剧'中，失落的只能是小说的主体性和小说家的主体性"①。即便它形成一种反讽，但游戏历史的姿态反过来在某种程度上消解了反讽的积极意义，导致批判性的丧失及叙事主体的历史审视缺失，从而导致其主体性的缺失。

出生于 20 世纪 60 年代、成长于中国社会转型期、成名于 90 年代的"晚生代"作家，特殊的历史背景为他们的文学创作提供了丰富的素材和广阔的舞台。在全球化和市场经济的影响下，中国社会经历了深刻的经济体制改革和文化语境的变迁，这种多元共存的文化语境既给文学的生存带来了挑战，也为文学的发展提供了更多自由和宽松的环境。在这种背景下，"晚生代"作家能够摆脱长期以来文学和政治的依附关系，从而以更加独立和自由的姿态进行文学创作和理念阐释。他们的主体性在这种社会转型中得到了充分的彰显和发挥。"晚生代"作家在对主题的选择上几乎承接了新写实的叙事策略，承认庸常生活，放弃作为知识分子的启蒙使命，在边缘化的时代潮流中再次自我放逐，大部分叙述主体看重现实，失去了乌托邦精神冲动，少有对传统乡土的回望，也少有对未来乡土的想象，他们的叙事被欲望或物质的现实所左右，所以乡愁主体性也几乎是缺失的。

对于形象主体而言，晚生代小说中涌现出许多源自农村的打工者形象。他们身处现代性的夹缝之中，虽然在城市中劳作，却始终难以融入城市的生活，无法成为真正的城里人；虽然他们的根深扎农村，却也无法再完全回归那片故土。这种身份的尴尬与撕裂，成为他们内心难以言说的痛。更为甚者，这些形象主体往往沉溺于物质的诱惑与欲望之中，缺乏对于更高层次精神世界的追求与向往，因此，他们不仅在物质层面上失去了故乡的依托，更在精神层面上与故乡渐行渐远，仿佛那是永远无法触及的遥远之地。当然，在"晚生代"作家的群体中，除了那些鲜明地展现出"后现代性"特征的作家，也不乏一些坚守传统叙事策略的作家。他们用自己的笔触，以另一种方式描绘着这个时代的故

---

① 丁帆：《中国乡土小说史》，北京大学出版社 2007 年，第 324 页。

事与人物，为文学的世界增添了更加丰富的色彩与维度。正如丁帆所言：

> "晚生代"作家，也不是"后现代"理论可以囊括的，如毕飞宇、刘继明、鲁羊，还包括何顿、刁斗，他们尚保留了人文价值追求的向度，而且有的还比较强烈，他们介入当下的现实生活、介入社会的写作理路也相当清晰。即使像朱文的小说，其"后现代"倾向也要进行具体的分析。他的作品有两种写法，一写到都市，马上就中止了价值判断，以反规范、反秩序、反人文的面目出现；但是一到写少年时代的家乡生活，便表现出一种传统的道德情怀，显出脉脉的人文精神。①

但总体而言，晚生代小说作品中的叙事主体与人物形象主体都受到了后现代主义和消费主义浪潮的影响，导致乡愁主体性被削弱或者发生变异。

20 世纪 90 年代除了"晚生代"作家，与之并存的还有"70 后"作家，这些出生于 20 世纪 70 年代的作家，有的在 90 年代就已在文坛崭露头角，其中包括卫慧、棉棉、周洁茹、金仁顺、戴来、魏薇等。这些人之中除了金仁顺等少数作家书写乡土世界，其他多数以书写大都市的喧嚣与欲望为主，特别是张扬女性个体与欲望，将身体与性置于个性张扬与市场策略的双重聚光灯下，本质上是后现代语境下的叙事主体的变异。正如学者宗仁发所言，"一九九八年前后她们的作品是有所指向的，并不是简单地认同和沉迷，或者说是有某种批判立场的。尽管她们抛弃了烦琐和沉重，但描摹出了'不能承受之轻'。后来由于商业性引导她们更多夸张、渲染物质、畸形、病态的生活本身，这是对文学本质的背离"②。到了 21 世纪，以徐则臣、路内、阿乙、石一枫、葛亮、鲁敏、梁鸿、乔叶、张楚等为代表的"70 后"作家逐渐走向成熟，他们摆脱了 20 世

---

① 丁帆、王彬彬、费振钟：《晚生代："集体失明"的"性状态"与可疑话语的寻证人》，《文艺争鸣》1997 年第 1 期。

② 转引自孔繁今、施战军：《新时期文学思潮研究资料》（下），山东文艺出版社 2006 年，第 429 - 430 页。

纪 90 年代身体叙事或欲望叙事的狂欢，将目光转向现实问题与厚重的历史主题。① 他们在文化与商业以及文学代际间的"夹缝中"主动承担起了缝合或关联历史与现实的使命，并抒写同代人的生存现状与精神指向。另外，"70 后"作家常常辗转于不同的地域空间，而他们心中却始终以类似小镇这样的空间作为乡愁情感的依托，如徐则臣的"花街"、鲁敏的"东坝"、乔叶的"河南老家"、路内的"戴城"、瓦当的"临河"、弋舟的"兰城"、计文君的"钧州"、王十月的"楚州"等，它们既是作者在小说中有意打造的形象主体的故乡，也是作者为自己打造的精神原乡。因此，"70 后"作家内心深处仍然埋藏着浓郁的乡愁情感，或者说他们内心深处仍然存在文化乡愁的想象。他们小说中的形象主体也同样在这些小镇生活，并上演人生的悲剧、喜剧。形象主体在遭遇现代性、后现代性以及消费主义等多重冲击后，乡愁的主体性变得日渐缺失，这恰恰是"70 后"作家予以重建的主要对象之一。

在"80 后"作家的乡土小说中，反乡愁的抒写倾向导致乡愁的主体性显著减弱。尽管他们作为城市居民，在主体性追寻上展现出积极的态度，但在不可阻挡的城镇化浪潮中，乡愁的主体性不幸被削弱乃至丧失。这一现象的成因复杂：一方面，"80 后"作家普遍缺乏乡村生活的直接经验；另一方面，作为消费主义与镜像时代的创作者，他们的作品往往带有强烈的拟像性，从而使传统的乡愁主体变得模糊乃至缺失。然而，更深层次的原因在于，这些作家作为叙事者，其自身缺乏足够的自主性；此外，青年作家自身所面临的种种挫败，两者共同作用，进一步削弱了他们作品中的乡愁主体性。"失败青年是特殊时期产生的一种高度政治化的、特殊的青年形象。理解了文学外部失败青年出现的现实背景，就不难理解文学内部失败青年身上批判性的丧失。"② 青年人批评性的丧失是青年们面对现代城市文化所产生的病症，因为缺少乡土社会传统文化特别是乡愁文化的对标，会因为失去目标而出现迷茫的情状。③ "80 后"作品中的

---

① 李佳潼：《"70 后"作家小说创作研究》，东北师范大学 2021 年博士论文，第 38 页。
② 金理：《试论新世纪文学中的"青春消失"现象》，《扬子江文学评论》2023 第 1 期。
③ 韩松刚：《拒绝乡愁——80 后作家的乡土叙事》，《南方文坛》2023 年第 5 期。

人物形象多为年轻人，他们带有浓厚的青春色彩，且正处在成长的关键期，对世界充满好奇与探索欲，同时，这些人物形象也表现出了强烈的叛逆性，对抗传统观念、教育体制和社会规范。如韩寒《三重门》中的林雨翔，他蔑视应试教育，对周围事物常持批判态度。这些叛逆也罢、对抗也罢，看似具有较强的主体性，但他们的写作被人称为"小时代"写作，也即他们放弃了传统的宏大叙事，也丧失了"70后"作家所具有的责任与担当。因为以"小时代"为特点的写作，实际上是一种以自我为中心的封闭式写作，他们关注的是个人利益，因此他们丧失了乡愁意识中较为核心的集体意识或家国情怀等要素。

纵观新时期以来的乡土小说，20世纪80年代，土地、家园、人性或人道主义成为小说叙写的核心内容，乡土小说的乡愁主体性处于逐渐恢复的上升阶段，这与新时期初期整体上的精神复苏和主体回归的历史进程是一致的。到了90年代，从先锋乡土小说开始，到新写实乡土小说，再到晚生代乡土小说，它们都受到了后现代主义思潮的影响。传统乡土家园逐渐淡出他们的视野，叙事主体要么为形式所缠绕，要么为世俗欲望所困，本该以审美现代性对现代化进程中出现的问题进行反思，却自甘退缩放弃了批判的责任而庸常化为大众，因此作为叙述主体的主体性也遭遇了自我放逐。他们在失去物质家园的同时，也没有通过审美现代性建构文化家园或精神家园。21世纪的乡土小说在经历了20世纪90年代的多种思潮的碰撞激荡后，逐渐走向成熟和多元，老一辈作家和"70后""80后"作家并驾齐驱，对乡愁主体性的建构做出了各自的努力。

第二节　乡愁主体性的弱化与异化

改革开放政策实施后，家庭联产承包责任制在全国广大农村逐渐推行，这极大地解放了农村劳动力，鉴于城市生活的质量，这些自由的劳动力逐渐流向城镇。学界普遍认为，人口流失必将抑制农村各项事业的发展，造成"农村经济发展、政治民主建设、精神文化建设、社会管理、社会心理等方面出现滞化、弱化、退化现象"，最终导致"农村社会整体性的衰落与凋敝"①。农村的"整体性衰落与凋敝"包括物质与精神两个层面，即人口外流形成的物理空间的空心化与乡土情感、意识或观念的缺失形成的精神空间的空心化，前者是显性而直接的，后者是隐性而间接的。乡土精神层面的空心化，重点表现在乡土主体的主体性弱化或丧失。乡土主体主体性的缺失，主要是指主体丧失了参与乡土认识和实践活动的主动性或可能性，其乡土情感与乡土意识（特别是乡愁情感与乡愁意识）逐渐弱化以致消失。本书将从生活在乡土大地上的居住者——农民以及离开乡土进城的农民工两大群体来考察乡愁主体性问题。

一、文化缺陷带来的乡愁主体性弱化或异化

自新时期初起至 20 世纪 80 年代，乡土小说的叙事核心聚焦于乡土社会中农民群体的生活图景。农民与土地之间，存在一条难以割舍的天然纽带，他们的生存境遇、文化心态及乡愁情绪的滋生，无不直接或间接地源于这种深刻的连接。这些深深扎根于沃土之中的农民，其主体性格不仅承受了千百年来传统乡土文化的深刻熏陶，更在与周遭环境的持续互动中得以塑形。然而，步入 20世纪 80 年代后，乡土小说中的乡土主体性却遭遇了弱化或异化，这在很大程度上导致了乡愁主体性的弱化或异化。

首先，对乡土文化劣根性的因袭会削弱居住者的主体性。新时期伊始至 20世纪 80 年代，揭示农民思想保守落后的乡土小说较多，反思文学作家高晓声在《陈奂生上城》中对农民陈奂生的自卑和奴性进行了揭示。陈奂生在城里生病被县委吴书记碰见，吴书记把他送到了宾馆，陈奂生得知住宾馆自己要掏五元钱后，心疼不已，于是使劲糟蹋宾馆的物品，以此获得五元钱对应的"享受"；同时，他又想回村后向村民炫耀自己见过县委书记和住过高级宾馆，以此获得心理优势。作为农民的陈奂生，其骨子里的自卑、奴性及小农意识严重地削弱

---

① 刘永飞、徐孝昶、许佳君：《断裂与重构：农村的"空心化"到"产业化"》，《南京农业大学学报（社会科学版）》2014 年第 3 期。

了其农民的主体性。农民普遍存在的小农意识是农村现代化的一大障碍，"'小农意识'依然是阻碍当前中国农民现代性自觉的最大思想痼疾"①。小农意识"最本质特征是非主体性"②，这种狭隘的心理或思维方式直接阻碍了乡土主体的乡愁意识的产生。

寻根文学作品《爸爸爸》中的乡土空间，始终弥漫着落后、愚昧与迷信的阴冷气息，鸡头寨人还以活人祭天，鸡头寨与鸡尾寨仅仅因风水便爆发了大规模的混战。小说中的丙崽喝了毒药而不死，成为民族文化性格特别是乡土社会农民文化性格中劣根的象征性抒写，这种劣根的存在正是乡愁主体性遭到弱化的文化根源。

莫言的短篇小说《白狗秋千架》充满了浓郁的乡土气息，小说中的主人公暖两次遭到爱情的抛弃，最后嫁给了哑巴，生活陷入暗淡无光的悲剧陷阱。暖曾经有梦想，但梦想对贫穷的她来说便是奢望。在近乎残酷的现实生活面前，暖几乎失去了昔日的美丽、单纯乃至善良，她被现实生活中的苦难所异化，失去了自我，尽管井河还留给暖几丝希望，但仍然不能抹去沉重的命运带给她的创伤。小说中的外来者文艺兵蔡队长欺骗了暖的感情，他也是暖悲剧命运的肇始者，蔡队长和暖的关系可以说是当时城与乡二元对立关系的象征性抒写。《丰乳肥臀》中上官家族中的男性，如上官福禄、上官寿喜、上官金童等人都性情懦弱，窝囊无能，还需要女性保护。上官金童被视为上官家的唯一希望，但患有恋乳症，一辈子无法断奶，人格与精神永远无法独立。这种家族式的男性主体性不足、缺乏阳刚气的现象，足以引起人们对文化性格的反思和警醒。

除了以农民为核心构成的本土居民，乡土社会中还散落着一些外来定居者，众多知青文学作品则将这一群体作为深度描绘的对象。这些远离城市喧嚣、踏入乡村生活的知青，因离别故土而怀揣着深深的乡愁，这份情感在小说中得到了淋漓尽致的展现。然而，也有一部分知青小说并未止步于单纯的乡愁抒发，

---

① 黄进：《中国农民主体性的现状与重塑》，《高校理论战线》2012 年第 2 期。
② 袁姜婷、李妍、冯瑞兵：《大学生社会性别教育与心理辅导》，吉林出版集团股份有限公司 2022 年，第 107 页。

而是聚焦于知青们在融入农村生活过程中面临的人性考验及乡愁情绪如何扭曲、变异，最终导致悲剧性的结局。王小波的《黄金时代》讲述了在特殊历史时期女知青陈清扬的故事。陈清扬在丈夫入狱后，被迫面对世俗的偏见和指责，最终选择了一种看似"堕落"的生活方式，以反抗社会的不公和冷漠。这部小说以黑色幽默的手法，讽刺了乡土社会中世俗的肮脏与人性的扭曲，同时也展现了主人公在逆境中的坚韧与不屈。竹林的《生活的路》、老鬼的《血色黄昏》等知青小说都讲述了知青在农村的悲剧命运，其中都涉及人性的扭曲甚至堕落。知青小说中那些遭遇人性扭曲的知青，即便他们心中充斥着乡愁情感，其乡愁主体性也在人性扭曲和道德堕落中几乎消失殆尽。

张炜的《古船》深刻映射了新时期为乡土社会带来的崭新曙光，这部作品蕴含着鲜明的改革文学特质。小说主人公隋抱朴，在新时期到来之前，深受传统乡土伦理观念的束缚，他严格遵循家族的伦理纲常和既有的道德准则，以至于大半生都沉浸在一种自我丧失的状态之中，其个体主体性遭受了严重的削弱。然而，随着新的历史篇章的翻开，隋抱朴的主体性开始逐步复苏，部分地找回了自我。

20世纪90年代以后的乡土小说，同样有不少作品承接了90年代之前乡土小说的批判传统，揭示农民落后、愚昧、贫穷甚至堕落等症状，从而揭示了乡愁主体性缺乏的社会现实。贾平凹的乡土小说《古炉》中有对农村杀人现场的描写，在两派村民的械斗中，仍然有人抢着向前用馒头蘸人血来治病，这种冷酷、愚昧和毫无人性的行为令人愤怒，同时也发人深省。在贾平凹的《高老庄》中，葡萄园主蔡老黑与地板厂老板王厂长、苏红之间因利益争夺而造成流血与洗劫。贾平凹的《山本》则从历史与现实两个层面来展现乡土社会中存在的仇恨心理，揭示了温馨和谐的乡土世界完全被仇恨与杀伐扭曲与颠覆的血淋淋的现实，这种对乡土主体性纵向的历时性探寻，揭示了乡土主体性丧失（空心化）的深度文化根源。阎连科的乡土小说《丁庄梦》，揭示了乡土社会经济繁荣背后精神衰退的现实。丁庄人为了发家致富，走上了卖血的不归路，随着致富梦想的逐步实现，卖血的伴生物——艾滋病与死亡降临到丁庄人身上。丁庄人在对病痛和死亡的恐惧中，打开了"潘多拉魔盒"，于是偷情、乱伦、争权夺利、配冥婚、假公济私大肆盛行，这极大地扭曲了人性，毁掉了丁庄的人伦道德。[①] 滑入嫉妒荒谬生存状况的丁庄人被邪恶的恶魔缠身，完全失去了正常农民所具有的人性，当然也失去了主体性。

其次，乡土社会的极度贫穷也会挤压乡愁情感，阻碍乡愁主体性的发生。正如前文所言，新写实小说更多是写生存的本相，揭示乡土社会中的疾病、饥饿、混乱及贫穷等。新写实小说中的多数主要人物都处于极端贫穷的状态中，他们的一切行为或努力都是为了获取食物或其他基本欲望。在沉重的生存压力下，他们无暇顾及形而上人文精神的思考，因此也失去通往乡愁之旅的可能，乡愁主体性在沉重的物质欲望的压抑下遭到了严重削弱。在新写实作家笔下的农民，他们多数被套牢在土地上，缺少离乡的机会与动力，被长期捆绑在土地上的农民，无法激发沉埋于心底的乡愁意识，乡愁主体性也因此遭到了抑制。刘恒的作品《狗日的粮食》描绘了一位贫寒农民杨天宽的辛酸故事。他以二百斤谷子的沉重代价，在集市上换回了一位身患甲状腺肿大、被唤作"瘿袋"的女子为妻，并与她共同孕育了六个孩子。在那个物资极度匮乏的时代，抚养众多子女无疑为这个本就一贫如洗的家庭增添了难以承受的重负。为了生存，"瘿袋"不惜一切代价，竭尽所能地搜寻粮食。然而，一次粮票的意外遗失，彻底断绝了她购粮的希望，最终，这份绝望驱使她走上了自杀的不归路。"瘿袋"的悲剧，不仅是个人命运的沉痛书写，更是深刻反映了贫困农民在生存边缘挣扎的无奈与悲哀。作者的笔触中，虽流露出对滋养自己成长的乡土的深切同情，以及一抹淡淡的乡愁情怀，但小说中的角色，尤其是"瘿袋"，更多展现的是作为生活重压下被动接受命运安排的形象，他们缺乏主动追寻或构建乡愁主体性的能力与空间，成了时代洪流中被动漂浮的一叶扁舟。

最后，恶劣的乡土环境也会阻碍乡愁情感的孕育。以先锋作家残雪为例，其在《黄泥街》中描绘了一个满是污秽与混乱的小镇：死畜、腐肉与虫蝇交织，居民们闲散无聊，精神迷离，生活在谣言、惊惧与绝望之中，这样的环境

---

① 黄美蓉：《新世纪长篇乡土小说创作论》，上海师范大学 2012 年硕士论文，第 24 页。

严重削弱了人们对乡土的依恋与怀念。而她的《山上的小屋》则从心理层面入手，深刻揭示了乡土文化心理的扭曲与荒诞，进一步展现了现代乡土居民自我主体性的丧失。残雪通过这两部作品，对乡土社会的文化心理进行了深刻的剖析与批判。

在此可以借贾平凹的长篇小说《暂坐》中的人物冯迎的笔记对乡愁主体性失落的文化根源进行总结，冯迎认为，仇恨、褊狭、贪婪、嫉妒、权力和对利益的追求是现代社会中最大的精神污染，也正是这些精神污染，导致了乡土社会主体性的弱化或丧失。

二、现代性追求造成的乡愁主体性弱化或异化

马克思认为，人既是感性的存在物，也是激情的存在物，而"人作为对象性的、感性的存在物，是一个受动的存在物；因为它感到自己是受动的，所以是一个激情的存在物。激情、热情是人强烈追求自己的对象的本质力量"。[①] 即人作为感性的存在物，不仅具有饮食、男女等感性的物质生活或实践，还具有审美的感性的精神生活，从而表征了"人的内在的主体性本质力量特征"[②]，也即人的本质力量的特征之一就是人的感性与激情。缺失了感性、激情，也就意味着主体性的不完整。新时期的乡土小说中，生活在现代家园中的现代人由于受现代化的影响与冲击，主体的内在生活即精神生活逐渐弱化，甚至完全被外在的感性的物质生活所压倒，从而导致人的感性的不完整，最终带来了主体性的缺失。就乡土主体的情感层面而言，感性的物质欲望已强势淹没了乡情、亲情、友情及爱情，同时也削弱了对田园美景的审美欣赏与对乡土伦理的认同，进而排斥了精神价值的构建。简而言之，主体欲望的膨胀导致乡土意识与情感的消逝，最终削弱了乡愁的主体性。

削弱乡土社会乡愁情感的三大主因，包括特殊时期频繁的政治运动及强化

---

① 马克思：《1844 年经济学哲学手稿》，人民出版社 1985 年，第 126 页。
② 马克思：《1844 年经济学哲学手稿》，人民出版社 1985 年，第 126 页。

政治意识、社会思潮对乡土观念的深刻影响，以及改革开放与城镇化进程中农民大量离乡进城务工的潮流。

一是特殊时期频繁的政治运动及强化政治意识对乡愁主体性的弱化或扭曲。这在伤痕乡土小说与反思乡土小说中有较多的表现。比如古华的《芙蓉镇》中的"政治闯将"李国香和"运动根子"王秋赦、《爬满青藤的木屋》中的护林员王木通，高晓声的《李顺大造屋》中的农民李顺大，张炜的《古船》中的乡霸赵多多，孙健忠的《甜甜的刺莓》中的大队书记向塔山等，其中不乏特殊时期政治运动的积极参与者，同时他们也是无辜受害者。他们常借政治运动之名，行公报私仇之实，人性之丑在此间被无限放大，灵魂亦随之扭曲。在政治风暴中，他们人性沦丧，乡土情谊荡然无存，不仅六亲不认，更肆意破坏他人爱情，以残忍手段在乡间横行霸道。政治情绪的膨胀，让他们将乡愁情感深深压抑，乃至完全丧失了乡愁的主体性。

贾平凹的长篇小说《古炉》深刻描绘了"文化大革命"初期古炉村的斗争图景。随着"文革"的蔓延，这个小村庄被时代的洪流深刻改变，村民间因利益与地位的纷争，矛盾日益激化。书中细腻刻画了多起冲突与暴力事件，深刻揭示了人性的复杂多面与残酷无情。更重要的是，《古炉》通过这一特殊历史时期——一个强调阶级斗争与政治运动的年代，生动展现了乡土主体乡愁情感的破裂过程，并真实客观地还原了乡土社会中仇恨与恶意如何扭曲乡土情感、侵蚀乡愁主体性的历史真相。

余华的《活着》深刻聚焦了政治变革对农民福贵命运的剧烈冲击。小说虽展现了福贵在家人相继离世后仍顽强生存的坚韧精神，但其更深层的动机在于揭露造成福贵悲剧命运的残酷现实——接连不断的政治运动如同重锤，一次次击打着福贵，不仅夺走了他家人的生命，更是最大限度抑制或削弱了像福贵这样的农民对乡土的乡愁情感与主体性。莫言在《生死疲劳》中，借助主人公西门闹六道轮回的独特视角，生动再现了从土地改革至改革开放期间，中国农村社会的政治风云变幻与历史沧桑。西门闹转世为动物的情节，不仅富有象征意味，更是对乡土主体丧失的一种深刻隐喻。毕飞宇的长篇小说《玉米》中，王连方作为权力的化身，其倒台不仅揭示了权力的瞬息万变与脆弱不堪，也映射出乡村社会对权力的盲目迷信与狂热追求，而玉米、玉秀姐妹，则在这场权力游戏中沦为了无辜的牺牲品。这些人物的经历，都在不同层面体现了异化的政治权力对乡愁主体性的侵蚀与削弱。

二是社会思潮对乡土主体性的异化。自改革开放以来，各种西方社会思潮涌入中国乡土大地，对乡土社会居住者带来了强烈的心理冲击，同时也对乡土社会的伦理秩序产生了较为严重的后果，其中消费主义浪潮和后现代主义思潮对乡愁主体性带来的破坏尤为严重。消费主义浪潮不断刺激农民欲望的膨胀，从而严重地挤压了乡愁情感。有学者指出，后现代主义对乡土主体性的破坏是巨大的，甚至摧毁了主体性。[1]

以贾平凹 20 世纪 90 年代的长篇小说为透镜，我们可以窥见现代性尤其是消费主义洪流对乡土社会主体性造成的深刻侵蚀。在《秦腔》中，多数人物如夏天义、引生、哑巴之外的众人，各自心怀算计，对土地的传统情感日渐淡漠。夏雨与丁霸槽联手开设的万宝酒楼，竟将城市中浮华的娱乐风气引入清风街，使原本淳朴的乡村风气遭受了前所未有的玷污，乡土伦理与情感纽带因此而断裂。

而在《高老庄》中，高老庄的村民蔡老黑与外来的地板厂厂长王文龙的冲突，虽然表面上写二人利益的争夺，但更深层次是揭示了村民们的盲目与从众心理。他们中多数人只是作为冷漠的旁观者，随波逐流，几乎丧失了自主思考与独立行动的能力，其主体性在无形中被扭曲与异化。更为触目惊心的是，在子路父亲三周年的祭祀仪式上，本应是对逝者深情缅怀的时刻，却变成后现代思潮影响下的虚假的哭泣与嬉戏，对逝者的尊重与敬畏荡然无存，留下的只有彻骨的冷漠与疏离。这些场景无不深刻地反映了消费主义和后现代主义浪潮下乡土社会主体性的严重受损。

《土门》中开篇便是猎杀无证狗的场景，狗作为家园附着物而遭人猎杀，显示了机械式治理中缺少温情与人性的现实，杀狗者与看热闹的人都表现出现

---

[1] 丁帆：《中国乡土小说史》，北京大学出版社 2007 年，第 321 页。

代人的冷漠与残忍。《暂坐》中冯迎在笔记中说："这世界在褪色，人在褪色，比如对事物的惊奇，干事的热情，对老人的尊敬，对小孩的爱护和浪漫爱情。"[①] 冯迎所谓的"变色"，具体到乡愁主体来说，便是乡愁情感的欲望化和异化及其所导致的主体性丧失甚至空心化。《老生》中的农民，在商品经济大潮的冲击下，拜金欲望受到极大的刺激，众人争先恐后种植危害人类健康的农作物，类似这样的行为在乡土大地上肆意扩张，最终导致了乡土社会群体的良知丧失，道德沉沦。贾平凹的《带灯》中的村民在金钱与欲望的强烈刺激下，为了争夺挖沙权而大打出手，而乡土社会中的权力又在这种利益的博弈中推波助澜，最终使邻里关系变成"你死我活"的敌对关系。这种拜金主义思潮在乡村的流行就如同一场"瘟疫"，严重地异化了乡土主体性的健康生成与发展。

其他作品，如陈应松的《马斯岭血案》、格非的《望春风》、张炜的《你在高原》、莫言的《蛙》等众多乡土小说，都对欲望化造成乡土主体性异化乃至丧失的现象进行了揭示。

此外，在信息技术时代背景下，网络文化思潮对乡土主体性的异化现象同样值得深思，这一趋势在 21 世纪的网络文学作品中得到了鲜明体现。尽管网络文学并未将乡土文学划为独立门类，但乡土元素已经如涓涓细流般渗透于众多网络文学作品之中。这些网络文学中的"乡土田园"并非现实世界的直接映射，而是基于虚拟与想象的构建，它们并不刻意追求"真实性"的再现，而是通过风俗与景观的创造性重构，勾勒出在现代性视角下被边缘化的乡土空间。这种想象性乡土时空的重塑与迁移，旨在营造一种超越现实的"家园感"，这不仅是对过往岁月的怀旧追忆，更是为人物设定了一个原初的生存背景，以此作为故事展开的基石。因此，网络乡土叙事中的乡愁被赋予了拟像化的特征。在这些作品中，人物往往依赖外部力量，如财富、科技或神秘法术，来实现自我成长或解决问题，从而在一定程度上丧失了内在的主体性。他们成为权钱交易、科技应用或法术施展的终端，其主体性遭受了异化和削弱。例如，在九辕的《我真是农三代》中，高飞依靠富豪父亲的资助获得了成功；在莲如玉的

---

① 贾平凹：《暂坐》，作家出版社 2020 年，第 257 页。

《小地主》中，主人公黄良则借助月光宝盒实现了命运转折。这类想象性书写不仅与现实生活脱节，而且削弱了人物自身的主体性和能动性。这些网络文学中的人物形象，在某种程度上预示了人工智能时代人机结合的发展趋势，从文学角度反映了人类逐渐机械化的现实，同时也透露出创作者对未来科技发展的深切忧虑与反思。

三是随着改革开放和城镇化进程的推进，农民离开故乡进城打工，其乡愁情感或主体性遭遇了异化或他者化。从 20 世纪 80 年代开始出现了农民外出务工的现象，新时期初期，路遥的《人生》是较早书写农民进城的小说。农民高加林到县城做了记者，抛弃了他的农村女友刘巧珍，实际上是他有意识地割断乡土社会的情感联系，其作为农民的主体性，包括其乡愁主体性遭遇了异化。

进入 20 世纪 90 年代，中国经济发展方式发生转型，再加上城镇化的快速发展，大批的农民涌入城镇成为"农民工"，成为"城市异乡者"。这些流动性、分散性人口"造就出一批具有流动性、异质性的临时共同体"，因而"传统的社会关系模式发生根本改变，原有维系人与人之间关系的社会纽带愈来愈松弛乃至断裂，而原有共同体对其成员的庇护也鞭长莫及。个人不得不独自面对社会风险与竞争压力"①。由于失去了与乡土的联系，来到城市的多数农民，逐渐为现代都市文化所影响并逐渐被异化，从而弱化或丧失了其乡愁情感及乡愁主体性。在此借张宇的中篇小说《乡村情感》中的青年农民"我"的一段话来呈现这种主体异化现象：

> 我是乡下放进城里来的一只风筝，飘来飘去已经二十年，线绳儿还系在老家的房梁上。在城里由于夹紧着尾巴做人，二十年前的红薯屁还没有放干净，脸上贴一种纸花般的假笑，也学会对别人说你好和谢谢，但是总觉得骨子眼里还是个乡下人。清早刷牙晚上洗脚时，总盼望有人能发现，证明我已经刷过牙和洗过脚。②

---

① 张良：《现代化进程中的个体化与乡村社会重建》，《浙江社会科学》2013 年第 3 期。
② 沈轩：《文学照亮人生中国当代优秀文学作品选小说卷·下》，安徽文艺出版社 2012 年，第 356 页。

书写进城打工农民的作品被称为"打工文学"，如21世纪成名的王十月的《无碑》《国家订单》《收脚印的人》、安子的《青春驿站》、桐林凤舞的《深圳不是天堂》、贾飞的《中国式青春》、郑小琼的《在五金厂》、孙惠芬的《民工》《吉宽的马车》、丁燕的《工厂女孩》等；其他前代作家们也写了许多类似的作品，如邓一光的《怀念一个没有去过的地方》、鬼子的《瓦城上空的麦田》、贾平凹的《高兴》、阎真的《沧浪之水》、刘震云的《我叫刘跃进》、李佩甫的《城的灯》、尤凤伟的《泥鳅》、刘庆邦的《红煤》、王祥夫的《归来》、赵本夫的《无土时代》、陈应松的《到城里去》、罗伟章的《我们的路》、荆永鸣的《北京候鸟》、夏天敏的《接吻长安街》等。

《高兴》中的农民刘高兴，进城后尽力维护自己的尊严和主体性，但他是在城市规制下的自我主体建构，目的是做一个城里人，按照城市经验来"规划和发展"自己，因而以城市欲望与经验替代了乡愁情感与乡土经验。以刘高兴为代表的"破烂族群"游荡在城市的夹缝之中，既无法成为城里人，也无法做地道的农民，他们缺乏对现代文明的批判与反思，乡愁意识被城市消费主义浪潮所淹没，乡愁情感也遭到了严重的压抑或异化。贾平凹在20世纪90年代的长篇小说中，有很多进入城市谋生的乡村妇女形象，她们的乡愁主体性同样遭遇了严重的空心化。比如《高兴》中的孟夷纯，其进城的目的是利用自己的身体赚取更多"复仇"办案资金，身体的商品化顺应了现代资本主义的文化逻辑，她的乡愁主体性被资本化的欲望严重地异化，尽管她赚钱的初衷是单纯的。

阎真的《沧浪之水》中的池大为，通过十年寒窗苦读，研究生毕业后进入省卫生厅，并将象征着乡土传统文化的父亲遗物《中国历代文化名人素描》带到了城里，试图大展宏图，但他很快发现自己在现代城市文明面前屡屡碰壁，于是转变观念，放弃理想而转向现实，很快成了上等城里人。池大为最后烧掉了《中国历代文化名人素描》，斩断了与乡土社会最后的根系。

李佩甫的《城的灯》中的主人公冯家昌通过参军进了城，但他根本就没有乡土情感，完全丧失了作为农民子弟的诚实正直等品性，而是谄媚上司，排除异己，投机取巧。冯家昌尽管获得了世俗意义上的成功，但他迷失了自我，也失去重返家园的可能。

刘庆邦的《红煤》中的宋长玉同样是从农村进入城市的打工者，他不择手段、攀附权贵，最后成功当上矿长，他在追求权力和金钱的过程中逐渐失去了自我。

孙惠芬的《吉宽的马车》中的吉宽是"城市异乡者"的典型，他是城市的流浪者，他认为和自己一样的很多打工者都是城市中的"困兽"或"昆虫"，尽管已经非人化了，但仍然不肯回归农村。作为困兽般的打工者，人的主体性已经完全丧失了。

王祥夫的短篇小说《归来》讲述外出打工的三小，因母亲去世，带着老婆孩子回家奔丧，办完母亲的丧事，又带着老婆孩子踏上了回城之路。小说不断提及三小的一条胳膊没了，却没有交代究竟是如何失去胳膊的。即便三小进城后失去了胳膊，但其仍毅然重返城市，读者完全可以猜想三小不愿也回不来农村了，他的乡愁主体性无疑会受到削弱，甚至会断裂与乡土的关系。三小这个形象正是乡土中国从传统向现代转型的艰难过程的象征性书写，"只有在当代中国的剧烈转型中，在城乡之间的巨大鸿沟中，我们才能更加深刻地理解三小'归来—离去'的意义，他正在告别传统中国的乡村伦理与逻辑，而走向残酷而现代的都市生活，这又何尝不是当代中国的一种隐喻？"①

邓一光的《怀念一个没有去过的地方》中的远子与推子等人，进城后面对城市的冷漠与排斥、身份认同的危机、社会的不公，以及道德与生存的抉择，他们逐渐陷入了绝望，开始报复城市，用黑社会的手段展开了对城市的疯狂报复。这种绝望与反抗的行为不仅无法改变他们的处境，反而让他们陷入更深的泥潭，从而完全失去了作为农民的本性即农民主体性。

有的农民进城后找不到正经的工作，便出卖肉体，比如尤凤伟的《泥鳅》中的国瑞、贾平凹的《高兴》中的孟夷纯、乔叶的《守口如瓶》中的冷红和冷紫、王手的《乡下姑娘李美凤》中的李美凤、王祥夫的《米谷》中的米谷、关仁山的《九月还乡》中的九月等，尽管有的是出于生活所迫，但沉沦的行为严

---

① 李云雷：《当代中国文学的前沿问题·文学批评卷》，山东文艺出版社 2017 年，第 146 页。

重削弱了其乡愁情感与乡愁主体性。

正是在无法抗拒现实命运而屈就现代城市文明的过程中，许多进城的农民在现代都市文明中遭受了主体的异化或他者化，丧失了作为农民的乡愁主体性。如何构建乡愁主体性，是新时代乡土作家们面临的新的历史使命。

第三节　数字化时代乡愁主体的重构

新时期乡土小说的主体性建构是从两个方面来展开的：一是从传统乡土主体的文化人格及生存现状着手，既对乡土主体固有的国民性进行批评，又对他们身上的优秀传统美德进行肯定，这实际上是在继承"五四"乡土小说反封建和改造国民性等主题的基础上，植入"改革开放"的时代精神和现代思想，对乡土主体重新进行启蒙。这样的作品创作时间集中在新时期开始至 20 世纪 80 年代；二是自 20 世纪 90 年代以来，针对后现代主义、消费主义及技术主义浪潮对农民主体性所产生的异化影响，批评界展开了深入剖析。这一批评旨在为乡土主体重新注入生命活力，恢复其丰满的血肉之躯，并赋予其深刻的存在之魂。在乡土小说的创作中，主体性的建构是一个多维度的过程，既涉及叙事主体的构建，也涵盖形象主体的塑造。叙事主体通过其创作活动，尤其是在创造性地重构形象主体的主体性的过程中，体现并获得自身的主体性。鉴于此，本节将聚焦于形象主体的主体性的重构问题，揭示这一过程如何反映并促进叙事主体的主体性的自我构建。换言之，我们将通过探讨形象主体如何在文本中被重新赋予主体性和生命力，来洞察叙事主体如何在创作实践中实现自我认同与主体性的确立。

一、传统乡愁主体性重构

新时期，很多乡土小说以批评传统乡土的落后、农民陈旧的封建意识为主，这些批评恰好是叙述主体的主体性活跃的表征。"要想建立主体性，需要一种自我反思的意识，对自己的理论预设和文化/政治立场有一个清醒的自我认知，并不断进行自我清理。"① 新时期乡土小说中，无论是叙事主体还是形象主体，都在这种批评中得以凸显，回归与重建也因此有了可能。较多的乡土小说是从正面来塑造乡土主体形象的，呈现他们对主体性的坚守或艰难回归过程。何士光的《乡场上》中的冯幺爸，以前在梨花屯是最没有出息的，他畏惧有权势的供销社主任的女人罗二娘，因此显得懦弱卑怯，不敢说真话，但改革开放政策实施以后，他心中有了底气，在经历了激烈复杂的思想斗争后，终于站出来为被欺辱的任家娃作证，做了一回挺直胸膛的男人。冯幺爸精神的觉醒与主体性回归是基于新时代社会主义开放搞活的新政策及经济独立的新生活基础之上的。周克芹的《山月不知心里事》（1981）中的容儿娘、容儿哥哥在包产到户政策实施之前都很懒惰，落实政策后，作为农民的主体性得到了回归，他们变得十分勤快，天黑了还在地里干活儿，再也不用像以前那样懒散了。这篇小说中农民主体性的回归来自政策的改变，小说真实地呈现了农村政策对农民主体性的深刻影响。

贾平凹的小说《鸡窝洼的人家》中的禾禾，退伍回乡后一心想改变家乡贫穷落后的状况，正值改革开放初期，时代给予了他大好的机遇和信心，于是他搞起了以养蚕为主的个体经营。虽然遭遇了资金与技术不足、村人白眼、妻子离弃等诸多困难，但他没有被艰难困苦所打倒，顶着各种压力坚持不懈，最终利用山地植桑养蚕获得了成功。禾禾打破传统习俗和观念，执着地追求自己的人生道路，正是一个时代农民主体性逐渐回归的体现。

郑义的《老井》中的农民孙旺泉，作为老井村中的知识分子，本可以逃离贫瘠苦难的故乡到城里去生活与发展，他也有过与深爱的女子赵巧英一起远走高飞的打算，但亲情、乡情与对故乡的责任感战胜了个体的欲念，他毅然牺牲自己的幸福和美好前途，留在充满危险的打井事业之中，最终找到了水源，为

---

① 王晓平：《"历史化"与探寻中国主体性的阐释学实践——贺桂梅〈打开中国视野〉与当代文学研究的新动向》，《南方文坛》2023 年第 1 期。

老井村打好了井，解决了千百年来困扰村民的生存难题。孙旺泉的乡愁主体性在小说中得到了充分的体现。与20世纪80年代初路遥的《人生》中的高加林相比，孙旺泉的乡愁主体性是健全而健康的，他虽然也羡慕城里的生活，但主张人穷志不穷，认为在农村也能找到生命的价值，活出自己的精彩。这种生活理念超越了以高加林为代表的农民知识分子，以孙旺泉为代表的乡村知识分子主动承担起了建设家乡的历史使命。不管是孙旺泉，还是万水老汉、孙福昌，以及那些为打井失去生命的老井人，在与命运搏斗的过程中，他们都体现了强烈的自主精神，这种精神正是民族精神的集中体现。郑义的《老井》作为寻根文学的代表作之一，其文化价值也正是在这种主体精神之中得到了具体的呈现。

路遥的《平凡的世界》中的孙少安、孙少平则是中国农村生活中质朴、坚韧和本色的新农民形象，他们身上体现了社会主义新型农民的独立品格和精神风貌。特别是孙少平与田晓霞之间跨越阶层、经济和家庭的恋爱，闪耀着20世纪80年代特有的精神气质与思想光芒。《平凡的世界》是路遥倾尽全力创造的经典，一发表就风靡全国，影响了数代乡土青年，使乡土小说主体形象描写达到了一个新的精神高度。

余华在《活着》中塑造的福贵这个人物形象，将乡土社会农民的坚韧品质彰显到了极致，福贵成为乡土大地上与苦难坚持斗争的勇敢、坚韧和彻底的传统农民形象，也是具有本色性的农民形象。

20世纪90年代，很多乡土作家将市场经济冲击下的乡土主体性作为小说创作的主题。如叶梅的《花树花树》（1992），便讲述了乡村女子主体性建构的故事。主人公之一的昭女温柔多情而又镇定果断，她在面对命运的不公时，选择了更为理智和积极的方式去抗争。昭女挥刀砍去了象征女人命运的花树，向乡长自荐当上民办教师，并主动向知识分子乡长表达爱意，后又在县长姑姑的影响下告别大山，走向省城。昭女的这些行为体现了她强烈的自我意识和主体性。但作为双胞胎妹妹的瑛女的主体性建构则显得较为曲折。瑛女长得比较漂亮，遭到了自己同学的父亲贺幺叔强暴后，她天真地以为贺幺叔会专心待她，甚至因为贺幺叔有店铺和洋房而自愿跟他好，这显示了她虚荣与物质性的一面。

但贺幺叔只把她当作一个玩偶，许诺给她一万元做生意也没有兑现，瑛女在追求物质梦想的过程中，遭遇了现实的残酷打击。不过，瑛女在遭遇贺幺叔欺骗后，并未完全屈服于命运，她选择了与贺幺叔同归于尽的方式去抗争，最终走向了悲剧。瑛女主体性的回归是以生命为代价的，作者正是以悲剧之美揭示了乡村女性在走向独立自主过程中所面临的困难和巨大阻力。

以上主体性的建构是充满了时代感、现实性和世俗性的，但韩少功的《马桥词典》（1996）中的主人公马鸣则展示了一种回归自然、超越世俗的主体精神。马鸣身上体现出鲜明的道家思想，他崇尚自然，不在乎别人对他的看法，世人笑他太疯癫，他笑世人看不穿。他不吃嗟来之食，也绝不贪便宜，因为没有为村里打井出力，宁愿到三里外去提水，也不喝村井里的一滴水；宁愿出去乞讨，也不愿吃村里发给的救济粮。马鸣实际上超越了世俗，颇有道家风范，因此可以说马鸣的主体性坚守正是道家思想或主体精神在乡土社会的重建，其实质是民族文化主体性重建的可能方式的艺术表达。

进入 21 世纪，赵德发创作的《经山海》着力塑造了一位献身于 21 世纪乡村振兴事业的女镇长吴小蒿的形象。她克服了来自家庭、性别、工作等方面的各种困难，倾听百姓心声，开发乡村民俗文化，申请非物质文化遗产，并充分利用现代传媒推进企业发展，成为新时代乡村振兴事业的领路人。类似吴小蒿的人物塑造还有贾平凹的《带灯》中的带灯，也属于社会主义建设时期乡镇领导干部的代表，他们在乡村振兴的伟大事业中展现出了充实的主体性。

21 世纪乡土小说还有写返乡农民的作品，进城农民的返乡也意味着乡愁主体性的回归。其实早在 1984 年，路遥就在其小说《你怎么也想不到》中塑造了一个返乡农民知识分子的形象。女大学生郑小芳在顺利完成学业后，毅然决然地踏上了回乡务农的道路，于城市的繁华与乡村的质朴间，她坚定地选择了后者。这一抉择，不仅意味着她主动舍弃了都市的便捷与舒适，甘愿面对农村生活的艰辛与挑战，更彰显了她牺牲个人发展前景，以家乡父老乡亲的幸福为己任的高尚情操。这样的精神品质实属难能可贵，令人钦佩。我们从郑小芳身上看到了乡村知识分子的担当和希望。

在张宇的《乡村情感》中，"我"的父亲和麦生伯都参军打过土匪，新中国成立后本来能在城里做官，却返回家乡种地，麦生伯表示要真正做好人民的服务员，才能对得起那些为剿匪牺牲的战友。麦生伯与"我"的父亲，两人均深刻地回归到农民的本真，他们的乡土主体性展现得极为完整而强健。在关仁山的力作《金谷银山》中，范少山作为新时代农民返乡参与家乡建设的杰出代表，他的归来如同一股清流，为传统乡村带来了前所未有的变革元素。这些元素涵盖了资金的注入、技术的革新、信息的流通、电商平台的搭建，以及股份制管理模式的引入，这些都与城市的现代文明紧密相连。在他的引领下，乡亲们携手踏上了乡村振兴的康庄大道，共同书写着新时代农村的辉煌篇章。有评论家指出，《金谷银山》"准确塑造了范少山这样一个'新农民'形象，这是具有一定典型意义的人物，他的回归和重建具有重要意义——除了进城，守护、建设乡村也是农民在新时代的新选择，这在一定程度上开拓了书写乡土中国的更广阔的天地"。[1] 荆永鸣的《北京时间》中，主人公胡冬最初进城卖烧饼时显得有些怯弱而卑微，但他没有放弃，后来，他加入拆迁公司并展现出自己的才能，不仅积累了财富，还在北京成家立业。经过城市文明洗礼的胡冬，最终成了地道的北京人，他在学习融入城市文明的过程中，显示了强烈的主体性。同时胡冬还与老家亲戚保持联系，故乡仍是他剪不断的牵挂，他还有回馈家乡的规划，因而胡东这个人物的乡愁主体性也是自足的。周大新的《湖光山色》以楚暖暖为主角，讲述了她在城里增长见识后回乡创业，带领乡亲们致富的故事，她的乡愁主体性也是健全的。

返乡农民在新时代扮演着将现代城市文明与乡土文明融合的纽带或桥梁的角色，这意味着城乡融合发展的可能及我国农村与市民差异性逐渐淡化消失的历史趋势。当然，这些返乡农民的乡愁主体性的重建是较为成功的。他们重返乡土不仅是对传统乡土社会回归，而且是带着现代城市文明、先进的科技、新质生产力以及先进的发展理念回到乡村的，所以他们的主体性重建并非简单的传统农民主体性的回归，而是注入了新的时代精神和信息密码的新主体性。

---

[1]　李敬泽：《尝试新农村书写的更多可能性》，《河北日报》2017年12月22日。

进入 21 世纪以来，随着社会的不断进步与发展，农民的文化水平也在显著提升，在这一群体中，有相当一部分是大学毕业后选择留在城市的大学生。这些被誉为"新型农民知识分子"的青年，由于接受过高等教育，对城市文明抱有高度的认同与向往。加之大学多坐落于繁华都市之中，他们的大学时光无形中成了城市生活的预演，使得他们毕业后留在城市时能够较为自然地融入并认同自己的城市身份。然而，尽管他们身上已深深烙上了城市的印记，但血脉中流淌的农民基因却从未消散过。正因如此，他们在拥抱城市文明的同时，内心深处仍保留着一份对乡土的眷恋与情怀，这种独特的乡土意识，成为新型农民具有新质的重要因素之一。学者施战军指出，21 世纪农民"进城务工的经历发生了历史性的嬗变，他们不再是傻呆呆的形象，在一个个年轻力壮、年富力强及老于世故的农民工身上，发生着生活、身份和价值观的根本性的改换。他们不可能褪掉与生俱来的乡民本色，但更有揣摩城市的空缺、领悟城市的脾性、把握城市的脉象、融入城市的活法的聪慧头脑，不仅仅是适应力，还会有令人意想不到的创造力"。① 因而 21 世纪农民工这些新的嬗变，为兼具城乡特色的乡愁主体性建构提供了新的可能。

另外，张一弓的《犯人李铜钟的故事》中的李铜钟、周克芹的《山月不知心里事》中的容儿哥哥、何士光的《种包谷的老人》中的具有朴实坚韧品格及独立人格和尊严的刘三老汉形象、邓刚的《迷人的海》中的老海碰子和小海碰子、郑义的《老井》中的孙旺泉、邓一光的《怀念一个没有去过的地方》中的阿水、贾平凹的《秦腔》中的坚守乡土大地的夏天义及《高兴》中的刘高兴、迟子建的《额尔古纳河右岸》中的族长、赵德发的《君子梦》中的践行君子之道的乡绅许景行、李佩甫的《城的灯》中的代表着农村妇女理想人格和美好人性的主人公刘汉香等，皆是乡土文学中作者倾力展现的乡土主体之美好面向，这些形象构成了乡土主体形象建构中不可或缺的重要品质。

---

① 施战军：《"进城"：文学视角的挪移和城市主体的强化》，《扬子江评论》2007 年第 6 期。

二、后现代乡愁主体性的重建

后现代社会，乡愁成为消费对象而被符号化了，再加上数字化时代的到来，乡愁与主体分离而被符号化或拟像化的现象更加突出，乡愁主体的异化现象也愈显严重。特别是网络信息技术高度发展、信息化快速普及的当前，海量的信息供人们选择和消费，人们通过互联网获取与消费信息的时候，逐渐减少了与真实社会的交往，更多地沉浸在自己感兴趣的有限的信息空间之中，形成"信息茧房"，减少了交往过程中人与人建立关系的机会，这与马克思"人是社会关系的总和"的论断相悖。另外，生活在"信息茧房"的人，他们自身成为信息的附属物，从而遭到异化或符号化，失去了主体性。

在后现代社会语境下，乡愁已蜕变为一种消费符号，其本质被层层包装与商品化。随着数字化浪潮的汹涌而至，乡愁与个体之间的联系进一步被割裂，转而以一种更为抽象、符号化乃至拟像化的形态呈现，导致乡愁主体的异化现象越发显著。当下，网络信息技术日新月异，信息化进程如火如荼，信息的海洋为人们提供了丰富的选择与消费空间，然而，这种便利背后也潜藏着不容忽视的隐忧。人们在享受互联网带来的丰富信息的同时，不知不觉间减少了与现实社会的深度互动，将自己囚禁于兴趣所构建的狭小"信息茧房"之中。在此背景下，"数字工人""数字劳工"等新兴概念应运而生，揭示了人们在数字化时代中既作为信息的生产者，又成为信息控制的对象的双重困境。这一系列变化，无疑是对乡愁主体性与社会关系的深刻挑战，值得人们深思与警醒。

早在1992年，第三代诗人于坚在其诗歌《零档案》中就深刻揭示了现代社会人被符号化以致主体性遭遇异化的现象。《零档案》描述了一个人从出生到死亡对应各种不同情形的数字编号，抽象而冷漠的符号取代了真实的生命，人被严重异化或符号化了。《零档案》是于坚对后现代语境下现代人被符号化现象的一次深刻且严肃的沉思与剖析。

新时期乡土作家对主体性符号化现象的揭示也颇为深刻。自20世纪90年代以来出现民工潮，使进城的农民成为漂泊在城市中的"异乡人"，德国西美尔曾说："成为异乡人，也就意味着要遭到拒绝，意味着放弃自身构造（self-constitution）、自身界定、自身认同（self-identity）的权利。成为异乡人，也就意味着要从与本地人的关系中以及从本地人的审视的目光中获得自身的意义。"① 换言之，当农民工踏入城市，试图从城市居民的视角中寻找自我价值时，他们不仅开始质疑自己的农民身份，尤其是文化身份，同时也面临着被城市文明异化的风险。因此，如何帮助农民尤其是农民工，重新找回并确立其主体身份，成为当代乡土文学作家亟待解决的重要课题。

鬼子的小说《瓦城上空的麦田》深刻揭示了人被符号化所带来的悲剧性后果。在小说中，农民李四在城市中不慎遗失了身份证，而一场误会又让警察将一名已故拾荒者的骨灰盒误标为"李四"。这一连串的巧合导致李四的女儿误认为父亲已经离世，即便李四本人站在她们面前，她们也拒绝相认。更令人唏嘘的是，当李四拿出那张属于逝者的身份证时，他的子女们竟然更愿意相信这个物化的、符号化的身份证明，而非眼前这个活生生的父亲。这个看似荒诞的情节，实际上是对当下社会现实的一种残酷映射。在数字化时代，人与人之间的亲情似乎正被冷漠的符号世界所侵蚀，个体的主体性在不知不觉中逐渐消逝，这不仅是主体性丧失的极端表现，也是其背后最为根本的原因所在。

自新时期尤其是 21 世纪以来，乡土小说不仅揭示了乡土主体符号化现象，还不断探索和重构乡愁主体性。比如贾平凹为进城的农民知识分子在城市空间中进行了一系列乌托邦建构实验。《白夜》中的夜郎、虞白、丁琳、宽哥等组成了音乐组织"乐社"，试图通过它找到连接精神家园的通道。尽管他们在其中找到了生存的乐趣与生活的慰藉，但"乐社"最终在现实生活的冲击下难以为继。贾平凹试图通过艺术审美形式抵抗后现代社会的符号化和主体异化，以重建乡愁主体性。同样试图采用艺术审美重建乡愁主体性的还有格非，其长篇小说《月落荒寺》中的音乐会，便是格非试图建构的以反抗后现代社会主体符号化的乡愁乌托邦艺术世界，音乐会形成"审美共同体"，参与音乐会的个体

---

① ［英］齐格蒙特·鲍曼：《现代性与矛盾性》，邵迎生译，商务印书馆 2003 年，第 136 页。

的确能被同一旋律所吸引，沉浸在音乐带来的精神共鸣中，从而找到共同的存在感。然而，这些"审美共同体"的成员由教授、老板、个体户、律师、公务员、黑社会头领等组成，有的堕落腐化，有的罪行累累，有的附庸风雅，有的沽名钓誉，他们只是更加高级的"乌合之众"，这种不可靠的"审美共同体"无法建构真正意义上大众化的乡愁乌托邦家园。①

显然，试图通过艺术审美或构建精神联盟的方式来重塑乡愁的主体性，充满了挑战且难以普遍实现。这种带有小众色彩与理想化色彩的乌托邦式构想，或许能为那些进城的知识型农民提供一定的心灵慰藉，但对于大多数进城务工的普通劳动者或留在农村的农民而言，显然缺乏现实的可行性。

张柠的长篇小说《玄鸟传》中，主人公孙鲁西的成长轨迹便是这一困境的生动写照。他自幼生长在南方的一座海滨小城，后来随父母迁入城市，但他内心深处始终珍藏着对故乡童年的美好记忆，城市的束缚与规矩让他感到压抑，他渴望像故乡的海鸥那样自由翱翔，为此，他毅然放弃了稳定的工作，转而成为一位漂泊的漫游者。他与来自农村的青年农民四乐等人共同发起了"劳工互助计划"，并组建了名为"玄鸟"的互助小组，这个小组秉持互助互爱、分工协作、财富均等、自愿加入与自由退出的基本原则，旨在构建一个理想化的社群。然而，现实的残酷最终击碎了这一梦想，由于资金短缺等种种现实困难，"劳工互助计划"在短暂尝试后不得不宣告终止。这个故事深刻地揭示了：尽管人们渴望通过社团形式来重建乡愁的主体性，但在现实的重重阻碍面前，这一愿景几乎难以实现。

于是，作家们又将目光转向了"人造乡土"或"人造田园"的建构上，也即通过人工仿造的方式，将原本属于乡土社会中的器物、风俗与景观等照搬到城市，以满足乡愁主体的情感需求。在现代都市中存在大量的茶庄和生态园，茶庄一方面为现代都市人准备了一处休闲或疗愈心灵缺失的场所；另一方面给人们重回乡土田园的想象，给予现代都市人群乌托邦式想象性安慰。茶庄或生

---

① 廖高会：《"存在"与"家园"的双重探寻——论格非小说中的乡愁乌托邦》，《小说评论》2020 年第 6 期。

态园本质上是一种乡土田园的城市变体，这在 21 世纪的乡土小说中有所反映。在贾平凹的《暂坐》中便有海若等十多位女性知识分子，以城市一角的"暂坐"茶庄为据点，结成姊妹联盟，相互扶持、相互帮助，形成一个温暖的大家庭，但是茶庄的众女子各怀私心，加之在现代大都市中生存的压力，海诺等人在大都市所做的精神乌托邦实验也以失败告终。格非的长篇小说《春尽江南》中，张有德投资建成的花家舍水上乐园，被命名为"伊甸园"，但它实际上是一个沉溺于享乐的"销金窟"，他借乌托邦之名，行淫秽色情之实，乌托邦乡愁想象最终被异化为资本家赚取最大利润的工具。绿珠等人在龙孜（西藏）的"香格里拉的乌托邦"，试图在物欲横流的时代建造一个"诗意栖居"的避风港。但正如谭端午所言，它本质上与花家舍无异，同样是资本控制下实现私人欲望的场所。在消费主义时代和后现代社会中，乡愁被包装成各种商品出售，成为一种消费式的"仿真体验"，"或者与文化旅游产业结合，成为产业经济发展的润滑剂而被消费掉"①。因而乡愁乌托邦也随即被产业化，而产业化的结果便是不断地被复制，复制是利润产生的有效方式，导致乡愁乌托邦成为毫无个性特色的被商业意识形态固化的商品符号。由此可见，都市人造乡土景观的不确定性、虚拟性甚至部分符号性，无法为乡愁主体提供可靠的、真实的、稳定的乡愁情感和情绪价值，因而不能真正让乡愁主体性得以回归和重建。

不过，贾平凹与格非在对乡愁乌托邦主体性建构的深入探索中，最终都寻找到了令自己颇为满意的答案。在贾平凹的作品《土门》中，仁厚村的村民们满怀憧憬，试图在繁华的城市中构筑一个充满浓郁传统乡土气息的"理想国度"。然而，这场试图抵御现代文明侵扰的乡土乌托邦实践，在势不可当的现代城镇化洪流中，未能摆脱失败的命运。面对这样的困境，贾平凹并没有放弃，而是在脑海中勾勒出一幅名为"神禾源"的理想社会蓝图。在这个构想中，他试图融合传统与现代的元素，为乡愁的安放寻找一个更为坚实且可持续的载体，以此作为他对理想社会形态的深刻思考与独特诠释。"它是城市，有完整的城市

---

① 廖高会：《"存在"与"家园"的双重探寻——论格非小说中的乡愁乌托邦》，《小说评论》2020 年第 6 期。

功能，却没有像西京的这样那样弊害；它是农村，但更没有农村的种种落后。那里交通方便，通信方便，贸易方便，生活方便，文化娱乐方便，但环境优美，水不污染，空气新鲜。"①"神禾源"旨在将传统的文明与现代的文明融为一体，从而形成一种新型的现代乌托邦家园，这显然是贾平凹针对城乡二元对立建构的乡愁家园的理想范式。格非在《望春风》中则建构了另一种乡愁乌托邦，主人公赵伯渝在离乡多年后重返儒里赵村，与生命中如母如嫂的春琴结为夫妻，开始了一种自给自足的农耕生活。格非有意识地在近似废墟的儒里赵村完成家园的重建，这不仅是对传统生活方式的回归，更是对一种新型精神家园的重建。②

　　以上更多是针对乡愁个体的主体性而言的，乡愁共同体的主体性建构，首先应该在民族文化自信的基础上建构民族主体性，没有民族共同体的主体性，个体的主体性也难以得到保障。对此，张岱年在《文化建设与民族主体性》中有所论及："任何民族的文化，都在一定程度上表现其民族的主体性。文化是为民族的存在与发展服务的，文化必须具有保证民族独立、促进民族发展的积极作用……在受奴役的民族中，个人主体性是不可能存在的。"③ 民族共同体的主体性是较为稳定和恒久的，民族共同体的主体性也即乡愁共同体中的"国愁"。自新文化运动以来的较长时间内，我们都以西方文明为标杆，"五四"新文化运动过程中传统文化被否定和批判，这种情形断断续续持续到新时期初期，这在相当程度上造成了民族文化的式微，民族文化的主体性遭到削弱。20 世纪 80 年代，寻根文学是对传统民族文化的一次深情回眸，但随着后现代思潮的兴起，个人主义伴随着消费主义和技术主义大为盛行，进入 21 世纪，传统民族文化逐渐受到重视，特别是到了新时代，强调文化自信和中华民族的伟大复兴，乡愁共同体成为维系民族共同体的核心纽带。21 世纪乡土作家们紧扣时代脉搏，为重构乡愁共同体提出了文学的解决方案。乔叶的《宝水》、赵德发的《经山海》

① 贾平凹：《土门》，漓江出版社 2013 年，第 123 页。
② 廖高会：《"存在"与"家园"的双重探寻——论格非小说中的乡愁乌托邦》，《小说评论》2020 年第 6 期。
③ 张岱年：《张岱年全集（第 6 卷）》，河北人民出版社 1996，第 260 – 261 页。

便属于这样的作品。宝水村是新生长起来的"美丽乡村"形象，宝水村为了迎合城市人对农村的想象，便人工仿造了昔日农村的样貌，包括民居、风景、民俗、劳作等，目的是吸引城里的游客。宝水村在造旧的过程中，并没有放弃现代元素，而是将二者融合，这样，宝水还是宝水，但宝水已经不是以往的宝水，也不是现代的宝水，它既具有城市的特色，也具有农村的风情。宝水给我们提供了乡愁共同体的主体性重建的一个全新的思路。然而，值得注意的是，宝水村的再造工程本质上是在建造模拟的乡愁附着物，那么这些人造乡土景观所引发的乡愁，是否也具有拟像的特点呢？这个问题仍然值得我们深思。在《经山海》中，吴小蒿放弃了轻松安逸的区政协工作，通过干部招考来到楷坡镇担任副镇长。她在楷坡镇的工作中面临了诸多挑战和困难，经历了鞭炮爆炸事件、工人罢工事件、暴力抗拆事件，以及与渔霸的斗争等复杂情况，但她始终不卑不亢，一心为民，真诚担当。在七年的乡镇工作中，她依靠组织、深入群众，创造出独属于楷坡镇的骄人业绩，成长为有担当、有情怀、有能力的基层干部。小说通过生动的情节和鲜活的人物形象，展现了新时代中国乡村振兴的壮丽画卷，同时也为人们提供了构建新时代民族共同体的路径与方向。

在数字时代，乡愁主体性的建构还需要积极的沟通，求同存异、相互融合，以及面对面的真情交流和包容关爱，这些都有利于乡愁主体的逐步建构。然而，在后现代语境下，尽管21世纪乡土小说的创作在不断追求创新与超越，但由于各种原因，其对乡愁主体性的重建仍然是一个较为漫长的过程。

第五章

乡愁叙事中的伦理批评与建构

　　乡土主体，无论是作为独立自主存在的个体，还是这些个体所汇聚成的群体，均深深植根于错综复杂的社会关系网络之中。在所有社会关系中，伦理关系无疑是与乡土主体最为紧密相连、最为日常化的纽带之一。有学者指出，"在乡村社会中，维持乡村社会正常运行，为村民们提供精神和信仰意义，同时也作为乡村人际关系基础的，就是乡村伦理。换句话说，在中国乡村社会里，伦理在一定程度上承担着宗教的功能"①。乡土伦理如同一面透镜，能更精确地映照出传统中国深层的真实风貌，同时，它也如同一盏明灯，清晰地照亮了当下中国现实语境的复杂纹理。乡村伦理对乡愁意识会产生直接的影响，积极而有益的乡土伦理能够促进乡愁情感的产生，消极落后的乡土伦理则可能削弱或阻断乡愁情感的产生，而乡土作家的文学表达本身就是一种伦理叙事。

　　新时期乡土作家的乡土伦理抒写继承了"五四"现代乡土小说的传统，即采用现代性眼光去审视批评传统乡土社会中的落后与愚昧，同时，也以回望的怀旧式姿态来抒写乡土社会中的美好一面。批评与缅怀这双重视角始终贯穿于中国现代乡土小说的写作之中，从乡愁叙事角度来看，对乡土传统落后一面的批评与审视，对应着前瞻式的现代乡愁，对乡土传统加以回望与缅怀则对应着怀旧式的传统乡愁，两种乡愁常常作为一对矛盾体存在于作者的心灵深处，表现出作者对现代乡土世界的一种复杂的情感纠葛，正如贾平凹所言："这些年对于农村的现状我是极其矛盾的。一方面是社会在前进，另一方面社会的问题在加剧，在积累财富的同时也积累了痛苦。"② 对乡土伦理的书写同样存在这两重视角，作家们不断在传统乡愁与现代乡愁的交织书写中徘徊游走，然而，无论他们采取何种立场、以何种方式抒写乡土，其终极旨归皆在于构筑一个理想的现代乡土伦理社会。

---

① 贺仲明：《乡村伦理与乡土书写——20 世纪 90 年代以来的乡土小说研究》，人民出版社 2017 年，第 1－2 页。

② 黄平、贾平凹：《贾平凹与新时期文学三十年》，《南方文坛》2007 年第 6 期。

每个时代都需要建构与其相匹配的乡土伦理，但现代乡土伦理的建构仍然是一个复杂的问题，一般主要从三个方面进行：一是对传统乡土伦理中积极正面的内容进行继承；二是对传统乡土伦理中的糟粕进行去除，或对消极落后的内容进行改造；三是在固有的乡土伦理的基础上增添新的、进步的伦理内容。通常而言，中国乡土伦理在自辛亥革命至 21 世纪新时代的百余年间，经历了不懈的建设与发展历程，尤其近年来，随着乡风文明被正式纳入乡村振兴战略的总要求之一，乡土伦理作为其中的一项关键建设内容，从倡导文明乡风、培育良好家风、弘扬淳朴民风等多个维度全面铺开，有力地推动了现代乡土伦理体系的构建进程。然而，尽管此构建取得了显著进展，但某些根深蒂固的消极传统伦理观念依然存在，对现代乡土社会产生着不容忽视的负面影响，因此，现代乡土伦理的完善与建构仍是一个需要逐步深化、持续推进的过程。

第一节　社会转型时期乡愁叙事中的伦理冲突

乡愁情感属于族群或人类共有的情感样式，但乡愁因地域和文化的差异性，乡愁情感的产生方式及表现形式等都存在不同。传统乡愁以离散式乡愁为主，其伦理冲突多为公共伦理与个人伦理之间的冲突；转型时期的乡愁伦理冲突主要体现在现代与传统之间，其中现代乡愁与后现代乡愁则显得较为复杂。自新时期以来，传统乡愁、现代乡愁乃至后现代乡愁，以及乡愁、城愁与国愁等多种情感，在同一时空维度上交织重叠，相应地，与之紧密相连的乡土伦理也展现出了错综复杂的叠加态势。换言之，在新时期的背景下，乡土伦理不仅内部面临着善与恶、进步与落后、自我与集体等多重价值观念的冲突，同时还承受着社会历史转型期所带来的挑战——传统乡土伦理与新兴思想、理念及行为模式之间的碰撞。在这些冲突中，尤为突出者包括公共伦理与个体伦理的张力存在、现代伦理与传统伦理的对接难题、本土伦理与外来伦理的融合困境，以及数字伦理与人文伦理的交互影响。这些伦理冲突的发生，很大程度上是由于乡土社会受到外力的深刻影响。正是这些新外部因素的渗透与作用，使原本潜藏的矛盾与冲突变得更加明显，为乡土伦理的演变与发展带来了新的机遇与挑战。

一、公共伦理与个体伦理

在"五四"时期以来的现代乡土小说创作中，个体伦理与公共伦理之间的冲突始终存在，只是在不同的社会阶层，冲突的内容、规模以及形式存在差异。乡土社会的结构呈现出以个人为中心的差序格局，这种结构如同石子投入水面后激起的层层涟漪。在这种社会结构中，从任何一个圈层来看，向内观察时，集体或族群为核心，其伦理关系属于公共伦理；而向外看时，则以个人利益为中心，其伦理关系属于个体伦理。由此可见，中国乡土社会天生就存在个体伦理与公共伦理的冲突。另外，中国乡土社会长期以来存在多样化的伦理诉求，儒家思想强调群体利益，主张通过仁爱与礼仪来维系乡土社会关系；道家主张彰显人的自然本性和逍遥自由的本体精神。前者主要倾向于社会公共伦理，后者主要倾向于个人自由伦理，这两种思想存在不同诉求所带来的伦理冲突与差序格局存在的伦理冲突叠加在一起，使公共伦理与个体伦理之间的冲突成为乡土社会长期存在的主要伦理矛盾。

在中国乡土社会的历史中，始终存在多元而复杂的伦理诉求。不同的伦理诉求自然会带来相应的矛盾，其中公共伦理与个体伦理之间的张力，成为乡土社会中长期存在且难以回避的主要伦理议题，深刻影响着社会结构、人际关系乃至文化心理的多维度发展。

就乡土叙事者而言，其自身同样存在叙事伦理的冲突，也即在创作中存在选择公共伦理与个人伦理的困惑，甚至会出现叙事悖论。刘小枫指出，现代小说的两种叙事伦理有不同的功能：人民伦理属于大叙事，其目的是规范和动员个体的生命感觉；个人自由伦理属于个体叙事，其目的是伸展和抱慰个体的生命感觉，二者都具有教化的目的。[1] 社会公共伦理要求个人遵循公共道德规范

---

[1] 刘小枫：《沉重的肉身》，华夏出版社2015年，第7页。

和社会行为准则，并对个人自然人性的释放与伸展进行相应的约束，以维护社会秩序的相对稳定。而个人自由伦理则主张依循个人生命直觉行事，反对压抑和束缚人性的舒张，要求把个人还原为无拘无束、有血有肉、从自我感觉出发的个体，主张个人有权选择自己的生命走向和价值取向。这两种伦理倾向正是传统儒家伦理与道家伦理观念在现代的反映。在这种背景下，小说作为反映社会伦理、探索人性深度的文学载体，其内部的叙事张力也显得尤为突出。个体叙事以其细腻入微的笔触，描绘着个人自由伦理的斑斓画卷；而大叙事则以其宏大的视角，勾勒着公共伦理的坚实框架。两者在小说中交织碰撞，既展现了人性的多维度与复杂性，也映射出自由伦理的个体叙事与公共伦理的大叙事之间难以回避的叙事悖论，为文学创作与理论研究提供了丰富的思考空间与探索维度。

自新时期以来，乡土叙事在不同的发展阶段，都展示了个体伦理与公共伦理的冲突，只是这冲突在不同阶段的集中程度或密度存在差异。由于受到左翼文学和社会主义文学传统的影响，20 世纪 80 年代的乡土小说多数沿袭了以前的宏大叙事传统，其创作动机倾向于表达集体或民族国家意志，其主题与公共伦理关系更为密切。高晓声的作品《李顺大造屋》中，李顺大辛苦积攒的建房木料因"大跃进"运动被征用，运动结束后，集体需要赔偿李顺大的损失，但集体穷得叮当响，于是，区委书记刘清去做李顺大的思想工作，最终李顺大放弃了集体赔偿的要求。刘清实际上是利用公共伦理说服了李顺大的个人伦理，使他放弃了个人利益，转而服从集体利益，在这种情况下，个体伦理的冲突比较容易服从公共伦理的诉求，二者之间的冲突并不强烈。自 20 世纪 90 年代以来，从经济视角来看，计划经济向市场经济转型；从社会思潮来看，后现代主义和消费主义思潮发展迅猛；从城乡结构来看，城镇化速度发展加快，于是个人主义大行其道，传统的乡土伦理道德受到巨大挑战。这个时期，展现乡土公共伦理遭受破坏的作品比较集中。进入 21 世纪，乡土小说对过多强调个人主义观念的创作进行反思，逐渐回归到集体主义的倡导上，公共伦理的诉求变得更加显著，于是书写这两种伦理冲突的作品有所减少。以下选取具有代表性的作品展开分析这一历程。

贾平凹的《天狗》（1985）中，36 岁的主人公天狗因贫穷娶不上媳妇，后拜打井艺人李正为师，师娘对天狗的关心让他深深感激，天狗逐渐对师娘产生了复杂的感情。后来师傅因打井致残，瘫痪在床，便决定"招夫养夫"来解决眼前的困境，师傅看中了天狗，但天狗对师娘的爱很纯粹，经过激烈的思想斗争，天狗听从了师傅的安排，走进了师傅的家门。师傅感觉自己是累赘和障碍，为了成就天狗与师娘，他自杀而亡。这部小说充分显示了天狗遭遇的传统伦理与个体伦理之间的强烈冲突，在传统乡土社会中，人伦秩序旨在维护群体共同利益，属于公共伦理，天狗深受这种伦理秩序的影响，在面对自己的真实欲望与渴求时，他选择了服从公共伦理，所以他在和师娘即将同床之时选择了逃离。天狗的伦理冲突仍然属于传统乡土伦理内在的冲突，尽管故事背景时间已经到了改革开放初期，但乡土社会还是相对保守的，现代观念并没有对其造成太大影响。

在王安忆的《小鲍庄》中，伦理冲突主要体现在情爱伦理方面。其中的女性人物大姑在外出讨饭的途中与一个货郎好上了，而且有了孩子，后来却只有大姑独自带着孩子回到了村里，她谎称孩子是自己捡来的，并给孩子取名"拾来"，两人只以姑侄相称。大姑不敢公开拾来的真实身份，主要原因是她的行为与乡村伦理相悖，即个体伦理与乡村公共伦理发生了冲突，最后是公共伦理完全压抑了个人伦理，给大姑的生活带来了悲剧。拾来作为大姑的儿子，他勇敢地与小鲍庄的二婶相爱，二婶是一位带着两个孩子的寡妇，年龄比拾来大很多，尽管村里人都反对他们的关系，但二人还是冲破了乡土伦理的束缚，最终是个体伦理战胜了公共伦理的束缚，使两人结合在一起。王安忆以灵敏的嗅觉感受到了乡土公共伦理即将迎来新冲击，小说最后以一场洪水到来淹没了具有"仁义村"之称的小鲍庄，也预示着在中国的广大乡土社会，以仁义为核心内容的乡土伦理已经受到了严重威胁。

张炜的《秋天的愤怒》也是一部揭示乡土社会个体伦理与公共伦理严重冲突的作品。小说中的肖万昌既是村支书，更是一位虚伪而残忍的"土皇帝"。

肖万昌利用自己村支书的身份，在村子里建立了"霸权统治"，通过手中的权力和社会关系，控制村里的资源，如化肥、水源和烟叶收购等，使其他农民无法富裕起来。青年农民李芒对肖万昌的霸道和剥削行为感到愤怒和不满，开始反抗并鼓励其他农民联合起来争取自己的权益。小说深刻地揭示了在社会转型时期新旧伦理观念的激烈冲突。

赵德发的《天理暨人欲》，小说叙写了律条村中，许家祖孙三代在半个多世纪的岁月中试图建立以儒家君子人格为特色的乡土世界，但人欲与天理（乡土伦理）之间的冲突从未断绝，从中可以看出乡土中国现代伦理建构的艰难历程。许家以父子为主的家庭伦理关系崩塌，许家每一代人中都存在乱伦现象，这些现象极大地冲击并解构着乡土伦理秩序。又如李佩甫的《无边无际的早晨》，主人公李治国是在乡亲们的养育下长大的，后来他做了乡长、县长，然而，在面对乡亲们的利益和政府的政策或工作发生冲突时，他总是牺牲乡亲们的利益，尽管他在处理相关事件时内心充满痛苦和挣扎，但最终还是顾全大局，这正是公共伦理战胜个体伦理的生动体现。

乡土社会也会遭遇来自外部的政治伦理的冲突，如在莫言的长篇小说《蛙》中，主人公的姑姑万心是高密东北乡有名的接生医生，为全乡接生了上万名婴儿，是当地"圣女"般的人物，但计划生育政策开始执行，姑姑成了计划生育小组的负责人，于是成百上千的胎儿命丧其手。姑姑身上体现了作为公共伦理的政治伦理与张扬个体生命的个体伦理之间的严重冲突。这种冲突实际上是传统乡土伦理中的"国"与"家"、"忠"与"孝"之间冲突的现代变体。如文中写到在巨大压力下，姑姑的亲侄儿媳妇王仁美最终被迫接受了流产手术，但在手术过程中不幸大出血死亡，孩子也胎死腹中。姑姑为了执行国家政策，不惜牺牲亲情和个人利益，展现出了强烈的责任感和使命感，然而，这一过程中也充满了人性的挣扎和矛盾，显示了生命伦理与公共伦理对个体生命的深刻影响。

个体伦理与公共伦理的冲突有时会明显地体现在叙事者身上，如红柯的长篇小说《西去的骑手》中的伦理叙事悖论，便能很好地说明这种伦理冲突。红柯在谈及《西去的骑手》的创作动机时表示，自己写西北地区具有血性的东西，目的在于展现马仲英身上所具有的"原始的、本身的"特质，即"对生命瞬间辉煌的渴望，对死的平淡和对生的极端重视"①。这种强调烈性与生命辉煌的创作动机明显与推崇个人自由伦理紧密相连。但这仅属于小说的表层叙事伦理，而公共伦理的重构才是红柯创作《西去的骑手》的深层或潜在动机。表层即表层结构，是指小说历时性向度中句子与句子、事件与事件之间的结构关系；深层即深层结构，是指共时性向度上叙事话语同产生这些话语的文化背景之间存在超出话语字面的深层意义关系。表层结构涉及故事的形象层面，而深层结构则涉及故事的意蕴层面。在物欲横流、道德沦丧、生命失去活力、精神萎靡的社会背景下，红柯通过对马仲英等西北青年自由而强悍的生命意志的抒写，张扬了充满生命活力的西部精神，从而激活民族精神和民族性格中强悍而旺盛的生命意志。实际上，红柯在其天山系列小说中，如《西去的骑手》《乌尔禾》《喀拉布风暴》和《生命树》等，都极力推崇与赞颂西部精神，通过对个体自由伦理的彰显来达到重构社会公共伦理的目的。因而，就小说《西去的骑手》的表层结构而言，红柯强调的是个人自由伦理；但就小说深沉结构而言，他关注的则是社会公共伦理。由于自由伦理与公共伦理存在不可避免的悖论式冲突，红柯在创作中不断进行调校，但每次调校都产生了新的叙事悖论，小说正是在不断的调校中形成叙事悖论之链，并因此而产生一种独特的叙事策略。

公共伦理与个人伦理的冲突，在更多时候还表现在革命伦理与个人伦理之间的冲突方面。就中国乡土社会而言，在整个20世纪经历了多次革命运动，革命也成了20世纪中国历史的核心关键词。有革命，必然产生革命伦理，革命的目的指向共同利益，因此革命伦理属于公共伦理范畴。革命伦理往往会借助为大众谋求公共利益而无视以个人利益为特征的个人伦理，二者一旦发生冲突，革命伦理往往采取限制、改造、收编甚至扼杀的手段来对待个人伦理。革命不仅改变了社会制度、思想观念和生活方式，也深刻影响了人们的文化记忆。乡愁作为对过去生活方式的怀念，与革命后的新文化、新制度或新的生活方式形成鲜明对比，从而激发了人们对革命前生活的深刻反思和追忆。革命者的乡愁

① 文艺报社：《文学生长的力量：30位中国作家创作历程全记录》，安徽文艺出版社2013年，第11页。

既有回望式传统乡愁，也有前瞻式现代乡愁。

革命伦理与传统乡愁伦理之间的冲突体现在两个层面：一是革命伦理与个人伦理之间的冲突，二是具有现代色彩的革命伦理与乡土传统伦理之间的冲突。这里重点分析前者。莫言的小说《丰乳肥臀》的叙事历经抗日战争、解放战争及土地改革、新中国成立后的"大跃进"、"三年困难时期"、"文革"和改革开放时期，文中多处写到革命伦理与个体人性间的冲突。如土地改革中革命干部动员贫农张德成揭发地主司马库的恶行，张德成却站在私人情欲的角度控诉司马库娶了四个老婆，而自己到了三十七八岁还未娶媳妇，于是革命的神圣性与崇高感便被张德成的性需求消解了。《生死疲劳》《蛙》更进一步地反思了革命伦理，在人权、人性的天平上反思革命伦理。在《生死疲劳》中，主人公西门闹勤俭持家、与人为善，属于乡村社会的大好人，但土地改革时期被当成剥削寄生的地主典型而遭枪杀。在《蛙》中，姑姑万心是乡村妇产科医生，忠诚地执行国家的计划生育工作，是遵循革命伦理的典型，但晚年时候，她开始了深刻的忏悔。以上都表现出个人伦理或生存伦理遭受革命伦理的约束、压抑或遮蔽。

革命伦理与个体伦理之间的激烈冲突，在反映乡土社会经历革命或政治动荡的乡土小说中表现得尤为突出。这类作品，尤其是伤痕反思小说，深刻揭示了政治运动对个体命运及伦理观念的深刻影响与冲击。例如，古华的《芙蓉镇》便是一部典型之作，它细腻地描绘了在革命浪潮中小镇居民的个人命运如何被卷入历史的洪流，革命伦理与个体道德情感之间产生了剧烈碰撞，展现了人性中的光辉与阴暗面，以及个体在时代变迁中的挣扎与抉择。同样，何立伟的《白色鸟》也以独特的视角，探讨了在政治风云变幻中，个体伦理如何在革命伦理的强压下寻求生存的空间，以及在两者间寻找微妙平衡的艰难过程。这些作品不仅是对历史的深刻反思，也是对人性与伦理在极端环境下真实面貌的深入探索。

二、传统伦理与现代伦理

乡土伦理具有一定的稳定性，这在儒道文化影响下的中国乡土社会中尤为明显，其传统伦理具有持续性和稳定性特点，但伦理也是不断发展变化的，特别是现代化进程中，传统伦理与现代伦理之间的冲突日渐激烈，这是历史发展的必然规律。中国的现代伦理观念主要是受西方现代主义或后现代理论影响而产生的，文艺复兴以来的人文主义伦理观念对中国乡土大地产生了深远的影响，这种现代人文主义伦理观念"以人为中心，就是否认以神为中心；以人为本，就是否认以神为本；以人为人，就是要将人的家庭出身（血缘）、社会等级地位、民族性和贫富闻达等外在标志拆除，真正把人当人看，看到人身上的人性，看到每一个人性通往卓越与伟大的化育机制，从而在人性成长的伦理机制中，将人性的光辉与美德'化成天下'"①。现代伦理强调人的自然属性与自由本性，肯定人的世俗生活及其价值与尊严。它强调人的主体性、能动性、创造性和自主性，将人的利益置于与自然关系中的核心地位。这种伦理观念以"人是万物的尺度"为原则，以人的利益为中心，将利益作为衡量人与自然关系的标准。五四运动推动了现代伦理观念在中国乡村的传播进程。历经新民主主义革命、社会主义革命及社会主义建设等阶段，传统乡土伦理汲取了现代伦理精髓，逐渐演化为社会主义乡土伦理体系。由于中国现代化进程仍在进行中，现代性尚未完全实现，现代乡土伦理还在构建之中，传统伦理与现代伦理间的冲突将持续存在，而新时期的乡土小说广泛描绘了这种冲突和碰撞。

此外，自 20 世纪 80 年代后期，尤其是 20 世纪 90 年代以来，后现代主义与消费主义思潮涌入中国乡村，促使后现代伦理观念逐渐渗透乡土社会。鲍曼在《后现代伦理学》中提出后现代伦理学建构的原则，"鲍曼一方面反对理性、普遍、统一、绝对的现代道德，倡导非理性、个体化、自主性、不确定的后现代道德；另一方面，他力求与道德相对主义、虚无主义划清界限"②。后现代伦理学对传统乡土伦理中固定不变的、落后的道德伦理提出了挑战，"强调对多样性、个体差异和情境特殊性的关注，反对绝对化的道德准则"③。其伦理核心便

---

① 邓安庆：《文野之别：现代伦理何以可能成为人类文明之道》，《云梦学刊》2024 年第 3 期。
② 杨胜良：《马克思主义道德观与道德相对主义批判》，厦门大学出版社 2021 年，第 149 页。
③ 高岩：《齐格蒙特·鲍曼后现代伦理思想研究》，黑龙江大学 2023 年博士论文，第 36 页。

是"追求对个体的自由与解放，使个体摆脱身体和精神的双重束缚，恢复个体的道德主体性"①。在后现代伦理观中，传统伦理道德的界限变得模糊，个体行为的选择变得更加多元和自由。鲍曼的后现代伦理观与20世纪90年代以来乡土社会的伦理实况高度契合，其反对传统、提倡个人主义的特征与该时期新兴的伦理现象相呼应。因此，中国乡土伦理在20世纪90年代后面对现代伦理与后现代伦理的双重冲击，处于传统、现代及后现代伦理观念交织的复杂局面。

20世纪80年代，随着改革开放的深入发展，现代主义思潮与现代伦理观念兴起，个体的主体性和创造力得以解放，尤其人性与人道主义的大讨论极大地增强了个体的独立性，社会的价值取向与伦理评判标准也随之发生转变。乡土小说开始聚焦个体、普通人、现实生活，彰显人的尊严、个性与主体性。此时，尽管现代伦理随着改革开放与农村经济的活跃而深入乡土，但乡土小说中宏大叙事与家国情怀仍占主导地位，个体伦理尚未超越公共伦理。

在20世纪90年代的社会转型期，市场话语日益强大，启蒙理念式微，传统价值观被碎片化。乡土小说主题随之转型，由政治议题与宏大叙事转向日常生活细节书写，集体乡村伦理让位于个人伦理。随着城镇化的加速发展，传统乡土空间日渐缩减，农民大量涌入城市，乡村渐趋空心化、异化和功利化，传统乡土共同体的伦理观念遭受破坏，这种状况延续至21世纪。上述变化后的乡土社会被称为"后乡土社会"，其是传统乡土社会遭遇现代性后产生的裂变，"现代性的分裂还表现为普遍价值的缺失，在现代社会，人们不是生活在某种精神共同体中，而是锁闭在各自私人空间的精神单子"②。这种"后乡土社会"中的伦理本质上是后现代伦理，强调个体伦理的重要性，并将其推向较高的地位，于是，传统共同体伦理在现代化进程中遭遇削弱。作为乡土社会最为核心的公共伦理一旦丧失，传统乡土伦理共同体便只能成为想象的共同体，引发了人们对过去公共伦理与个人伦理并存的乡土世界的怀念，同时也对未来重构新的乡土伦理充满了期待。于是，一种有别于传统乡愁的"新乡愁"产生了，它融合

---

① 高岩：《齐格蒙特·鲍曼后现代伦理思想研究》，黑龙江大学2023年博士论文，第39页。
② 张以明：《走向实践的共同体：论现代性的反思性重建》，《现代哲学》2007年第4期。

了传统乡愁和现代乡愁，"后伦理时代所谓的'新乡愁'具有明显的复杂性、多元性和跨时空性"①，多元的"新乡愁"兼具了乡村和城市的情感特点，"它是建立在乡土世界'绿水青山'基础上的新乡村伦理共同体，更是追求'美好生活'的价值判断和伦理指南"②，是新时代重构现代乡土社会的和谐情感形式。到了新时代，随着国家脱贫攻坚工作的推进和乡村振兴战略的实施，乡土共同体伦理重新得到重视，"新乡愁"成为重建现代乡村伦理秩序的情感驱动力，也是现代乡愁乌托邦的精神动力。新时期乡土作家在其小说中反映了乡土社会中的传统伦理与现代、后现代伦理的冲突，在此列举有代表性的作品进行分析。

路遥在中篇小说《黄叶在秋风飘落》中塑造了挣扎在传统伦理与现代伦理之间的刘丽英形象。刘丽英为了追求更体面的生活，抛弃了丈夫高广厚和年仅四岁的儿子兵兵，嫁给了县教育局副局长卢若华，再婚后的刘丽英虽然过上了富裕而舒适的生活，但内心充满了矛盾和痛苦，她思念儿子，乡愁情感逐渐浓郁，加上卢若华的自私自利和冷漠无情逐渐暴露出来，她感到后悔和愧疚。这种愧疚与后悔正是其传统伦理亲情与现代伦理之间激烈冲突的表现。后来她选择回到前夫和儿子身边，从而消解了这种伦理冲突，其本质上是传统乡愁伦理的回归。

路遥的中篇小说杰作《人生》中，主人公高加林徘徊于传统伦理与现代理性之间，经历了深刻的心灵抉择：是携手刘巧珍，安于田园牧歌式的乡村生活，还是追随黄亚萍的脚步，踏入城市成为一名光鲜的记者。这一抉择，无疑是对他灵魂深处的痛苦拷问。最终，高加林选择了后者，决然离开刘巧珍，试图以逃离农村的方式追寻自己的梦想，却不幸遭遇挫折，命运之轮又将他送回了那片熟悉的土地。然而，高加林的回归并非出于自愿，而是现代理性与现实碰撞后的无奈。在他心中，现代文明的火种从未熄灭，那份对都市生活的渴望与向

① 王华伟：《后伦理语境下乡村共同体的"新乡愁"》，《湖南工业大学学报（社会科学版）》2020年第4期。
② 王华伟：《后伦理语境下乡村共同体的"新乡愁"》，《湖南工业大学学报（社会科学版）》2020年第4期。

往，如同暗流涌动，时刻提醒着他——这并非真正的归宿。因此，当机遇的曙光照亮前路时，高加林内心深处的现代理性必将驱使他再次启程，继续探索现代性出路，挣脱乡土的束缚，向更广阔的世界迈进。

李杭育的寻根小说《最后一个渔老儿》（1983），以其独特的视角和深刻的主题，展现了中国乡土社会在现代化进程中，古老的生活方式与价值观念的衰落与坚守，体现了现代伦理与传统乡土伦理之间的激烈碰撞。在小说中，福奎坚持使用传统的滚钩捕鱼法，只捕大鱼，不捕小鱼，这种古老的生产方式象征着他对传统乡土伦理的执着固守。然而，随着工业文明的发展，葛川江污染严重，鱼群减少，福奎的生活日益艰难，相反，大贵则利用科学养鱼技术致富。福奎与大贵分别代表着传统与现代两种伦理观念和生产方式，前者是处于边缘位置的"他者"，后者则是处于话语中心的"主体"。前者依赖于后者，后者支配前者，这种对立强化了作品的主题冲突。福奎的女友阿七嫌弃他的贫穷而离开，投入收入丰厚的疗养院厨子官法的怀抱，这揭示了物质利益在现代社会中的主导地位，也象征着乡土社会结构关系的异化及权力的重组。福奎对传统的坚守，导致他成为社会变迁中的孤独者和"多余人"，其命运遭际暗示了传统乡土伦理在现代化进程中的衰败与失落。李杭育满怀乡愁与感伤地唱响了时代落伍者的挽歌。

张炜的长篇小说《九月寓言》同样展示了传统乡土伦理与现代伦理之间的多重冲突。首先是婚姻观念的冲突，小说中肥的命运轨迹是这一冲突的典型体现。肥自幼被父亲定给少白头龙眼为妻，体现了传统乡土社会中的包办婚姻观念，然而，肥的内心对这份婚姻充满了抗拒，她渴望自主选择伴侣。当工程师的儿子挺芳出现并深情地追求她时，肥勇敢地接受了这份爱情，甚至不惜与整个小村对抗。肥的选择，无疑是对现代自由婚姻观念的追求，与根深蒂固的传统婚姻伦理形成鲜明对比。其次是权力滥用与个体尊严的冲突。村长赖牙及其妻在村中横行霸道，损害或侵犯村民的权利，以及传统男权思想下的男人打女人的现象，这些行为与现代伦理中尊重个体、追求平等的观念格格不入，小说通过类似情节的叙写，展现了隐性的、潜在的伦理冲突。最后是对土地的依恋与逃离。小村人对土地的绝对依赖与依恋，是他们传统乡土伦理的重要组成部分，然而，随着现代文明的冲击，一些年轻人开始渴望逃离这片土地，去追求更广阔的天地。肥与挺芳的私奔，便是这一逃离愿望的极端表现。他们的选择，既是对现代自由与梦想的追求，也是对传统乡土伦理束缚的挣脱。这种逃离与依恋的矛盾，深刻揭示了现代伦理与传统乡土伦理在个人命运选择上的巨大差异。

21 世纪伊始，大批农民怀揣着对"现代化"的憧憬与改变命运的决心涌入城市，而进城后，他们却不可避免地遭遇了传统乡村伦理与现代伦理乃至后现代伦理的激烈碰撞。这一时期，以农民工进城为主题的乡土文学作品更为集中地展现了这一伦理冲突，只是冲突的空间从乡土空间转移到了城市空间。项小米的小说《二的》讲述了乡下姑娘小白进城做保姆后的经历。小白毅然逃离有着浓厚男尊女卑观念的农村，进城做了保姆。10 年的保姆生涯，让小白逐渐失去了农村女孩的淳朴，在物欲与情欲的驱使下，暗中与女雇主"竞争"，试图赢得男雇主的青睐，最终与男雇主发生关系。小白进城后的欲望化沉沦过程，正是乡土伦理在现代城市伦理的冲击下逐渐弱化的形象化叙写。

阎连科的小说《受活》（2003）通过荒诞夸张的手法，将现实与虚构、真实与梦幻交织在一起，不仅揭示了不同社会形态下永恒贪婪的人性，还深刻反思了物质社会、权力与人性的关系，尤其是现代伦理与传统伦理之间的激烈冲突。小说中，茅枝婆作为受活庄的德高望重者，对柳县长带来绝术团外出（进城）演出计划持强烈反对态度。她不仅用言语羞辱柳县长，还阻止绝术团离村。茅枝婆的行为反映了传统伦理中的权力观和道德观，她认为权力和道德应当服务于民众，而不是成为个人野心的工具。柳县长则代表了现代伦理中的功利主义和实用主义，他受现代城市文明和消费主义的影响，试图通过购买列宁遗体来发展地方经济，改善民众生活。两人的对抗，实际上是两种伦理观念的直接碰撞。

孙惠芬的《歇马山庄》（2000）中的小青，是一个具有后现代性特征的叛逆女性形象。她的性格受到后现代伦理观念的影响，同时也带有鲜明的传统伦理思想。小青的行为动机主要源于对城市的向往和对自我价值的追求。她上卫校读书时，就试图通过接近校长等方式留在城市，尽管未能成功，但她从未放弃对城市生活的渴望。回到乡村后，小青依然不安于现状，积极寻找机会，甚至不惜损害亲人的感情，以图在城市中立足。这些行为背后，是小青对城市文明和现代生活方式的深切向往，以及对自我价值的不断追求，体现了鲜明的个人主义思想。她对爱情的态度既开放又现实，不拘泥于传统观念中的"忠贞"与"纯洁"，在与买子的关系中，小青更多的是将"性"视为满足个人欲求的手段。这种态度在一定程度上反映了她对传统性观念的挑战和对自我欲望的坦然接受。小青的形象体现了青年农民在走向现代性的过程中遭遇的传统伦理与现代伦理之间的冲突。

传统乡土伦理与现代伦理的冲突，在农民进城题材的乡土叙事中有着广泛的表现。李铁的中篇小说《城市里的一棵庄稼》中的崔喜，没有文化，进城后只能靠嫁人来立足。对崔喜进城后的生活小说有这样的一段描写：

> 为了让自己尽快融入城市，做一个真正的城里人，她尽量削自己身上与农村有关的印记，在外观上努力改造自己。她学城里人的样子，化很浓的妆，从发式、服装、服饰之间的搭配到走路的姿势以及神态等细节彻头彻尾地改变自己。但是无论她怎么打扮，在人们的眼里还是既不像乡下人，也不像城里人。外形虽然改变了，但已经深入到骨子里的那种乡村庄稼地里的味道却不能从本质上改变。①

由此可见，崔喜进入城市生活后，经过了深刻的伦理冲突，这种冲突不仅体现在她外在的穿着打扮上，更深深根植于她内心复杂的心理矛盾之中，反映了乡土伦理与现代伦理之间的激烈碰撞。

余华的《兄弟》是一部深刻描绘传统乡土伦理与后现代伦理冲突的代表性的作品。主人公李光头，从少年时期的不端行为，到成年后不择手段对商业成

---

① 李铁：《城市里的一棵庄稼》，《十月》2004 年第 2 期。

功的追求，再到与兄弟之妻的关系，其行为跨越了传统伦理的界限。这种跨越不仅是个人欲望的释放，也是对既有伦理规范的挑战和重构。李光头的故事生动展现了在后现代社会背景下，个体如何依据自身独特的价值观与丰富的生活体验，主动重塑并界定伦理的边界。李光头身上充满了对物质和性欲的无限渴望，这种欲望的膨胀在后现代伦理观中得到了一定程度的认可。他凭借自己的经商天赋和不懈努力，从福利厂一名普通工人一跃成为刘镇的商业巨头，实现了物质上的成功。同时，他对林红的追求，从最初的偷窥到最终的占有，也是欲望不断膨胀和满足的过程。这种对欲望的直接表达和追求，体现了后现代伦理中对个体欲望的肯定，尽管这种追求有时显得自私和无情。在后现代伦理中，个体的身份和角色不再是固定不变的，而是随着情境和选择的变化而不断重构。李光头的身份从底层工人到厂长，再到商业大亨，每一次转变都伴随着伦理角色的变化。他既是孝顺的儿子，也是背叛兄弟的"小人"；既是成功的商人，也是情感上的失败者。这种多元身份和角色的交织，使李光头成为一个复杂的、多面的后现代人物形象。余华通过李光头偷窥、乱搞男女关系等一系列行为，以谐谑、夸张等艺术手段消解了传统的宏大伦理叙事，形象而深刻地呈现了以个体为中心的后现代伦理景观。同时，余华还将李光头与其同母异父的兄弟宋钢进行对比，展现传统伦理与后现代伦理之间的冲突。宋钢正直、仗义，看重亲情，始终对李光头关怀备至，对林红的感情专一，是一个难得的好丈夫，然而，他的命运坎坷，最终因生活压力和感情挫折而选择了自杀。余华通过宋钢的悲剧结局，深刻地揭示了后现代伦理对传统伦理的强烈冲击与深远影响。

三、人文伦理与数字伦理之间的冲突

数字伦理属于技术伦理中的一种，是指在现代数字化时代，在数字技术的开发、利用和管理等方面都坚持人本主义立场，并在此基础上建立起来的人与人之间、个人和社会之间的行为规范和准则。当前社会数字化发展迅猛，互联网、大数据、云计算、人工智能、区块链等技术不断加速创新，但数字伦理的建构未能跟上其发展步伐，尽管国家已经出台了网络信息安全方面的法律，但人们的数字伦理意识仍然淡薄，数字伦理在全社会的建构尚未完成，于是出现了一系列数字伦理问题，比如：数字化技术滥用，过度收集用户数据，侵犯他人隐私；数字化时代出现网络成瘾、短视频沉迷、网络暴力、网络谣言、网络诈骗、虚假信息、信息采集过度等问题；数字技术在拓展人际交往的同时，还带来了圈层化以及人与人之间日益冷漠化的"数字鸿沟"问题；数字技术为人们获取信息带来便利的同时，也造成了注意力缺失、知识碎片化等问题。随着信息技术的快速和纵深发展，广大的农村也面临着数字伦理问题，传统乡土社会便形成固有的人文伦理与数字伦理之间的冲突，这些冲突集中表现在以下方面。

一是数字技术带来了"信息茧房"效应和人际交往障碍。从信息技术理性层面来看，比特是数字技术的基础，是人们使用计算机、互联网、手机等工具进行信息处理和信息交流的基本单位。比特作为数字世界的基础，它能够将信息转换为计算机可以理解和处理的形式，并以高效的方式存储和传输信息。比特可以重复使用，为数字技术发展提供了广阔的空间，但数字技术的使用必须有一定的伦理规范，也就是要在一定的伦理张力范围进行。这个伦理张力的边界应该是人本主义，即在数字技术发展应用与管理过程中必须充分考虑到人或人类的权益。但由于目前数字伦理并不健全，出现了"越界"的现象，比如，数字技术的广泛使用，极大地扩展了人们的交际范围和个人生活空间，扩大了人际交往的自由度，但互联网或人工智能会不断根据人们曾经的需要向其推送相关信息（含商品信息），从而导致了"信息茧房"的形成。也就是说，人们获取的信息越来越集中在某些或某个领域，使信息逐渐变得同质化，同时也屏蔽了其他信息。一旦形成"信息茧房"，人们获取信息的渠道或范围便变得狭窄。与此同时，有着相同信息爱好的网民形成大小不一的网络族群，并在这个族群里进行有限的信息交流，从而形成网络交际的圈层化。"信息茧房"和网络圈层化现象加剧了人际交往的障碍，由此引发了人际关系的紧张、对立和冷漠，这也是技术理性与价值理性直接冲突的表现。数字技术在当前农村的影响日益显著，特别是当农民都沉迷手机上的各种信息或网络虚拟空间时，传统乡土社会面对面的交流逐渐变得稀少，亲情和乡情等传统伦理情感逐渐被淡化甚至消解，以前的熟人社会也逐渐失去了昔日的意义，变成了面熟而心不熟的现代"陌生人"。

二是数字技术削弱了劳动者的权益甚至导致劳动异化。在数字化时代，生产要素发生了较大的变化，与信息技术相关联的数字劳动不再需要传统的生产工具，而是依靠电脑等现代技术产品来完成某些工作。特别是随着人工智能的发展，生产要素和劳资关系都发生了巨大的变化，劳动者可以通过远程控制来完成工作，这为劳动者提供了更灵活的工作方式。但是数字化时代追求数据精准，并通过算法控制等手段模糊了传统的雇佣关系，这加剧了劳资之间的不平等。雇主可以通过互联网随时随地联系劳动者，分配任务，并限定完成的时间，劳动者成为生产链条中的某个机械的环节，也成为互联网的某个终端，人的劳动遭到异化。另外，随着人工智能的快速发展，部分职业将被人工智能取代，于是一些劳动者的劳动权利也将受到很大的影响。当前，涌入城市的大量农民工，他们大多数文化水平不高，对数字化技术的应用不熟悉，因此仍以体力劳动为主。但是这些农民工的子女，即第二代农民工，大部分都成长在互联网时代，很多还是受过高等教育的大学毕业生，他们在城市中变成数字劳工，他们的劳动存在异化的现象，不管他们自己是否意识到这点，他们的工作都与数字技术的联系日益紧密，甚至被互联网牢牢地拴住。数字劳工成为网络的终端，与马克思所说的成为机器的某部位的零件一样，都是劳动被异化的表征。这严重违背了乡土人文伦理所倡导的劳动自由，因此在劳动的层面而言，数字伦理与传统人文伦理存在严重的冲突。

三是数字技术带来了信息自由与侵权的矛盾与冲突。数字信息技术的高速发展，给人们带来了便捷的生活方式，提供了更多的自由选择空间。网络信息世界全天候开放，人们可以随时随地进入数字化世界或曰网络世界，学习与工作都变得十分便利与灵活。但网络是把"双刃剑"，人们在享受便利的同时，由于缺少监管，或监管不力，或无法监管，便会出现诸如网络谣言传播、恶意攻击他人、使用虚假信息、侵犯他人隐私等侵犯他人权益的行为，侵犯者在网络世界里隐藏了真实面孔，穿上网络"隐身衣"，发泄自己不满情绪、攻击他人，甚至施行网络诈骗等犯罪活动。当数字化浪潮席卷整个乡土大地之时，传统乡土伦理中的责任意识及信任感受到了冲击和挑战。许多年轻一代的农民在数字化虚拟空间中丧失了信任感，他们在网络隐形衣的庇护下，可以放弃责任、放纵自我，甚至抱着侥幸心理走上网络违法犯罪道路。加上农村老人缺少网络安全意识，许多农村特别是较为偏远的农村的老人成为网络谣言和网络诈骗的受害者。由此可见，在数字化技术迅猛发展的今天，由于数字信息监管不到位和个人的数字权利缺乏保护，乡土伦理受到的冲击难以避免。

四是数字化技术带来了数字身份与自我身份的冲突。现代社会是数字社会，随着信息的大量数字化，个人的身份证、指纹、声音、身体某个部位甚至全部，都可以被数字化，尤其是生成式人工智能，它能根据网民的上网记录或网络痕迹分析出每个网民的日常喜好或偏爱，因此，每个网民在互联网上都能形成一个虚拟的自我，或者说每个网民在互联网上都拥有独特的数字记忆或数字身份。然而，互联网上具有数字身份的"数字自我"，往往无法跟上现实世界中个人需求（兴趣点）的变化，导致数字身份出现僵化问题，但大数据却会根据僵化的"数字自我"向真实自我推送各种信息（含商品信息），而过度的算法推送导致了"信息茧房"的形成，使人工智能异变成"人工障碍"。同时，这种强制性的信息推送行为实际上是信息的强加，是真实自我对这些信息的被动接受，在很大程度上削弱了自我的选择权，这时候真实自我的主体性也遭到了削弱。另外，数字身份自我通过信息技术对真实自我相关信息形成数字记忆，但"数字记忆的超真实性使得主体对自我的认同逐渐迷失在比真实更加真实的超真实记忆之中"[①]，真实自我的迷失也将导致其主体性的丧失。因此，现实世界中的真实主体与对应的具有数字身份的"数字自我"并不统一，真实身份与数字身份并不匹配，这样就形成二者的分裂，从伦理角度来看，如果处理不当，可能

[①] 孙玉莹：《数字身份认同的困境透视及其突破路径——基于记忆伦理之维》，《自然辩证法研究》2024 年第 5 期。

引发伦理失序。

五是数字化技术形成的数字鸿沟造成了新的社会不公。在数字经济时代背景下，数据作为核心的生产资料，在与实体产业的深度融合中，既加快了高效发展的步伐，也在公平与伦理层面产生了深远的影响。数据的共享与流通机制促进了广泛的企业及个人参与数字经济构建，共享由此带来的数字福祉，然而，这一进程也伴随着数字鸿沟的日益扩大，不仅可能制约个体的成长机遇，还可能对社会的整体公平与和谐构成威胁。另外，随着数字技术的广泛推广与应用，一部分人因率先掌握尖端技术与海量数据资源而收获丰厚的经济利益；相反，另一部分人则因数字技能不足及信息资源匮乏而面临被数字经济边缘化的风险。

当然，数字化和虚拟化的乡土世界，以及为了占有市场获取更多资本的乡愁拟像化，都是乡土社会人文伦理与数字伦理之间冲突的体现，不过这种冲突在休闲娱乐和现代媒体的巧妙而美丽的包装下不易被察觉。

综上所述，无论是数字化技术对乡土社会带来的人际关系扭曲、劳动的异化、侵权行为的发生、公平正义的丧失，还是真实身份与数字身份的撕裂，本质上都是数字化技术对人的主体性的削弱或自由的限制。"与人类未来、人与技术的自由关系是技术时代伦理学乃至整个哲学探寻的核心。……人与技术的关系本质上是人与人之间的关系，是基于技术的人与人之间的关系。如何确保人与人之间的自由关系，确保人类的未来，便成了技术时代伦理学探寻的终极目标。"① 因此，乡土社会人文伦理与数字伦理的冲突，便是围绕着人的自由、主体性以及尊严等展开的。

在21世纪乡土小说创作中，人文伦理与数字伦理（技术伦理）之间的冲突逐渐受到作家们重视，成为新的乡土叙事题材之一。较早关注这种伦理冲突的是刘震云，他的长篇小说《手机》，通过三个部分讲述了严守一不同时期的生活经历。首先是严守一少年时期的故事，背景是20世纪60年代的中国农村；其次是严守一成年后的城市生活，时间背景是手机已经普及的现代社会；最后是严守一奶奶年轻时的故事，时间背景是信息传递全靠口信的20世纪二三十年

---

① 郭明哲：《马克思技术观视域下人工智能问题研究》，天津人民出版社2023年，第77页。

代。小说这种结构凸显了传统乡土社会与现代信息社会之间的张力。在少年时期，人们的物质生活匮乏，即使安装一台摇把式电话，也能成为轰动一时的新闻，人们之间远距离的信息传递基本靠书信，但人与人之间充满了亲情和温情。在严守一奶奶生活的 20 世纪二三十年代，信息传递全靠口信，一条消息从山西严家庄传到两千多里外的地方，由于各种变故耗费了两年的时间，其间经过贩驴的老崔、打鼓的老胡、起鸡眼的小罗几人的相继传递，他们依靠的是"朋友之托，重于泰山"的情义，这无疑体现出传统乡土社会对守信伦理的重视。但是生活在现代信息社会中的严守一面临着困惑，成年后的严守一成了一名著名的电视台谈话节目主持人，在节目中他坦率直言，在日常生活中却不由自主地说谎话。手机成为严守一生活的"双刃剑"，一方面为他提供了通信便利，另一方面又成为他编织谎言的工具，最终成为引发他悲剧人生的"手雷"。手机作为现代信息技术的象征，揭示了信息社会中人们精神上的焦虑、冷漠与自我迷失，以及信息技术对乡土伦理中的亲情、友情及诚信等乡土伦理的破坏，也体现了刘震云对信息技术给乡土社会带来的伦理挑战的焦虑。

第二节　新时期乡愁叙事中的伦理场域

乡愁叙事中的伦理书写，主要是指乡土创作者在其作品中呈现出来的乡土伦理状况以及叙事者所持的伦理立场。中国传统乡土伦理以自我为中心，通过推己及人的方式构建了一个复杂的关系网络，梁漱溟指出："人一生下来，便有与他相关系之人（父母、兄弟等），人生且将始终在与人相关系中而生活（不能离社会），如此则知，人生实存于各种关系之上。此种种关系，即是种种伦理。"① 乡土社会中的个体，既然生活在现实的各种关系网络中，就必然会在某个网络关系中的特定时空位置找到自己的位置，即存在于某个场域之中。场域这个概念来自布迪厄，"从分析的角度来看，一个场域可以被定义为在各种位置

① 清华大学国学研究院：《梁漱溟文存》，江苏人民出版社 2014 年，第 465 页。

之间存在的客观关系的一个网络（network），或一个构型（configuration）"①。场域就是各种社会关系联结而成的各种社会场合或领域，无论其中包含多少社会因素，各要素之间的关系都属于社会关系，因此场域首先表现出各种形式的社会关系。场域一旦形成必然影响或制约其中的个体或组织的各种活动。因此乡土社会的伦理是以一种场域的形式存在的，"伦理社会作为中国社会传统与现代的共性，深深地制约着人们的思维方式、行动方式和价值取向，甚至人际关系的开展和社会组织的建立都深深受伦理原则的支配"②。

新时期乡土小说中蕴含的乡愁情感或乡愁意识，通过乡土叙事的伦理倾向及伦理的叙事内容两方面体现出来，尤其是其中所流露出来的对乡土伦理逐渐瓦解的忧患意识最能体现出叙事者的乡愁意识或情感。新时期乡愁叙事的伦理书写采取了多重视角，书写的伦理内容极为丰富，笔者将从伦理场域的关系网络入手，将新时期乡土小说的伦理分成人与人、人与社会之间、人与自然、人与自我及人与神性等多重伦理向度，并考察乡愁叙事中不同关系场域中乡土主体的伦理状况与行动特点。

如前文所述，新时期乡土小说的伦理书写主要体现在两个维度，一是缅怀式的眷念与赞美，二是现代性眼光的审视与批判。20 世纪 80 年代以对传统乡土伦理的怀旧式书写为主，代表作品有汪曾祺的《受戒》和《大淖记事》、刘绍棠的《蒲柳人家》、贾平凹的《商州三录》、何立伟的《白色鸟》、史铁生的《我的遥远的清平湾》、张炜的《一潭清水》和《声音》、王蒙的《海的梦》和《蝴蝶》等，都以充满诗意的笔触对乡土社会伦理美好的一面进行了肯定式抒写。进入 20 世纪 90 年代，随着乡土社会的转型，各种思潮以及改革措施轮番在乡土社会上演，乡土伦理遭受了巨大冲击与破坏，尽管此时的乡土小说也有如阿成的《天堂雅话》、迟子建的《逝川》《雾月牛栏》《亲亲土豆》、铁凝的《孕妇和牛》、红柯的《美丽奴羊》《西去的骑手》、李佩甫的《无边无际的早

---

① ［法］皮埃尔·布迪厄、华康德：《实践与反思——反思社会学导引》，李猛、李康译，中央编译出版社 2004 年，第 133 页。

② 王建民：《嵌入性与中国社会的伦理场域》，《晋阳学刊》2006 年第 1 期。

晨》、谈歌的《天下荒年》、岳恒寿的《跪乳》、张宇的《乡村情感》等怀旧赞美式伦理书写，但主体还是从现代文明的视角对乡土伦理沉沦与溃败进行审视与批判。21世纪，中国乡土大地处于改革开放的纵深发展历史时期，加之技术主义对乡土伦理的冲击，传统乡土伦理面临着更大的挑战，因此批评与反思仍是这个时期的乡土伦理抒写的主流。本节重点分析社会转型时期乡愁叙事中的不同伦理场域。

一、人与人、人与社会之间的关系

人与人、人与社会之间的关系是伦理场域中最为重要的社会关系，也是新时期乡土小说伦理叙事的重要题材。新时期的乡土小说常常通过描绘人与人、人与社会的关系来展开对乡土伦理的批评。随着改革开放的推进，中国乡土社会发生了巨大的变化，封闭的乡土之门被打开了，农民们开始从封闭的乡村走向了代表现代文明的城市，这一方面吸收了平等、自由、科学、民主、开放、竞争等现代文明理念，对传统乡土伦理愚昧落后观念进行了革新或改造；另一方面也带来了功利化、自私化和欲望化等负面影响，这些又直接造成人际关系的紧张。乡土伦理叙事对后者更为关注，这反映了乡愁叙事者对乡土伦理的深切忧患与焦虑。也即是说，新时期乡土小说以其独特的视角和深邃的笔触，揭示了乡土社会的变迁和乡土伦理的衰败。这些作品不仅是对乡土现实的真实反映，更是对乡土伦理沉沦的深刻反思和批判，展现了叙事者不同程度的乡愁情感和忧患意识。

许多乡土小说的伦理批评主要聚焦于家庭伦理层面。在20世纪80年代的伤痕文学与反思文学中，作者们着重描绘了极左思潮下政治运动对家庭伦理造成的破坏。比如，张炜的中篇小说《远行之嘱》讲述了弟弟在远行前向姐姐话别的故事，小说通过姐姐对弟弟的嘱咐而引出关于父亲的故事。父亲是一位老红军，却被视为阶级敌人而遭受批斗，残酷的批斗和折磨对父亲身心造成了巨大的伤害，导致其脾气暴躁，经常虐待自己的妻儿，因此姐弟俩都对父亲怀有怨恨，弟弟甚至准备用刀杀死父亲，但被姐姐阻止了。小说揭示了极左思潮造成的家人之间的分裂与仇视，及其对家庭伦理带来的极大破坏。姐姐对弟弟的叮嘱，实际上是一次家庭伦理教育，其中涉及正直、善良、勇敢、坚忍、同情心、责任心、不忘本、守住底线与良知等内容。姐姐的嘱咐既是对过去痛苦生活的告别，也是新生活的开始，因此，姐弟俩的远行嘱咐具有重建乡土伦理的意义。

当然，乡土叙事对家庭伦理的批判更多体现在现代乡土个体的欲望膨胀与放纵方面。刘恒的《伏羲伏羲》讲述了杨金山、杨天青与王菊豆之间错综复杂的家庭伦理关系。杨金山将杨天青视作赚钱工具，不肯帮他成家立业，导致杨天青无法满足正常的情欲需求，最终与婶子王菊豆发生不正当行为。小说深刻揭示了现代乡土社会家庭成员之间伦理关系的恶化。苏童的《罂粟之家》通过对刘氏家族三代人命运沉浮的描写，展现了家庭成员之间复杂的伦理关系。小说中，翠花花与刘氏父子之间的不堪关系，以及由此引发的家族成员之间的乱伦与争斗，充分体现了家庭成员之间伦理关系的恶化。余华的《兄弟》是一部跨越时代的小说，讲述了李光头和宋钢两兄弟在"文革"前后以及改革开放初期的命运沉浮。在小说中，两兄弟原本亲密无间，但在社会变革的洪流中，他们因性格、观念及利益等因素逐渐产生分歧，兄弟情谊在金钱、权力与爱情的诱惑下逐渐淡化，最终走向决裂。这是时代变迁给个体带来的命运的选择与挣扎。21世纪乡土小说中更多叙事农民进城后欲望膨胀而导致家庭伦理破坏。如刘庆邦的《到城里去》中，妻子宋家银为了满足自己的虚荣心，逼迫丈夫杨成方外出打工，她用丈夫赚来的钱与他人攀比，导致丈夫在金钱的重压下最终落魄为城市中的拾荒者。刘庆邦将冰冷的夫妻关系毫无掩饰地展现在读者面前，击碎了人们对夫妻关系的美好幻想。漠月的《放羊的女人》中，丈夫被都市生活所吸引，无情地抛弃了善良的妻子。这种欲望为先、金钱至上的现代消费观念极大地破坏与消解了乡土伦理关系。阎连科的《日光流年》以三姓村为背景，讲述了村长司马蓝等人带领村民与命运抗争的故事。其中，家庭成员之间的伦理关系并非总是和谐美好的：在生存压力面前，亲情有时会变得脆弱不堪；

在观念差异面前，家人之间也会产生隔阂与冲突。这些情节虽然不是小说的主线，但却为作品增添了更多的现实感和伦理深度。

贾平凹20世纪90年代以来的长篇小说几乎都涉及乡土社会人伦关系的揭示与批判。《白夜》中，阿蝉与女老乡之间，夜郎、虞白与颜铭之间的情感纠葛，以及邹云抛弃男友投身金矿老板，阿宽返乡遭到嫂子嫌弃，吴清朴与兄妹之间因争夺遗产而反目成仇，还有官商勾结，颜铭整容后异化为他者等情节，展现了整个西京城中人鬼不分、真假难辨的混乱无序状态，这些人多数来自农村，但他们已经在现代都市中形成扭曲与异化的伦理关系。《秦腔》中刻画的乡土伦理关系的被破坏尤为明显，清风街在现代工业文明和市场经济的影响下，传统乡土社会中以血缘与亲情为纽带的乡土伦理逐渐被以逐利为目的的商业伦理所取代，出现父子反目、兄弟争利、恃强凌弱、出卖肉体、放纵欲望等现象，媚俗的大众文化逐渐取代了高雅的传统艺术。在《古炉》《带灯》与《山本》中，邻里关系因权力与利益的争夺而变得紧张。对因农民的自私而生发出敌意和仇恨等社会现象，贾平凹早在20世纪80年代的小说《浮躁》中已经进行过揭示与批评。除此以外，在《山本》中，井掌柜的儿子井宗丞为了革命筹集资金绑架了自己父亲；井宗秀成为县保安团团长后，僭越逆行，对县长进行了软禁式的"关照"，在游击队里，也因为嫉妒与权力之争，发生同志之间的陷害，这些都是人际关系异化的表现。关系的异化必然引发伦理失序，而伦理失序又会导致主体性的丧失，两者是互为因果的。当家园伦理秩序遭到破坏时，也会影响主体自我认知的迷失、混乱，从而造成主体性的进一步空心化。

除了家庭伦理的批评以外，作家们还从邻里关系或乡土其他社会关系中展开伦理批评。吴克敬的《状元羊》（2007）以略带夸张与讽刺的手法讲述了一个扶贫故事。冯来财是一位身材矮小的男子，家中有瘫痪的父亲，蒋县长为了扶贫，赠给他羊群，他精心照料，羊群迅速壮大，羊的价值也随之提升，冯来财逐渐受到村民尊重。县里要举办赛羊大会，蒋县长指定冯来财的羊必须参加。于是冯来财选了一头黑眼圈公羊，乡长与书记都对这头羊很满意。临赛前，姜干部让冯来财带黑眼圈公羊去美发店洗发、美发，黑眼圈公羊越发显得威武、雄壮。冯来财带着精心装扮的黑眼圈公羊赴县城参赛，一举夺魁。随后，这对"状元组合"在县内巡回展示、演讲，名声大噪。姜干部牵线，冯来财迎娶了邻居寡妇，其人生步入辉煌时期。然而，在换届选举时，村民竟将票投给了黑眼圈公羊，欲选其为村代表，且其得票数远超村长，这令姜干部感到极度尴尬，这一情节深刻讽刺了人兽关系的颠倒与异化。后来，冯来财的父亲去世，他因经济拮据向村长和村民求助，却发现自己已失往日风光，人情冷漠如冰。他试图找蒋县长帮忙，却遭回避。为安葬父亲，冯来财忍痛宰杀了状元羊，将羊汤分送各家，恳请村民相助。小说生动刻画了乡村政治生态的复杂多变及人情世态的炎凉，同时也对形式主义、过河拆桥的冷漠、忘恩负义的市侩风气进行了深刻批判。

另外，还有作家从乡土落后的文化心理方面展开批判。莫言的小说《丰乳肥臀》中，上官鲁氏虽然是一位伟大的母亲，但在男权文化主导的乡土社会，她仍然被当成生育的工具；《红高粱》中，戴凤莲的父母为了得到一匹骡子，竟然狠心将女儿嫁给麻风病人；《蛙》中，陈鼻为了让身材矮小的妻子王胆为自己生一个儿子，导致妻子丢失性命，但陈鼻并不因妻子丧命而悲痛，而为生下的是女儿不是儿子而捶胸顿足。莫言在其小说中对传统乡土社会女性工具化和男女不平等的伦理现象进行了深刻的批判。

随着城镇化的快速发展，传统乡土社会逐渐为现代城市所取代，或者成为城乡接合部，原来的村民成为市民，传统乡土社会逐渐消解，城市人口以流动性取代了传统乡土社会的稳定性。这种地缘伦理文化的逐渐变迁给传统乡土伦理造成破坏性影响，"当乡村社会中的社会舆论、风俗习惯、非成文的乡规民约的约束力逐渐式微后，以邻里、朋友关系为内核的'地缘'伦理文化逐渐走向消解的过程中，出现了诚信文化的式微、互助传统的渐变、契约精神的悖离等诸多问题"[①]。

受到城市消费主义思潮的影响，农民开始追求物质财富，消费主义的价值

---

① 周鹏：《"差序格局"的消解——论新世纪乡土小说中的"地缘"伦理书写》，《当代作家评论》2022年第2期。

观取代了乡土亲情与乡情。在夏天敏的《冰冷的链条》中，村子附近的公路积雪严重，车辆无法通过，司机雇用村民为车的轮胎安装防滑铁链，村民获得了丰厚的报酬，但积雪融化后村民便失去了赚钱的机会，于是他们将雪重新撒在公路上，以期获取更多赚钱机会。在关仁山的《红月亮照常升起》中，主人公陶立创立了自己的商业品牌，主销大米，获利颇丰，村民们试图无偿使用陶立的品牌，遭到了拒绝，随后他们便开始对陶立进行道德绑架，这种行为是与传统乡土道德伦理背道而驰的。

此外又如《平凡的世界》（路遥）、《麦秸垛》（铁凝）、《厚土》（李锐）、《玉米》《玉秀》《玉秧》（毕飞宇）、《羊的门》（李佩甫）、《额尔古纳河右岸》（迟子建）、《湖光山色》（周大新）等小说，通过不同的视角和叙事方式，展现了现代化进程中乡土伦理的困境与重构的努力，其中也涉及了人际关系在利益、权力斗争中的恶化与修复，具有深刻的社会意义和文化价值。

二、人与自然之间的关系

在探讨伦理场域的诸多关联时，自然环境作为不可或缺的空间基底，其重要性显而易见，它构成了各类伦理关系生成与展开的物质基础与先决条件。人作为伦理场域的核心主体，以及种种伦理关系的参与者，都深刻地与这一自然空间相互作用、紧密相连。特别是在乡土伦理的语境下，这种关联具体化为乡土社会中的个体或社群与自然界的内在联系。中国传统文化深谙"天人合一"的哲学精髓，崇尚人与自然的和谐共生，在此文化理念的深刻熏陶下，中国传统乡土伦理得以形成，并特别注重人与自然的融洽相处之道。在此基础上，一套全面而细致的面向自然的伦理体系应运而生，它不仅体现在人伦道德的规范之中，也渗透于日常生活用品的设计、农耕劳作的实践等方面，乡土社会将自然元素视为不可或缺的一部分，实现了从人伦秩序到物质生活再到生产实践的全方位自然融入。

中国传统乡土伦理将人与自然视为和谐统一的整体，认为人是自然不可分割的一部分，人类归属于自然之中，与之相融共生。而相比之下，西方的人类中心主义则持相反立场，将人与自然对立起来，主张人类应征服乃至奴役自然。自新文化运动以来，西方的人类中心主义传入中国，伴随着中国现代化特别是城镇化进程的加速推进，传统乡土伦理中"天人合一"的自然伦理观念面临着前所未有的挑战与破坏，加之人们过度开采自然资源，导致乡土生态环境遭受严重破坏。在此背景下，那些充满忧患意识与乡愁情感的作家们，对乡土自然生态及文化生态的失衡与破坏深感忧虑，他们在各自的作品中，以多样化的形式和视角，不同层面地表达了这种乡愁与忧患之情。可以说，这些作品在某种程度上都蕴含着强调人与自然和谐共处的生态意识。"伦理学本质上讲，生态文明伦理的实质是一种责任伦理。"① 生态意识着重强调，人类在处理人与人、人与社会之间关系的同时，还必须妥善处理好人与自然的关系，将人类的道德伦理原则拓展至自然界之中。秉持着这份深沉的生态伦理责任感，新时期的乡土作家们纷纷展开了对乡土生态现状的深刻批判与反思。

20 世纪 80—90 年代，对乡土社会人与自然关系的批评尚未形成规模，作家们的生态意识尽管也存在于小说中，但生态批评相关内容也多是零星点缀于作品之中。但到了 21 世纪，作家们的生态意识迅速觉醒并得到加强，于是他们的小说中生态批评便明显增加，除了在作品中融入生态叙事内容，还出现了专门以乡土生态为题材的小说。

在夏天敏的《好大一对羊》中，通过羊倌的视角，批评了因欲望膨胀导致的草场过度放牧及随之而来的生态恶化。小说还通过两只羊的对话与畅想来进行生态的表达：

> 约翰说琼斯，我以为我们会到一个繁花丛丛、水草丰茂的地方，我以为我们会遇到美丽的小河，小河里的水清澈见底，潺潺的水流摇碎了蓝天白云，水里的小鱼成群结队，水里的卵石波光粼粼。当夕阳悄然落下，天边的晚霞灿烂无比，夜莺已在草场深处唱歌的时候，我俩顺流而行，啊！

---

① 薛建明：《生态文明与低碳经济社会》，合肥工业大学出版社 2012 年，第 84 页。

多么美丽的草原，呵！多么诗意的风景。那时，我俩已经冰冻的爱情就会复苏，生命的激情正喷薄而起……唉，你看，草是比黑石凹好点，但这么多羊，我们抢得过它们么。……但多少天没吃过青草了，羊不吃青草还算羊么。①

约翰和琼斯对眼前草原生态是非常担忧的，人们为了获取更多的利益，不断扩大羊群规模，导致草原过度放牧，进而引发了生态危机。

王紫夫在《向土地下跪》中讲述了老一辈农民与土地的深厚情感联系及年轻一代农民对土地的不当对待。故事讲述了半个世纪乡土社会的土地变迁史，小说中的康老犁新中国成立前是地主冯有槐的长工，凭借勤劳和智慧实现了土地从无到有，从冯有槐手中买了30亩地，但随着土地政策的变动，尤其是新中国成立后，所有的土地都被收归集体，康老犁失去了他的土地，但他对土地的情感没有变，始终认为土地就如同父母。只有老一辈驻村干部能理解康有犁与土地血肉相连的深厚情感：

> 大老郭说："只有把土地当成亲爹亲娘的人才是真正的农民。土地撂了荒，就等于是不孝儿女不养爹娘，让爹娘饿着肚子、光着身子。"②

当土地撂荒时康老犁会感到魂不守舍和锥心疼痛。然而，在20世纪90年代末，冯有槐回到了家乡，与康老犁的儿子（村支书）康土地联合开发高尔夫球场，康老犁坚决反对这种牺牲土地资源的短视行为，于是他联合村民将冯有槐等人告上了法庭。小说既写出了农民与土地之间不可分割的联系，也对工业化进程给乡村社会带来的生态灾难进行了警示性反思。

莫言的《生死疲劳》也关涉土地伦理问题：小说中的西门闹在被地主冤杀后，经历了六道轮回，每一次转世都未离开土地，无论是作为驴、牛、猪、狗，

---

① 白烨：《中国当代乡土小说大系·第三卷（2000—2009）·上》，农村读物出版社2010年，第172页。
② 白烨：《中国当代乡土小说大系·第三卷（2000—2009）·下》，农村读物出版社2010年，第944页。

还是猴，他都与土地紧密相连，通过劳动来维持生存。农民蓝脸对土地有着深厚的感情，即便在新中国成立后进城当了官，当西门金龙以开发旅游区的名义占用土地时，蓝脸仍然坚守着土地。莫言在小说中通过丰富的情节内容从多个维度展现了乡土中国的土地伦理。

张炜的乡土小说中更是充斥着大地意识，无论是《古船》《九月寓言》，还是其鸿篇巨制《你在高原》，都流露出对土地的依恋和敬重，展现了人与土地之间不可分割的联系。张炜在作品中一方面以浪漫手法抒写大地的诗意之美，另一方面又对现代工业文明对大地的侵蚀进行了反思与批判。《九月寓言》中有煤矿开采导致小村被掏空塌陷的情节；《你在高原》第一部《家族》中讲述了主人公宁伽在地质队工作时面临厂矿规划对乡土大地生态的威胁；此外，在他的一系列中短篇小说中更是将葡萄园、大海或麦地等写入小说，这些意象充分展现了作者大地意识及主张天人合一的自然伦理观念。

除了反思人与大地的关系外，人与动物之间的关系也是乡土叙事作家比较重视的问题，这类作品颇具有代表性的是贾平凹的《怀念狼》和姜戎的《狼图腾》。在《怀念狼》中，贾平凹通过叙述"我"和舅舅、烂头一行人寻找仅存的15只野狼的故事，展现了人与狼的历史纠葛和现实冲突。在商州人狼共处的时代，人类因自身利益对狼进行了妖魔化，导致狼逐渐被杀戮甚至到了灭绝的地步。这一过程反映了人类对自然界的过度干预和破坏，以及由此引发了生态失衡。贾平凹指出，人类对自然界的过度干预不仅破坏了生态平衡，还导致了人类自身的生存危机。狼作为自然界的一部分，其消失意味着对人类自身的伤害。小说中的一系列故事，如狼的自杀、狼向道士求医、狼叼宝玉来报恩等，都充满了魔幻色彩，背后却蕴含着对生态问题的深刻思考。在《怀念狼》中，贾平凹深刻探讨了生态伦理问题。在小说中，猎人、记者与村民等角色分别承载了多样的生态视角与立场，猎人冷酷的猎杀行径与记者积极的保护行动之间的冲突，深刻映射出人类面对生态问题时内心的纠葛与抉择。作品通过细腻的人物刻画与情节铺陈，引领读者探讨应以何种态度对待大自然，以及如何树立一种正直而深远的生态伦理观。姜戎的力作《狼图腾》，则是一部以狼为核心叙述对象的鸿篇巨制。该作品借由主人公陈阵在广袤草原上的亲身经历及其对小狼细致入微的观察，激发了一场关于人类与自然和谐共生、尊重所有生命、敬畏自然力量的深刻思考。陈阵逐渐领悟到，狼不仅是草原生态平衡的守护者，更是自然界法则不可或缺的象征，它们的消逝将直接预示着草原生态的沦丧与衰败。《狼图腾》以其深情的笔触，向世人发出呼吁：应以谦卑、恭顺和敬畏之心去审视自然与生命，积极探索并实践与自然界的和谐共存之道。

贾平凹在 20 世纪 90 年代的长篇小说中对乡土生态遭到破坏同样忧心忡忡。《土门》中的仁厚村是传统乡土家园的象征，但它在现代城镇化进程中遭遇了彻底的破坏，村民与乡土自然之间的关系从此断裂，人们失去了与自然亲密交融的机会。在《高老庄》中，现代企业入驻古老的乡村后，农田被侵占，森林遭到滥伐，自然生态受到严重的破坏。《秦腔》中的清风街，自从有了集贸市场，城市中各种欲望便源源不断地流入村庄，严重地冲击着传统乡土伦理秩序与结构。当大量的农民涌进城市打工后，土地便被撂荒，乡村也随之走向衰败与荒芜，传统的乡土主体与土地之间的亲和关系遭遇了断裂。《带灯》中的樱镇，在工业化进程的浪潮下，对原本淳朴的自然乡土环境造成了难以估量的重创。樱镇的开发进程不仅吞噬了承载着乡愁记忆的梅李园，同时还无情破坏了杨柳依依、樱花绚烂的林木。在矿产资源的盲目开采中，环保意识的缺失如同一把利刃，割裂了人与自然的和谐共生，引发了严峻的环境污染问题，致使樱镇许多妇女患了肺硅病，而邻近的华阳坪地区亦未能幸免。过度开发让其山水风貌面目全非，只余残山剩水，令人痛心，此番变迁，不仅摧毁了乡土自然的实体，更深层次地，动摇了乡土主体与自然环境之间根深蒂固的联系。随着乡土实践与体验的对象逐渐消逝，适宜的空间不再，那份深埋于心的乡愁情感与意识便如同失去了土壤的种子，难以萌芽生长。这一变化对乡土主体性构成沉重打击，它削弱了人们对故土的归属感与认同感，导致维系乡土伦理秩序的纽带出现了不可逆转的断裂，乡土社会的和谐与稳定因此受到了前所未有的挑战。

在《春尽江南》中，格非巧妙地通过"雾岚"与"雾霾"的鲜明对比，细腻勾勒出了自然环境沧海桑田的变迁。回溯至端午的青葱大学岁月，即那个纯真质朴的 20 世纪 80 年代，江南小镇鹤浦犹似一幅山水画卷，山清水秀，阳光如织，而端午视野中的"雾岚"，不仅是自然之美的诗意化身，更是他内心纯净与理想主义情怀的象征。然而，随着工业化步伐的急剧加快，时至今日，当端午以"雾霾"入诗，往昔那轻盈缥缈的"雾岚"已然被沉重压抑的"雾霾"所取代。这一转变不仅是对自然界原有风貌的残酷破坏，更是对人类精神世界的一次深刻侵蚀。格非通过对比，精妙地隐喻了现代化浪潮对自然生态的无情冲击，以及这种冲击对人类精神世界造成的深远而复杂的影响。

与此同时，众多乡土文学作家亦不约而同地将笔触聚焦于乡土自然的生态议题上。在《姊妹们》中，王安忆以批判的笔触揭示了现代村庄与原始自然渐行渐远的无奈现实：乡土社会人工雕琢的痕迹日益凸显，自然之韵渐行渐远。红柯则在其西部小说中，一方面颂扬着那片土地上原始而野性的生命力，另一方面又痛心疾首于西部生态环境所遭受的严重创伤，发出强烈的批判与警示。此类作品数不胜数，它们共同构成了对乡土自然生态现状的深刻反思与深情呼唤，每一部作品都是对这片土地深沉爱意的见证与守护。

三、人与自我、神性的关系

在乡土伦理的广阔场域中，人与自我、人与神性之间的微妙联系始终存在，构成了不可或缺的精神维度。尽管人与自我之间的内在关联在乡土伦理的显性层面或许不那么直观凸显，但它作为乡土伦理体系中的隐性基石，其重要性不容小觑。人如何与内在自我和谐相处，这一深层次的关系处理，实则在很大程度上预设并影响着个体与他人、社会乃至自然界的互动模式与和谐程度。换句话说，妥善处理人与自我的关系，是构建和谐人际关系、融入社会脉络及尊重自然生态的前提与基础，它在乡土伦理的宏大叙事中，扮演着至关重要的角色。有学者指出："人与自我的方式是以自我归属和自我意识为前提的，人必须对自我有足够的了解和认识，并把这种认识作为观察别人的基础。如果没有自我的世界，人际关系就会变得平淡和缺乏活力。只有在认识自我的基础上，才能揭示人的内心世界，才能理解周围的世界对'我'来说具有什么样的意义。"① 人与自我之间的关系，其核心本质在于乡土主体如何审视并对待自身的主体性。一旦主体丧失了其主体性，便等同于剥夺了本真自我的存在，进而断绝了触及神性领域的可能性。这里所说的神性，并非指乡土社会中盲目的迷信崇拜，而是指乡土社会与文化传统、自然法则三者间相互沟通、融合所达成的一种和谐共生的至高境界。神性"是一种根植于民族文化传统基础之上的审美理想"②，是自我升华的终极追求。个体正确处理和自我关系的过程，实际上是对主体性完善的过程，"人与自我关系的内容回归到自我的现实生活中表现为自我意识的建构与完善"③。

新时期乡土小说叙写人与自我的关系多采用批判的方式，重点叙写人在当下社会的迷失，远离了本真的自我，走向异化之途。在以农民工进城为题材的乡土小说中，揭示人与自我关系的扭曲的作品较多，其中进入城市的农民在现代都市欲望的诱惑下，在城市丛林生存环境中逐渐失去了农民原有的本色，而被扭曲异化失去了自我。当然，有的作家直面乡土社会，揭示乡土主体的自我沉沦与堕落。比如，迟子建在其小说《月白色的路障》中，将批判的笔触对准受人尊重的教师行业，乡村教师王雪琪在金钱的诱惑下丧失了职业道德，陷入出卖肉体和灵魂的境地，而她的丈夫为了获取更多的财富，主动为妻子作掩护。在刘庆邦的《月子弯弯照九州》中，来自乡村的单纯女孩罗兰，来到了月朦胧度假村寻找工作，但整个度假村充斥着卖淫风气，小说中的"我"极力诱导她步入歧途，导致罗兰最终被捕入狱。通过罗兰的悲剧命运，刘庆邦反思了乡村女性走向堕落的根本原因。类似的小说从不同角度揭示了乡土主体与自我分裂，在各种现代欲望的引诱下逐渐远离本真自我的现实，其中蕴含着浓郁的乡愁忧患意识。

当人与自我的关系走向分裂时，人与神性的距离也会逐渐疏远，或者说，

---

① 李苇：《影视欣赏心理学》，吉林大学出版社 2022 年，第 250 - 251 页。
② 田丰：《1980 年代乡土小说的神性复魅与祛魅》，《社会科学》2018 年第 4 期。
③ 单连春：《当代社会人生境界思想研究》，江苏人民出版社 2017 年，第 108 页。

人性的堕落伴随着神性的消解。人失去了本真的自我，被现代各种欲望所引诱，人性便逐渐滑入兽性的深渊，从而与通往神性之路渐行渐远。笔者所说的神性主要包括两方面的内容：一是指人的自然神性，本质上是一种生态观，是人与自然和谐相融后的心灵境界；二是指民族文化之根和文化精神，即由民族文化孕育出来的审美想象。而诗性是人性通往神性的桥梁，是建构人与神性关系的主要渠道。自 20 世纪 90 年代以来，工业化的浪潮与城镇化的快速推进，对乡村的自然生态与文化生态造成了前所未有的重创，那曾经孕育乡愁与诗意的田园风光日益凋零，家园的昔日辉煌逐渐褪色，诗意的栖居与神性的光辉亦随之黯淡。这一系列变迁，令乡土作家们深感忧虑，心绪难宁，学者黄轶指出，随着工业化进程的加快，生态危机日益加剧，地球家园的日益衰败促使乡土小说逐渐转向精神寻根或文化寻根，其中关于人与自然关系为书写向度的乡土小说，凝结着现代乡愁的伦理追求。[①] 实际上，以面向人与神性关系为向度的乡土小说，不仅凝结着现代乡愁意识，更主要是呈现出一种回望式传统乡愁情感，希望通过文化或精神的回望与寻根，打通现代人的心灵与民族文化精神的沟通渠道，让人与自然重回和谐交融的场域。

在新时期，乡土作家们探索通往神性深邃路径的追求从未间断，他们深刻地揭示并批判了乡土社会中人与神性之间日益疏远的现状，这既是他们对现实的深刻反思，也是他们致力于重新构建人与神之间和谐关系的积极尝试与不懈努力。

扎西达娃、阿来、迟子建、红柯等作家，有着少数民族地区的生活经验，他们的乡土小说多从自然神性遭遇现代性破坏的角度展开批评，试图通过与乡土自然和民族文化的重新连接达到重建人—神伦理向度的目的。扎西达娃的《系在皮绳扣上的魂》和《西藏，隐秘岁月》都反映了现代文明与宗教的冲突，然而，扎西达娃不仅颂扬了宗教信仰中的神性光辉，而且更深刻地反思并质疑了宗教对人性可能造成的扭曲与伤害。他将重建人与神性之间联系的希望寄托于现代文明的力量，实质上，扎西达娃是在深刻探讨并提出了一个核心议题：

_____

① 黄轶：《新世纪乡土小说的生态批评》，东方出版中心 2016 年，第 68 页。

如何在新的时代背景下，重新构建并修复人与神性之间那既微妙又至为重要的关系。阿来的《空山》作为《机村史诗》六部曲的最后一部，讲述了 20 世纪 90 年代后机村的故事，这是一个深藏于大山褶皱间的具有丰富历史和文化底蕴的藏族村庄，随着时代的变迁，机村逐渐与外界接触，现代设施如博物馆、酒吧、旅游业等陆续进入村庄，机村发生了变化，传统价值体系面临着崩溃的危险。随着古老村落和生活秩序的瓦解，神性也随之消弭，这种消弭自然导致了人们心灵的扭曲和灾难。

人与神性关系的书写，在迟子建的小说《额尔古纳河右岸》中有集中体现。小说通过描绘鄂温克族的百年沧桑，展现了神性在现代性侵蚀下逐渐被削弱的过程。鄂温克族信奉"万物有灵论"，认为自然万物都有灵性，与人类同悲喜。小说中，自然被赋予了生命和尊严，如"我是雨和雪的老熟人了，我有九十岁了。雨雪看老了我，我也把它们给看老了"①。鄂温克族还信奉萨满，萨满作为连接人类与"神"的载体，附着人性和神性两种灵魂。他们通过跳神仪式祈求神明保佑，这种仪式充满了神秘和浪漫色彩。随着现代文明浪潮的涌入，鄂温克族的传统生存空间与生活模式经历了前所未有的巨变。供销合作社与集装箱式现代管理模式的强行介入及发展，极大地削弱了狩猎活动的必要性，而林木工人对森林的过度开发与破坏，从根本上动摇了他们对自然神灵的虔诚信仰，导致他们的精神世界陷入空虚与迷茫。驯鹿被圈养于围栏之内，人们的虔诚之心也被牢牢禁锢在冰冷的城镇之中，萨满的神圣力量在现代科学的光芒下也黯然失色，现代医疗技术的便捷让萨满的跳神仪式变得无足轻重。迟子建在其力作《额尔古纳河右岸》中，通过以深沉的笔触表达了对现代性侵袭下神性逐渐消逝的深切忧虑，她以悲天悯人的人文情怀，细腻地记录下了这一古老文明在历史洪流中渐行渐远的悲壮历程。

红柯的小说多以新疆为背景，充满了奇异瑰丽的想象，表现出对原始力量和生命活力的崇拜，他用"万物有灵"的生态观念和充盈的诗性精神修复并连接起人与神性的亲密关系。然而在红柯的小说中，人与自然的和谐共处往往被

---

① 迟子建：《额尔古纳河右岸》，北京十月文艺出版社 2008 年，第 257 页。

现代文明的喧嚣所打破。在《乌尔禾》中，海力布被塑造成具有神性的英雄，他懂鸟语，与蛇精和谐相处，这些都是非自然叙述的典范。然而，在现代社会中，这样的神性人物与社会现实显得格格不入，红柯通过海力布自然神性与现代人性的对比，揭示了现代文明对神性的消解，以及人与自然关系的异化。红柯的小说还常常涉及人与动物之间的生命交换，这种交换在现代社会中显得尤为艰难。在《大河》等一系列作品中，红柯以细腻的笔触描绘了熊等野生动物的形象，深刻揭示了人类对自然界的无度索取及其引发的严峻生态危机。在他的笔下，熊不仅是自然界中质朴、纯真的生物，而且被赋予了丰富的人性色彩，成为连接人与自然情感的纽带。然而，与之形成鲜明对比的是，人类对这些无辜的生命展开了残酷无情的猎杀，使得熊的悲欢离合成为人类生态环境破坏的直接映射。通过这一系列的生动描写，红柯不仅表达了对野生动物命运的深切同情，而且强烈谴责了现代文明对自然资源的野蛮掠夺与破坏，以及这一过程中神性光辉的逐渐消逝，呼唤人们重新审视人与自然的关系，重拾对自然的敬畏与尊重。在《好人难做》等作品中，红柯将焦点由富于诗意的新疆天山转向充斥尘世烟火气的渭北小城，由理想回归现实。这一转变不仅反映了红柯对现代社会的深刻洞察，也体现了他对人性与神性关系的深刻思考：在现代社会中，人性往往被物欲所驱使，神性则被逐渐遗忘。

因为人与神性在现代化进程中日渐疏远，特别是物质家园被破坏后，精神家园也远离了乡土主体，人们逐渐失去了灵魂得以皈依的精神居所，灵魂的孤独无依带来了现代乡土主体深切的焦虑。在《飞越我的枫杨树故乡》中，苏童以其独特而细腻的笔触，勾勒出充满诗意而又略带哀愁的乡土画卷，深刻展现了灵魂在现代化进程中无处安放的困惑与焦虑。小说中的关键人物"幺叔"，作为昔日江南乡绅的小公子，他的一生充满了反叛与迷失，成为乡土伦理与传统秩序瓦解的象征。他行为放荡不羁，与野狗为伴，在乡民的眼中，他是背离常规的"疯子"，而"幺叔"那充满神秘与悲剧色彩的死亡，以及死后灵魂无法得到安息的描绘，更是对人与自我、人与自然，以及人与神性之间断裂关系的深刻反思。从乡土伦理的角度来看，"幺叔"的叛逆与迷失，不仅是个人的沉沦，更是乡土社会传统伦理秩序崩溃的缩影。他的灵魂在死后无法安息，游荡于村庄之间，敲打着自己的丧钟，这一场景不禁令人毛骨悚然，更深刻地揭示了在现代性冲击下乡土社会中人们精神世界的空虚与迷茫。苏童通过"幺叔"的形象，抒写了神性丧失后，人的灵魂无处安放的现代性乡愁，表达了对乡土伦理失落的深切忧虑。在叙事手法上，苏童巧妙地运用了追忆与独白相结合的方式，以"我"的视角飞越枫杨树故乡，试图引领"幺叔"的灵魂回归祠堂，这一行动本身就充满了象征意义，既是对过去乡土记忆的追寻，也是对乡土伦理与神性回归的渴望。小说在叙事结构上形成抒情与追忆交织的复调，通过儿童视角与成人声音的交替叙述，使情感更加饱满而复杂。同时，作者还巧妙运用了人物幻化、时空交错及蒙太奇等现代艺术技巧，使得小说意象丰富，情感深沉，形成一唱三叹的抒情效果，让读者在感受乡土之美的同时，也深刻体会到现代化进程中乡土伦理与神性消逝所带来的伤痛与无奈。

此外，众多作家还从多元化的伦理视角深刻剖析了乡土伦理的日渐衰败。如叶炜的"乡土中国三部曲"——《富矿》《后土》《福地》，这三部长篇小说以苏北鲁南的地域文化为深厚背景，细腻地刻画了乡村伦理在现代化浪潮中的沧桑巨变与无奈沉沦。同时，乔典运的短篇小说《遗风》、畀愚的《田园诗》、魏微的《大老郑的女人》，以及付秀莹的《三月三》和《陌上》等佳作，也各自以独特的笔触，从不同维度展现了乡土伦理的衰退。这些作品运用独特的叙事技巧，深情而细腻地描绘了时代更迭中乡村孝亲伦理的断裂与迷失，字里行间流露出作家们对乡村传统伦理道德裂变的迷茫与忧虑，同时也展现出他们对乡村伦理重建的深切思考与热切期盼。

乡土小说对乡土伦理衰败的深刻揭示，不仅是对当前社会现实的真实反映，更是对乡土社会未来走向的深切忧虑与关怀。这些作品以其深邃的思想内涵和细腻的笔触，让我们直观感受到乡土伦理在现代化进程中逐渐消逝的无奈，也促使我们更加深刻地意识到：保护与重建乡土伦理，对于维系乡村社会的和谐稳定，推动其可持续发展，具有不可估量的重要价值与现实意义。

第三节　乡愁伦理的现代建构

在伦理建构的框架内，乡愁叙事依据情感色彩的深浅与指向，主要采用了两种截然不同的构建策略：一方面，它深情聚焦于传统乡愁的细腻情感描绘，回望并眷念着乡土伦理中的优良传统，通过怀旧这一温柔而深沉的方式，不仅对这些传统给予了高度的赞誉，更流露出内心深处的深切共鸣与认同；另一方面，乡愁叙事又勇于拓展至现代乡愁的广阔领域，作家们以批判性的视角，敏锐地审视着乡土伦理中那些滞后且不合时宜的元素，他们不仅对这些元素进行了深刻而透彻的剖析，而且以超越性的姿态，重新编织了对乡土社会未来的美好梦想。后者这种乌托邦式的乡愁伦理构建，既是对当下现实的深刻省思与批判，也是对未来可能性的无限憧憬与期许，展现了乡愁叙事在伦理维度上的深厚底蕴与广阔视野。

一、重建传统乡土伦理

乡土伦理的现代性重构并非意味着对传统的全面颠覆与重建，而是要求在深植于本土文化土壤的传统伦理基石之上，巧妙融合顺应时代发展潮流的新伦理元素，实现创新性的转化与适度的改良。因此，乡土作家承担着重要任务，即精准地辨识并筛选传统伦理中的精华与糟粕，在这一过程中，批判性的审视和建设性的肯定同等关键。进入新时期，无论是从宏观群体的还是微观个体的视角出发审视，乡土作家们在面对传统乡土伦理时，均展现出复杂而多元的态度，融合了肯定与否定的双重视角。其中，对传统乡土伦理的积极肯定，不仅是对"五四"时期以来，废名、沈从文、萧乾等京派大师以诗意盎然之笔描绘乡土社会这一文学传统的承继，更是对其精神内核的一种深度共鸣与延续，他们从多角度、多层次展示乡土社会的自然美、人性美和人情美，将浓郁的乡愁情感融入乡土伦理诗性抒写之中。

汪曾祺的《受戒》和《大淖记事》运用细腻的笔触和诗意的语言，深刻描绘了乡土伦理中美好的人性和人情。在《受戒》中，汪曾祺通过描写明海与小英子的爱情，以及庵赵庄的日常生活，构建了一个和谐、自由、充满人情味的乡土世界。在这个世界中，人们遵循自然、质朴的伦理观念，没有过多的道德束缚，充满了对生活的热爱和尊重。《大淖记事》以散文的笔调，细腻描绘了大淖的自然风光、社会风俗和人际关系。大淖这个地方民风淳朴，男人们以挑担为生，女人们同样能干体力活儿，乡亲们之间互相帮助，没有勾心斗角。小说通过十一子与巧云的爱情故事，以及大淖人日常生活的描写，展现了一个充满诗意和活力的乡土世界。这个世界中，人们遵循简单、质朴的伦理观念，尊重彼此的选择和感情，展现了人性中的健康、美好和温暖。

受汪曾祺散文化诗化小说的影响，贾平凹的《满月儿》《商州三录》等作品也以诗意的笔触描写了乡村生活的恬静和美。在《满月儿》中，满儿和月儿两姐妹的关系充满了亲情和关爱，尽管她们性格迥异，但彼此相互照顾的深厚感情和对家庭的责任感贯穿始终，充分体现了乡土伦理中重视亲情和家庭和谐的美好品质。这种互助与团结的精神不仅体现在家庭内部，也体现在整个乡土社会中。在满儿进行科研试验的过程中，全家人及至邻居都给予了她无私的支持和帮助；当月儿遇到问题时，姐姐和周围的人也会伸出援手。这种互助与团结的精神体现了乡土伦理中重视邻里互助、共同发展的美好品质。《商州三录》通过细腻的笔触和深情的描绘，展现了一个真实而鲜活的商州。在贾平凹的笔下，商州的人民展现出淳朴、热情的品质，他们之间的关系简单而真挚，没有尔虞我诈，而是充满了善良、宽容与和谐。比如，《莽岭一条沟》描述了一个全然安宁、自足的世界，那里的人们相隔遥远却声息相通，相互关怀、友爱，他们拥有自己的一套人道秩序，在门前置茶、置水，让过往的行人吃喝。在《桃冲》中，贾平凹为我们描绘了一个现代世外桃源般的山村。桃冲人在自然灾害面前团结互助共渡难关，他们勤劳而坚忍，依靠辛勤的劳作带来了村子的繁荣发展，他们生活在环境优美的山水之间，从不过度开发自然，而是与自然和谐相处，贾平凹通过塑造一系列栩栩如生的人物形象，展现了他们机智、勤劳、心胸宽广等美好人性。小说中描述了摆渡老汉一家在船上听收音机、唱戏等生活场景，这些传统文化活动不仅丰富了村民们的精神生活，也体现了乡土伦理中对传统文化的传承与坚守。这种对传统文化的尊重与传承成为乡土伦理中的重要价值取向。

何立伟的短篇小说《小城无故事》展现了乡土大地上淳朴的民风与善良的人性。当三个城里人嘲笑一个美丽的疯女人时，小城人对他们的行为非常反感，并表示出鄙夷的神情，小城人还送给疯女人食物和关爱。这些普通而温暖的举动体现了小城人对善良、同情心和道德准则的坚守。《白色鸟》描绘了白皙少年和黝黑少年之间纯真的友情及他们快乐的童年生活。他们对自然充满了敬畏和热爱，他们仔细欣赏河边的景色，聆听蝉鸣和水声，感受到大自然的美丽和神奇，他们在大自然中嬉戏玩耍，和自然融为一体，小说展示了乡土社会人与自然和谐相融的自然伦理观念。

刘绍棠的《蒲柳人家》通过生动的故事情节和鲜明的人物形象，展现了乡土社会温暖的亲情和互助守望的邻里关系。小说中的一丈青大娘性格豪爽、泼辣大胆、淳朴善良，她和孙子何满子之间的祖孙亲情温馨而感人。一丈青大娘对待穷人体贴入微，乐于帮助他们，比如，她将可怜的邻居——童养媳望日莲视为闺女，给予她保护与帮助，这种淳朴善良体现了乡土道德中极为珍贵的品质。小说中的村民们在生活极为艰苦的条件下，和睦相处、相互帮助，面对日常生活中的矛盾，都能以宽容和理解的态度去解决问题。蒲柳人还保留了洗三、百家衣等传统习俗，这不仅是对乡土伦理及中华优秀传统文化的尊重和传承，更重要的是增强了他们的文化认同感和归属感。

在姜滇的《阿鸽与船》中，阿鸽通过自己的努力成为县里的民办小学教师，凭借自己的知识和能力实现了自主。她勤劳自立、尊重知识、积极向上、友爱邻里，积极追求自己的事业。在爱情方面，阿鸽追求自由平等，她认为爱情不是谈出来的，而是源于共同的爱好与志向，心灵相吸而走到一起。阿鸽如同江南水乡精灵般的鸽子，给乡土社会带来了和平美满和希望。

史铁生的《我的遥远的清平湾》描绘了作者在陕北清平湾插队当知青的生活经历。在小说中，清平湾村民之间村民与"我"之间都展现出淳朴的人际关系。在"我"生病期间，队长端来一碗白馍，这可是他平时在家难得吃上一回的美食，队长还为了避免"我"的腿犯病，照顾"我"去喂牛。当"我"回北京治病时，村民们还托人捎来了各种土产以表慰问。清平湾村民乐观豁达，尽管条件非常清苦，但破老汉依然能唱出悠扬的信天游，用歌声来表达对生活的热爱和对苦难的藐视。他们勤劳坚忍，日复一日地辛勤劳作，却从未抱怨过。这些团结友善、乐观豁达、勤劳坚忍的品质正是乡土伦理建构所需要的核心品质。

张炜的小说《声音》《一潭清水》《怀念黑潭中的黑鱼》及《拉拉谷》共同描绘了乡土伦理中的美好。在这些小说中，村民们以淳朴善良为本，如在《声音》中，二兰子与河西岸小伙子的声音互动，展现了人与人之间简单而真挚的情感交流；同时，他们对自然怀有深深的敬畏与热爱；如在《一潭清水》和《怀念黑潭中的黑鱼》中，通过对水潭及其生物的保护与怀念，体现了人与自然和谐共处的美好愿景。此外，这些作品还体现了乡土社会中对传统文化的尊重与传承，如《拉拉谷》中隐含的民间故事与习俗，展现了乡土伦理深厚的文化底蕴和集体记忆。通过这些情节，张炜不仅勾勒出一幅幅温馨和谐的乡土画卷，而且深刻揭示了乡土伦理中人性之美、自然之美与文化之美。

在王蒙的《蝴蝶》中，通过主人公张思远的宦海沉浮来反思历史与人性，同时也展示了乡土生活的温暖和美好。张思远被下放到小山村进行劳动改造期间，逐渐与乡亲们建立起深厚的感情，并逐渐治愈了自己因政治运动造成的心灵创伤。这段情节展现了乡土伦理的淳朴善良、互助友爱。在劳动中，张思远发现了自己真实的存在，感受到了躯体中奔涌的生命力，找到了自己的价值。他与乡亲们亲如一家，共同面对生活的艰辛，彼此扶持，共同前进。这种互助友爱的精神，正是乡土伦理中不可或缺的一部分。

张承志的《黑骏马》《黄泥小屋》《骑手为什么歌唱》《辉煌的波马》及《美丽瞬间》等作品，在浪漫诗意的抒写中展现了草原民族宽广的胸怀、豪放的性格、淳朴美好的人性，以及草原民族对大自然的尊敬与爱护。《黑骏马》以辽阔壮美的大草原为背景，通过主人公白音宝力格的成长经历和爱情悲剧，展现了乡土社会中淳朴善良的人性美。在小说中，白音宝力格自幼丧母，被父亲送到伯勒根草原上的老额吉家抚养。老额吉不仅收养了白音宝力格，还将自己的孙女索米娅一同抚养长大。这种超越血缘的家庭关系，体现了乡土伦理中家庭与亲情的温暖。老额吉、索米娅等牧民对生活充满了热爱、对生命十分敬重，当索米娅被恶棍强暴并怀孕后，老额吉并没有责备她，而是安慰并鼓励她面对现实，这种宽容与理解，正是乡土伦理中淳朴善良人性的体现。在《黄泥小屋》中，苏尔三等人面对压迫与苦难，依然坚持寻找心中的黄泥小屋，这象征着对自由与安宁生活的执着追求。《骑手为什么歌唱》则通过骑手对母亲的深情歌唱，体现了乡土伦理中深厚的家庭情感与对母爱的颂扬。在《辉煌的波马》中，人们与自然环境的抗争与和谐共处，展现了乡土伦理中对自然的敬畏与尊重。《美丽瞬间》捕捉了生活中那些转瞬即逝的美好瞬间，强调了珍惜当下、感恩生活的态度。这些小说共同描绘了乡土社会中人们在面对困境时不屈不挠、相互扶持，以及追求美好生活的精神风貌，深刻体现了乡土伦理中的人性光辉。

迟子建在 20 世纪 80 年代中后期的《原始风景》和《北极村童话》中采用纯真与善良的儿童视角，通过细腻的笔触和深情的叙述，展现了乡土伦理中家庭亲情的温暖与坚忍、对故乡的深情与眷恋、人与自然的和谐共生以及对生命的尊重与珍视，形成独特的乡土伦理景观。类似的作品还有阿成的《良娟》《年关六赋》《空坟》等。但值得强调的是，阿成的叙事视角显得较为独特，虽然《良娟》的故事围绕一位沦落风尘的女子江桃花展开，但它深刻挖掘了乡土伦理中对于家庭、亲情及人性善良和宽容的坚守。小说中江桃花与宋孝慈之间超越世俗的情感纠葛，在乡土伦理的背景下显得尤为动人。《年关六赋》从乡土民俗的角度展现了以血缘亲情为纽带的乡土伦理给人带来的温暖与慰藉。《空坟》则围绕空坟这个特定伦理场域，讲述其中的种种奇异事件，在增加小说神秘色彩的同时，还引发人们对生命、死亡，以及人与自然关系的敬畏与思考。

20世纪80年代对乡土伦理的诗性抒写中充斥着一种昂扬向上的时代精神，尽管采用的是回望式姿态，但其中充满着重建乡土伦理的积极、乐观、自信的情感力量，传统乡愁中怀旧式的忧伤被这种积极自信和乐观向上的情感所冲淡。这种乐观情绪被20世纪90年代以来的乡土作家所延续，比如红柯的西部系列小说便展现了高昂乐观的重建生命伦理的诗性精神。短篇小说《美丽奴羊》通过屠夫与美丽奴羊相遇并杀羊的情节，展现了人与动物、人与自然之间的复杂关系，以及生命在自然面前的脆弱与尊贵。在《大河》中，阿尔泰军垦区的老金一家深深扎根于大漠之中，他们对土地充满了敬畏与眷念深情。《生命树》中充满了神性色彩，小说通过叙述神牛、神龟及具有灵魂的生命树等神话色彩的情节，将人性与神性交织叙事，试图打通人性与神性交流融合的通道，重建具有自然野性之美的乡土伦理，并激发具有阳刚气质和崇高气魄的民族精神。《乌尔禾》在分享西部儿女纯真感人的爱情故事的同时，还彰显了邻里互助、共渡难关的乡土伦理以及人与自然、神性的和谐关系。在《大河》中，女兵怀了情人的孩子，老金却愿意承担照顾母子俩的责任，体现了生命至上的伦理观念和人性的道德光辉。在《百鸟朝凤》中，红柯通过唢呐曲《百鸟朝凤》及相关的民间传说，勾勒了中原大地深厚的民间信仰和博大精深的文化传统，这不仅体现了中华儿女对中华优秀传统文化的传承与坚守，也体现了乡土伦理中对文化根脉的认同和尊重。红柯的西部乡土小说对民族强悍生命力的张扬与推崇，对大漠戈壁、雪山海子的守卫与热爱，对民间传说自然神性的敬畏与信仰，都流露出红柯重建大地伦理的渴望，以及浓郁的重建家园的乡愁意识。

同样是浪漫的诗性抒写，20世纪90年代以来的乡土叙事中，一些作品却透露出淡淡的忧愁与感伤情绪，这种感伤的情绪主要源于现代性给乡土大地带来的困扰或创痛。以迟子建为例，其20世纪80年代的乡土小说《原始风景》和《北极村童话》都以儿童视角展开叙事，充满了天真美好的童年回忆，尽管其中蕴含人世间的悲欢离合，但其总体格调是田园牧歌般明朗向上的，但到了20世纪90年代她的作品《雾月牛栏》《亲亲土豆》《白雪的墓园》，在彰显夫妻情深、睦邻友爱、敬畏生命等乡土美好伦理的同时，总是在诗意叙写中流露出若隐若现的忧伤。除了作者对生命无常的人生感悟理解得更加深刻，这种情绪还是现代工业化或城镇化对大地的创伤日益明显所带来的忧虑，这种忧虑体现了作者心中升腾的现代乡愁情感。迟子建的现代乡愁并非对现代化的未来作前瞻式的浪漫想象，而是对现代性结果的理性审视和反思，因此，这种现代乡愁更倾向于审美后现代性范畴，只是这种审美现代性批判意识是潜隐于文本之下的。

铁凝的《孕妇和牛》中的孕妇和牛都怀有新生命，她（它）们悠闲地漫步在落日黄昏的田野上，相互怜悯、相互关爱。孕妇对石碑上文字的抄写，象征着她对文明的向往和学习；而孕妇与牛之间的和谐相处，体现了人与自然的和谐，反映了作者对于文明与自然和谐共存的伦理观。孕妇对牛的关爱、对家庭的思念、对未来的憧憬，都充满了深厚的情感，同时，这些情感也反映了她的伦理观，如对生命的尊重、对家庭的责任感、对知识的追求等。这种伦理与情感的交织，使孕妇和牛成为具有深刻伦理内涵的意象，象征着乡土中国重建乡土伦理、重现乡土生机的美好期望。

在李佩甫的《无边无际的早晨》中，李治国从小失去父母，由李庄的乡亲们抚养长大，后来他做了乡长、县长，每当遇到乡亲们的利益和自己的政府工作发生冲突时，他不得不做出牺牲乡亲们利益的决定。其他的干部或工作队在李庄执行工作任务遇到困难时，李治国一出现，就如同家里的父母兄弟见到自己的亲人般，这份亲情让棘手问题最终得以解决。小说书写了乡亲们对李治国的宽爱与包容，表现出农民的忠厚与隐忍的性格，正是他们牺牲了自己的利益，为中国现代化快速发展奉献了自己力量，这种品质正是新时代乡土伦理建构不可或缺的核心品质。

岳恒寿的《跪乳》塑造了一位平凡而伟大的母亲的形象，其中最令人动容是母亲面对日军的死亡威胁，伟大的母爱战胜了恐惧，以蔑视强盗枪弹的超然心魄岿然不动地给孩子喂奶的场面描写：

母亲的奶水像憋足的渠水突然冲破了闸门，哗哗地灌进我的心田。窑洞上又飞来两粒子弹，院子里又落下几片碎石。父亲几乎是乞求似的催母亲快跑，母亲纹丝不动，她感觉到了奶流的快感和胸部的舒服，感觉到了我吸奶的力气。母亲两眼似睁非睁，如痴如醉，带着幸福的激动，平心静气地乳我。父亲听见母亲自语说：管你日本鬼烧也好杀也好，先让我孩儿吃饱了再说。①

母亲不仅用乳汁喂养了"我"，还毫不吝啬地喂养了一只失去母亲的羔羊，当日军再次来到村子时，他们看见了一位临危不惧的母亲正在旁若无人地同时给婴儿和羊羔喂乳的场景，凶残的日军被这镇定自若的场面所震慑，同时也为伟大的母爱所震惊和感化，他们悄然离开，没有伤及无辜。母爱是一切乡愁的源泉，是乡土伦理建构的情感核心，作者将黄土大地的深层博大、太行山的巍峨挺拔和母爱的伟大坚强交融叙写，让母爱亲情上升为民族情感和大义凛然的民族正气。或许，这正是现代乡土伦理重构的核心要素或精神要义。

实际上，纯粹歌颂性质的乡愁叙事毕竟有限。新时期乡愁叙事，特别是自20世纪90年代以来，乡愁叙事置于传统乡愁与现代乡愁的冲突与矛盾之中，在这种背景下，许多乡土小说在建构现代乡土伦理时，展现出认同与批评的双重审视角度。例如，李杭育的《最后一个渔佬儿》、莫言的《红高粱》《丰乳肥臀》、张炜的《九月寓言》、李佩甫的《无边无际的早晨》《黑蜻蜓》、迟子建的《额尔古纳河右岸》《逝川》、谈歌的《天下荒年》、李一清的《山杠爷》、张宇的《乡村情感》、贾平凹的《秦腔》、格非的《望春风》、孙惠芬的《上塘书》等作品，它们不仅用现代性理念批判了传统乡土社会中存在的陈规陋习，同时也对传统中那些值得称颂的伦理道德给予了认同与颂扬。这些作品既肯定了现代性带来的社会进步和积极影响，对现代性的未来抱有憧憬与期待，同时又运用审美现代性的理论，对现代性所带来的负面后果进行了深刻的反思与批评。因此，这些小说在情节构建与内容安排上更具冲突性，其文化内涵也更加

---

① 白烨：《〈中国乡土小说大系〉·第二卷（1990—1999）·下》，农村出版社2010年，第673页。

丰富深刻，更能真切地描绘出乡土中国复杂多变的历史进程，以及见证乡土伦理重建之路的艰难与不屈不挠的探索精神。

二、从异托邦批评到乌托邦想象

自 1978 年改革开放以来，随着大量农民工进入城市，中国乡村出现了空心化现象，人口的流失导致乡土伦理因缺失主体而逐渐衰退。同时涌入城市的农民工也像无根的候鸟，"无论是城市人还是城市中的外来人，面对城市社会的快速变迁，都不同程度上存在着'无根性'的文化心理结构和行为文化特质"①。尽管城市有了大量的农民工，但他们的根不在城市，因此很难在城市建构他们的伦理体系。而同时，尽管农民工的户籍在农村，但他们在农村生活的时间越来越少，甚至有的农民工子女出生在城市，他们对乡土世界知之甚少。无论是时间还是空间，农民工与故乡的联系都在逐渐淡化甚至断裂，他们对乡土文化的感知也日渐淡薄，久而久之将导致这些农民工失去乡土之根，从而成为真正的无根群体。他们是最容易产生乡愁意识的群体，因此，如果他们还有根，那么也是乡愁之根，而与实际的乡土文化之根渐行渐远。

农民工成为没有城市户口和身份的"新城市人"，他们所生活的空间被称为"城市异托邦"。异托邦（Heterotopia）这个概念是 1967 年由福柯提出的，它与乌托邦相对应，但不像乌托邦那样是想象的，异托邦是现实中的真实位置。② 异托邦"这种场所在所有场所以外，即使实际上有可能指出它们的位置。因为这些场所与它们所反映的，所谈论的场所完全不同，所以与乌托邦对比，我称它们为异托邦"③。"'异托邦'是人们习以为常的日常空间外的异质空间，这些空间可能会被人忽视，却真实存在于我们身边。"④ 城市异托邦是指区别于城市空间和乡村空间的，农民工在城市的生活空间或活动空间。城市异托邦空

---

① 张鸿雁：《"拔根"与"扎根"：从"乡愁"到"城愁"》，《中国乡村发现》2018 年第 3 期。
② 汪民安：《文化研究关键词》，江苏人民出版社 2019 年，第 499 页。
③ ［法］M. 福柯：《另类空间》，王喆法译，《世界哲学》2006 年第 6 期。
④ 刘虎：《论新世纪农民工题材小说的城市异托邦》，《都市文化研究》2022 年第 1 期。

间从地理空间而言隶属城市，但其生活的主体却是农民工。换句话说，农民工将自己曾经生活的乡土空间转换成城市异托邦空间。这个空间具有城市空间的特点，因为"异托邦遵从同时代的文化共时性特征"①，但由于主体是不同于市民的农民，因而空间的性质与城市和乡村都存在差异。其中最显著的特点便是城市异托邦空间中的主体流动性较大，因而在城市异托邦中建立较为稳定的伦理系统具有较大的困难。不过"异托邦有能力将几个本身无法并存的空间并置在一个真实的空间内"②，因此乡土空间与城市空间的文化元素都可以移入这个空间之中，为伦理体系的构建提供理论依据。中国城市异托邦多处于城乡接合部，相对于城市主体空间而言，具有边缘化与附属性特点。"从物理意义上讲，'异托邦'的存在多数与'边地''荒域''缝隙''交接点'等地理运动所形成的自然区块有关，但从地缘政治的角度看，'异托邦'的'属域'更多的其实是被来自'中心'的强力以驱逐、挤压、排斥或者协约、律令、限制等等方式人为地构筑出来的。"③异托邦兼具了农村与城市的双重特点，也可以存在于城市的核心区域，比如出租屋、发廊、KTV、洗浴中心、按摩房、建筑工地、民工集中的工厂、保姆雇主"家里"等，这些异托邦空间可以镶嵌在城市核心区域和城乡接合部，只不过以城乡接合部为主，如城中村、棚户区等。

生活在城市异托邦的农民，常常会产生各种幻象，将这个异托邦世界幻化成满足自己某种欲望的空间。"与冷漠歧视的现实环境相对，'异托邦'还能创造出具有幻觉性的虚拟空间。"④ "它们的角色是创造不同的空间，另一个完美的、拘谨的、仔细安排的真实空间，以显示我们的空间是污秽的，病态的和混乱的。"⑤ 在鬼子的《瓦城上空的麦田》中，进城的农民李四坐在城墙上望着遥远的天空，将城市想象成一大片麦田，想象成乡土大地。贾平凹的《高兴》

---

① 汪民安：《文化研究关键词》，江苏人民出版社 2019 年，第 500 页。
② 汪民安：《文化研究关键词》，江苏人民出版社 2019 年，第 500 页。
③ 贺昌盛、王涛：《想象·空间·现代性——福柯"异托邦"思想再解读》，《东岳论丛》2017 年第 7 期。
④ 刘虎：《论新世纪农民工题材小说的城市异托邦》，《都市文化研究》2022 年第 1 期。
⑤ ［法］米歇尔·福柯：《不同空间的正文和上下文》，陈志梧译，见包亚明编：《后现代性与地理学的政治》，上海教育出版社 2001 年，第 27 页。

中，进城农民刘高兴坐在出租车中，看到了城里霞光满天、绿树成荫的壮美绮丽景色，幸福感油然而生，短暂忘却了自己的身份而产生了城里人的错觉，或者错把城里当成了自己的美丽故乡。路遥的《人生》中的高加林，同样在城市异托邦中错误地将自己想象成真正的城里人，最后灰溜溜地返回农村。城市异托邦主体所创作出的想象空间是他们的理想家园，或者是记忆中的故乡，或者是想象中现代化的未来家园，实际上这正是流浪在外的游子所流露出来的传统乡愁或现代乡愁。但这些乡愁所对应的家园都是想象的或虚幻的，"现代城市，其空间形式，不是让人确立家园感，而是不断地毁掉家园感，不是让人的身体和空间发生体验关系，而是让人的身体和空间发生错置关系"①。也正因为想象的家园与身体始终处于错置状态，乡愁便成为城市异托邦主体的普遍的情感形式。

城市异托邦作为现代化进程中乡土空间遭遇的不可回避的新现象或新题材，引起了乡土作家们的高度重视，他们普遍将农民工或城市异托邦纳入自己的乡愁叙事范围。而对异托邦书写较集中的是农民工小说，城市异托邦空间的书写一般围绕生活、劳动和消费三个方面展开。②

在农民工题材的小说中，农民工的生活空间常常是脏乱差的，他们居住在廉价的出租屋或者工棚，这是城市市民试图回避或远离的空间。农民工的劳动属于异化劳动，他们要么受欲望驱使，要么因生活所迫，离马克思所说的自主自由的劳动相去甚远。脏乱的生存环境和劳动的异化成为他们建构城市异托邦伦理的主要障碍。在农民工题材的小说中，城市异托邦的乡愁是复杂多元的，其中有传统乡愁、现代乡愁，还有被异化了的后现代乡愁，这些乡愁在城市异托邦空间中相互叠加。进城农民工的乡愁除了前面所论及的以幻想的方式进行表达或消解，农民工还通过线性空间错置和嫁接完成乡愁的变异式表达。农民工通过与老乡或者朋友聚餐，将传统乡土空间的"围炉夜话"生活方式转化为"城市饭局"，从而形成一种变异的乡愁表达，也是被异化了的乡愁。另外，在

---

① 汪民安：《文化研究关键词》，江苏人民出版社 2019 年，第 130 页.
② 刘虎：《论新世纪农民工题材小说的城市异托邦》，《都市文化研究》2022 年第 1 期。

技术主义和消费主义的双重影响下，农民工通过手机终端来寻找自己的乡愁替代品，如与乡土世界相关的视频、图片或文字等，具体内容包括自然风景、乡土景观、村舍院落、特产非遗等，它们都以数字化的方式存在于网络空间中，农民工通过手机获取需求的乡愁数字化产品，在数字世界中找到自己心仪的拟像家园，从而满足了乡愁冲动引发的情感或欲望，这种乡愁便是后现代乡愁。

无论从何种角度切入异托邦空间，这些小说都采取了批评的态度，属于从审美现代性视角对现代化结果的审视与批评，驱动叙事的情感动力多属于现代乡愁情感。作者们希望通过对城市异托邦的审视与批判来部分达到建构异托邦空间或乡土空间的现代伦理的目的。总而言之，城市异托邦空间对农民工而言，是一个被正式主体空间排斥和异化了的空间，学者指出，"这也意味着农民工大多无法真正逼近城市内核，实现自我现代性重塑，而城市异托邦劳动空间也表征着他们在现代化进程中的生存困境与情感冲突。"① 农民工的城市异托邦空间书写一方面反映了农民工生存艰难及他们对空间正义的需求，另一方面体现了创作者对农民工生存遭遇的同情、对重建异托邦空间正义和伦理新秩序的呼吁。但现实与理想还具有较大的落差，城市异托邦中伦理秩序不是短时间能完成建构的，于是，乡土叙事便将现代乡土伦理的建构寄托于乡愁乌托邦叙事之中。

在 20 世纪 80 年代以来的诗性乡土小说中，如汪曾祺的《受戒》和《大淖记事》、贾平凹的《商州三录》、刘绍棠的《蒲柳人家》、姜滇的《阿鸽与船》、史铁生的《我的遥远的清平湾》、迟子建的《北极村童话》及红柯的《乌尔禾》等作品，以浪漫的想象和诗性的表达为读者创建了具有乌托邦色彩的乡土伦理世界。这些小说所勾勒的乡土世界，大多沉浸在传统社会的宁静之中，较少触及现代乃至后现代浪潮的冲击影响。然而，随着中国乡土社会现代化步伐的加快与信息时代的汹涌而至，20 世纪 90 年代之后的乡愁乌托邦世界，其外部环境渐趋复杂多变。换言之，这一时期的乌托邦伦理世界，皆是在现代或后现代社会的基础上，以一种叛逆或对抗的姿态建构而成。正因如此，乌托邦的内部世界与外部现实环境之间，衍生出一种充满张力的对立态势。

---

① 刘虎：《论新世纪农民工题材小说的城市异托邦》，《都市文化研究》2022 年第 1 期。

　　张炜的乡土小说创作表现出乡愁乌托邦的精神冲动，即一种重建理想乡土伦理世界的精神诉求。《九月寓言》（1992）中的鲅鲼村便是一个颇具神话色彩的乌托邦世界，尽管村外是象征现代工业文明的矿区，但村里仍然保留着固有的乡土文明传统，人们摆脱了现代文明的束缚，遵循生命本能和生命内在律令，过着任情率性、自由奔放的生活。鲅鲼村是张炜构建的桃花源，在这里，人与自然融为一体，人们回归了本真，展现了一种原始野性之美的乡土世界，这是张炜为现代文明社会擘画的一幅乌托邦伦理空间。张炜试图在大地上建构自己的乡愁乌托邦世界，于是在《融入野地》和《你在高原》中继续探寻，他说："城市是一片被肆意修饰过的野地，我最终将告别它。我想寻找一个原来，一个真实。这纯稚的想念如同一首热烈的歌谣，在那儿引诱我。"[①] 他采用一种回溯的方式探寻心灵的乐土。张炜试图建构的乡愁乌托邦伦理社会对现代文明是排斥的，因而也只能是一次人类渴望诗意栖居的浪漫想象，一次满载乡愁的想象之旅。另外，张炜的大地意识或土地伦理与生活现实有所疏离，一味地抒发个体对于土地的浪漫想象，与农村、农民、农业的现实问题产生了距离，因而他启蒙式的书写不免带上了较浓的个人主义色彩。

　　迟子建的《额尔古纳河右岸》与张炜的《九月寓言》建构的乡愁乌托邦伦理世界相似，都是因为历史悠久的传统乡土社会的眷恋不舍而构想朴素、本真的伦理空间，只不过迟子建将自己的乌托邦伦理世界放在中俄边界处的鄂温克族部落。那里的人有着自己的信仰，过着狩猎和采集的群居生活，他们与驯鹿为伴，生活自由，敬畏自然，与自然和谐共生，萨满是神灵与人的使者，因此人性与神性并无沟通的障碍，人、自然和神性是亲密无间的。小说将风俗习惯、宗教信仰、神话传说等融为一体，构建了一个充满神秘魅力、生命力和情感张力的乌托邦伦理世界。

　　孙惠芬的《上塘书》为读者营造了又一理想乡土伦理世界。作者将上塘描绘成一个充满诗情画意的理想栖居之所，这里屋舍错落有致，阡陌纵横相通，田野生机勃勃，上塘人勤劳纯朴，重利讲义，既讲体面又讲公道，还非常重视

---

① 张炜：《张炜散文》，人民文学出版社 2022 年，第 48 页。

文化,崇尚德性,精神充实。上塘成了孙惠芬以艺术形式构建的当代"桃花源",也是现代人梦想的身心栖居之地。关仁山的《金谷银山》以京津冀协同发展为大背景,展现党的十八大之后中国北方农村的生活画卷。小说中,范少山带领乡亲们走上绿色、生态的脱贫致富之路,通过种植具有传奇色彩的金谷子和培育"永不腐烂"的苹果,使一个贫困的小山村脱贫致富,成为远近闻名的旅游观光村。关仁山这种乌托邦乡土社会的构想更具有时代气息和现实感,尽管其鲜明的政治伦理诉求可能遮蔽了某些伦理问题。格非的《望春风》中,主人公"我"与春琴回到儒里赵村重建家园,过上了男耕女织的田园生活,这是在废墟上重建伦理秩序的乌托邦设想。张宇的《乡村情感》展现了一个充满温情和乡土气息的世界。赵本夫的《无土时代》通过乌托邦的手法,让进城的农民在城市草坪上种植小麦,直接将田园移植到了城里,体现了重建城市异托邦伦理的冲动。在李新勇的《风乐桃花》中,传统伦理在吉乃哈甘这个小山寨得到了充分的体现,山寨人情淳朴,整个山寨如同世外桃源。

这些具有乌托邦色彩的小说将乡土生活现实与乌托邦想象结合在一起,作者们建构的乌托邦世界依托于传统乡土世界,具有鲜明的现实主义色彩,他们的乌托邦设想具有传统属性,建立在对传统乡土社会怀旧式美化的基础上,可以称为审美乌托邦。但贾平凹和格非的乡愁叙事中的乌托邦伦理世界更具实验性,可以称为乌托邦实验。他们的乌托邦乡土社会是在现代社会之中建构起来的,是对现代社会的反思与批判,具有审美现代性,他们对应的乡愁情感属于现代乡愁情感,他们的乌托邦想象属于现代性乌托邦。贾平凹的《暂坐》中的"暂坐"茶庄、《白夜》中的"乐社"、格非的《山河入梦》中的"花家舍公社"、《月落荒寺》中的音乐会等乌托邦实体都具有实验色彩。但这些乌托邦实验都是在小范围内进行的,是现代社会圈层化的乌托邦想象的映射,属于自娱自乐的小团体行为,难以在普遍意义上建构现代乡土伦理。同时,这些现代乡愁乌托邦实验还必须警惕市场或资本的操控。比如,在格非的《春尽江南》中,张有德投资建设的花家舍水上乐园,被包装为"伊甸园",本质上就是一个醉生梦死的"消金窟",是乡愁乌托邦异化为资本获取巨大利润的渠道或工具。小说中绿珠等人在龙孖建设"香格里拉的乌托邦",初衷是想在物欲横流、喧嚣嘈杂的现实社会中建构"诗意栖居之所",但本质上仍然是资本控制下的另一个"花家舍公社"。

由此可见,无论是传统性乡愁乌托邦,还是现代性乡愁乌托邦,尽管作家们做出许多探索与努力,都难以完成现代乡土伦理的建构任务。新时代以来,乡土作家们将目光投向乡土大地,把握时代精神,以乡村振兴为题材进行创作,开始了新一轮的乡土伦理建构工作。贾平凹的《土门》中的"神禾源"尽管具有实验性和小众性,但其中的伦理建构模式是以城乡融合发展为基础的:"它是城市,有完整的城市功能,却没有像西京的这样那样危害,它是农村,但更没有农村的种种落后,那里交通方便,通讯方便,贸易方便,生活方便,文化娱乐方便,但环境优美,水不污染,空气新鲜。"[①] 这显然是与新时代城乡一体融合发展的国家政策是相一致的。

乔叶的《宝水》是其中代表性的优秀作品。《宝水》中的宝水村是新时代背景下发展起来的"美丽乡村"。宝水村通过结合现代城市人的乡愁情感,以及他们对乡村的想象,复原了昔日农村旧貌,包括民居、风景、民俗、劳作等,从而吸引来了城市游客,乡村旅游业逐渐发展起来,乡亲们也逐渐走上了富裕道路。宝水村的成功在于将宝水村传统文化元素与现代城市文化元素相融合,淡化城乡二元对立,促进了城市与乡村的有效对话,使宝水村既具有城市风情,又保留了农村的特色,同时,主人公大英的角色则展示了现代政治伦理与乡土传统伦理的有机结合。正如学者所言:"它弥合了以政治暴力强行修改乡村传统造成的裂痕,它修正了以城市化、工业化为现代化的唯一正途,将农村视为需要克服的'对象'和需要甩掉的'包袱'的倾向。"[②] 宝水实际上融合了城市与乡村伦理各自的优点,打破了城乡空间的阻隔与对立,以全新的理念整合优化了城市空间、乡土空间甚至异托邦空间,打造出新型城乡伦理空间。《宝水》

① 贾平凹:《土门》,漓江出版社 2013 年,第 123 页。
② 李敏:《归乡之途与融合之道:〈宝水〉的还乡书写与现代乡村想象》,《中国当代文学研究》2024 年第 3 期。

为全球化背景下新时代乡土伦理的重建提供了有参考价值的经验和思路。

实际上，乡愁属于乡村与城市居住者的共同情感，也是民族共有的情感形式，因而自身具有弥合城乡裂痕的能力，它能在二者之间进行情感的和审美的关联，从而将城乡的伦理有机融合，建构起新时代的现代乡土伦理秩序。乡愁叙事的本质是要建构民族认同的精神家园，包括现实生活中乡土家园的守护，特别要在新时代乡村振兴伟大工程中守护好我们的乡土家园，要在城乡一体化的格局中遵循乡土家园自身的存在与发展规律，同时也要为进城打工的农民构建家园，让数以亿计的农民工在城市异托邦中感受到家的安慰，体验到乡愁的美好滋味。

第六章

乡愁叙事的审美表达

本章将从审美角度出发，探讨乡愁叙事在乡土小说中的多元表达方式。通过分析乡土景观、器具物象及离合聚散中的情感纠葛，展现乡愁叙事的独特魅力。乡土景观作为乡愁情感的载体，不仅承载着作家对故乡的深情回望，也体现了人与自然和谐共生的美学追求。器具物象，作为乡愁记忆的实物依托，蕴含着丰富的文化隐喻与象征意义，反映了时代变迁下的社会风貌与人心所向。离合聚散中的情感纠葛，通过描述个体与故乡的时空距离，揭示了乡愁的悲剧意味与美学价值。此外，诗性叙事中的超拔美，将乡愁情感升华为一种艺术化的表达，让读者在文字间感受到乡愁的深邃与美丽。

第一节　乡土景观中的和谐美

乡愁情感的生发源自多种因素，其中乡土景观是最重要的影响因素之一。乡土景观为乡愁记忆提供了具体的依托。历史学家皮埃尔·诺拉认为，乡愁记忆可能依托于"具象之中，如空间、行为、形象和器物"[①]，乡愁叙事中的乡土景观正是这种有效的空间或形象。正是记忆的空间化、具象化有效地抵御了记忆的加速遗忘。乡土景观包括两个方面，一是纯粹自然景观，包括山川河流、花草树木、飞禽走兽等；二是通过人工劳动创建的景观，如庭院、园林等人造景观或人文景观。自然景观之所以能引发乡愁，可以从两个方面来分析。一方面，每一位乡土之子自幼便沉浸在以乡村为载体的自然环境之中，这份环境不仅是他们成长的摇篮，而且是滋养他们生活的物质源泉。正因如此，乡村人们对大自然怀揣着深深的感激之情，彼此之间仿佛建立起一种如同挚友般的深厚情谊。另一方面，中国传统文化推崇"天人合一"的哲学理念，强调人类作为

---

① ［法］皮埃尔·诺拉：《记忆之场：法国国民意识的文 化社会史》，黄燕红译，南京大学出版社 2015年，第6页。

自然之子，应与天地万物和谐共生。在这样的背景下，人们对故乡的深深眷恋与难以割舍，很大程度上源自他们与这些自然景观与生俱来的亲近与共鸣，这种情感如同纽带，紧紧连接着他们与故土之间的灵魂牵绊。

人造景观之所以能够引发乡愁，是因为它们蕴含着祖先遥远的记忆，这些记忆是激发我们文化乡愁更为直接的事物，是能够直观感受到的乡愁。景观能够让共同体的认同感通过视觉的形式持续存在，因为景观不仅映照我们的当下生活，还记录着我们共同的历史，呈现出自然之美与人为之美的完美融合。19世纪英国批评家罗斯金曾说：

> 一个国家的景观会带来一种强烈的纪念般的情感……田野、山峰无处不在……任何人都无权肆意地移除或破坏这些神圣的大地印迹。茫茫景观记述着这片大地上曾经的辉煌、曾生活于此的人们，每一块石头看起来都有一种令人生畏的不朽，每一条路都透着令人愉悦而又尊贵的荒凉。……①

因此，景观不仅是产生乡愁的重要因素，而且是培养具有共同审美共识的大众，从而赋予共同体更强大的凝聚力。自然风物在乡愁叙事中的审美功能并非单一，除了抒发乡愁情感，还存在追求生态和谐以及天人合一的理性诉求。因此乡愁美学与生态美学从人与自然和谐相处的维度来看是一致的，二者是相互交融的。乡愁美学与生态美学在新时代美学建构和文化复兴中同等重要，2013年习近平在中央城镇化工作会议上指出："要让居民望得见山、看得见水、记得住乡愁。"② 党的十九届四中全会指出："生态文明建设是关系中华民族永续发展的千年大计。必须践行绿水青山就是金山银山的理念，坚持节约资源和保护环境的基本国策，坚持节约优先、保护优先、自然恢复为主的方针，坚定

---

① 转引自闻晓菁：《罗斯金的理想与中国的"乡愁"——社会转型中的审美、乡愁与国家的文化认同》，《南京艺术学院学报（美术与设计）》2016年第6期。
② 《中央城镇化工作会议在北京举行 习近平李克强作重要讲话》，《人民日报》2013年12月15日。

走生产发展、生活富裕、生态良好的文明发展道路，建设美丽中国。"① 对于乡愁美学在自然风物方面的体现，本节将从自然景观与人文景观两个方面展开分析。

一、自然景观

乡村之美，首先在于有良好的生态和自然环境。自然景观是物质家园的核心要素，与人造景观不同，它们是天然存在的，是乡愁家园存在的物质基础。然而，如果没有人的观照，自然景观就不会产生美感，也不会成为乡愁的审美对象。恰恰是人赋予了自然景观一种特殊的情感——念乡或怀乡，自然景观才成为承载乡愁情感的客体，但这个客体在主体的观照下，已经不再是纯粹的客体，而是被主体赋予了乡愁情感的意象或意境。正如学者所言："正是通过我们对事物的使用，通过我们就它们所说、所想和所感受的，即通过我们表征它们的方法，我们才给予它们一个意义。在某种程度上，我们凭我们带给它们的解释框架给各种人、物及事以意义。"② 只要自然景观进入乡愁叙事的范畴，自然也就成了乡愁审美的对象，这时候，自然景观才具有了特定的意义。当然，主体可以从不同的角度对自然景观进行观照和审视，从而赋予其各种不同的主观色彩，乡愁只是其中主要的主观情绪。

植物、动物及其他自然存在物都可以成为乡愁叙事中的景观。作家们尽管对景观的选择可能会存在偏爱，但通常他们对景观的选取与描写是综合性的，也就是说作者将植物、动物或其他自然物进行了相互关联。比如，孙健忠的《甜甜的刺莓》（1980）中，开篇便写道："春天来了。阳雀儿叫得好甜脆。桃李花一团红，一团白，浮在坡腰上。溪水流得实在响。岸边的竹园里，发了那样多毛茸茸的笋子。到了清明边，木寨要筹办下秧子、种包谷的事了。"③ 这段

---

① 《中国共产党第十九届中央委员会第四次全体会议文件汇编》，人民出版社 2019 年，第 52 页。

② ［英］斯图尔特·霍尔：《表征：文化表象与意指实践》，徐亮、陆兴华译，商务印书馆 2003 年，第 3 页。

③ 孙健忠：《甜甜的刺莓》，《芙蓉》1980 年第 1 期。

富有诗意的描写，其中涉及鸟儿、桃花、李花、溪水、河岸、竹园等物象，它们共同构成了一幅田园图景，不仅为人物的出场提供了一个绝美的自然空间，同时还抒写了作者内心对家乡自然景观的热爱，寄托着浓郁的乡愁情感。又如在张承志的乡土小说中，常让人感觉到大量的自然景观扑面而来，山河、大坂、泥屋、太阳、草地、骏马、雪路及残月等大自然中的景观随时都可跃入你的眼帘。然而，作家对于自然景观的选取，往往与个人生活体验紧密相连，在张承志的小说中，对自然景观的描绘与他曾在草原插队的体验息息相关，这些景致不仅构成人物活动的时空背景，更蕴含了他对知青岁月的深切怀念与淡淡惆怅，乃至一种难以言喻的乡愁情绪。同样对自然景观情有独钟的，还有陕西作家红柯。红柯曾长期生活在新疆，大西北独特而辽阔的自然风貌对他来说，既充满了新奇感，又不失几分陌生与疏离，在他心中留下了难以磨灭的深刻印象。在他的西部乡土小说中，雪山、大漠、沙丘、河流、森林、草原、荒原、高原、海子、太阳、雪莲、天鹅、雄鹰、骆驼等自然景观，不仅是小说中人物生存环境的组成部分，还是红柯用以抵御现代工业文明的来自大自然的最后防线，更是红柯理想的乡愁家园的象征性书写。格非的先锋主义代表作《迷舟》（1987）中有一段话：

> 黄昏时分，他独自一个人骑马从北坡登上了棋山的一个不高的山头。连日梅雨的间隙出现了灿烂的阳光。浓重的暮色将涟水对岸模糊的村舍染得橙红。谷底狭长的甬道中开满了野花。四野空旷而宁静。他回忆起往事和炮火下的废墟，涌起了一股强烈的写诗的欲望。①

这段文字是在小说主人公萧接到父亲去世消息后的一段景观描写，萧心中涌起的诗意情感，恰恰是因为隔江而望的故乡触发的乡愁。这段景观描写恰到好处地表达了萧在接到父亲去世消息后的悲伤，这种悲伤通过景观的描写婉转地表达了出来。因此，此处的景观描写不再是纯粹的景观呈现，而是一种含蓄

---

① 格非：《相遇》，译林出版社 2022 年，第 4 页。

委婉表情达意的抒情手段。

在乡土小说中景观中的植物或动物常常被隐喻化、象征化或寓言化，从而成为乡愁叙事的某种修辞方式。比如，在苏童的《1934 年的逃亡》（1987）中，"我"的八位亲人所依恋的"干草"，便是苏童浓郁的乡愁情结的象征性表达。而在《罂粟之家》（1988）中的枫杨树故乡盛开的"罂粟花"，其文化意蕴显得更为复杂，其中既有对故乡回望式的怀旧，也有对故乡道德沉沦、欲望泛滥的批判。莫言的《生死疲劳》中，主人公西门闹被枪毙后，先后轮回转世为驴、牛、猪、狗、猴等动物，莫言通过这些轮回的动物讲述了半个世纪乡土社会的变迁史，这些动物不但支撑了小说的结构，而且展现了土地伦理的生态维度，寄托了作者对乡土大地的深沉的依恋情感。阎连科的乡土小说充满了寓言化色彩，他的寓言式写作多依靠对乡土景观的魔化或幻化来完成，如在《炸裂志》中，大量的动植物被魔化了：柿子树结橘子、狗尾巴草开菊花、樱桃树结辣椒、桃树开石榴花、麻雀叫出鸽声、喜鹊发出乌鸦声、母鸡下出孔雀蛋、葡萄树患上了烟瘾和酒瘾等，大量魔化手法的使用，使小说充满了浓郁的寓言色彩。

自然景观的叙写大量存在于乡愁叙事中，它们不仅客观存在，而且承载了作者复杂的乡愁情感，承担着相应的叙事功能，成为乡土小说中不可或缺的要素。

二、人文景观

除了自然景观，乡愁叙事中还存在大量的人文景观，人文景观蕴含着更为丰富的文化属性，更容易触发人们的乡愁情感。人文景观除了其自身所具有的特定功用性，在乡愁叙事中还具有审美属性，即乡愁之美，也即乡愁叙事中的人文景观"使乡愁审美观照具象化了"①。除此以外，人文景观还能赋予人们特定的文化认同感，"无论是政府主导下形成的公共文化空间如文化礼堂、图书室、农家书屋、体育健身场所、文化广场、文化中心、文化站等；还是民间自

---

① 周洁、高小康：《侨文化：后全球化时代的乡愁共同体》，《江苏行政学院学报》2022 年第 2 期。

发形成的公共文化空间，如传统庙会、宗族祭祀活动、节庆活动、集市、广场舞等，都在于营造某种文化认同感和归属感，张扬一种地域文化"①。这些人文景观经常成为乡愁叙事中的回忆对象，即记忆之物。人造景观作为蕴含着人文内涵的物质实体，在现实生活中是静态的，并非天然就带有记忆或回忆性，只有"当携有某种想象而来的群体与其展开对话时，方能赋予其象征性的含义，使景观的文化符号得以激活，唤醒潜藏的某种记忆"②，在乡愁叙事中，这种潜藏的记忆便是乡愁。人文景观进入乡愁叙事的范畴以后，被符号化为形象化的文字，当读者阅读文字后，被文字记载的事物形象便会得到重新还原，这些物象"本身是不会记忆的，但它们作为特殊的表意符号，却可以营造诱人回忆的氛围，充当激活或激发主体进行记忆的催化剂"③。也就是说，乡愁叙事文本中用文字描绘的艺术景观或艺术形象恰恰是唤起乡愁记忆的催化剂，它们的存在更能够激活乡愁记忆情感。

在乡愁叙事的人文景观中，乡风民俗的描写尤为突出。比如，在莫言的《红高粱家族》中，民俗描写成为作品中独特地域色彩和文化内涵的重要构成要素。九儿出嫁时的颠轿，便是极富娱乐性的民俗活动，增加了婚礼的热闹气氛。祭酒仪式也是小说呈现的富有山东高密乡独具特色的民俗活动，当高粱酒新酿成后，众人高唱祭酒歌、虔诚而隆重地祭奠酒神，体现了人们对自然力量的崇拜和敬畏。阿来的《尘埃落定》深情讲述了藏族土司家族的沧桑历史，其间穿插的藏族地区民俗风情尤为绚丽多彩，诸如水葬、土葬、火葬等丧葬仪式，以及逝者离世后诵经祈福的庄严场景，都展现了藏族人民对生命的独特敬畏与哀思。在日常生活画卷中，糌粑的香醇与酥油茶的浓郁交织成藏族人民餐桌上的日常诗意，而书中对宗教巫术的神秘描绘，更是为这部作品增添了一抹不可言喻的奇幻色彩。整体而言，《尘埃落定》如同一幅细腻铺展的画卷，引领读

---

① 周洁、高小康：《侨文化：后全球化时代的乡愁共同体》，《江苏行政学院学报》2022 年第 2 期。
② 余红艳：《民传说景观叙事谱系与景观生产研究：以"白蛇传传说"为考察中心》，上海交通大学出版社 2022 年，第 43 页。
③ 余红艳：《民传说景观叙事谱系与景观生产研究：以"白蛇传传说"为考察中心》，上海交通大学出版社 2022 年，第 43 页。

者步入川西藏区的神秘领地，感受那里地域风光的独特魅力与深远意蕴。铁凝的《笨花》中也有丰富而生动的民俗描写，为读者展现了一幅冀中平原乡村生活的多彩画卷。在笨花村，有一种特殊的习俗，在棉花收获的季节，年轻女人会在夜间游走于看花男人的窝棚之中，以身体换取一些棉花。笨花村还有一项传统的祈福活动——投芝麻，祈求年岁的丰收，而吃饸饹、腌西瓜酱等则是当地的饮食习俗。在贾平凹的《秦腔》中，除了大量叙写秦腔戏曲文化外，还有婚礼习俗、葬礼习俗、饮食习俗、居住习俗、神秘风俗与预言，以及方言土语与民间文化等，向读者展现了秦地乡村生活的真实面貌和独特风情。乡土社会中还有一些周期性的文化习惯，如看戏、放电影等，都能激发起有着类似生活经验的读者的乡愁。

　　总的来说，民俗描绘不仅极大地增强了作品的真实感与鲜明的地方特色，而且为读者开启了一扇深入探索乡村文化精髓与历史演变轨迹的窗口。它生动地展现了乡土社会中伦理秩序的天然和谐之美，同时，作为一种充满情感的艺术形象，民俗描写还巧妙地唤醒了人们内心深处对故乡的深深眷恋与乡愁记忆。

　　乡愁叙事中的人文景观还包括乡土社会中各种具有文化内涵的建筑居所或历史文物，比如古华的《芙蓉镇》中的吊脚楼、汪曾祺的《受戒》中的荸荠庵、陈忠实的《白鹿原》中的祠堂、贾平凹的《土门》中的坟丘、张承志的《黑骏马》中的蒙古包、张炜的《你在高原》中的院落、徐则臣的《耶路撒冷》中的教堂、葛亮的《北鸢》中的城郭、乔叶的《宝水》中的民宿、付秀莹的《陌上》中的庭院等，这些蕴含着丰富文化内容的景观不仅成为乡愁叙事的结构性元素，而且是作者乡土记忆的重要内容和关键结点，其中承载着浓郁的乡愁情感。正如学者所言，"那些凝聚了乡愁的古老民居、古村落有着不可替代的价值，它的存在为乡愁赋形，使乡愁有了根，文化之魂就不再漂泊"①。我们可以通过张宇的《乡村情感》中对建筑景观的描写，领会其中蕴含的乡愁情愫：

　　　　在我们张氏家族的部落里，中院的上房又最为高大，在一大片房屋中

① 范玉刚：《乡村文化复兴视野中的乡愁美学生成》，《南京社会科学》2020 年第 1 期。

拔地而起居高临下。晚辈们造房，谁也不敢超过它。这上房结构和一般上房看去一样，却大到见方三丈，我们那儿又叫这种房屋为方三丈。高高的房脊上塑着一排飞禽走兽，房脊两头站两只雄鸡，象征着发达和吉祥。堂屋里的八仙桌和条案都由紫檀木做成，桌檐下都镶有木雕，一朵朵的莲花；条案下的木雕是一群仙女们的舞姿，条案两头又卷起来前龙后凤，古香古色。不同的是，这条案上不供祖楼，供一只明红的木塔，木塔里存放着古时候皇帝下给我们先人的两卷圣旨，老人们都管这木塔叫圣塔。在堂屋正中的宽大墙壁上悬挂着一张宽阔的壁挂，那壁挂上画着我们张氏家族的来历，从上到下，左右分枝，一代一代，层次分明，老人们管这张壁挂叫神旨。每年春节，族里的男丁们都要先到这儿烧香磕头，然后由老族长指着壁挂给后辈人讲古，然后才能回家去敬各家各户的祖上的灵牌。①

这段文字细致地描绘了张家院落的布局、外观及堂屋的陈设，作者将具有鲜明历史记忆和文化价值的木塔，以及存放其中的古时候皇帝颁发给祖先的两卷圣旨作为详细描写的重点，赋予了整个院落神圣而庄严的文化气息，在这种氛围中，读者仿佛听到了来自远古祖先的召唤，也似乎感受到了一种文化的认同感。

乡土生活场景也是唤起乡愁记忆的人文景观。在乡土小说中，有些场景与民俗叙写相伴而生，这种民俗场景便是上文论及的民俗景观，而有些场景是对乡土社会的日常生活空间的描写，比如，在古华的《芙蓉镇》中，芙蓉镇的生活场景描写便具有浓郁的烟火气息：

芙蓉镇街面不大。十几家铺子、几十户住家紧紧夹着一条青石板街。铺子和铺子是那样的挤密，以至一家煮狗肉，满街闻香气；以至谁家娃儿跌跤碰脱牙、打了碗，街坊邻里心中都有数；以至妹娃家的私房话，年轻夫妇的打情骂俏，都常常被隔壁邻居听了去，传为一镇的秘闻趣事、笑料

① 白烨：《中国当代乡土小说大系·第二卷（1990—1999）·上》，农村读物出版社 2012 年，第 50 页。

谈资。偶尔某户人家弟兄内讧，夫妻斗殴，整条街道便会骚动起来，人们往来奔走，相告相劝，如同一河受惊的鸭群，半天不得平息。不是逢圩的日子，街两边的住户还会从各自的阁楼上朝街对面的阁楼搭长竹竿，晾晒一应布物：衣衫裤子，裙子被子。山风吹过，但见通街上空"万国旗"纷纷扬扬，红红绿绿，五花八门。再加上悬挂在各家瓦檐下的串串红辣椒，束束金黄色的苞谷种，个个白里泛青的葫芦瓜，形成两条颜色富丽的夹街彩带……人在下边过，鸡在下边啼，猫狗在下边梭窜，别有一种风情，另成一番景象。①

　　青石铺就的小径蜿蜒伸展，鸡犬之声相闻，勾勒出乡村独有的风味；孩童在轻斥声中的嬉闹，情侣间打情骂俏的甜蜜，与偶尔传来的夫妻拌嘴声交织在一起，构成了生活最质朴的旋律。晾晒在阳光下的衣物，红艳艳的辣椒串，扎成捆的饱满苞谷种，以及悬挂在屋檐下的翠绿葫芦瓜，都是大自然与人类生活和谐共生的精致点缀。这个画面宛如一幅细腻描绘的乡村风情画卷，字里行间流露出作者对故土深深的依恋与赞美，每一笔都饱含对乡土情怀的无限眷恋。

　　在乡愁叙事中，关于日常生活行为或习惯的叙写成为乡土记忆的聚焦点，也是乡愁叙事的结构性关键要素。在红柯的《莫合烟》中，父亲是新疆生产建设兵团的人，在孩子眼中，父亲吸的莫合烟是用向日葵卷起来的，就像"一门大炮"，它贯穿了两代人的记忆。作为"兵团二代"的儿子，从小就不喜欢父亲抽的莫合烟，而且也不喜欢西部偏僻荒凉的乌尔禾，一心要逃离乌尔禾。但儿子在成长过程中不断受到父辈集体记忆的影响，同时也面临着现实的种种挑战和变化。这种双重压力使他在自我身份认同上产生了困惑和挣扎，最终在经历了一系列的困惑、挣扎和冲突后，主人公开始逐渐认清自己的内心世界和真正追求。他通过对父辈集体的乡愁记忆和现实的深刻反思，最终实现了自我身份的认同和成长。付秀莹的长篇小说《陌上》主要叙写了芳村众多女性的日常生活琐事，向读者呈现出一幅幅华北农民的生活场景图，涵盖一日三餐、婚丧

---

① 古华：《芙蓉镇》，人民文学出版社 2019 年，第 2 页。

嫁娶、邻里关系等各个方面。这些日常生活场景在作者不疾不缓舒展自如的叙写中，呈现出乡土大地和谐温暖的图景，正如有学者所言，"这是对凡俗人间、庸常心灵的罕有关注，是美学的下移"①。

在乡愁叙事中，除了自然景观与人文景观，某个特定的地点也常常被作为乡愁情感的承载物。这个地点往往是作者的故乡、第二故乡，或者是根据家乡虚构而成的叙事空间。比如，刘绍棠笔下的北京通州大运河两侧的乡土世界、汪曾祺笔下的江苏高邮水乡世界、李杭育笔下的"葛川江"世界、叶兆言笔下的南京、苏童笔下的枫杨树故乡、莫言笔下的高密东北乡、迟子建笔下的东北漠河的北极村、刘震云笔下的河南延津县、贾平凹笔下的陕西南部的商州、陈忠实笔下的陕西关中的白鹿原、张炜笔下的芦清河（虚构的河流）、张承志笔下的第二故乡内蒙古大草原、何士光笔下的梨花屯（虚构的故乡）、阎连科笔下的耙耧山区、李锐笔下的山西吕梁山、阿来笔下的川西嘉绒藏区、红柯笔下的新疆奎屯与乌尔禾、徐则臣笔下的京杭大运河、鲁敏笔下的苏中平原的东坝（虚构的故乡）、曹乃谦笔下的山西雁北地区、金仁顺笔下的吉林"高丽"的往事……作家们对故乡反复抒写，不仅满足了人类对于归属感的渴望，传达出自己浓郁的乡愁情感，也强化了个人与故乡之间的身份认同；同时，这样抒写还促进了文化的反思与传承，见证了历史的演进和时代的变迁，为读者带来了丰富的审美体验和艺术享受。

习近平总书记指出："搞新农村建设要注意生态环境保护，注意乡土味道，体现农村特点，保留乡村风貌，不能照搬照抄城镇建设那一套，搞得城市不像城市、农村不像农村。……搞新农村建设，决不是要把这些乡情美景都弄没了，而是要让他们与现代生活融为一体，所以我说要慎砍树、禁挖山、不填湖、少拆房。"② 乡土社会中的自然风景和人文景观，正是习近平总书记所说的乡村生态环境的重要组成部分，它们不仅具有田园诗性的审美价值，还具有乡愁共同

---

① 陈若谷：《"新乡土文学"和〈陌上〉的美学表达》，《当代文坛》2018 年第 1 期。
② 习近平：《避免使城市变成一块密不透气的"水泥板"》，人民网—中国共产党新闻网，2018 年 2 月 26 日，首次访问于 2020 年 3 月 18 日。

体的情感价值，更具有守护乡土生态的现实价值。

第二节　器具物象中的意象美

在乡愁叙事的文本中，除了借助景观，作者们也常常借助乡土器具（又曰器物）和其他物象来传达乡愁情感。因为乡愁记忆需要有所依托，这种依托既可以是景观式的空间、场景和行为，也可以是具体的器具和物象。一旦这些器具和物象被纳入乡愁叙事，必然承载着作者的某种主观意识或情感，从而成为具有审美属性的意象。器具与物象二者虽有实物与非实物的区别，但都成为乡愁叙事中具有内涵或指向的存在，下文分而述之。

一、乡愁叙事中的器具

许多器具是对大自然的模仿，但它们也蕴含了人的情感和智慧，因此具有鲜明的文化属性，这些具有文化属性的器具也被称为器物。朱大可认为，"器物是经过人类加工的一种物质形态，并在加工、使用、流传和解释过程中获得文化价值。"① 乡土社会中的器物，包括日常生活中使用的饮食器具、起居用具、交通用具及农业生产所需要的各种工具。"中国传统文学对于各种器物的书写更多的是从实用价值的维度进行阐释与生发，在关注众多器物的生产与实用价值之余，传统文学书写中器物的文化隐喻意义显然也是不容忽视的。"② 也即是说，器物背后蕴含着某种文化意蕴或文化精神。器物所承载的文化内涵，本质上是人们通过器物来激活对过去的文化生活或历史事件的记忆。如果缺乏对器物自身所蕴含的文化价值的发掘、叙述或美学审视，器物可能仅是静态甚至冰

---

① 朱大可：《上海世博的器物叙事——器物文化遗产的遗忘、拯救与复兴》，《河南社会科学》2010 年第 5 期。
② 韩春燕：《启蒙的风景：百年中国乡村小说嬗变》，春风文艺出版社 2022 年，第 219 页。

冷的物体。因而尽管器物本身也是对不同时代的文化进行书写的一种手段，但其自身所有文化意蕴和价值都必须在与作为主体的人的双向互动中才能得以呈现。无论是古代文学作品，还是现代文学作品，其中的器物叙事都具有唤醒器物自身文化意蕴的作用。不仅如此，器物在文学作品中还具有叙事功能，有学者指出，"在中国传统话本小说叙事中，日常器物经常处于重要地位，成为推动叙事情节、营设叙事悬念和渗入情感元素的文化叙事元素。……大量的器物不仅仅是构建起小说人物日常生活的必需品系统，而且还经常被作者赋予某种特定的文化内涵，并将器物与叙事情节、人物性格及母体文化相互关联。"① 器物之于文学作品具有四重功能，即实用功能、文化功能、叙事功能和审美功能。现代小说与古代小说同样重视这四种功能，但除叙事功能和审美功能外，二者在实用功能与文化功能方面各有侧重。有学者指出，古代小说更加重视器物的实用功能，现代小说更加重视器物的文化引申意义，现代乡土小说对器物的书写有着天然的亲近感，这主要源于创作者和书写内容与传统乡土社会的紧密联系，因而必然与乡土社会中的器物产生关联。同时，乡土器物的书写也会随着社会历史的变迁而发生变化。② 由此可见，乡土小说中的器物不仅能呈现乡土社会历史的变迁，还能成为作家书写乡土文化记忆、乡愁情感的表达及乡土空间想象的审美载体。进入乡愁叙事文本中的器物本质上就是乡土小说中的意象，蕴含着丰富的思想和情感内容。

新时期乡愁叙事中的器物存在传统、现代和后现代三种形态。20 世纪 80 年代的乡愁叙事中，以传统器物为主，它们与传统乡土社会紧密相连。比如汪曾祺的小说《受戒》和《大淖记事》中的器物便都是传统型器物。请看下面的一段文字：

> 门里是一个很宽的院子。院子里一边是牛屋、碓棚；一边是猪圈、鸡窠，还有个关鸭子的栅栏。露天地放着一具石磨。正北面是住房，也是砖

---

① 宇文刚：《高罗佩〈大唐狄公案〉文化回译研究》，吉林大学出版社 2021 年，第 107 页。
② 韩春燕：《启蒙的风景：百年中国乡村小说嬗变》，春风文艺出版社 2022 年，第 221 页。

基土筑，上面盖的一半是瓦，一半是草。房子翻修了才三年，木料还露着
白茬。正中是堂屋，家神菩萨的画像上贴的金还没有发黑。两边是卧房。
隔扇窗上各嵌了一块一尺见方的玻璃，明亮亮的——这在乡下是不多
见的。①

这段文字中的"牛屋""碓棚""猪圈""鸡窠""栅栏""石磨""瓦"
"木料"等都属于传统农业社会中的物件。但实际上汪曾祺小说中的乡土世界
是被美化或理想化了的，这个乡土空间没有受到现代文明的干扰。汪曾祺说写
《受戒》便是写自己 40 年前的梦，因此汪曾祺的诗化小说具有鲜明的回望式乡
愁乌托邦色彩。但实际上现代乡土社会并不是封闭保守不前进的，一些现代性
的器物已经在 20 世纪 80 年代进入了乡土世界。比如，在路遥的《人生》中，
不仅有石磙、石磨、石臼、锄头等传统农具，还出现了自行车这种代表现代工
业文明的交通工具。贾平凹的《浮躁》中也出现了较多的传统器物，如衣架、
板柜、椅子、凳子、箱子、火盆架、梳妆匣、脸盆架、牌位、手镯、年画等，
同时还出现了自行车、热气球等现代器物。新时期乡土小说中出现的现代器物
承担着反传统和瞻望未来的任务。比如，韩少功的《爸爸爸》中，鸡头寨十分
封闭落后，但仁宝从山外带回了报纸、照片、玻璃瓶子、松紧带子等现代物品，
它们象征着现代文明对封闭落后村寨的潜在影响和冲击。对传统乡土社会更具
有冲击和影响力的是作为交通工具的火车，如在铁凝的《哦，香雪》中便出现
了火车这一交通器物。火车是现代工业的象征，它是现代化、进步、力量与开
放的载体，火车不仅带来了外面的消息、商业的萌芽，还寄托了香雪等人对美
好未来的向往和憧憬。小说中的火车既是现代文明的象征和时空延伸的纽带，
又是梦想与希望的起点和变革与进步的推动力，是以香雪为代表的一代人对现
代性未来的前瞻式乡愁乌托邦想象。因此，在 20 世纪 80 年代的乡愁叙事中出
现的现代器物，在某种程度上承担了启蒙的使命。

20 世纪 90 年代以来，乡愁叙事中的器物变得更加复杂，出现了传统器物

---

① 汪曾祺：《受戒》，北京十月出版社 2023 年，第 22 页。

与现代器物并存的情况。由于现代化特别是城镇化进程的加快，乡土生态遭到了破坏，作家们把批判的矛头指向了现代性，也就是展开了对现代性后果的批判。因此，在20世纪90年代的小说中，器物常常被用作审视现代性的对象或中介物。在张炜的《九月寓言》中，现代器物的出现主要体现在小村与邻近工区（矿区）的互动中，这些现代器物包括煤矿开采设备、工业产品（如黑面饼、大胶鞋等），以及象征着现代生活方式的物品（如"鏊"——专门用来做煎饼的工具）。小说中现代器物的出现及其所承载的文化意义，是理解小说主题和深层意蕴的重要视角。这些器物不仅象征着外界文明与进步的冲击，也反映了小村人的矛盾与挣扎、社会变迁与人的命运的变化关系、传统文化的现代性改造问题。在迟子建的《额尔古纳河右岸》中，虽然并未直接列出代表现代工业文明的器物，但通过文本描述和背景可以推断出这些器物的存在及其对鄂温克族人生活的影响。比如，小说中叙述了大兴安岭原始森林遭到大肆砍伐，砍伐树木的现代工具、运输木材的火车和汽车及铁路等现代器物便自然存在于文本的背后，这些现代器物和现代生活方式的出现，对鄂温克族人的传统生活造成了较大的影响和冲击。小说也展现出作者对传统家园的深切忧虑，这种对传统家园怀旧式的叙事，表达了作者浓郁的乡愁情感。关仁山的《金谷银山》中出现了猎枪、工厂烟囱、挖铁矿的挖掘机等现代工具，它们都是作者对现代工业文明进程中滥杀滥采导致生态破坏的反思性器物。

在乡土空间中，普通的日常器物也可能被赋予特定的文化属性，从而具有了鲜明的隐喻或象征色彩。比如，何立伟的《白色鸟》中的两个少年在河滩上游泳嬉戏，除了两人的说话声，四周便只有蝉声，整个画面显得和谐宁静。此时，两个少年发现有两只水鸟：

> 雪白雪白的两只水鸟，在绿生生的水草边，轻轻梳理那晃眼耀目的羽毛。美丽。安详。而且自由自在。
>
> ……
>
> 四野好静。唯河水与岸呢呢喃喃。软泥上有硬壳的甲虫在爬动，闪闪

的亮。水草的绿与水鸟的白，叫人感动。

……

那鸟恩恩爱爱，在浅水里照自己影子。而且交喙，而且相互地摩擦着长长的颈子。便同这天同这水，同这汪汪一片静静的绿，浑然的简直如一画图了。

赤条条的少年，于是伏到草里头觑。草好痒人，却不敢动，不敢稍稍对这画图有破坏。天蓝蓝地贴在光脊的背。

空气呢在燃烧。无声无息，无边无际。

忽然传来了锣声，哐哐哐哐，从河那边。

"做什么敲锣？"

"呵呀，"黝黑的少年，立即皮球似的弹起来，满肚皮都是泥巴。"开斗争会！今天下午开斗争会！"

啪啦啪啦，这锣声这喊声，惊飞了那两只水鸟。从那绿汪汪里，雪白地滑起来，悠悠然悠悠然远逝了。①

此处的"锣"本是乡村的常用器物，在此却被赋予了新的象征性内涵，在"文革"时期，锣声是开批斗会的信号，因此，"锣"从日常生活器物演化为政治性器物。在古华的《芙蓉镇》中，被政治化的器物更为突出，比如，李国香被批斗时，被查抄出许多"男人的东西"，并被挂上"破鞋"游街，这里的"破鞋"及小说中出现的政治标语、口号、批斗会上的喇叭等，都是被政治意识形态化了的器物。又比如，阎连科的《坚硬如水》中出现了像章、标语以及其他带有暴力倾向的器物等，同样具有鲜明的时代特点和文化属性。乡土社会中的普通器物在乡愁叙事中也可以被赋予其他的隐喻性内涵。比如，乔叶的《锈锄头》中的主人公李忠民，将他在农村插队时用过的锄头带回北京并收藏起来，小偷石二宝因生活所迫，潜入李忠民为情人小青购置的豪宅进行偷盗，结果被李忠民发现，二人对峙中，李忠民为了稳住对方情绪，向石二宝讲起了

---

① 何立伟：《白色鸟》，新星出版社 2017 年，第 8–9 页。

与墙上锄头相关的自己插队时的故事。作者实际上是借助特殊的场合让主人公讲述下乡插队的故事，完成一种乡愁叙事，这种叙事方式将乡愁叙事巧妙地分解在不同的情节框架之中。石二宝听完李忠民讲的乡村故事，居然笑了，两人的状态由敌对逐渐转变为友好，似乎是两个朋友在聊天，但当石二宝准备离开时，被李忠民用墙上的锄头砸死了。这里的"锄头"在小说中具有结构性功能，同时也具有异常丰富的隐喻性文化内容，小说通过"锄头"揭示了城乡二元对立的现状及人性堕落的现实，其中蕴含着作者严肃的审美现代性批判意识。

自 20 世纪 90 年代以来，随着大量农民涌入城市，他们在城市的生存空间变成"城市异托邦"空间，在这些"城市异托邦"空间中，出现了后现代社会中的新式器物，比如现代交通工具、信息终端产品、家用电器和人造物品等，它们让人目不暇接。比如，陈应松的《太平狗》中的"城市异托邦"空间便出现了的一些新式器物，包括大棚水果、温室蔬菜、宠物蝎子或蝈蝈、电脑上虚拟的田园风光、克隆羊、仿真人等，它们与传统器物最大的差别便是具有逆时性（如大棚水果、温室蔬菜）、异化性（如宠物蝎子或蝈蝈）、虚拟性（如网络田园风光），以及人造性（如克隆羊、仿真人等）。这些"城市异托邦"中的器物普遍带有很强的人造痕迹和虚构色彩，是为适应消费社会而生产的商品，因此它们所引发的"乡愁情感"是一种变异的乡愁情感，即后现代乡愁情感。

综上所述，新时期乡愁叙事中的器物弱化了实用功能，强化了文化功能、叙事功能和审美功能，其中的文化引申意义与象征意义越丰富，在乡愁叙事中的叙事功能越明显，其作为意象的审美功能便越强。

二、乡愁叙事中的物象

这里所论及的物象，是指除器物外的其他事物的形象。袁行霈对物象是这样描述的：

> 物象是客观的，它不依赖人的存在而存在，也不因人的喜怒哀乐而发

生变化。但是物象一旦进入诗人的构思，就带上了诗人的主观色彩。这时它要受到两个方面的加工：一方面，经过诗人审美经验的淘洗和筛选，以符合诗人的美学思想和美学趣味；另一面，又经过诗人思想感情的化合和点染，渗入诗人的人格和情趣。经过这两方面加工的物象进入诗中就是意象。诗人的审美经验和人格情趣，即意象中的那个意的内容。因此可以说，意象是融入了主观情意的客观物象或者是借助客观物象表现出来的主观情意。①

　　在乡愁叙事中作为主体的人的乡愁情感附着于客观物象之上而形成的意象，本书称之为乡愁意象。乡土小说中的乡愁意象所蕴含的乡愁情感与乡愁意识的浓淡与显隐具有差异性。

　　从共时性来看，这些意象可以分为自然意象和社会生活意象两大类型，这两类意象对应的乡愁情感的浓淡并非固定不变，它们承载的乡愁情感受叙事者赋予它们的主观情感多寡的影响，也受叙事者的叙事习惯或风格的影响。比如，浪漫型抒情作家汪曾祺、何立伟、张承志、迟子建及红柯等人与乡土自然更为亲近，他们赋予自然意象的情感更为浓郁，其作品中选取自然意象的概率便更大。张承志的小说中经常出现的意象有大河、骏马、草原、大漠、蒙古包、太阳、牧场、大坂、火焰、山峦等，红柯的西部小说中经常出现的意象有太原、荒漠、雪山、雄鹰、棕熊、羊、月亮、骏马、海子、河流、黄沙、烈风、雪鸟、野狼等，这两位作家的作品中自然意象远超社会生活意象，这两位作家以西北大漠草原为乡土家园的原型，选取了与之相匹配的意象。张承志与红柯的叙事风格也偏于豪放与粗犷，这与他们选择的意象相得益彰。这类赞美乡土社会的乡愁叙事作品，更多展现出了乡土田园的自然之美。

　　而刘恒、贾平凹、郑义、关仁山、李佩甫、刘庆邦等作家，通过他们的乡土小说，审视并批判了乡土社会的愚昧和落后，尽管他们在叙事中也会偶尔展现乡土的自然之美，但侧重呈现乡土社会的复杂现实，因此他们的小说更多选

---

① 袁行霈：《中国诗歌艺术研究》，北京大学出版社 2009 年，第 54 页。

取了与社会日常生活相关的意象，如刘恒的《狗日的粮食》中的社会性意象有粮食、粮票、粮袋、猪棚、猪、山药、大窖、玉米粥、舔碗、南瓜、骡子、骡粪、葫芦、瘿袋等。再看贾平凹的《秦腔》中的一段话：

> 我现在给你说清风街。我们清风街是州河边上最出名的老街。这戏楼是老楼，楼上有三个字：秦镜楼。戏楼东挨着的魁星阁，鎏金的圆顶是已经坏了，但翘檐和阁窗还完整。我爹曾说过，就是有这个魁星阁，清风街出了两个大学生。一个是白雪同父异母的大哥，如今在新疆工作，几年前回来过一次，给人说新疆冷，冬天在野外不能小便，一小便尿就成了冰棍，能把身子撑住了。另一个就是夏风。夏风毕业后留在省城，有一笔好写，常有文章在报纸上登着。夏天智还在清风街小学当校长的时候，隔三岔五，穿得整整齐齐的，端着个白铜水烟袋去乡政府翻报纸，查看有没有儿子的文章。如果有了，他就对着太阳耀，这张报纸要装到身上好多天。后来是别人一经发现什么报上有了夏风的文章，就会拿来找夏天智，勒索着酒喝。夏天智是有钱的，但他从来身上只带五十元，一张币放在鞋垫子下，就买了酒招呼人在家里喝。收拾桌子去，切几个碟子啊！他这话是给夏风他娘说的，四婶就在八仙桌上摆出一碟凉调的豆腐，一碟油泼的酸菜，还有一碟辣子和盐。辣子和盐也算是菜，四碟菜。夏天智说："鸡呢，鸡呢吗?！"四婶再摆上一碟。一般人家吃喝是不上桌子，是四碟菜；夏天智讲究，要多一碟蒸全鸡。但这鸡是木头刻的，可以看，不能吃。①

这段话中的社会意象有清风街、戏楼、魁星阁、圆顶、翘檐、阁窗、爹、大学生、小便、冰棍儿、身子、文章、报纸、校长、白铜水烟袋、酒、钱币、鞋垫、桌子、八仙桌、夏风、白雪、夏天智、四婶、碟子、油泼酸菜、辣子、盐、鸡等。贾平凹借助这些意象来展现清风街的人际关系，为后面的乡土批判奠定基础，其目的并不是赞美乡土的自然之美，而是表达对乡土未来的深切担

---

① 贾平凹：《秦腔》，浙江文艺出版社2021年，第5－6页。

忧，并揭示清风街传统伦理衰败的现实，类似这种具有批判性的乡愁叙事，其选择的意象必然与乡土日常生活紧密相连。

就历时性来看，新时期乡愁叙事中的意象（物象）与器具都是随着社会历史变迁而变化的。乡愁叙事意象同样也有传统、现代与后现代之分，这三种意象在新时期乡土小说中是同时存在的。在 20 世纪 80 年代的乡愁叙事中，尽管已经开始改革开放，西方现代主义美学思潮也给中国乡土社会带来很大的冲击，但由于乡土社会的文化传统具有强大惯性，受到的冲击和影响并不大，因此，这个时期的乡土小说中的意象仍以传统型为主。尽管这些意象千差万别，但"都包含着牧歌意象最基本的构成要素。那就是乡土景致、乡土生活（情趣）、纯美人性和乡风流俗（含异域风采）"①。也即是说，这些传统型意象对应的乡愁家园属于怀旧式乡愁家园，多散发出田园牧歌般的韵味。

到了 20 世纪 90 年代，现代和后现代思潮及消费主义浪潮对乡土小说创作带来了较大的冲击，乡愁叙事中的现代意象和后现代意象逐渐增加。现代意象产生的文化背景是现代美学，其对应的乡愁类型是以进化观为基础的前瞻性乡愁，因而这种意象具有反思性和批判性特征，其批判的对象是传统乡土社会的愚昧与落后。作为现代意象选择的事物在不断增加，它们不断进入乡愁叙事之中，成为新的物象，如火车、火箭、霓虹灯、互联网、手机、信息、视频、微信、博客、酒吧等，它们承载着现代性文化内涵，具有文化的反思色彩。这些描绘乡愁的叙事作品，巧妙地将理想中的乡土乐园隐匿于字里行间，以此为透镜，深刻审视乡土社会在现代文明浪潮冲击下的变迁。它们一方面如挽歌般哀婉地唱响了对传统乡土社会的警醒与缅怀，另一方面则满怀憧憬地为未来乡土世界勾勒出乌托邦式的乡愁蓝图，寄寓着对美好家园的无尽向往。

与现代意象几乎相伴而生的是后现代意象。20 世纪 90 年代，消费主义与大众文化的膨胀与扩张，极大地冲击了传统乡土社会，市场经济与消费主义将一切都纳入商品和消费的行列，乡愁也逐渐成为现代消费品。随着传统视觉文

---

① 廖高会：《诗意的招魂：中国当代诗化小说研究》，学苑出版社 2011 年，第 115 页。

化向影像文化的转变，影响文化存在的符号逻辑变成了仿像。① 乡愁逐渐成为被虚拟化和拟像化的商品，传统意象随之也被后现代意象所取代，意象变成了仿像。仿像阻断了主体的想象与联想。"意象中的'象'能让人展开丰富的想象和联想，从而生成多重意蕴。而仿像的逼真性或超真实性，能指和所指没有差异和张力，也就不可能引发想象和联想。"② 因为仿像"瓦解了与现实事物的任何对照，将现实事物吞噬进仿像之中"③。因此，由仿像引发的乡愁只能是浅层次的"伪乡愁"，即一种"拟像乡愁"。这种"拟像乡愁"存在于"城市异托邦"空间之中，对于那些远离了真实的乡土家园的农民工来说，它只是一种权宜的乡愁替代品，它们只具有满足欲望的价值而不再具有审美的价值。

值得说明的是，20 世纪 90 年代以来的乡愁叙事中，传统意象、现代意象和后现代意象是同时存在的，这与传统、现代与后现代乡愁相互叠加存在是相对应的。

第三节　离合聚散中的感伤美

关于主体与故乡的离合聚散问题，实质上是探讨乡愁叙事的时空问题，更具体地说，是探讨主体与故乡的时空距离问题。《国语辞典》对乡愁的解释是："深切思念家乡的忧伤的心情。"④ 尽管没有直接提及时空或距离，但"思念"一词暗含着发出思念的主体与故乡存在一定距离，因为这种距离引发了乡愁。离乡者固然会因空间距离而产生乡愁情感，但即便是固守家乡，同样也会因为时间的流逝而对往昔的时光产生怀旧情绪。正如学者所言，"纵使没有离开故乡的人也有乡愁，因为一直居住在故乡的人，也会随着时代的变迁或进步而怀念

---

① 周宪：《中国当代审美文化研究》，北京大学出版社 1997 年，第 128 页。
② 廖高会：《诗意的招魂：中国当代诗化小说研究》，学苑出版社 2011 年，第 115 页。
③ Mark Poster, Jean Baudrillard：*Selected Writings*，Stanford：Stanford Universr Press，1988，p. 56.
④ 中国社会科学院语言研究所词典编辑室：《现代汉语词典》，商务印书馆 2016 年，第 1426 页。

旧时的、逝去的风土景致与人情世故，也是有其浓浓的怀旧的乡愁"①。比如，鲁迅的小说《故乡》便蕴含了两种类型的乡愁情感：一种是叙事者因离开故乡20多年而产生的乡愁；另一种是回到故乡看到满目荒凉萧瑟的景象而对童年时期故乡的怀旧式乡愁。前者是因为空间距离而引起的，后者则是因为时间距离而产生的。另外，那些"对故乡历史与文化发思古幽情"者，同样会产生乡愁。② 离散，作为一种生命体验，不仅指物理空间上的分离，还涵盖了时间、文化及心理层面的疏离感。当个体或群体离开熟悉的环境，无论是地理上的迁徙，还是文化上的断裂，都会引发对过往生活的深切怀念，这种怀念便是乡愁。因而离散产生乡愁可以从四个维度来理解。首先是物理距离产生的乡愁。个体与故乡的距离越远，对故乡的风物、亲人或生活方式的思念便越发强烈。其次是时间距离产生的乡愁。随着岁月的流逝，个体对故乡的记忆日益模糊，但终会留下一些美好的往昔存留记忆之中，于时间的河流中熠熠闪光，形成对过去的怀念与对未来的不确定的复杂情感，从而催生了对故乡的深沉眷念。再次是文化距离产生的乡愁。当个体处于价值观念和行为方式等均与故乡截然不同的文化环境中时，一种与故乡的疏离感便会油然而生，从而引发对故乡文化的怀念和向往。最后是心理距离产生的乡愁。无论时间的长短或空间的变迁，个体只要因自身经历、家庭关系或社会变迁等因素导致在心理上产生与故乡的疏离感，便可能产生强烈的乡愁情感。距离的存在会加剧乡愁的产生与发展，而乡愁的存在又会让个体对距离的感受更加敏感和深刻。

离散不仅催生了乡愁，还赋予乡愁一种独特的距离之美。在乡土小说中，正因为这种距离之美的巧妙应用，创造出众多令人难忘的艺术形象。然而，离散所带来的距离之美总是伴随着不同程度的忧伤，从而形成乡愁叙事的独特的美学情感形式。这种忧伤之美可以从两个层面来理解：一方面是回望式乡愁叙事中对现实的不满而生发的对昔日家园的缅怀；另一方面是前瞻式乡愁叙事中对将来的不确定性而生发的对未来的担忧。因而，乡愁叙事是具有悲剧意味的

---

① 刘正伟：《新诗创作与评论》，四川大学出版社 2021 年，第 110 页。
② 刘正伟：《新诗创作与评论》，四川大学出版社 2021 年，第 110 页。

审美形式。现代乡愁叙事作为中国探寻现代化路径的一种文学表达形式，本身具有很强的政治意识形态性，或者说具有鲜明的现代性目标。而中国在现代化进程中经历了许多磨难，有着巨大的牺牲，这个过程本身就具有悲剧性。因此乡愁叙事作为整个现代化进程中的文学表达，自然也带有悲剧意味。"'乡愁'成为中国现代化过程中乌托邦冲动的一种具有悲剧意味的美学形式。"① 在线性时间轴上，个体永远只是存在于当下，在建构自己的历史意义时，必然前瞻或回顾，只有这样才能将自己的生命以当下时间点为基点向两端延伸，通过记忆或回忆再现过去的"我"，通过想象或憧憬设计未来的"我"。无论是再现过去的"我"还是设计未来的"我"，都必须有可以托付自身（想象的自我）的空间，这个空间便是"家园"，它可以是记忆中的，也可以是想象出来的。当个体对当下"此在"产生不满时，便会将其与记忆中的家园或想象中的家园进行比较，从而生成回望式乡愁和前瞻性乡愁。但无论是哪种类型的乡愁形式，都存在离散带来的时空距离感，这种时空距离包括空间的、时间的、心理的和文化的等。当个体试图重返记忆中的家园或乡土时，面对不可逆转的过去，这种回归的意图或冲动只能是失望的、悲剧性的。同样，当个体对当下"此在"感到不满时，还可以瞻望未来以寻求慰藉，但未来只存在于设想之中，这种不确定性本身就带有犹疑与忧患意识，从而为想象中的家园蒙上一层悲剧性的面纱。

时间与空间的距离让故乡产生了美感，这种美感一方面来自离乡者对家乡有意无意的美化，如汪曾祺、张炜、迟子建等人的乡愁叙事作品；另一方面来自对家乡的审视与批判所带来的试图重建理想故乡的乡愁乌托邦冲动。这两个方面的乡愁情感及其审美意蕴的产生，是相互补充的，前者是从正面入手肯定乡土家园，后者是从批评入手修补乡土家园。

无论是何种类型的乡愁形式，个体与故乡之间都存在三种关系："在乡""离乡""返乡"。"在乡"指的是个体较长时间身处家乡的空间环境之中的存在状态；"离乡"是指个体较长时间离开故乡而生活在异地的存在状态；而"返乡"则是"在乡"与"离乡"之间的一种过渡状态，是个体正在从异地返回家

---

① 王杰、王真：《中国审美现代性研究》，上海人民出版社 2023 年，第 142 页。

乡的行为方式，包括回到家乡长期居住的"在乡"行为。尽管"在乡"者也会因为时间流逝、物是人非而产生乡愁，但在整个乡愁叙事之中，"在乡"者的乡愁叙事不属于乡愁叙事的主体，更多时候是作为离乡、返乡类乡愁叙事的补充。

自 20 世纪 80 年代以来，乡土小说中的离乡题材的作品主要有两类：一类是知识青年下乡，另一类是农民工进城打工。前者是知识青年离开城镇到农村插队，后者是农民离开农村进城谋生。这两种互逆的人口大规模迁移，使迁移主体在离开家乡后必然产生乡愁。从严格意义上来说，知青离开城镇的故乡，他们所生发的乡愁应称为"城愁"，这类作品在知青小说中也有较多的书写，如卢新华的《伤痕》便是对"城愁"的书写。但不少知青乡土小说并没有过多去表现这种"城愁"，而是将插队的农村作为自己的第二故乡，书写他们回城之后对第二故乡所产生的怀旧式乡愁。比如，在史铁生的《我的遥远的清平湾》、张承志的《黑骏马》、铁凝的《村路带我回家》、王安忆的《本次列车终点》和孔捷生的《南方的岸》等知青小说中，都抒写了回城后的知青对曾经插队的第二故乡的思念，甚至出现重返农村的返乡行为。这其中的文化心理较为复杂，一方面，中国自古以来就是以农业为主体且重视农业的国家，农业文明成为中华民族的文化记忆，土地始终成为我们文化记忆中的核心要素，当知青在农村生活一段时间后，自然地与土地建立了血脉联系，这属于民族文化心理使然，知青们的乡愁更多具有某种文化属性，属于文化乡愁。另一方面，知青们在农村插队期间，逐渐熟悉了农村的自然环境，并在与农民的交往中感受到了亲人般的关爱，也体会到了农村的质朴、美好与温暖，这与城市中人情冷漠、彼此陌生的现状形成了鲜明对比，当他们回城后，这种对比更加强烈，于是对插队的第二故乡的怀念之情也会油然而生，这种乡愁具有鲜明的回望色彩，属于怀旧式的乡愁。

20 世纪 90 年代以来，大量的农民进城务工直接造成乡村的空心化。乡村的农民到城市后，由于对城市各种环境的陌生与不适，给他们的乡愁情感增加了焦虑与不安，这些打工农民的乡愁尽管也是离乡后回望式乡愁，但与知青回城后对作为第二故乡的农村的回望不同。知青的回望是有物质根基的，因为他们回城后大多数都有了工作和物质保障，所以他们的乡愁更多具有精神和文化属性，偏向于文化乡愁；而在城里打工的农民身居异乡，甚至居无定所，对现实环境缺乏安全感，对自己的未来缺乏信心，他们的乡愁更多是因对未来的不确定性而生发的一种忧患、焦虑甚至恐惧，他们依靠对家乡温暖或美好的记忆来安慰自己，他们的乡愁更多具有物质属性。比如鬼子的《瓦城上空的麦田》中的进城农民李四，他坐在城市的高台上，仰望白云，认为那就是从故乡飘过来的"麦田"，李四在城里失去了身份证，连子女都不认他，他成了无家可归的流浪者，这时眼前的白云便幻化成家乡的麦田，以慰藉他孤独的灵魂。

特别值得一提的是，那些来自农村的乡土作家，对乡土有着特殊的记忆，但同时也面临着无法回归故乡的尴尬，他们的乡愁叙事难以避免地蕴含着悲剧意识。21 世纪以来，"80 后"作家开始在文坛崭露头角，与以往乡土作家对乡土家园的怀旧或批判不同的是，他们更多是展示孤独和绝望。[①] 他们描绘了乡土的破败、苦难、伦理的失序，但创作不再是批判和审视，而是对苦难的展示，他们无论是对乡土历史的书写，还是对当下的写实，都流露出无奈或绝望的复杂情绪。他们试图寻找精神的归途，却难以看到乡土家园的未来，他们对乡土家园仅有的童年记忆无法支撑现实的挤压，因此他们的苦难展示也仅停留在表面，缺乏明确的目标，尽管有乡愁，但有限的乡村记忆无法激发个体对乡土家园的回望，也无法成为乌托邦家园建构的参照或依托。尽管他们存在离散的时空距离，但"他们不再有对往昔的精神回望和对未来的期待，而只有个人性的悲凉和孤独"[②]。因此，他们难以找到可以寄放乡愁的寓所或家园，只能一直甚至永远处于精神流浪的途中。他们的乡愁书写无疑也带有悲剧美学色彩。不仅如此，面对当下乡土世界空心化等现状，"80 后"作家或许是具有乡村记忆的最后一代作家，其本身就带有相应的悲剧意味，他们对乡村的书写也同样具有挽歌色彩。

---

① 贺仲明：《当代乡土小说审美变迁研究 1949—2015》，生活·读书·新知三联书店 2024 年，第 341 页。
② 贺仲明：《当代乡土小说审美变迁研究 1949—2015》，生活·读书·新知三联书店 2024 年，第 349 页。

如果说离乡引发回望式乡愁，那么返乡更多地引发前瞻式乡愁。返乡者在外面的世界中见识了更加广阔的世界，特别是不少离乡者通过读书升学到了城里，他们有较高的文化水平，受到过现代文明的熏陶。这些见多识广的离乡者一旦返乡，便会将故乡与外界进行对比，得到落差便成为故乡落后或愚昧的见证，故乡便成了返乡者反思与批判的对象。在这种情况下，返乡者心中的城市生活便成为故乡未来的参照，形成具有现代性意味的前瞻性乡愁。铁凝的《哦，香雪》中的香雪离家之后又乘坐火车返回家乡，但她给山村带回了铅笔盒，这是现代工业文明的象征，也表明了传统乡土社会对现代城市文明的向往，这是前瞻式的现代乡愁表达，当然，其中也暗含着对山村落后封闭现状的审视与批评。关仁山的《九月还乡》中，主人公九月回乡后发生了一系列事情，为了保住村里的 800 亩土地，九月做出了牺牲。故乡已经不是从前的故乡，在现代资本欲望的冲击下伦理已经溃败。小说有一段对农民杨大疙瘩的描写：

> 人都散尽了，雪野被人群踩黑了。杨大疙瘩还独自蹲在田野里。只有几只觅食的麻雀陪着他。杨大疙瘩竟忆着很早的往事，解放后搞土改分田地时，他和父亲分了地。那时他还是个孩子。这茫茫一片都曾是杨家人劳作过的田野。从今天开始，或许到有生之年，再也看不到昔日的景象了。①

杨大疙瘩对过去劳作的回忆充满了乡愁情感。小说结尾的"落雪的平原竟有了田园的味道"，令人回味无穷，现实乡土因欲望膨胀而变得扭曲，只有自然景观勉强保留了原乡的韵味。在贾平凹的小说《高老庄》中，子路返回家乡后，发现与城市生活相比，家乡有着显著的差距，家乡还存在许多陈规陋习，有的人显得比较势利，他们为了眼前的利益大肆砍伐树木，造成生态破坏，这些乡土陋习都成了作者审视批判的对象。作者通过子路的视角对乡土社会进行了审视与批判，展现了鲜明的现代乡愁色彩。前瞻式的现代性乡愁叙事具有鲜明的乡愁乌托邦冲动，其目的是试图建构理想的乡土家园。"乡愁乌托邦是中国

---

① 白烨：《中国当代乡土小说大系·第 2 卷（1990—1999）·下》，农村读物出版社 2012 年，第 641 页。

审美现代性的一种存在方式，中国文化的特殊性正是在于它最终能够指向乌托邦的本然存在。"①

当然，返乡作品也有表现家乡变化，或者唤起自己的亲情、感受到故乡温暖的作品，其中的形象主体离乡后对家乡的乡愁情绪及重获乡土温暖的情感欲求在返乡后得到了满足，而叙述主体也通过返乡叙事获得了乡愁情感表达的满足。但自 20 世纪 90 年代以来，随着现代化和城镇化进程的加速，故乡已经发生巨大的变化，要么环境遭到破坏，要么面貌焕然一新，记忆中的故乡已不复存在，乡愁情感也因此油然而生。在这一时期，返乡者更多会采取现代性的反思和审视姿态，表达出对昔日故乡的缅怀及对重建故乡的乡愁乌托邦冲动，乡愁个体对昔日故乡的美好记忆与对现代文明的想象便会融会在一起，形成一种新的家园形象，这与乡村振兴战略中的城乡融合的诉求相契合。这也是 21 世纪乡愁叙事对家园重构的理想状态。在新时代乡土小说中，特别是描写乡村振兴的作品，有许多返乡农民成为乡村振兴的生力军，也成为重返乡土的"在乡"者，他们的乡愁属于前瞻性现代乡愁。读者在他们身上看到了新一代农民的精神风貌，以及他们以城乡融合的理念重建新乡土家园的决心和精神力量。

乡土社会的居住者多以"在乡"的形式存在。"在乡"者的乡愁叙事包含两个层面，第一个层面是：随着时间的流逝，"在乡"者无法回到过去家园时空之中，过去的家园只能留存于记忆中，无论是童年的纯真、昔日亲人之间的团聚，还是睦邻之间的情谊，甚至是那些在生活中遭遇的挫败，都成了美好的回忆。在余华的小说《活着》中，福贵在亲人们相继离世后，他仍然坚强地活着，辛勤劳作于田间地头，在他劳作之余栖息于树荫之下时，岁月的点点滴滴及人世的悲欢离合自然会成为其怀旧的主要内容，这种平淡与坦然的背后是对家人的怀念，其中的悲伤仍然会隐隐发作，只是被福贵淡化成缕缕乡愁。作为"在乡"者，福贵尽管不再离乡出走，但时间的流逝会给他带来更加深刻的乡愁意识。对于多数"在乡"者而言，对生命或存在意义的探寻所引发的乡愁意识，都与时间的流逝紧密相关。这引出了"在乡"者乡愁叙事的第二个层面，

---

① 王杰、王真：《中国审美现代性研究》，上海人民出版社 2023 年，第 144 页。

即"在乡"者对精神家园的追问。无论是像福贵般的普通农民，还是像子路（《高老庄》）般的知识分子，他们都会去思考各自最终的归宿，只是思考的角度和深度不同。

作为"在乡"的农民，他们更多地聚焦于解决实际的物质生活问题。虽然偶尔也会思考生命的终极归宿，但这样的哲思往往会被日常生活的重重辛劳所打断，留给他们哲学沉思的时间与空间极为有限。相比之下，同样扎根乡村的知识分子，则在满足基本物质需求之余，深入探索人类存在的本质意义。他们超越了物质层面的限制，将视野投向更为广阔的文化与精神领域，并进行深入的反思与追问。因此，以知识分子为叙事对象的乡土小说，更容易或更多地触及精神家园问题。精神家园，作为建立在物质与文化家园之上的更高境界，成为这类叙事中的重要组成部分。在"在乡"者的乡愁叙述中，对生命意义的探寻与对精神家园的向往紧密相连，共同编织出深邃而丰富的乡愁文化画卷，赋予了乡愁更为深远和丰富的文化意蕴。

特别是在大规模的脱贫攻坚工作后，中国农村农民解决了基本生活问题，对精神生活的追求变得更加显著，此时，对生死与存在意义的思考也会增多，对精神家园的需求也会逐渐增长。精神家园实际上是一个哲学问题，人的生命的有限与时空的无限之间的矛盾难以解决，因此，在涉及精神家园的乡愁叙事中，有限与无限的矛盾所带来的忧伤是不可避免的。这种来自存在的乡愁美学的感伤体验不仅会发生在"在乡"者身上，而且极可能发生在每个现代人身上，因为现代人都是地球这个家园的"在乡"者。

第四节　诗性叙事中的超拔美

乡土小说中的乡愁叙事不仅讲述乡土故事与日常生活，还承载着表达主体的乡愁情感的任务，因此，抒情性便成为乡愁叙事的一个显著特征。也就是说，乡愁叙事在表达乡愁情感与乡愁意识时，自然带有抒情性或诗化色彩。鲁迅在谈及乡土小说时指出，乡土文学旨在表达作者的"胸臆"，其中隐含着"乡愁"，而且对"胸臆"和"乡愁"的表达可以是主观的抒情，也可以是客观的描写。由此可见，乡土小说天生具有乡愁抒情特点，这也是乡土小说最基本的特点。当然，并不是所有的乡土小说都具有鲜明的乡愁抒情性，也不是所有的乡愁叙事都具有鲜明的诗性色彩。乡愁叙事的诗意化需要具备基本的诗化要求，首先是有相应的诗性情感，其次是要求具有诗性的表现形式。但二者在文本的比例并非平均，而是有所侧重，有的乡愁叙事可能侧重于情感内容的表达，有的可能侧重于形式技巧的美学呈现。从乡愁情感的表达方式来看，有的直抒"胸臆"，有的则通过客观物象来表达，于是又形成了直露式乡愁书写和以物咏怀的间接式乡愁书写。

在新时期的乡愁叙事中，汪曾祺的《受戒》和《大淖记事》、刘绍棠的《蒲柳人家》、铁凝的《哦，香雪》、古华的《芙蓉镇》、何立伟的《白色鸟》、史铁生的《我的遥远的清平湾》、贾平凹的《商州三录》、迟子建的《雾月牛栏》和《亲亲土豆》、张承志的《北方的河》和《黑骏马》等作品都具有浓郁的诗性色彩，它们更多是以表达乡愁情感为主，强调技巧服务于内容，因此在乡愁情感抒写上较为质朴自然，具有古典美学的韵味。其中的乡愁抒写内容包括人情之美、亲情之美、人性之美与自然之美。乡愁叙事文本中的诗化内容是多种多样的，有的是对乡村景象的诗性描写，如：

> 过了一个湖。好大一个湖！穿过一个县城。县城真热闹：官盐店，税务局，肉铺里挂着成边的猪，一个驴子在磨芝麻，满街都是小磨香油的香味，布店，卖茉莉粉、梳头油的什么斋，卖绒花的，卖丝线的，打把式卖膏药的，吹糖人的，耍蛇的……他什么都想看看。舅舅一劲地推他："快走！快走！"①

这段文字主要写明海跟着舅舅去当和尚的途中见到的县城热闹的街景，看

① 汪曾祺：《受戒》，陕西人民出版社2020年，第2–3页。

似平淡无奇的描述之中，蕴含着浓郁的乡土生活气息，作者通过点染的笔法，描绘出一幅田园生活图景，成为作者心目中的乡愁家园景象。以上街景偏于静态性画面描写，而以下一段场景描写则具有鲜活的动态性。

> 七点钟，火车喘息着向台儿沟滑过来，接着一阵空哐乱响，车身震颤一下，才停住不动了。姑娘们心跳着涌上前去，像看电影一样，挨着窗口观望。只有香雪躲在后边，双手紧紧捂着耳朵。看火车，她跑在最前边；火车来了，她却缩到最后去了。她有点害怕它那巨大的车头，车头那么雄壮地喷吐着白雾，仿佛一口气就能把台儿沟吸进肚里。它那撼天动地的轰鸣也叫她感到恐惧。在它跟前，她简直像一叶没根的小草。①

这段文字细致刻画了一个天真、羞涩且胆小的小姑娘香雪在火车到来时的既好奇又害怕的神态，同时将这个现代庞然大物与小姑娘香雪进行对比，给予读者强烈的视觉冲击，成为工业现代化给传统山村农民带来新奇与惊恐的经典性表达，这种通过这种动态性场景的描写，展现了传统乡愁与现代乡愁的有效融合。

有的是对人物形象的诗性描写，如：

> 那一年是一九三六年。何满子六岁，剃个光葫芦头，天灵盖上留着个木梳背儿；一到立夏就光屁股，晒得两道眉毛只剩下淡淡的痕影，鼻梁子裂了皮，全身上下就像刚从烟囱里爬出来，连眼珠都比立夏之前乌黑。②

这段文字描写了天真顽皮的少年何满子的形象，具有鲜明的写实性，其中蕴含了叙事者对少年何满子的喜爱之情，以及对自己儿童时光的美好回忆，其中的乡愁情感也跃然纸上。

---

① 铁凝：《没有钮扣的红衬衫》，中国青年出版社1984年，第2—3页。
② 刘绍棠：《蒲柳人家》，长江文艺出版社2020年，第3页。

有的是对乡土世界中的风俗习惯的诗性描写，如：

> 一年四时八节，镇上居民讲人缘，有互赠吃食的习惯。农历三月三做清明花粑子，四月八蒸莳田米粉肉，五月端午包糯米粽子、喝雄黄艾叶酒，六月六谁家院里的梨瓜、菜瓜熟得早，七月七早禾尝新，八月中秋家做土月饼，九月重阳柿果下树，金秋十月娶亲嫁女，腊月初八制"腊八豆"，十二月二十三日送灶王爷上天……构成家家户户吃食果品的原料虽然大同小异，但一经巧媳妇们配上各种作料做将出来，样式家家不同，味道各各有别，最乐意街坊邻居品尝之后夸赞几句，就像在暗中做着民间副食品展览、色香味品比一般。便是平常日子，谁家吃个有眼珠子、脚爪子的荤腥，也一定不忘夹给隔壁娃儿三块两块，由着娃儿高高兴兴地回家去向父母亲炫耀自己碗里的收获。饭后，做娘的必得牵了娃儿过来坐坐，嘴里尽管拉扯说笑些旁的事，那神色却是完完全全的道谢。①

作者详细列举了芙蓉镇一年四季中的节日及相关民俗，其中还描绘了民间节日之中人与人之间的和谐关系，表达了乡土社会中邻里之间的亲情。另外，这种民俗的描写中，也蕴含着丰富的生活内容与深厚的乡愁情感。

有的是对乡土社会中人物的叙写，并将其个性化、趣味化与诗性化，比如韩少功在《马桥词典》中对马鸣的描写便具有趣味化与诗性色彩。

> 我问他刚才说什么。
>
> 他再次微笑，说这简笔字好没道理，汉字六书，形声法最为通适。繁体的时字，意符为"日"，音符为"寺"，意日而音寺，好端端的改什么？改成一个"寸"旁，读之无所依循，视之不堪入目，完全乱了汉字的肌理，实为逆乱之举，时既已乱，乱时便不远了。
>
> 文绉绉的一番话让我吓了一跳，也在我的知识范围之外。我赶忙岔开

---

① 古华：《芙蓉镇》，人民文学出版社2019年，第2-3页。

话题，问他刚才到哪里去了。

他说钓鱼。"鱼呢?"我见他两手空空。

"你也钓鱼幺? 你不可不知，钓翁之意不在鱼，在乎道。大鱼小鱼，有鱼无鱼，钓之各有其道，各有其乐，是不计较结果的。只有悍夫刁妇才利欲熏心，下毒藤，放炸药，网打棒杀，实在是乌烟瘴气，恶俗不可容忍，不可容忍!"他说到这里，竟激动地红了脸，咳了起来。①

以上通过对马鸣的描写，为读者展现了一幅乡间人物对话情趣图，主人公马鸣对"时"字简繁的解说，对钓鱼之道的理解，以及对破坏生态者痛恨之情状，既具有理趣之美，也具有情态之美。人物的言行举止、性格情状，都是作者赋予人物的特质，作者通过表达对乡土人物的喜爱，来抒写自己的乡愁情思。

更多的乡愁叙事是对乡土自然环境的诗性描写，如:

春天来了。阳雀儿叫得好甜脆。桃李花一团红，一团白，浮在坡腰上。溪水流得实在响。岸边的竹园里，发了那样多毛耸耸的笋子。到了清明边，木寨要筹办下秧子、种包谷的事了。②

其中的"阳雀儿""桃花""李花""溪水""竹园""下秧子""种包谷"等共同组成了一幅春天的农事图，诗情画意地表达作者记忆中的乡土田园生活。

20 世纪 80 年代中后期，出现传统美学向现代美学的转型，乡愁叙事借鉴了大量西方表现派的叙事技巧，从而使诗性的叙事形式得到重视，形式转变为"有意味的形式"。"这种美学转型实际上在 20 世纪 80 年代前期少数诗化作品中已有所表现，比如，王蒙的《春之声》《海的梦》《蝴蝶》《焰火》等小说已经大胆采用意识流等现代艺术技巧，成为实验诗化小说的先声。"③ 意识流的运

---

① 韩少功:《马桥词典》，安徽文艺出版社 2013 年，第 42 页。
② 孙健忠:《甜甜的刺莓》，《芙蓉》1980 年第 1 期。
③ 廖高会、吴德利:《20 世纪 80 年代诗化小说叙事空间的演变》，《北方论丛》2014 年第 2 期。

用，极大地增强了乡愁情感表达的灵魂性。比如，在《春之声》中，火车的噪声和车身的摇摆，使岳之峰想起了自己甜蜜的童年和故乡的情景：

> 那是西北高原的故乡。一株巨大的白丁香把花开在了屋顶的灰色的瓦瓴上。如雪，如玉，如飞溅的浪花。摘下一条碧绿的柳叶，卷成一个小筒，仰望着蓝天白云，吹一声尖厉的哨子。惊得两个小小的黄鹂飞起。挎上小篮，跟着大姐姐，去采撷灰灰菜。去掷石块，去追逐野兔，去捡鹌鹑的斑烂的彩蛋……①

这些回忆充满了对故乡的眷恋和怀旧之情，文字则依靠意识流形成叙事之流，意识流的应用拓宽了乡愁叙事的艺术空间。

注重艺术形式的乡愁叙事更多体现在先锋实验性乡土小说之中，其中具有代表性的如格非的《追忆乌攸先生》《迷舟》《褐色鸟群》、莫言的《透明的红萝卜》、苏童的《飞越我的枫杨树故乡》、扎西达娃的《系在皮绳扣上的魂》、张承志的《金牧场》《错开的花》等，这些小说不仅重视艺术形式的创新，其中也蕴含着深刻的精神探寻。比如，《追忆乌攸先生》通过三位外来者展开了对乌攸先生的追忆。

> 当两个穿着白色警服的中年男子和另一个穿着裙子的少女来到这个村子里时，人们才不情愿地想起乌攸先生。那个遥远的事情像姑娘的贞操被丢弃一样容易使人激动。既然人们的记忆通过这三个外乡人的介入而被唤醒，这个村子里的长辈会对任何一个企图再一次感受痛苦往事趣味的年轻人不断地重复说……②

小说以"追忆"为线索，以第一人称内聚焦叙述形式，逐渐展开村里人对

---

① 王蒙著；孙学正编：《王蒙代表作》，黄河文艺出版社1990年，第190页。
② 格非：《迷舟》，浙江文艺出版社2019年，第1页。

乌攸先生的记忆，构建起关于乌攸先生生平的拼图式叙述。小说通过"追忆"试图探寻逝去的真相和往事的经纬，最后却几乎一无所获，这暗示了时间的无情和存在的虚无感。但格非通过长句子和循环往复的语言节奏，强化了时间主题的表达，让读者在阅读过程中感受到时间的流动和存在的意义。同时，小说通过不断回顾乌攸先生的往事，将自己浓郁的乡愁情感通过诗性的语言进行了有效表达，乌攸先生的每次出现，便是对游子归乡的深情召唤。格非通过非逻辑的拼贴式的叙事，完成自己对故乡的招魂。

莫言的小说《透明的红萝卜》是一篇由外在客观叙写转向表现内在心理感受的小说。小说中的黑孩在不同时间对萝卜有不同感知。他第一次见到透明的红萝卜是在老铁匠的歌声中，那是一个充满梦幻和想象的场景。这个透明的红萝卜不仅色彩鲜艳、形态奇特，还拖着长长的尾巴，根须上嵌着金色羊毛，它象征着黑孩对美好生活的向往和追求，是他在艰难生活中燃起的一丝希望之光。然而，这美好的景象很快在现实面前破碎了，当黑孩试图去抓住这个萝卜时，它却消失得无影无踪。黑孩再次见到红萝卜时它失去了初次的神奇和美丽，只是一根普通的红萝卜，能让黑孩免于受饿。然而，就算是根普通的萝卜，黑孩也依然无法轻易地得到它。小铁匠的自私和蛮横使黑孩错失得到这根萝卜的机会，萝卜滚落到地上，掉进了河里。这正是作者莫言对现实审视与反思的象征性书写。黑孩第一次对红萝卜的美好感知是莫言对现实中饥饿记忆的想象性心理弥补，这种心理机制与前瞻式的现代乡愁的心理机制相一致，二者都是希望在想象中找到心灵的慰藉或理想的家园。不过莫言在这篇小说中对乡愁家园的叙写不再是写实的方式，而是采用了人物主观幻化感知方式及象征的表达方法。

张承志的《金牧场》通过复线叙事结构、诗性结构与抒情画面、内心独白与意识流、碎片化的感觉描述，以及循环的意象与象征等手法的运用，成功地塑造了一个充满诗意、富有感染力和深刻思考的乡土世界。作者采用"寄托式""情景交融式""象征式"等诗化手法来组织小说，同时以诗的"主观性"和"暗示"等特有的表述方式来渲染气氛，并加入诗的节奏，赋予了小说诗性色彩。这种诗性意趣与散文化抒情的融合，使小说在叙述上更加富有诗意和美感。

然而，大部分乡土小说的乡愁叙事并没有大量的诗化叙事，更多是插入局部的诗性文本以抒发乡愁情感，而插入的诗性文本又多以乡土自然景观居多。因为乡土自然景观既是乡愁生发的物质条件，也是人与乡土自然连接的关键性纽带，还是人性向自然神性升华的桥梁。"在当代中国，我们在反思工业文明和建设生态文明的语境中提出'乡愁'一词，'乡愁'则超出了文学意象的边界，在哲学的高度上被赋予了一种当代人反思人与自然关系的人文价值意涵，体现了人对自然的一种浓郁的诗性的人文回望：即对自然原始童趣般的惊异与好奇；对自然的本然亲缘的感恩情怀；对自然的天然合韵的审美体验；对自然的精神原乡的终极追寻。"① 所以在乡愁叙事中，乡土自然具有美学和哲学等多种文化内涵。

当然，多数乡愁叙事中的自然景观描写，是为人物出场准备环境，如何士光《种包谷的人》中有以下描写：

> 一眼望去，只见青绿的山峦默不作语，连绵地向天边伸延，颜色逐渐变得深蓝，最后成为迷蒙的一片；一片片的杉树林和柏树林，无声而绰约地伫立，连接着一簇簇的灌木丛，一直通向好幽深的山谷里去；好久好久，远远的蓝天里出现了一片密匝的黑点，飘忽着，渐渐地近了，倏地化为一阵细碎而匆忙的雀语，仿佛被这儿的寂静惊骇了似的，一下子掠过去，又还原一片小小的黑点，消失在那样肃穆的蓝天里……②

这段文字不仅为小说人物出场准备环境，更重要的是，作者以诗意的笔触表达自己对和谐宁静的乡土自然环境的赞美、怀念与向往，其中蕴含着浓郁的乡愁情感。在乡愁叙事中，作者往往将自然景观和人文景观融合在一起进行书写，比如朱晓平的《桑树坪纪事》中开头的一段描写：

---

① 林默彪：《诗性的乡愁：自然的人文追思》，《福建论坛（人文社会科学版）》2014 年第 12 期。
② 何士光：《梨花屯客店一夜》，贵州人民出版社 2018 年，第 268 页。

出差去四川，正碰上宝成铁路故障，我被阻在宝鸡。入夜，我漫步在这秦西重镇的街头，看秦岭巍峨苍茫，水哗哗东流，我的心头不由一热，这地方离我插队的小村桑树坪不远了。往北翻过岐山，再行百多里，就是我日夜思念的小山村：黄土坡梁黄土窑洞，原上有飘香的金黄麦垄，沟里有清清溪水和青翠的梢林，原畔是挺拔的钻天杨，那叶片儿总是吵啦啦唱个不停。还有……还有山坡上脆响的羊鞭和牧羊人悠扬的山歌：

羊儿嘛吃草往东坡去哩……
东坡嘛有妹子等着哥哩……①

其中不仅有巍峨的秦岭、东流的河水、清亮的小溪、青翠的林木、挺拔的白杨等自然景观，还有黄土窑洞、金黄麦垄、脆响的羊鞭和悠扬的山歌等人文景观，二者相互融合形成一幅美丽的田园风景画。这种将自然景观与人文景观结合抒写的方式，更能体现出中国乡土社会中"天人合一"生态观念及理想的乡愁家园形态。当然，这些乡土景观还可能蕴含着作者对现代性的理性思考，成为反思现代工业文明、追求人与自然和谐相处的趋于真善美的价值诉求。

在乡愁叙事中，还有作者直接将自己的主观乡愁情感与乡土景观相融合，进而形成情景交融的抒写方式，如迟子建的一段描写：

如果你在银河遥望七月的礼镇，会看到一片盛开着的花园。那花朵呈穗状，金钟般垂吊着，在星月下泛出迷幻的银灰色。当你敛声屏气倾听风儿吹拂它的温存之声时，你的灵魂却首先闻到了来自大地的一股经久不衰的芳菲之气，一缕凡俗的土豆花的香气。你不由在灿烂的天庭中落泪了，泪珠敲打着金钟般的花朵，发出错落有致的悦耳的回响，你为自己的前世曾悉心培育过这种花朵而感到欣慰。

那永远离开了礼镇的人不止一次通过梦境将这样的乡愁捎给他的亲人们，捎给热爱土豆的人们。于是，晨曦中两个刚刚脱离梦境到晨露摇曳的

---

① 《小说月报》编辑部：《小说月报第 2 届百花奖入围作品集》，百花文艺出版社 2002 年，第 371 页。

土豆地劳作的人的对话就司空见惯了……①

这段文字在描写自然景观时，将人的感觉融入其中。首先是盛开的一片花朵引起了人的美好感触，而这些感触反过来又提升了人对这些花朵欣赏的灵敏度，从而通过自然之美与人的劳动之美相融合，将乡土田园的诗性审美提升到新的维度。

在乡愁叙事中，自然景观将人与自然进行内在的关联时，就架起了人类重返自然本真性的桥梁。通过这座桥梁，现代人可以反观自己的欲望形态，反观自己的机心、巧心与贪心，并用源于自然的赤子之心与自由之心逐渐清除人类过于繁重的功利诉求。这在本质上是要祛除那些滞重的欲望包袱，重返自然的神性，让人的灵魂重回诗意的栖居之所。从这方面而言，乡愁叙事中自然景观的诗性书写，具有形而上的意义。

在乡愁叙事中，作者之所以对自然景观进行诗化叙写，是因为作者把这些自然景观视为自己的家园，寄托着浓郁的乡愁情感，每一次对自然景观或人文景观的抒写，都是与大地母亲的亲切交流，是精神的还乡和灵魂的皈依，也是一次人天共美的审美体验。

除了乡土景观的诗化，乡愁叙事还常常对乡土社会中的日常生活场景进行诗化。日常生活场景更能展现乡土家园的文化属性。与自然景观抒写不同，日常生活的诗化叙写，更多呈现的是人伦日常，展现乡土社会人情美与人性美。如果说自然景观的抒写是为了通往自然神性以求俗世生活中的超脱，那么日常生活的诗性叙写则是为了沉浸于乡土家园中的烟火气息中以求世俗生活中的温暖。比如王安忆的《姊妹们》中有一段拾豆子场景描写：

拾豆子也是有规矩的，要等生产队割完了，收上场了，不要了，等着开犁了，才能去拾。那年豆子又长得不好，七月里一场水，淹是没淹完，可却像生了瘟，稀稀拉拉，豆荚瘪瘪的，收的时候就收得仔细，所遗无几。

---

① 迟子建：《别雅山谷的父子》，百花文艺出版社 2017 年，第 1 页。

兰侠子就在这收净的豆茬地里，低着头，弯着腰，细细地搜寻。这一大片褐色的豆茬地里，有一个小小姊妹垂着黑辫子，拾豆子，要为自己挣一件新棉袄。她扒拉着豆茬子，刨着土，看见一个豆荚子就欣喜万分。拾累了，她就坐在地头上，一个个地剥着豆荚子，将黄豆粒儿蓄在一起，用手绢包成一包，藏在粪箕子的猪草底下。脸上不由流露出心满意足的表情，好像看见她的新棉袄在向她招手。①

　　这段关于拾豆子的日常生活场景描写，也是作者童年的乡土记忆，文字显得异常细腻与亲切，在看似琐碎的描写中呈现出诗意的画面之美。又如，王祥夫的小说多写底层人物，关注他们的生活、感受与情绪，采用散文化笔法叙写现实生活中的细碎琐屑之处，在日常生活中挖掘诗意并注重小说整体意境的营造，这是对废名、沈从文、汪曾祺等作家诗化传统的继承。

　　总之，乡愁叙事的诗化内容是丰富多样的，诗化方法也在不断发展，但其抒写乡愁情感的目的始终是一致的，而乡愁情感的诗意化与艺术化，更加有效地表达了乡愁情感和提升了乡愁叙事的审美趣味。

---

① 黄宾堂：《作家的处女作和代表作：跨度（上卷）》，云南人民出版社 1997 年，第 182 页。

第七章

全球化视野中的
乡愁叙事与身份认同

　　乡愁叙事既可以是创作主体的个体性情感表达，也可以是超越个体指向族群的集体性情感表达，甚至可以是超越族群的人类共有的乡愁情感表达。因此在全球化的背景下，新时期乡愁叙事不仅要彰显中华民族乡愁叙事的特色，还要连接全体人类的乡愁情感，找到乡愁叙事的共性，在构建中华民族乡愁共同体的同时，也努力通过文学创作构建人类命运共同体。

　　新时期特别是自 20 世纪 80 年代中期以来，后现代思潮在中国社会逐渐流行开来，先锋小说、新写实小说、新历史小说、新生代小说（或名晚生代小说），或多或少都带有后现代特质。后现代主义反叛传统，断绝与以往的联系，这极大地威胁到作为民族优秀文化传统的乡愁情感或乡愁意识。有学者指出，后现代性给当前生活世界带来了极大紧张与焦虑，这"并不是经济与技术发展的问题，而是价值认同的问题，是克服对'本体的安全和存在性焦虑'，在充满冲突与断裂的多元社会中对自我重新定位，把解决当代人的精神危机与延续传统的努力有效结合起来，通过保持自我发展的历史不被中断、自成一体的自我世界不被分裂，而重获完整感、连续感和统一性的问题"①。因此，在后现代理论的语境下研究乡土主体的身份认同问题显得尤为必要和迫切。"所谓'认同'，指的是通过某种文化和视界，个人和群体以话语再现的方式获得方向感、确定性和意义的建构行为。"② 乡土主体性自我认同的目标是赋予个体以意义和方向的确定性和同一性，"同一性或认同是个体的一种连贯性感觉状态，被称为'一种熟悉自身的感觉'，能够在时光流中锚定自我，使过去的回忆自我、现在的存在自我和未来的未完成自我之间，毫无违和地连接在一起"③。作为民族心理特质的乡愁情感或乡愁意识，是连接民族共同体的重要文化纽带。因此，无论是乡土主体同一性的确认还是身份认同，其目的都是将华夏的历史、现实和

---

① 赵静蓉：《文化记忆与身份认同·导论》，生活·读书·新知三联书店 2015 年，第 3 页。
② 卢建红：《乡愁与认同》，生活·读书·新知三联书店 2020 年，第 1 页。
③ Erik H，Erikson，*ldentity and life Cycle*，New York：Norton，1959，p. 118.

未来连结并融合在一起，从而形成一个坚不可摧的民族共同体。

民族共同体需要深深扎根于优秀传统文化的土壤之中，对此，西蒙娜·薇依曾说过：

> 扎根也许是人类灵魂最重要也是最为人所忽视的一项需求。这是最难定义的事物之一。一个人通过真实、活跃且自然地参与某一集体的生存而拥有一个根，这集体活生生地保守着一些过去的宝藏和对未来的预感（pressentimentd'avenir）。所谓自然的参与，指的是由地点、出生、职业、周遭环境所自动带来的参与。每个人都需要拥有多重的根。每个人都需要，以他作为自然成员的环境为中介，接受其道德、理智、灵性生命的几乎全部内容。①

寻找身体认同，本质上是在寻找民族共同体所依存的文化之根。在当前复杂多元的国际国内语境中，激活乡愁记忆至关重要。一方面，通过保存代代相传的乡愁意识来确证文化的连续性，并以此重构后人的文化身份；另一方面，通过乡愁记忆的激活，可以创造一个大家共享的历史，为拥有集体身份的社会成员，从时间和空间方面提供一种整体的和集体的意识，从而形成命运共同体。

第一节　叙事主体的身份认同

从乡愁叙事主体——作家视角来看，可以将书写乡土题材的作家分为三类：第一类是"农民作家"，即真正出身于农民阶层的作家，代表性的作家有周克芹等人，"他们对于乡村现实与农民心理十分熟稔，擅长书写各色鲜活的农民形

---

① ［法］西蒙娜·薇依：《扎根：人类责任宣言绪论》，徐卫翔译，生活·读书·新知三联书店2003年，第33页。

象。同时，在新时期的创作身份上，他们并不存在身份认同上的迷惘心态"①，但他们过于贴近农民而缺少对乡土社会的反思。第二类是"农民代言人"，即出身于农民阶层的知识分子，其中具有代表性的作家便是高晓声、贾平凹等人。这些"代言者"与农民之间"是具有平等意识与情感价值认同的，是相互指认的"②。第三类是"写农民的作家"，这类作家在新时期多数是"归来的作家"或"知青作家"，他们"对农民文化与农民形象进行的'客体化'的塑造，他们之中有融合有感激有同情有认识，但也有着一段不小的心理距离"③，他们对农民进行审视或启蒙时，更多是通过乡土及其附着物来抒写自我，因此并没有真正认同农民的身份。

　　无论是何种类型的叙事主体，都必须处理好角色或社会环境转换而形成的身份问题。在新时期，乡土作家的身份可以是纯粹的农民，也可以是农民出身的知识分子，还可以是有着农村经验的知识分子。对于前面两类作家而言，由于受到了传统乡土文明的影响，他们身上仍然保留着鲜明的乡土文化性格，即很强的乡土情感和乡土文化意识。随着改革开放和市场经济相关政策的实施，中国经济快速发展，城镇化进程加快，乡土居住者的流动性也随之增加。特别是20世纪90年代以后，许多"农民作家"或"农民的代言人"迁移到城市，拥有了城市居民身份，这些作家内心必然面临新的冲突，具体表现在传统与现代、城市文明与乡村文明之间的冲突。这种冲突从情感层面来看，表现为前瞻式现代乡愁与怀旧式传统乡愁的交织；而从文明层面来看，他们既难以完全接受乡村，也难以完全融入城市，他们在离开乡土后习惯用理性审视乡土，但面对乡土社会的罪与恶时，又心存不忍，于是用温情或乡愁对其进行遮蔽或替代。乡土出身的作家，对城市现代文明同样进行着理性的审视，他们对现代城市文

---

①　钟媛：《"农民作家"、"农民代言人"或"写农民的作家"——作家身份、群体分化与新时期前期乡土小说的反封建叙事》，《中国现代文学研究丛刊》2024年第3期。

②　钟媛：《"农民作家"、"农民代言人"或"写农民的作家"——作家身份、群体分化与新时期前期乡土小说的反封建叙事》，《中国现代文学研究丛刊》2024年第3期。

③　钟媛：《"农民作家"、"农民代言人"或"写农民的作家"——作家身份、群体分化与新时期前期乡土小说的反封建叙事》，《中国现代文学研究丛刊》2024年第3期。

明并不拒绝，而是欣然接受现代化所带来的各种生活便利和物质享受，但一旦城市隔断了他们与乡土社会存在的被视之为立足之本的心灵链条时，或者断裂了他们视为精神依托的乡土文化身份时，"他们深为城市文明中的嘈杂、浮躁、隔膜和利己主义而痛苦，从乡村生活中寻找慰藉、消除不安"①，于是怀乡情结郁积而勃发，催生了乡愁叙事。因此，面对乡土，这些乡土小说家仍然面临理性与情感的巨大冲突，导致了乡土叙事主体人格的分裂。

第三种类型的作家，即"写农民的作家"，又可以分成两类：一类是以启蒙者姿态对乡土社会进行审视；另一类是以诗意的笔触对乡土社会进行回顾。前者并不能真正与农民持同等的物理和心理视角去真正体验和理解乡土社会，后者则因为这种乡愁式的温情对乡土的苦难有意识地进行了淡化甚至遮蔽。很显然，这类乡土作家仍然没有处理好身份转换的问题，导致叙事主体的游移，从而引发不同程度的人格分裂。

当代乡土作家要讲述好乡土故事、农村故事和农民的故事，需要克服因文化身份带来的叙事主体人格分裂症，也即要完成自我的身份认同。无论是"农民作家""农民代言人"，还是"写农民的作家"，都必须真正具有对农民的认同感，也即都要与农民具有同一性。这种同一性能让他们真正回到农民自身，真正从历时性的、连贯的文化脉络中将乡土文化及农民的历史、现实和未来贯穿起来。尤其是"写农民的作家"需要摒弃高高在上的启蒙者姿态，切实感知、了解和理解农民，体验农村与农民的生活，只有这样，才能如汪曾祺先生所言"贴着人物写"，拥有真挚的乡土情怀；也只有这样，才能真正感受到源自乡村或农民的乡愁。同时，在书写乡土题材时，作家们也不能像新写实那样放弃批判精神而自甘下沉，因此如何将知识分子的身份与农民身份融合，这是新时代写乡土题材的作家必然面临的挑战。

值得注意的是，"70后"及部分"80后"作家，有别于前面三种类型的乡土作家，他们虽然具有农村生活经验，但这种农村经验与"归来的作家"或"知青作家"不同，他们倾向于将仅有的乡土经验视为个体表现的背景，而不

---

① 丁帆：《中国乡土小说史》，北京大学出版社 2007 年，第 334－335 页。

是将其作为抒写或审视的对象。这些作家在出生后不久便逢上改革开放的大好时机，他们亲眼目睹了中国社会特别是乡土社会40多年的快速发展，他们的成长历程与城镇化快速发展的过程同步。这两代作家，多数都进了城，无论是通过上学、参军，还是通过打工，他们经常往返于城市与乡村，能够坦然地认同自己的城市或乡土身份，这在很大程度上消除了前辈作家们城乡二元对立的紧张的叙事方式，他们或有意或无意地将城乡融合，形成乡土叙事的一种新变，从而带来了乡愁叙事的新变。"70后"及部分"80后"作家的乡土叙事，在很大程度上解决了乡土作家因文化身份带来的分裂问题。

第二节　形象主体的身份认同

从新时期开始至20世纪80年代，乡土社会的农民进城务工者是少数，大部分农民仍然居住在农村，他们的户籍身份和文化身份都是确定的，然而自20世纪90年代以来，大批农民涌入城镇打工，成为"城市异乡者"。据2021年的数据统计，我国农民工总量2.9亿余人，这是一个不容忽视的数据。[①] 其中大部分进城务工者在城市工作和生活，但城市并未赋予他们市民身份，他们无法享受到与市民同等的权利。这些农民工进城从事各种体力劳动，一旦他们在城里遭遇挫败而欲重返乡村时，却常因缺乏农业技能而难以返回，农民工便成为既非市民也非农民的第三种人。他们在城市中没有相应的户籍身份，这种身份模糊的现状给农民工带来了身份的尴尬和焦虑，这种身份焦虑实际上是主体觉醒的一种表现。"身份焦虑是文学底层意识中常常表现的内容，底层人物通过对自身位置与身份的辨认，表达出一种对自我价值的质疑或确认，反映出一种维护自我尊严、追求平等公正和自我价值认同的主体意识。"[②] 新时期，以乡土或农

---

① 郑有贵：《新时代"三农"发展的全面转型》，东方出版社2023年，第142年。
② 蒋述卓：《现实关怀、底层意识与新人文精神——关于"打工文学现象"》，《文艺争鸣》2005年第3期。

民为创作题材的作家对农民的身份认同问题进行了反映与探讨。

从新时期开始至 20 世纪 90 年代，乡土小说中的农民形象塑造一般沿袭传统，或以启蒙姿态对其落后、麻木或愚昧给予批判，或以浪漫的诗意笔触对其予以认同，或以主流政治意识形态视角赋予其国家伦理属性。这类人物形象中，有的固守传统乡土文明，对城市文明持谨慎态度、自卑心理或抵触情绪；有的心生向往，希望自己能摆脱农村进入城市更为广阔的天地，成为城里人。前者一般是老一辈农民，后者属于年轻一代的农民。尽管新时期乡土叙述中对传统老一辈农民形象叙写也较多，但给人留下深刻印象的更多是新一代农民形象。这些农民多出生于 20 世纪 60 年代或 70 年代，他们多数受过基础教育，拥有小学或初中文凭，知识赋予了他们憧憬未来的力量，他们希望通过自己的努力改变命运。由于当时城乡二元对立较为明显，农村的孩子都梦想成为城市人，这实际上是一代人对改变自己身份的渴望，于是在理想的身份（含户籍身份与文化身份）与现实的冲突中，便上演了这两代农民的悲喜剧。

铁凝的《哦，香雪》是新时期较早叙述农民青年梦想改变身份的作品，山村姑娘香雪经常到附近火车站等待火车的到来，她要在短暂的停车时间内卖掉自己的土特产，但有一次未能及时下车，被带到了更远的地方。香雪第一次走出了家乡的大山，她看到了外面极具诱惑力的新世界，并带回了象征现代文明的铅笔盒。回家以后，她便产生了逃离大山，探索外面世界的梦想。香雪这种试图出离家乡的冲动，是现代性召唤的结果，就其乡愁情感而言，属于现代性乡愁，或者说是具有现代性的文化乡愁吸召唤着他，以至于她渴望改变自己的现有身份。香雪的理想代表了整个时代乡土主体对现代化的向往，因此也得到了乡土共同体的认同与庇护。这种现代性的乡愁想象，无疑是美好而富有魅力的。成千上万的农民随着改革开放的到来，勇敢地走出乡村，迈向城市，去开创属于自己的未来。路遥的《人生》、贾平凹的《浮躁》等小说集中反映了这个时期农民的心理状态和人生命运。《人生》中的高加林经历了高中毕业回乡，到城里做记者的离乡，然后因被人告发而回乡的起落过程，其身份经历了学生、农民、民办教师、记者，然后再回到农民的转变。但在高加林的内心深处一直存在这种角色与身份分裂的焦虑，特别是在他成为记者后，这种焦虑更为明显，当女朋友黄亚萍的母亲因其乡下人的身份而表示轻视时，他的自尊心受到了严重打击，这是他心理的弱点。高加林所处的时代，物质文明和精神文明还没有发展到消除城乡二元对立的水平，因而像高加林这样的农民经历身份焦虑是不可避免的。贾平凹的《浮躁》里的主人公金狗，历经了务农、参军、复员回乡、州报记者、辞职跑河上运输等波折人生，整部小说呈现出新的历史机遇到来的躁动氛围，人们都欲改变自己的命运，农民金狗也不断与既定的命运抗争，始终在寻找自己的身份认同，他以现代意识向乡土社会的封建宗法势力发起了挑战，也冲击着人们固有的思想观念。《浮躁》象征性地描绘一个正在经历裂变的社会，正如贾平凹在小说序言中所言，他力求写出民族文化"令人振奋又令人痛苦的裂变过程"（《浮躁》序言二）。这裂变是具有划时代意义的，是一次民族文化身份的自我变更过程。这正是金狗的自我身份认同与探寻的大时代背景，它赋予了金狗与命运抗争的信心与精神动力。

在新时期，乡土主体的身份认同问题，不仅限于户籍身份的转变，更关乎文化身份的认同，是城乡二元对立历史条件下的农民身份缺少认同感的问题，进一步说是农民身份的价值认可度较低而产生焦虑情绪的问题。麦尔塞认为，"在相对孤立、繁荣和稳定的环境里，通常不会产生文化身份的问题。身份要成为问题，需要有个动荡和危机的时期，既有的方式受到威胁"[①]。"文革"结束以后，党的工作重心转移到经济建设，随后便是改革开放的到来，这完全打破了人们固有的认知，面对新的机遇与挑战，许多农民勇敢地离开家乡进城务工，开始异乡人生活。面对陌生的环境和不可知的未来，以及融入城市的艰难，他们对自身身份的焦虑情绪随之产生。加之 20 世纪 80—90 年代，社会正处于转型时期，是一个变动不居的历史时期，这在社会文化环境层面也给进城农民带来紧张感和不安全感，从而强化了文化身份的焦虑情绪。

20 世纪 90 年代以后，随着农民工群体的壮大，与之相应的以农民工为题

---

① 转引自乔治·拉伦（Jorge Larrain）：《意识形态与文化身份：现代性和第三世界的在场》，戴从容译，上海教育出版社 2005 年，第 194－195 页。

材的乡土叙事作品大量涌现，其中鬼子的中篇小说《瓦城上空的麦田》是新时期书写农民或农民工身份焦虑颇具代表性的作品。该作品写出了底层农民所经历的苦难、绝望和灵魂的悲号。① 农民李四含辛茹苦地把三个孩子培养成为城市人，在他的六十大寿即将来临之际，他来到城市，希望和三个孩子一起庆祝自己的生日，李四在城里发现儿女们都忘了他的生日，愤而外出，偶遇同村拾荒者，两人喝了一夜酒。第二天，拾荒者遭遇突发事故死亡，在火化后，警察开死亡证明时误将其写成了李四，李四取回骨灰盒，他希望通过这种方式让儿女体会失去父亲的悲痛感，作为对他们的惩罚，于是，他将骨灰盒和自己的身份证一起放在了大女儿家门口。李四的儿女们认定自己的父亲已死，即便李四本人站在他们面前，他们不但不认，反骂李四是骗子。此时小说这样写李四的心理：

> 李四却因此愤怒了起来。
>
> 他说死了怎么啦？我就是烧成了灰，他们也应该认得出来！我是他们的父亲，他们是我养大的，他们有什么理由认不出我来？
>
> 我说你他妈的做梦，你还没烧成灰呢，他们都认不出你了，你要是真的烧成灰，你说还有谁能认出你呢？
>
> 他却一口咬定，他们没有理由认不出我来。你说他们有什么理由？②

李四虽然不甘心亲情的失落，他奋力地挣扎，"我不相信他们真的这么麻木！"但在现代都市中，他始终无法唤醒已经在城市中逐渐消逝的乡村情感记忆。小说不仅探讨了农民工的身份问题，还揭示了城市与乡村的对立及传统与现代的冲突。显然，现代城市文明具有独特的伦理秩序，不可能按照乡土伦理秩序来运行，李四的传统思想和观念在城市的儿女心目中已经不再重要。乡土

---

① 丁帆：《论近期小说中乡土与都市的精神蜕变——以〈黑猪毛白猪毛〉和〈瓦城上空的麦田〉为考察对象》，《文学评论》2003 年第 3 期。
② 鬼子：《上午打瞌睡的女孩》，天明出版社 2018 年，第 130 页。

社会依靠积累的生活感性经验来判断、认识与处理事物，感性与血缘亲情大于理性；而城市生活更多靠既定秩序、规则和法律来运行的，冰冷的理性大于感性。因此，失去身份证的父亲即使站在儿女们面前，也会被冷漠地拒绝相认。

小说中的李四面临两个层面上的身份失落：一是作为公民资格的身份的失落，原因是他的身份证的丧失；二是他到城市来寻找的乡村亲情的失落而导致的作为人的尊严和个体价值的失落，即作为一个父亲的身份的丧失。第一层面只能是李四悲剧的一个表层原因，作为物化的身份证丢失并不能成为给李四致命打击的因素，关键的是他隐藏在内心的"精神身份"的丧失，城市的价值观念和行为方式与他格格不入，他在城市中难以找到乡下的那种认同感。子女李香、李瓦、李城宁愿面对死去的父母灵位，也不愿面对这位真正的父亲，这使李四一生的辛劳和希望化为乌有，认同感彻底丧失，最后导致悲剧发生，他走向了自杀。

像李四这样的现代农民，在失却身份认同后，必然面临来自外在和内心的双重困惑：在乡下，难以实现自我价值而缺少自我认同和社会认同；在城市，难以融入现代文明而被边缘化，从根本上取消了得到认同的可能性，因为现代文明消解了他们存在的价值身份，这就注定了他们不可避免地要面对身份失落和认同的危机现状。小说揭示了活生生的人被抽象化为符号后的异化而被动地失去主体性的社会问题。

在刘震云的小说《我叫刘跃进》中，同样揭示了农民工被符号化和异化的社会现象。故事中，山西农民工杨志偷走了河南农民工刘跃进的腰包和身份证，随后，杨志很快落入由一伙甘肃农民工设下的陷阱中：假装妓女的年轻女子张端端（假名）引诱杨志来到一间脏乱的公寓内进行性交易，二人刚脱完衣服，女子的三名男同伙突然冲入房间抢走了杨志的所有财物，包括从刘跃进那里偷来的腰包与身份证。这伙人只认身份证不认人，他们将杨志误认为刘跃进。杨志与张端端初见面时，小说写道：

杨志："你贵姓？"

瘦女孩："免贵姓张，就叫我端端吧。"

杨志知道这"端端"，该是假名。可叫上，答应，就是真名。一个称呼，真与不真，重要吗？①

无论是身份证，还是名字，都属于一种符号，但现代社会人们只关注符号而忽视了活生生的人，这便是对人的一种异化，也是对人的主体性的压抑与放逐。

由上可知，在城市中，农民工无论在户籍身份的认同方面，还是文化身份的认同方面，都遭遇了认同的困境。农民工对自身身份认同的艰难，实际上是主体自我认知的不确定性或者自我行为选择上的困难而导致的。王保忠的《职业盯梢》中的主人公栓成，在城里找到了一份以"捉奸"为生的"工作"，这份工作让他既爱又恨，爱其能给自己带来经济收入，恨其让自己"抬不起头"。栓成的矛盾、痛苦与压抑，正是农民工的身份认同的模糊与不确定带来的，也直接导致了栓成选择的艰难，这属于中国当代乡土社会转型过程中的阵痛。该小说深刻揭示了城市文明与乡村文化在交融过程中，个体在探寻自我身份认同时所经历的复杂心路历程，以及这一艰难过程给人心灵深处所带来的纠葛与煎熬。邓一光的《怀念一个没有去过的地方》中叙述了进城农民工推子与远子等人面临的身份认同的危机。作为从乡村进入城市的移民，远子等人面临着身份认同的困境。他们既无法完全融入城市社会，也难以回归原来的乡村生活。城市以其冷漠的物质性排斥了乡村人，使他们成为城市中的边缘群体。这种身份认同的失败和危机，进一步加剧了他们的主体性失落。

被称为"新乡土写作"的张继，其长篇小说《去城里受苦吧》也是一部深刻揭示农民身份问题的作品。农民贵祥到城里去告状，但他一身农民打扮进不了市政府的大门，于是狠心花150元钱买了一身新西服，但穿上后感到浑身不自在，觉得自己与城市格格不入。这本质上是潜意识中的农民身份与城市文明的冲突，或者说是一种自卑的文化心理，觉得自己不配拥有城里人的打扮。这

---

① 刘震云：《我叫刘跃进》，人民文学出版社 2009 年，第 5 页。

仍然是城乡二元对立下的农民在城里由于身份带来的尴尬或困境。

进入 21 世纪以来，乡土叙事出现了新型农民形象。与传统农民相较，"新世纪一些长篇小说塑造的农民形象呈现多维新特质。具有现代主体性的新型文化人格，在这一时代的进城农民那里已然萌蘖生长。他们认同城市文明，主动以城市文明重建自我；在城市里具有极强的生存能力，面对城市文明亦不自卑，有自我珍视的平等意识，也有丰富、细腻的精神世界与多元、变化的生活"①。《我叫刘跃进》中的刘跃进，进城后，在建筑工地上做厨子，却阴错阳差被卷入了城市社会复杂的纷争之中，他利用自己的狡黠与智慧应对和周旋，其身上表现出城市人的"精明"。与老一辈农民的怯懦自卑不同，刘跃进显得较为自信，对城市不再恐惧，而且能够自如地在城市中生活，他淡化了身份意识，在某种程度上已经从农民或市民身份固有的思维模式中解脱了出来，他既能习惯农村生活，也能适应城市生活。刘跃进的身份焦虑已经弱化了。然而，刘跃进在城市生活仍处于相当被动的地位，他的聪明与狡黠都属于乡土社会固有的文化陋习，正是他的狡黠和投机等农民意识，阻碍了他成长为现代新型农民。

21 世纪的新型农民形象，积极主动学习与融入城市文明，同时坚守自己的农民身份，他们并未割断与故乡的联系，身上还保留着某些乡土文化留下的痕迹。"新一代农民游荡在城市中，寻求着新的生存空间，他们渴望通过努力改变贫穷、落后、歧视、卑微的现状，因此他们的进城更具目的性与突破性。"② 一旦他们实现了自己既定的目标或理想，他们仍然珍视记忆中的乡土世界，与既有的农民身份和谐共存。在《高兴》中的刘高兴进城后学习城里人的生活方式、行为规矩、穿着打扮及娱乐方式，他不贬低城市，也不赞美城市，他坦然接受城市文明好与不好。刘高兴并不被农民身份所拘囿，也不为城市人身份所束缚，他淡化了身份问题，以积极主动的态度对待生活，适应环境的变化，展示了鲜明的主体性，这正是新时代新型农民主体性建构的可供参考的方向。在邓一光的《怀念一个没有去过的地方》中，小米进城后逐渐适应了城里生活，

---

① 雷鸣：《论新世纪长篇小说"农民进城"叙事的新向度及生成逻辑》，《山东社会科学》2021 年第 6 期。
② 姬亚楠：《新世纪乡土小说中农民身份认同的代际差异》，《河南牧业经济学院学报》2019 年第 3 期。

她不想回家乡了，她说自己既不像推子等人那样讨厌武汉，也不像远子那样去征服对抗武汉，而是和武汉相融合，快乐地生活在武汉。或许这是农民进城后的理想方式，但小米能否真正地融入城市，这实在是值得思考的未知问题。

因而，无论是老一辈农民只认同农民文化身份，还是新一代农民只认同市民文化身份，都不是新时代新型农民所应该持有的态度和文化心理。新时代的社会主义新型农民应该是淡化农民或城市身份，消除身份二元对立，回归真正的主体性。现代新型乡土主体可以拥有多重身份，既可以是农民，也可以是工人，还可以是个体老板……身份的改变并不影响主体的自我认同，因为这时候主体与作为文化标签的身份已经融为一体，恒定而自足的主体并不在意外在的身份标签，这时候主体便从身份囚笼中解脱了出来，如此，乡愁主体的身份认同也得以完成。

第三节　乡土共同体的身份认同

乡土共同体是指在乡土社会中，以家族血缘、传统习俗和伦理秩序所凝聚固定在一起的共同体。该共同体具有乡土思维特征，并通过持久地保持与土地或房屋的稳定关系来维系。乡土共同体是民族共同体（本书特指中华民族共同体）的基础，乡愁情感或乡愁意识是乡土共同体形成的情感纽带。在中华民族伟大复兴与人类命运共同体构建的双重背景下，对乡土共同体所蕴含的身份认同、家国情感，以及其精神凝聚力、文化辐射力和社会驱动力进行重新诠释与强调，具有深远的现实意义。

与乡土共同体密切相关的概念是乡愁共同体，乡愁共同体有狭义和广义之分。狭义如学者指出，"乡愁共同体"统摄了"扎根本土的在地居民、离乡入城的国内移民和出国远行的海外侨民"①；广义的乡土共同体是将故乡范围扩大，即将整个华夏大地作为故乡或乡土，那么乡愁共同体则是整个中华民族共

---

① 周洁、高小康：《侨文化：后全球化时代的乡愁共同体》，《江苏行政学院学报》2022 年第 2 期。

同体，它是全体中华儿女"集体认知和情感共生，勾连其间的是血浓于水的情感纽带、萦绕心头的乡土记忆和心系桑梓的文化情怀"①。乡土共同体的内涵与狭义乡愁共同体的内涵相对应。乡土共同体的身份认同需要借助共同的文化心理或情感意志，其中乡愁便是乡村个体走向共同体、完成身份认同的情感纽带。中国传统文化追求的是家国一体的治理格局，乡土社会本质上是以家族血缘为纽带构建起来的结构关系。根据费孝通差序格局理论，传统乡土社会并不重视个体，而是强调个体服从族群，形成不同的乡村社会群体，最后再通过政治管理秩序建构更大的乡土共同体。自"五四"以来，中国传统乡村治理理念及结构秩序受到了挑战，"五四"乡土文学自开始就强调个体独立，向传统乡土社会的群体本位提出了挑战，从此乡土社会中的个体与共同体（群体）之间形成冲突、对抗与互动的关系。从20世纪30—70年代的乡土小说来看，由于民族解放、阶级斗争的需要，乡土作家笔下的乡土社会总体上呈现了去个人化倾向，共同体得到了强调和重视。但自新时期以来，"纵观新时期文学四十年，我们可以看出，中国作家对于人的思考与书写，大致上由'集体的人'逐渐转向'个体的人'，由注重共识性价值观念的人，逐渐转向个体生存独特甚至奇特的人"②，不少乡土作家"对共同体往往采取忽视乃至否定、拒绝的态度"③。尽管如此，我们仍然可以在乡土小说中或多或少地发现其中蕴含的乡愁情感，这些乡愁情感是乡土共同体中个体间建立情感联系的基础。正因为这种共同具有的相似的意识或情感，才使生活在共同体中的个体能够紧密联系在一起。因此，在乡土小说中，或许存在人生观、价值观及世界观的差异，但乡愁情感是最有可能为个体接受的情感形式。④ 也因为此，即便在追求"个体的人"、反对"集体的人"的乡土小说中，乡愁情感也没有完全被否定或拒绝。这些乡愁情感偶尔会隐秘地存在于乡土风物、日常器具、方言土语、人物形象的描写与嬉笑怒

① 周洁、高小康：《侨文化：后全球化时代的乡愁共同体》，《江苏行政学院学报》2022 年第 2 期。
② 洪治纲：《"人"的变迁——新时期文学四十年观察》，《文艺争鸣》2018 年第 12 期。
③ 王磊光：《共同体转向：百年乡土文学史视野下的"新乡村主题写作"》，《探索与争鸣》2022 年第 12 期。
④ 张靖宜：《当代乡土文学中的共同体问题》，《散文百家（理论）》2022 年第 3 期。

骂的书写之中。因而乡土小说有意识地强化乡愁情感，有利于整个乡土共同体形成自我身份认同，进而建构中华民族共同体。

自 21 世纪以来，国家出台促进农业农村发展的系列政策，极大地调动了广大农民的积极性。随着"建设社会主义新农村"（2005）、"美丽乡村"创建活动（2013）、精准扶贫政策（2013）、乡村振兴战略（2017）以及"实施乡村建设行动"（2020）等一系列国家战略的提出，在为乡村发展提供机遇的同时，也为乡土社会注入了活力与希望。这些政策都强调党的组织领导作用，比如，"乡村振兴战略"包括产业振兴、人才振兴、文化振兴、生态振兴和组织振兴五个方面，其中组织振兴便是要建立健全党委领导、政府负责、社会协同、公共参与、法治保障的现代乡村社会治理体系，以保证乡村振兴健康稳步推进，确保乡村社会充满活力、安定有序。这些措施本质上是对乡土共同体的重建，是在尊重"个体的人"的基础上对"集体的人"的强调，也是对集体主义精神的重塑。在国家系列政策的支持下，乡土社会最近 20 多年来发生了巨大的变化，"无论从人员的流动、经济结构的转型去分析，还是从观念意识的变化、生活风尚的更新来观察，一种新的乡村，在我们过去的历史和想象中从未有过的乡村，正在这个时代形成和崛起"①。乡土社会的巨大变化，为新的写作提供了可能，随着新农村建设的逐步推进，出现了"新乡村主题写作"，"进入到新时代，参与书写新乡村的作家逐步增多，共同体想象在文学中的体现逐步突出，其内涵也在不断丰富，终于变成一种广泛的创作自觉"②。这时候出现了大量以新乡村为题材的作品，如《湖光山色》《泥太阳》《迷离的滚水河》《白虎寨》《麦河》《万物生》《高西沟调查：中国新农村启示录》等，这些作品塑造了新时代社会主义的农民形象，并且试图通过对乡土风物、民间习俗、日用器具或日常生活的生动描写，激发出读者潜在的乡愁情感，以此增强中华民族的凝聚力。特别值得重视的是，2013 年习近平总书记在中央城镇化工作会议上强调：

---

① 铁凝：《书写新时代的"创业史"》，《人民日报》2020 年 7 月 17 日。
② 王磊光：《共同体转向：百年乡土文学史视野下的"新乡村主题写作"》，《探索与争鸣》2022 年第 12 期。

"要依托现有山水脉络等独特风光，让城市融入大自然，让居民望得见山、看得见水、记得住乡愁"。实际上，习近平总书记是站在中国乡土社会与城镇和谐发展的全局，提出了连接全体中国人民的共同情感——乡愁，最终要达成民族共同体的顺利建构。面对新时代的文化氛围和时代精神，就乡土小说创作而言，尤其是"新乡村主题写作"，应该积极叙写乡愁，用乡愁来激发乡村建设的激情，并借助"乡愁共同体"完成个体的身份认同，以此建构乡土共同体，进而构建民族共同体。

第四节　民族共同体的身份认同

正如前文所述，进入现代社会之后，乡愁已从频繁发生、广泛存在且具群体特征的现象，演化为更加深刻且具有群体、民族乃至国家层面的情感共鸣。然而，这种转变并不意味着以个人为载体的乡愁情感已然消逝；相反，个体性的乡愁与共同体层面的乡愁如今并行不悖，共同构筑了乡愁的多维图景，只是在整体趋势上，它更多地展现出了集体性的特质与内涵。

由此可知，乡愁是中华民族共同的情感认同，现代社会的乡愁共同体是广义的乡愁共同体，即中华民族共同体。在中国式现代化视域下，强调中国特色社会主义强国建设、现代化建设一定是"望得见山、看得见水、记得住乡愁"，因此，"乡愁首先是国家性命题，其次才是社会性命题，最后才是个体性命题"，"有效解决了这一乡愁国家命题，也就从根本上解决好了乡愁的社会性命题和个体性命题"。① 由此可知，解决好中华民族共同体的身份认同问题也有助于乡土共同体、叙事主体与形象主体的身份认同问题的解决。

我们已经踏入新时代，迈向了新征程，面对世界百年未有之大变局，乡愁的时代内涵越来越丰富，乡愁地位与作用越来越凸显。当代乡土小说，应该以文学的方式，以乡愁为情感纽带，主动承担起创建社会主义新型农民形象、讲

---

① 李华胤：《理解中国现代乡愁理论与方法》，江苏人民出版社 2023 年，第 5 页。

好乡村振兴战略故事、建构中华民族共同体身份的神圣使命。自新时期以来，许多乡土小说在立足本土文化、批判地吸收外来文化的同时，专注于讲好中国故事，传播中华优秀传统文化。新时期的乡土小说作家，一方面，心存怀旧式的传统乡愁，以细腻的笔触描绘乡村风貌，挖掘民俗精髓，展现国人精神风貌，让世界通过文字感受中国乡土的深厚底蕴与独特魅力，以此促进文化的交流与理解；另一方面，在审美现代性的引领下，展开对民族文化弱点或生存危机的批判，以及对现代性带领的技术主义和工具理想进行反思和批判。

20 世纪 80 年代中期兴起的"寻根文学"思潮，将中国文学文化与世界文学文化进行比较连接，一方面"试图重新发现和复活传统文化中的某些宝贵的活力"①，在中西文化对比中对民族文化中落后因素所带来的危机进行反思，也对工业文明带来的人文精神失落进行批评，试图回归民族传统，重建健康的民族文化心理，而激发这种反思的情感动力主要是现代乡愁情感；另一方面"发掘其积极向上的文化内核，而且以现代人对世界的感受方式去领略古代文化遗风，寻找激发生命能量的源泉"②。激发这种文化发掘的情感动力属于怀旧式的传统乡愁。寻根文学代表的作家作品有扎西达娃的《系在皮绳扣上的魂》、韩少功的《爸爸爸》、阿城的《棋王》、王安忆的《小鲍庄》、郑义的《老井》、贾平凹的《商州初录》、李杭育的《最后一个渔佬儿》、李锐的《厚土》、莫言的《红高粱》等，因此寻根作家们仍然以国家的现代化为旨归，从"'民族文化心理'的层面上寻找自身独特的传统文学的审美、样式、基调、风格，从而立足于世界文坛"③，并以构建民族共同体身份认同为目标。

新时期的乡土作家们，通过对乡土家园遭遇的现代性危机进行反思与批评，来建构民族共同体的身份认同。如张承志的《残月》、张炜的《九月寓言》、贾平凹的《怀念狼》、格非的《江南三部曲》、阿来的《空山》、迟子建的《额尔古纳河右岸》、扎西达娃的《西藏，隐秘岁月》、郭雪波的《银狐》、姜戎的

---

① 张晓琴：《我们的困境，我们的声音（文学批评卷）》，山东文艺出版社 2017 年，第 66 页。
② 陈思和：《新时期文学简史》，广西师范大学出版社 2010 年，第 133 页。
③ 潘水萍：《古典主义在中国》，暨南大学出版社 2019 年，第 246 页。

《狼图腾》、莫言的《天堂蒜薹之歌》等，这些作家的乡土叙事作品中都或多或少地存在生态意识，他们对家园遭遇的严重破坏痛心疾首，为守护和捍卫家园发出了尖锐的呐喊。在《残月》中，牧民缺少生态意识，导致牧场严重沙化；《九月寓言》揭示了现代工业文明对传统乡土生态的破坏；《怀念狼》和《狼图腾》描述了人类对狼群的屠杀带来的生态破坏及其产生的灾难性后果；在《江南三部曲》中，格非采用闲笔的方式展示了现代性给乡土家园带来的严重污染；《空山》批评了荒诞的"积肥"运动给乡土大地和植被带来严重破坏；《额尔古纳河右岸》讲述了现代文明对鄂温克人固有生活秩序的冲击乃至原始生态文明的消失；《西藏，隐秘岁月》生动地揭示了现代文明对乡土家园——廓康小村的侵蚀，在人去楼空的同时，原有的信仰也面临着前所未有的挑战；《银狐》同样反映了草原沙化问题，曾经水草丰茂、美丽富饶的科尔沁大草原变成了黄沙滚滚、一片死寂的"八百里瀚海"，"家园的丧失，所带来的也不仅仅是生存的艰难，更是精神的荒芜"①；《天堂蒜薹之歌》揭示了在人们欲望大肆膨胀的今天，乡土家园自然景观和人文环境恶化的严峻现实。在批判人类赖以生存的家园遭受破坏的乡土书写中，作家们蕴含了深沉而复杂的乡愁情怀。这种情怀，既包含对传统家园温馨记忆的无尽怀念，流露出的浓厚的古典乡愁；也包含对现代化进程中生态环境受损的深刻反思，以及对乡土未来图景的深切期许，体现出的鲜明的现代乡愁。然而，无论是哪种形态的乡愁情感，最终都汇聚融合，统一于对中华民族共同体的深切眷恋与忧思之中。

不少乡愁叙事蕴含着对中华民族优秀传统文化的认同与赞美，试图以优秀的传统文化作用于共同的民族文化心理，以激发乡愁共同体意识，从而完成中华民族共同体的身份认同。有学者指出："乡愁共同体的建设是当今人类命运共同体建设的具体行动。……命运共同体既是责任共同体，也是利益共同体。千百年来，中庸仁德、协和万邦的传统文化和中国哲学已经内化为中国人的文化基因，追求和合共生、互利共赢也是中国在国际交往中一以贯之的基本主

---

① 张晓琴：《我们的困境，我们的声音（文学批评卷）》，山东文艺出版社2017年，第68页。

张。"① 因而，乡愁共同体的建设或身份认同离不开对传统文化的传播与认同，"乡愁是一个文明范畴的议题，乡愁涉及文明新形态的各个方面并把它们联结为一个系统。中国共产党的领导和团结全国各族人民创造文明新形态的一个重要原因就是在传承和发展'乡愁'所立基的中华优秀文化"②。在新时期，许多乡土写作者在民族文化传播与文化身份认同方面通过文学创作的方式采取了积极行动。

李准的长篇小说《黄河东流去》，以 1938 年国民党炸掉花园口黄河大堤以阻挡日军的进攻所带来的"黄灾"为背景，讲述了豫东平原赤阳岗村的七户农民的故事。灾民们背井离乡，经过八年的流亡逃荒和艰苦斗争，最终回到故乡，在废墟上重建家园。小说以恢宏的构思，生动展现了中国农民在灾难面前不屈不挠、团结一致的精神风貌，其中贯穿着浓郁的乡愁情感和家国情怀，也蕴含着深刻的人性关怀和对民族命运的深刻思考。

陈忠实的《白鹿原》被称为"民族的秘史"，小说从多个角度展示了乡土中国半个世纪的风云变幻，作者在现代与传统激烈冲突的时代背景中，以怀旧而抒情的笔触，将自己浓郁的乡愁情感灌注其中，揭示了民族文化的遗传密码。《白鹿原》创作于 20 世纪 90 年代初，随着中国现代化及城镇化进程的加速，传统乡土社会受到了巨大的冲击，乡土伦理秩序逐渐被现代性侵蚀。面对现代化不断向前发展的历史趋势，陈忠实用回望的方式，向我们展示了白鹿原这个乡土世界中的文化历史。陈忠实对儒家文化的展现，整体上持以肯定的态度，这深刻体现了他内心对传统乡愁的深切情怀。小说中，朱先生被塑造为儒家文化的典范，其形象近乎完美无瑕，陈忠实不惜笔墨对其进行了理想化的刻画。朱先生及其教学与栖身之所——白鹿书院，便是作者通过艺术想象而创造出来的乡愁乌托邦。此外，主人公白嘉轩在小说中是一位深受儒家文化熏陶的农民形象，陈忠实将其塑造得栩栩如生，性格层次丰富且复杂多变，同时赋予其鲜明的民族特色。朱先生与白嘉轩，这两位儒家文化的代表，不仅生动地展现了儒

① 周洁、高小康：《侨文化：后全球化时代的乡愁共同体》，《江苏行政学院学报》2022 年第 2 期。
② 李华胤：《理解中国现代乡愁：理论与方法》，江苏人民出版社 2023 年，第 15–16 页。

家文化的魅力，而且更易于在读者心中激起对传统文化的乡愁之感，从而在艺术的审美体验中，实现民族文化身份的深刻认同。

在路遥的《平凡的世界》中，孙少安与孙少平兄弟代表了新一代中国农民的形象，他们善良勤劳、积极向上、精明能干、善于思考，具有坚韧不拔和百折不挠的品格，始终保持着对知识的渴望和对更高生活意义的追求。他们身上集中体现了新一代农民的优秀品质，这些优秀品质正是中华优秀传统文化的具体体现。孙少安与孙少平成为激励青年的榜样，成为青年人理想的人格典范。读者在阅读小说，赞许孙少安和孙少平的同时，便通过对相同的艺术形象的肯定完成一次民族文化的认同，从而也在一定程度上建构起民族共同体的身份认同。

红柯的《西去的骑手》则是通过马仲英跃马天山、纵横西北，为民族独立与自由而征战沙场的故事，将坚韧不拔、英勇无畏和勇于牺牲的民族精神表现得淋漓尽致。红柯通过古老的歌谣和西北雪山、大漠、战马的描写来不断唤醒马仲英的乡愁情感，这种乡愁情感成为马仲英伸张正义、抗击外敌的精神动力。

在张宇的《乡村情感》中，郑家的麦生伯和张家的张树生于解放战争期间在联手抗敌中结下了深厚的战斗友谊。面对麦生伯因癌症即将离世的现实，张树生决定为女儿和麦生伯的儿子小龙举行婚礼，给予他最后的安慰，但遭到了多数族人的反对，认为这会带来灾难。老族长却认为，张树生为了完成麦生伯最后的心愿，这是对战友的最高致敬，也是对那些为革命事业牺牲的英雄们的崇高敬意，张树生不顾可能的灾难，坚持给女儿办婚事，这是大义，是民族大义。郑麦生和张树生两位参加过革命战争的农民，他们的内心深处既具有浓郁的乡愁情感，也具有坚定的革命意志。革命与乡愁作为 20 世纪中国审美现代性的两个关键词，通过乡土中国进行了紧密的连接，在民族解放和文化复兴的伟大目标上达成了一致。

另外，乡土叙事中的民俗表达也能激发人们的乡愁情绪，通过乡愁联结成为乡愁共同体，最终完成民族共同体的建构。比如，贾平凹对陕西文化非常自信，他的小说中充分展示了具有鲜明地域特色的民俗文化，如商周的习惯、风俗、语言、民歌、古乐、传说、饮食烹调等。他通过商州的方言和文化讲述中国故事，并且将地域民俗文化纳入中华文化景观之中，从而"用文学在文化上、语言上、地理上、历史上将文化中国从多方位重新定位"①。贾平凹站在文化守成的立场，隐晦地表达了对现代性所带来的后果的忧虑。他采用回望式的笔触来描绘传统乡愁，这种乡愁虽然蕴含着少许消极的情绪，但在文学领域中，他对于传统乡土中国的想象性构建，以及对国族身份的深刻描绘，都取得了巨大的成功。

铁凝的长篇小说《笨花》则将笔墨集中于书写乡土大地上的风云故事，"体现出了一种疏离现代化回归本土的倾向"②。然而，铁凝并不是反对现代化，而是采用以退为进的方式，一方面，退守乡土，书写传统乡土社会以抒发自己怀旧式的乡愁情感；另一方面，以乡土为阵地和出发点，通过审美现代性视角对现代化进程中的弊端进行反思，并希求在传统乡土大地上和传统文化中吸收资源，以此调和现代社会的种种矛盾与冲突。正如铁凝所说："当我们渴望精神发展的速度和心灵成长的速度能够跟上科学发明的速度，有时候我们必须有放慢脚步回望从前的勇气，有屏住呼吸回望心灵的能力。我想，即使有一天磁悬浮列车也已变成我们生活中的背影，香雪们身上散发出来的人间温暖和积极的美德依然会是我们的梦。"③ 铁凝在其深邃的作品中，匠心独运地将传统乡愁与现代乡愁交织融合，旨在弥合两者之间的鸿沟与冲突，她以细腻的笔触勾勒乡土家园的日常生活图景，寻求个人心灵世界的和谐与统一。然而，这种融合并非意味着对乡土的孤立与封闭，恰如小说中向文成巧妙融合中西医以疗疾，展现出一种兼容并包、开放进取的心态。笨花村的村民们与外国人进行洋货贸易，甘子明引进干电池收音机为夜校学生播送新闻、传授新知，向家"世安堂"内悬挂的世界地图，都展现了一种开放与接纳的姿态。正如黄永林、阎志、张永健在《新文学评论》中所言："不知不觉中，各式各样的现代化观念在笨花村

---

① 王一燕：《说家园乡情，谈国族身份：试论贾平凹乡土小说》，《当代作家评论》2003 年第 2 期。
② 黄永林、阎志、张永健：《新文学评论 37》，华中师范大学出版社 2021 年，第 79 页。
③ 转引自黄永林、阎志、张永健：《新文学评论 37》，华中师范大学出版社 2021 年，第 80 页。

被悄然吸收，最终汇聚成一条独具特色的笨花现代化之路。"① 墙上的世界地图，不仅是乡土中国未来方向的象征，更是铁凝笔下民族共同体或乡土中国面向世界、拥抱未来的生动写照。她的书写，无疑具有一种超越地域、跨越时代的全球视野与开放心态。

面对西方文化的强劲冲击，坚守中华文化的本土根基并强化文化自信，依然是乡土文学创作者肩负的重要历史使命。自新时期以来，众多作家矢志不渝地深耕本土题材，运用多元化的视角和丰富的笔触，向世界展现中华民族文化的斑斓多彩与深邃内涵。莫言、格非、苏童、阿来、红柯、迟子建、关仁山、周大新、徐则臣、鲁敏、乔叶等作家，各自以独特的艺术手法，深入挖掘并生动诠释中华文化的深厚积淀与非凡魅力。他们以细腻的笔触，勾勒出一幅幅栩栩如生、充满乡土气息的画卷，不仅生动展现了中国乡村的风土人情与历史底蕴，更深刻剖析了民族文化在现代化浪潮中的变迁轨迹与坚守之道。这些作品，既是中华文化薪火相传、发扬光大的生动实践，也是对全球文化多样性的宝贵贡献。在这些作家的笔下，读者仿佛穿越时空，不仅能亲身感受中华文化的博大精深，领略民族精神的独特韵味，更能深切体会源自乡土深处的、绵延不绝的乡愁情怀。他们的创作，不仅为中华文化的本土家园筑起了一道坚实的防线，更极大地提振了民族文化的自信心，让世界以更加敬畏与尊重的目光，重新审视并认识中华文化。

在新时期的乡土文学叙事中，作家们通过乡愁所构建的乌托邦式想象，努力实现对民族共同体身份的深刻认同。自"五四"新文化运动以来，尽管中国的文学舞台上鲜少出现西方意义上的乌托邦作品，但这并不代表中国缺乏构建理想世界的冲动，相反，这种冲动以一种更为独特且深刻的方式——乡愁叙事——这一兼具文学与美学特质的表达形式得以体现。事实上，中国的乡愁叙写本身就蕴含着浓厚的乌托邦色彩，它以一种温柔而深沉的方式，寄托着人们对理想家园的无限憧憬与向往。正如学者王义所言，"在中国社会的现代化过程

---

① 黄永林、阎志、张永健：《新文学评论37》，华中师范大学出版社2021年，第80－81页。

中，'乡愁'会成为一个基本的主题并且具有了乌托邦的意义"①。中国乡愁乌托邦一方面是回望，另一方面是前瞻，这与传统乡愁和现代乡愁相一致。在新时期，采用回望的怀旧的方式展开对乡土世界的叙写，形成具有诗性色彩的浪漫而温情的乡土作品。如汪曾祺的《受戒》和《大淖记事》、贾平凹的《商州三录》、迟子建的《额尔古纳河右岸》、张承志的《北方的河》、苏童的《飞越我的枫杨树故乡》、何立伟的《白色鸟》等，这类作家都采用诗意的笔触描绘了充满田园风情的诗意乡土。这种由乡愁编织的乌托邦，既满载着深沉的怀旧情感，又巧妙地肩负起对现代性进行深刻批判与反思的使命。这种反现代性的叙事智慧，与审美现代性对现代性自身的内省精神遥相呼应，使得回望式的乡愁乌托邦不仅成为乡愁叙事所追寻的终极愿景，也成为达成这一愿景的精湛艺术手法。与此同时，前瞻式的乡愁乌托邦则深深植根于现代线性的时间哲学之中，坚信未来的光辉必将照亮现在与过去的阴霾，其构建基石乃是对进化论乐观主义的坚定信仰。这类乌托邦在展望未来的同时，也不忘深情回望历史与传统的乡土，作家们运用现代理性或进步理念的透镜，对传统乡土社会的各个维度进行细腻剖析与深刻反思，从而在心灵深处与传统乡土世界维系着不解之缘，或是以极富想象力的笔触，勾勒出一幅理想的乌托邦式未来图景。综上所述，无论是回望式还是前瞻式的乡愁乌托邦，它们均未在传统与现代之间划下泾渭分明的界限，反而借助乡愁叙事这一独特的艺术媒介，巧妙地将两者交织融合，在乡愁乌托邦细腻入微的叙述之中，我们找到了一条重构中华民族共同体身份认同的崭新路径。

民族身份认同，既要依托于具有纽带连接作用的乡愁情感、乡愁意识和乡愁美学，还要依托于乡土大地上的现实家园，这些家园蕴含着中华优秀传统文化。因此"保存、传承传统乡村文化的精华在文化全球化语境中具有建构民族文化身份与文化认同的文化战略意义。正因如此，我们有理由相信，传统乡村文化内蕴的生命力可以焕发新的生机，它的有效资源可以参与城乡两种文化形

---

① 王杰、王真：《中国审美现代性研究》，上海人民出版社 2023 年，第 109 页。

态的良性互动，进而培育真正意义上的'现代城乡文化共同体'"①。归根结底，民族共同体的身份认同、乡愁叙事美学的建构，以及乡村传统文化的守护与传承是完全一致的，它们是新时代中华文化复兴的不同表达或表现方式。更直接地说，乡愁共同体能强化或增进中华民族共同体的建设，并确保中华民族共同体的身份认同。有学者指出：

> "乡愁"是人类共同的情感结构。这一带有东方美学意义的情愫总是勾连着对美好过去的记忆，既在时间维度上寄托着对旧日时光、失落传统和遥远历史的怀恋，又在空间维度上遥想着对故土、家园和国族的思念，同时还在文化维度上憧憬着远离尘嚣、返璞归真和重返自然。因而，"乡愁"成为"成长者""怀旧者"和"出走者"们的集体记忆和情感共识，他们共同构成了"乡愁共同体"，呼唤着对乡土和传统的回归与重建。②

乡愁所具有人类情感的普遍性，是中华民族共同体和人类命运共同体的情感纽带，"乡愁是任何农业国家迈向现代化国家过程中都会产生且不可回避的普遍性问题。乡愁涉及的根本议题是国家现代化进程中创造和塑造现代文明的同时如何对待和处理传统农业文明。在这个意义上，乡愁是一个文明范畴的命题。……'乡愁'不仅是中国现代化命题，更是世界性议题"③。因此，在确定或认同民族共同体身份的同时，应该以开放的姿态，以跨越地域、民族和文化的人类共同的乡愁情感共筑人类命运共同体。如乔叶的长篇小说《宝水》以乡愁情感为结构形式，建构了个人、家国与世界共同发展的愿景。小说将宝水村、福田庄作为主辅两条线索，将象城和予城作为乡村的对照，从而在城乡二元结构中确立空间的意义，同时将"温哥华"穿插于叙事之中，"将全球化命题也纳入空间背景之中，宝水的故事因此不仅是一个中国村庄的故事，也是'乡土中国'

---

① 李静等：《城市化进程与乡村叙事的文化互动》，中国社会科学出版社 2015 年，第 9 页。
② 周洁、高小康：《侨文化：后全球化时代的乡愁共同体》，《江苏行政学院学报》2022 年第 2 期。
③ 李华胤：《理解中国现代乡愁：理论与方法》，江苏人民出版社 2023 年，第 14 页。

的故事，它事关'乡土中国'在当下的命运走向，探讨在全球现代化的语境之中，我们所进行的现代实践的独特性与可能性"①。当前的乡土叙事就应该具备《宝水》所展现的全球化空间视野，将中华民族的乡愁与人类的乡愁进行有效连接，共同建构人类命运的共同体。

① 李敏：《归乡之途与融合之道：〈宝水〉的还乡书写与现代乡村想象》，《中国当代文学研究》2024年第3期。

主要参考文献

一、作家作品

[1]（唐）牛僧孺. 玄怪录·续玄怪录［M］. 北京：中国人事出版社，1995.

[2]（唐）裴铏. 唐传奇［M］. 曾雪梅，编. 周日智，校注. 北京：现代出版社，2022.

[3]（宋）李昉. 太平广记（文白对照全译）［M］. 北京：大众文艺出版社，1998.

[4]（明）天然痴叟，著. 瘦吟山石，校点. 石点头［M］. 沈阳：春风文艺出版社，1998.

[5]（明）洪楩，等. 大宋宣和遗事［M］. 长沙：岳麓书社，1993.

[6]（清）文康. 儿女英雄传：上［M］. 北京：华文出版社，2018.

[7] 谭国清. 古文观止［M］. 北京：西苑出版社，2003.

[8] 黄瑛. 商贾传奇［M］. 贵阳：贵州人民出版社，2010.

[9] 鲁迅. 鲁迅全集：第六卷［M］. 广州：花城出版社，2021.

[10] 沈从文. 长河［M］. 南京：江苏人民出版社，2022.

[11] 王安忆. 王安忆精选集［M］. 北京：北京燕山出版社，2011.

[12] 竹林. 生活的路［M］. 北京：中国青年出版社，2019.

[13] 王永生. 贾平凹文集：第5卷. ［M］. 西安：陕西人民出版社，1998.

[14] 洪治纲. 中华人民共和国成立70周年优秀文学作品精选·中篇小说卷：中［M］. 北京：北京十月文艺出版社，2019.

[15] 董宏量. 白鸽少年［M］. 武汉：长江少年儿童出版社，2019.

[16] 张闻天. 旅途［M］. 上海：上海书店，1985.

[17] 白烨. 中国当代乡土小说大系：第1卷·1979—1989［M］. 北京：农村读物出版社，2012.

[18] 白烨. 中国当代乡土小说大系：第2卷·1990—1999［M］. 北京：农村读物出版社，2012.

［19］白烨. 中国当代乡土小说大系：第 3 卷·2000—2009 ［M］. 北京：农村读物出版
社，2012.

［20］李丹梦，选编. 新世纪小说大系 2001—2010：乡土卷 ［M］. 上海：上海文艺出版
社，2014.

［21］张新颖，选编. 新世纪小说大系 2001—2010：记忆卷 ［M］. 上海：上海文艺出版
社，2014.

［22］贾平凹. 心迹 ［M］. 成都：四川文艺出版社，2016.

［23］白先勇. 白先勇文集：第五卷 ［M］. 广州：花城出版社，2000.

［24］铁凝. 埋人 ［M］//铁凝文集. 南京：江苏文艺出版社，1996.

［25］张炜. 张炜散文 ［M］. 北京：人民文学出版社，2022.

［26］文艺报社. 1977—1980 全国获奖中篇小说集 ［M］. 上海：上海文艺出版社，1981.

［27］格非. 相遇 ［M］. 南京：译林出版社，2022.

二、学术著作

［1］茅盾. 茅盾论中国现代作家作品 ［M］. 北京：北京大学出版社，1980.

［2］刘绍棠. 刘绍棠乡土文学四十年 ［M］. 北京：文化艺术出版社，1990.

［3］冯骥才. 乡土小说 ［M］. 北京：大众文艺出版社，1998.

［4］王光东. 中国现当代乡土文学研究 ［M］. 上. 北京：东方出版中心，2011.

［5］卜召林. 中国现代文学史 ［M］. 武汉：武汉大学出版社，2004.

［6］丁帆. 中国乡土小说史 ［M］. 北京：北京大学出版社，2007.

［7］赵静蓉. 怀旧：永恒的文化乡愁 ［M］. 北京：商务印书馆，2009.

［8］张立升. 社会学家茶座：总第 51 辑 ［M］. 济南：山东人民出版社，2015.

［9］李子华. 我在皖江听讲座——皖江大讲坛荟萃 ［M］. 芜湖：安徽师范大学出版
社，2016.

［10］徐剑艺. 中国人的乡土情结 ［M］. 上海：上海文化出版社，1993.

［11］付新民. 写作导论 ［M］. 北京：商务印书馆，2018.

［12］蔡元培.《中国新文学大系》导言集 ［M］. 贵阳：贵州教育出版社，2014.

［13］汗漫. 居于幽暗之地 ［M］. 南京：江苏凤凰文艺出版社，2019.

［14］卢建红. 乡愁与认同 ［M］. 北京：生活·读书·新知三联书店，2020.

［15］上海古籍出版社. 先秦汉魏六朝诗鉴赏 ［M］. 上海：上海古籍出版社，2023.

[16] 过常宝. 中国古代文学史：上［M］. 海口：南海出版公司，2005.

[17] 张叹凤. 中国乡愁文学研究［M］. 成都：巴蜀书社，2011.

[18] 万光治，徐安怀，主编. 中国古代文学史［M］. 成都：电子科技大学出版社，1994.

[19] 李华胤. 理解中国现代乡愁：理论与方法［M］. 南京：江苏人民出版社，2023.

[20] 张柠. 土地的黄昏——中国乡村经验的微观权力分析（第 3 版）［M］. 北京：高等教育出版社，2023.

[21] 王又平. 新时期文学转型中的小说创作潮流［M］. 武汉：华中师范大学出版社，2001.

[22] 董桥. 乡愁的理念［M］. 北京：生活·读书·新知三联书店 1991.

[23] 罗东凯. 中国共产党人的精神家园［M］. 广州：广东人民出版社，2012.

[24] 朱立元. 后现代主义文学理论思潮论稿（下）［M］. 上海：上海人民出版，2015.

[25] 刘梁剑. 王船山哲学研究［M］. 上海：上海人民出版社，2016 年版。

[26] 汪民安，等. 后现代性的哲学话语：从福柯到赛义德［M］. 杭州：浙江人民出版社，2000.

[27] 陆扬. 后现代文化景观［M］. 北京：新星出版社，2014.

[28] 张红霞. 张力之维的审美现代性建构——20 世纪中叶世界陶艺革命研究［M］. 重庆：重庆大学出版社，2015.

[29] 朱立元. 走向现代性的新时期文论［M］. 上海：复旦大学出版社，2016.

[30] 王治河. 后现代主义辞典［M］. 北京：中央编译出版社，2004.

[31] 张兵娟. 全球化时代：传播、现代性与认同［M］. 北京：中国广播电视出版社，2010.

[32] 中国人民大学国学院. 国学的传承与创新——冯其庸先生从事教学与科研六十周年庆贺学术文集：上［M］. 上海：上海古籍出版社，2013.

[33] 陆尊梧，李志江. 历代典故辞典［M］. 北京：作家出版社，1992.

[34] 林荣松. 五四小说综论［M］. 福州：福建教育出版社，2012.

[35] 杨义. 中国现代小说史：第一卷［M］. 北京：人民文学出版社，1986.

[36] 许志英，丁帆. 中国新时期小说主潮［M］. 北京：北京大学出版社，2007.

[37] 文学武. 京派小说研究［M］. 北京：中国社会科学出版社，2011.

[38] 刘淑玲. 《大公报》与中国现代文学［M］. 石家庄：河北教育出版社，2004.

[39] 鲁迅，著. 林贤治，评注. 杂感 1［M］//鲁迅选集. 广州：广东花城出版社，2018.

［40］郑伯奇. 中国新文学大系小说三集［M］. 上海：良友图书印刷公司，1935.

［41］廖高会. 五四小说诗性传统的重建——1917—1927 新文学反思录［M］. 太原：北岳文艺出版社，2020.

［42］王杰，王真. 中国审美现代性研究［M］. 上海：上海人民出版社，2023.

［43］洪子诚. 当代文学概说［M］. 南宁：广西教育出版社，2000.

［44］蔡翔. 一路彷徨［M］. 济南：山东友谊出版社，2006.

［45］峭丛. 走近莫言［M］. 武汉：武汉出版社，2013.

［46］刘明石，于海洋. 交往视域人的主体性［M］. 哈尔滨：哈尔滨地图出版社，2008.

［47］江守义，刘欣. 中国古典小说叙事伦理研究［M］. 合肥：安徽教育出版社，2016.

［48］袁银传. 小农意识与中国现代化［M］. 武汉：武汉出版社，2000.

［49］李云雷. 当代中国文学的前沿问题［M］. 济南：山东文艺出版社，2017.

［50］张岱年. 张岱年全集［M］. 第 6 卷. 石家庄：河北人民出版社，1996.

［51］陈晓明. 表意的焦虑——历史祛魅与当代文学变革［M］. 北京：中央编译出版社，2002.

［52］贺仲明. 乡村伦理与乡土书写——20 世纪 90 年代以来的乡土小说研究［M］. 北京：人民出版社，2017.

［53］刘小枫. 沉重的肉身［M］. 北京：华夏出版社，2007.

［54］薛建明. 生态文明与低碳经济社会［M］. 合肥：合肥工业大学出版社，2012.

［55］李苇. 影视欣赏心理学［M］. 长春：吉林大学出版社，2022.

［56］单连春. 当代社会人生境界思想研究［M］. 南京：江苏人民出版社，2017.

［57］黄轶. 新世纪乡土小说的生态批评［M］. 北京：东方出版中心，2016.

［58］汪民安. 文化研究关键词［M］. 南京：江苏人民出版社，2019.

［59］包亚明. 后现代性与地理学的政治［M］. 上海：上海教育出版社，2001.

［60］中国共产党第十九届中央委员会第四次全体会议文件汇编［M］. 北京：人民出版社，2019.

［61］韩春燕. 启蒙的风景——百年中国乡村小说嬗变［M］. 沈阳：春风文艺出版社，2022.

［62］袁行霈. 中国诗歌艺术研究［M］. 北京：北京大学出版社，2009.

［63］周宪. 中国当代审美文化研究［M］. 北京：北京大学出版社，1997.

［64］廖高会. 诗意的招魂：中国当代诗化小说研究［M］. 北京：学苑出版社，2011.

［65］刘正伟. 新诗创作与评论［M］. 成都：四川大学出版社，2021.

［66］贺仲明. 当代乡土小说审美变迁研究 1949—2015 ［M］. 北京：生活·读书·新知三联书店 2024.

［67］雷鸣. 隐形之手与文学脉象——新世纪长篇小说与文学市场互动关系研究 ［M］. 北京：人民出版社，2022.

［68］赵静蓉. 文化记忆与身份认同 ［M］. 北京：生活·读书·新知三联书店，2015.

［69］杨胜良. 马克思主义道德观与道德相对主义批判 ［M］. 厦门：厦门大学出版社，2021.

［70］余红艳. 民间传说景观叙事谱系与景观生产研究：以"白蛇传传说"为考察中心 ［M］. 上海：上海交通大学出版社，2022.

［71］张晓琴. 我们的困境，我们的声音：文学批评卷 ［M］. 济南：山东文艺出版社，2017.

［72］黄永林，阎志，张永健. 新文学评论 37 ［M］. 武汉：华中师范大学出版社，2021.

［73］潘水萍. 古典主义在中国 ［M］. 广州：暨南大学出版社，2019.

［74］陈思和. 新时期文学简史 ［M］. 桂林：广西师范大学出版社，2010.

［75］宇文刚. 高罗佩《大唐狄公案》文化回译研究 ［M］. 长春：吉林大学出版社，2021.

［76］郭明哲. 马克思技术观视域下人工智能问题研究 ［M］. 天津：天津人民出版社，2023.

［77］王岳川. 后现代主义文化与美学 ［M］. 北京：北京大学出版社，1992.

［78］吴秀明，等. 20 世纪文学演进与"中国形象"的历史建构 ［M］. 杭州：浙江大学出版社，2016.

［79］程光炜. 寻根文学研究资料 ［M］. 南昌：百花洲文艺出版社，2018.

［80］孔范今，施战军. 莫言研究资料 ［M］. 济南：山东文艺出版社，2006.

［81］孔繁今，施战军. 新时期文学思潮研究资料 ［M］. 下. 济南：山东文艺出版社，2006.

［82］汪政，何平. 苏童研究资料 ［M］. 天津：天津人民出版社，2007.

［83］王岳川，尚水. 后现代主义文化与美学 ［M］. 北京：北京大学出版社，1992.

三、外国文献

［1］［德］马克思. 1844 年经济学哲学手稿 ［M］. 北京：人民出版社，1985.

［2］［德］黑格尔. 精神现象学 ［M］. 上卷. 北京：商务印书馆，1983.

［3］［德］卡西尔. 卢梭·康德·歌德 ［M］. 刘东，译. 上海：上海三联书店，2002.

［4］［德］胡塞尔. 欧洲科学危机和超验现象学 ［M］. 张庆熊，译. 上海：上海译文出版社，1988.

［5］［德］海德格尔. 海德格尔诗学文集［M］. 成穷，等译. 武汉：华中师范大学出版社，1992.

［6］［德］海德格尔. 荷尔德林诗的阐释［M］. 孙周兴，译. 北京：商务印书馆，2002.

［7］［德］汉斯－格奥尔格·伽达默尔. 真理与方法——哲学诠释学的基本特征：上卷［M］. 洪汉鼎，译. 上海：上海译文出版社，2004.

［8］［美］汤普森. 世界民间故事分类学［M］. 郑海，郑凡，刘薇琳，等译. 上海：上海文艺出版社，1991.

［9］［美］斯维特兰娜·博伊姆. 怀旧的未来［M］. 杨德发，译. 南京：译林出版社，2010.

［10］［美］马泰·卡林内斯库. 现代性的五副面孔［M］. 顾爱彬，李瑞华，译. 南京：译林出版社，2015.

［11］［美］罗兰·罗伯森. 全球化社会理论和全球文化［M］. 梁光严，译. 上海：上海人民出版社，2000.

［12］［美］詹姆斯费伦，彼得·J. 拉比诺维茨. 当代叙事理论指南［M］. 申丹，马海良，等译. 北京：北京大学出版社，2007.

［13］［英］安东尼·吉登斯. 现代性的后果［M］. 田禾，译. 南京：译林出版社，2000.

［14］［英］斯图尔特·霍尔，编. 表征：文化表象与意指实践［M］. 徐亮，陆兴华，译. 北京：商务印书馆，2003.

［15］［英］乔治·拉伦. 意识形态与文化身份：现代性和第三世界的在场［M］. 戴从容，译. 上海：上海教育出版社，2005.

［16］［英］齐格蒙特·鲍曼. 现代性与矛盾性［M］. 邵迎生，译. 北京：商务印书馆，2003.

［17］［法］让－弗朗索瓦·利奥塔. 非人时间漫谈［M］. 罗国祥，译. 北京：商务印书馆，2000.

［18］［法］西蒙娜·薇依. 扎根：人类责任宣言绪论［M］. 徐卫翔，译. 北京：生活·读书·新知三联书店，2003.

［19］［法］克里斯托夫·安德烈. 记得要幸福：心理学家安德烈的幸福练习册［M］. 南宁：广西科学技术出版社，2017.

［20］［法］皮埃尔·诺拉. 记忆之场：法国国民意识的文 化社会史［M］. 黄燕红，译. 南京：南京大学出版社，2015.

[21]［法］皮埃尔·布迪厄，［美］华康德. 实践与反思——反思社会学导引［M］. 北京：中央编译出版社，1998.

[22]［苏联］斯大林. 斯大林全集［M］. 第2卷. 北京：人民出版社，1953.

[23] H. Lcfcbvrc. Introductionro Modernity［M］. London：Verso，1995.

[24] H. H. Gerth, C. W. Mills, eds.. From Max Weber：Essays in Sociology［M］. New York：Oxford University Press，1946.

四、报刊论文

[1] 张定璜. 鲁迅先生［J］. 现代评论，1925（1）.

[2] 许振强，马原. 关于《冈底斯的诱惑》的对话［J］. 当代作家评论，1985（5）.

[3] 陈晓明. 无望的救赎——论先锋派从形式向"历史"的转化［J］. 花城，1992（2）.

[4] 玛莎·琼，田中阳. 论韩少功的探索性小说［J］. 当代作家评论，1993（5）.

[5] 孟繁华. 觉醒与承诺——重读《乡场上》［J］. 小说评论，1995（3）.

[6] 凤群，洪治纲. 丧失否定的代价——晚生代作家论之一［J］. 文艺评论，1996（2）.

[7] 段崇轩. 农村小说概念内涵的演进［J］. 晋阳学刊，1997（1）.

[8] 丁帆，王彬彬，费振钟. 晚生代："集体失明"的"性状态"与可疑话语的寻证人［J］. 文艺争鸣，1997（1）.

[9] 姚新勇. 从"知青"到"老三届"——主体向世俗符号的蜕变——知青文学研究之三［J］. 暨南学报（哲学社会科学版），2001（2）.

[10] 王一燕. 说家园乡情，谈国族身份：试论贾平凹乡土小说［J］. 当代作家评论，2003（2）.

[11] 尚杰. 空间的哲学：福科的"异托邦"概念［J］. 同济大学学报（社会科学版），2005（3）.

[12] 丁帆. 论近期小说中乡土与都市的精神蜕变——以《黑猪毛白猪毛》和《瓦城上空的麦田》为考察对象［J］. 文学评论，2003（3）.

[13] 蒋述卓. 现实关怀、底层意识与新人文精神——关于"打工文学现象"［J］. 文艺争鸣，2005（3）.

[14] 赵静蓉. 怀旧文化事件的社会学分析［J］. 社会学研究，2005（3）.

[15] 李林展. 中国20世纪乡愁文学的流变及其特征［J］. 湖南科技大学学报（社会科学版），2006（4）.

[16] 王建民. 嵌入性与中国社会的伦理场域 [J]. 晋阳学刊，2006（1）.

[17] 杨优美. 贾平凹小说研究综述 [J]. 青年文学家，2015（5）.

[18] 张以明. 走向实践的共同体：论现代性的反思性重建 [J]. 现代哲学，2007（4）.

[19] 施战军. "进城"：文学视角的挪移和城市主体的强化 [J]. 扬子江评论，2007（6）.

[20] 朱大可. 上海世博的器物叙事——器物文化遗产的遗忘、拯救与复兴 [J]. 河南社会科学，2010（5）.

[21] 杨击. 后现代乡愁：《钢的琴》的情感结构和叙事策略 [J]. 艺术评论，2011（10）.

[22] 黄进. 中国农民主体性的现状与重塑 [J]. 高校理论战线，2012（2）.

[23] 黄美蓉. 新世纪长篇乡土小说创作论 [D]. 上海：上海师范大学，2012.

[24] 张良. 现代化进程中的个体化与乡村社会重建 [J]. 浙江社会科学，2013（3）.

[25] 杜昆. 现代人乡愁的三重奏——论计文君的小说创作 [J]. 信阳师范学院学报（哲社版），2014（3）.

[26] 贺桂梅. 村庄里的中国：赵树理与《三里湾》 [J]. 文学评论，2016（1）.

[27] 闻晓菁. 罗斯金的理想与中国的"乡愁"——社会转型中的审美、乡愁与国家的文化认同 [J]. 南京艺术学院学报（美术与设计），2016（6）.

[28] 陈志刚.《故乡面和花朵》：后现代主义乡土文学的一部佳作 [J]. 理论观察，2017（9）.

[29] 李敬泽. 尝试新农村书写的更多可能性 [N]. 河北日报，2017-12-22.

[30] 贺昌盛，王涛. 想象·空间·现代性——福柯"异托邦"思想再解读 [J]. 东岳论丛，2017（7）.

[31] 洪治纲. "人"的变迁——新时期文学四十年观察 [J]. 文艺争鸣，2018（12）.

[32] 王杰. 马克思主义美学的当下与未来 [J]. 当代文坛，2018（1）.

[33] 田丰. 1980年代乡土小说的神性复魅与祛魅 [J]. 社会科学，2018（4）.

[34] 张鸿雁. "拔根"与"扎根"：从"乡愁"到"城愁" [J]. 中国乡村发现，2018（3）.

[35] 陈若谷. "新乡土文学"和《陌上》的美学表达 [J]. 当代文坛，2018（1）.

[36] 姬亚楠. 新世纪乡土小说中农民身份认同的代际差异 [J]. 河南牧业经济学院学报，2019（3）.

[37] 刘虎. 论新世纪农民工题材小说的城市异托邦 [J]. 都市文化研究，2022（1）.

[38] 范玉刚. 乡村文化复兴视野中的乡愁美学生成 [J]. 南京社会科学，2020（1）.

［39］廖高会. "存在"与"家园"的双重探寻——论格非小说中的乡愁乌托邦［J］. 小说评论，2020（6）.

［40］王华伟. 后伦理语境下乡村共同体的"新乡愁"［J］. 湖南工业大学学报（社会科学版），2020（4）.

［41］雷鸣. 论新世纪长篇小说"农民进城"叙事的新向度及生成逻辑［J］. 山东社会科学，2021（6）.

［42］李佳潼. "70后"作家小说创作研究［D］. 长春：东北师范大学，2021.

［43］张靖宜. 当代乡土文学中的共同体问题［J］. 散文百家（理论），2022（3）.

［44］周洁，高小康. 侨文化：后全球化时代的乡愁共同体［J］. 江苏行政学院学报，2022（2）.

［45］周鹏. "差序格局"的消解——论新世纪乡土小说中的"地缘"伦理书写［J］. 当代作家评论，2022（2）.

［46］王磊光. 共同体转向：百年乡土文学史视野下的"新乡村主题写作"［J］. 探索与争鸣，2022（12）.

［47］高岩. 齐格蒙特·鲍曼后现代伦理思想研究［D］. 长春：黑龙江大学，2023.

［48］王晓平. "历史化"与探寻中国主体性的阐释学实践——贺桂梅《打开中国视野》与当代文学研究的新动向［J］. 南方文坛，2023（1）.

［49］韩松刚. 拒绝乡愁——80后作家的乡土叙事［J］. 南方文坛，2023（5）.

［50］邓安庆. 文野之别：现代伦理何以可能成为人类文明之道［J］. 云梦学刊，2024（3）.

［51］孙玉莹. 数字身份认同的困境透视及其突破路径——基于记忆伦理之维［J］. 自然辩证法研究，2024（5）.

［52］李敏. 归乡之途与融合之道：《宝水》的还乡书写与现代乡村想象［J］. 中国当代文学研究，2024（3）.

［53］钟媛. "农民作家"、"农民代言人"或"写农民的作家"——作家身份、群体分化与新时期前期乡土小说的反封建叙事［J］. 中国现代文学研究丛刊，2024（3）.